KB119438

선과 악의 학교

The School for Good and Evil

선과 악의 학교

제1부

THE SCHOOL FOR GOOD & EVIL

소피와 아가사

소만 차이나니 지음

신윤경 옮김

문학수첩

옛날부터 그 숲에는

선과 악의 학교가 있었지

쌍둥이처럼 닮은 두 개의 탑

하나는 맑고 순수한 이를 위한 것

다른 하나는 사악한 이를 위한 것이지

달아나려 해 봤자 결과는 실패

그곳을 나가는 방법은 오직 하나

동화 속으로 들어가는 것뿐이라네

1

공주와 마녀

소피가 평생 기다려 온 그날이 다가왔다. 납치가 일어나는 날이었다. 하지만 가발돈 마을의 다른 모든 아이들은 그날 밤침대 속에 몸을 웅크린 채 벌벌 떨고 있었다. 교장에게 납치된 아이는 다시는 마을로 돌아올 수 없었다. 자유로운 삶도 끝이었고, 가족들과도 영원히 이별이었다. 아이들은 빨간 눈을 번뜩이는 짐승이 자신들을 침대에서 끌어내고 입을 틀어막는 끔찍한 악몽에 밤새 시달렸다.

하지만 소피는 달랐다. 그녀는 공주가 되는 꿈을 꾸었다.

화려한 궁전에서 그녀를 환영하는 성대한 무도회가 열렸다. 무도회장은 그녀의 사랑을 갈구하는 수많은 구혼자로 가득했고, 여자는 오직 그녀 혼자뿐이었다. 소피는 구혼자들 사이를 천천히 걸어가며, 마침내 자신에게 걸맞은 남자들을 만났다는 생각에 뿌듯한 미소를 지었다. 풍성하게 물결치는 빛나는 머리카락, 셔츠 위로 드러난 팽팽한 근육, 매끄러운 구릿빛 피부 등 그들은 왕자가 갖추어야 할 아름다운 외모에 세련된 매너까지 겸비하고 있었다. 소피는 그중 유독 눈에 띄는 한 사람을 향해 다가가기 시작했다. 파랗게 빛나는 눈에 유령처럼 새하얀 머리카락을 흩날리는 그는 영원한 사랑을 약속하는 듯했다. 하지만 바로 그 순간 벽을 두드리는 망치 소리가 들렸고 왕자들은 깨진 유리처럼 산산조각 나 버렸다.

소피는 눈을 떴다. 아침이었다. 왕자들은 꿈이었지만, 그녀를 깨운 망치 소리는 현실이었다.

"아빠, 난 아홉 시간은 자야 눈이 안 붓는다고 말씀드렸잖아요."

"다들 올해는 네 차례라고 지껄이고들 있는데 가만히 있으란 말이냐?"

아빠는 침실 창에 판자를 대고 못을 박아 넣고 있었다. 창문은 자물쇠와 못과 나사로 뒤덮여 거의 보이지 않을 지경이었다.

"사람들이 네 머리를 짧게 자르고 얼굴에는 진흙을 칠해야 한다고 하더구나. 동화니 뭐니 하는 헛소리에 홀려서 다들 정신이 나갔어. 난 그따위 소리 믿지 않지만, 어쨌건 오늘 밤 이 방에는 누구도 들어올 수 없을 거다. 암, 그렇고말고!"

아빠는 문장 끝에 느낌표를 찍듯 망치를 크게 한 번 휘둘러 판자를 쿵 내리찍었다.

소피는 귀를 문지르고 얼굴을 찌푸린 채 창을 바라보았다. 꽤 예쁜 창이었는데 이제는 마녀 소굴에나 어울릴 것 같은 꼴이 되어 버렸다.

"자물쇠를 다셨네요. 그렇게 간단한 방법을 두고 사람들이 왜 이렇게 호들갑을 떠는지!"

소피는 땀에 젖어 번들거리는 아빠의 은빛 머리를 흘끗 보며 말했다.

"사람들이 왜 자꾸 너를 지목하는지 모르겠다. 교장은 착한 아이를 찾는다는데, 그렇다면 구닐다네 딸이 제격 아니냐?"

소피는 정신이 번쩍 들었다.

"벨 말씀이세요?"

"그래, 그 애가 딱이지. 매일 집에서 손수 만든 점심을 제 아버지 방앗간까지 가져오지 않니! 남은 음식은 광장에서 구걸하는 노인들에게 나눠 주고 말이다."

소피는 아빠의 말에 가시가 돋친 것을 느낄 수 있었다. 그녀는 아빠를 위해 제대로 된 요리를 한 적이 단 한 번도 없었다. 엄마가 돌아가신 후에도 마찬가지였다. 물론 그만한 이유가 있기는 했다. (기름과 연기 때문에 모공이 막히면 큰일 아닌가!) 하지만 그럼에도 불구하고 마음 한구석이 찔리는 것은 사실이었다. 그렇다고 그녀가 전혀 노력을 안 한 것은 아니었다. 그녀는 으깬 사탕무나 브로콜리 스튜, 삶은 아스파라거스, 시금치 찜 등 자신이 가장 좋아하는 음식을 아빠에게 해 드렸고, 그 덕분에 아빠는 날씬한 몸매를 유지하고 있었다. 벨이 날마다 양고기 프리카세(고기를 잘게 썰어 구운 뒤 화이트 소스와 함께 먹는 프랑스 요리―옮긴이)와 치즈 수플레를 만들어 일터까지 가져다 나르지만 않았어도 구닐다 아저씨 배가 그렇게 빵빵하게 부풀어 오르지는 않았을 것이다. 광장에서 어슬렁거리는 노인들도 말로는 늘 굶주리고 있다고 하지만 어찌된 일인지 몸에는 피둥피둥 살이 올라 있었다. 벨이 나눠 준 음식 때문이라면, 벨은 두말할 필요 없이 나쁜 아이다. 다른 사람을 뚱뚱하게 만드는 일보다 악한 일이 무엇이 있겠는가?

소피는 아빠를 향해 미소를 지었다.

"아빠, 그런 말도 안 되는 소리 하지 마세요."

그녀는 침대에서 일어나 욕실로 들어간 뒤 쾅 하고 문을 닫아 버렸다.

소피는 찬찬히 거울을 들여다보았다. 망치 소리에 갑자기 잠을 깨서 그런지 확실히 얼굴이 안 좋아 보였다. 넘실넘실 허리까지 늘어진 금빛 머리카락은 광택을 잃었고, 투명한 초록색 눈동자는 어딘지 흐리멍덩해 보였다. 감미로운 붉은 입술은 바싹 말랐고, 옅은 핑크빛 피부마저 생기를 잃었다. 하지만 그녀는 여전히 공주였다. 그것은 어떤 상황에서도 부정할 수 없는 사실이었다. 아빠는 그녀의 특별함을 알아보지 못했지만, 엄마는 달랐다.

"소피, 넌 이곳에 머물기에는 너무 아름다워."

엄마가 돌아가시기 전 마지막으로 남긴 말씀이었다. 이 세상을 떠나 더 좋은 곳으로 가신 엄마처럼, 그녀 역시 이곳을 떠날 때가 되었다.

오늘 밤 그녀는 납치되어 숲으로 들어갈 것이다. 그리고 새로운 삶을 시작하게 될 것이다. 늘 상상만 해 오던 동화 속의 삶이 그녀를 기다리고 있었다.

그녀는 그 새로운 삶에 걸맞은 행동을 해야 했다.

제일 먼저 할 일은 생선 알을 피부에 문지르는 것이었다. 더러운 발 냄새가 코를 찔렀지만 잡티를 제거하려면 이 방법이 최고였다. 다음은 염소젖을 섞은 호박 퓌레로 얼굴을 마사지하고, 마지막으로 멜론과 거북 알 노른자를 섞어 만든 마스크 팩을 얼굴에 듬뿍 올렸다. 팩이 마르기를 기다리는 동안, 소피는 피부를 촉촉하게 유지시켜 주는 오이 주스를 홀짝이며 동화책을 펼쳤다. 그녀가 제일 좋아하는 부분은 심술궂은 노파가 못이 박힌 나무통 안에 갇힌 채 언덕을 굴러 내려가는 부분이었다. 노파의 몸뚱이가 사라진 뒤 나무통에 덩그러니 남겨진 팔찌는 노파의 손에 희생된 어린 소년의 뼈로 만든 것이었다. 팔찌 그림을 뚫어지게 바라보며 온몸에 소름이 끼치는 것을 느끼던 소피의 머릿속에 문득 걱정거리 하나가 떠올랐다. 숲에 오이가 없으면 어떡하지? 있더라도 양이 너무 적어서 다른 공주들이 모조리 차지하면 어떻게 되는 거지? 오이가 없는 삶이라니! 그녀의 피부는 쭈글쭈글하게 말라비틀어지고 말 것이다.

그때 책 위로 바싹 마른 마스크 팩 가루가 떨어졌다. 소피는 얼른 정신을 차리고 거울을 들여다보았다. 미간이 잔뜩 찌푸려져 있었다. 잠도 제대로 못 잤는데 이제 주름까지 생기는구나! 이런 식으로 가다가는 저녁이 되기 전에 쭈그렁 할머니가 되고 말 것이 분명했다. 소피는 머릿속을 어지럽히던 걱정을 털어 내고, 찡그렸던 미간의 힘을 풀었다.

마스크 팩은 시작에 불과했다. 소피가 매일 몸치장에 투자하는 노력을 일일이 설명하자면 책 열두 권도 부족할 정도였다. 간단히만 짚어 보면, 그 엄청난 과업에는 거위 깃털과 식초에 절인 감자, 말굽과 캐슈 크림, 그리고 소의 피가 필요했다. 두 시간 동안 공들여 몸단장을 한 소피는 마침내 집을 나섰다. 산들거리는 핑크 드레스에 반짝이는 유리 구두를 신고 머리는 흐트러짐 없이 말끔하게 땋아 내린 채였다. 오늘은 교장에게 자신을 증명할 수 있는 마지막 기회였다. 벨, 타비사, 사브리나 혹은 다른 시시한 아이가 아닌 소피 자신이야말로 교장이 납치해야 하는 사람임을 확실하게 보여 줘야 했다.

소피와 가장 친한 친구는 공동묘지에 살고 있었다. 소피는 음침하고 스산하고 어두운 분위기라면 딱 질색이었다. 그런 점을 생각한다면, 소피가 그 친구를 자신의 집으로 초대하거나 혹은 음침하지 않은 새 친구를 찾을 법도 했지만, 소피는 이번 주 들어 매일 그레이브스힐을 올라 친구의 집으로 향했다. 물론 가는 길 내내 미소를 짓는 것도 잊지 않았다. 그것이야말로 선행의 핵심 요소였기 때문이다.

친구 집에 가기 위해서는 거의 1.5킬로미터를 걸어야 했다. 길은 초록색 차양과 햇빛을 가득 머금은 작은 탑이 있는 호숫가 오두막 집들을 지나 어둑한 숲 입구를 향해 이어지고 있었다. 오두막 사이를 통과하는 동안 여기저기에서 망치질 소리가 울려왔다. 아버지들은 판자로 문을 막고 있었고, 어머니들은 허수아비를 만드는 데 전념하고 있었다. 현관에 쪼그리고 앉아 동화책에 얼굴을 파묻은 아이들의 모습도 보였다. 동화책에 정신이 팔린 아이들을 보는 것은 익숙한 일이었다. 가발돈 아이들은 동화책 읽는 것 외에는 별다른 놀이를 하지 않았기 때문이다. 하지만 오늘은 뭔가 달랐다. 아이들의 눈이 거칠게 빛나고 있었다. 그들은 마치 자신의 운명을 책 속에서 찾아내려는 듯, 날카로운 시선으로 한 페이지 한 페이지를 샅샅이 파고들고 있었다. 4년 전에도 똑같은 일이 있었다. 사람들은 저주를 피하기 위해 필사적으로 몸부림쳤다. 그 당시에는 소피에게 기회가 주어지지 않았다. 교장은 만 열두 살이 지난 아이들만 선택했기 때문이다. 이제 더 이상 어린아이라고만은 할 수 없는 소년,

소녀 들만 교장의 납치 대상이 될 수 있었다.

4년이 지난 지금, 소피에게도 마침내 기회가 왔다.

소피는 한 손에 바구니를 들고 묵묵히 오르막길을 올랐다. 허벅지가 타는 듯 화끈거렸다. 이러다가 혹시라도 다리가 굵어지지는 않을까? 동화 속 공주님들은 모두 몸매가 완벽했다. 다리가 굵은 공주는 매부리코 공주나 발이 큰 공주와 마찬가지로 상상조차 할 수 없는 존재였다. 갑자기 초조해진 소피는 마음을 진정시키기 위해 어제 했던 선행들을 되짚어 보기 시작했다. 첫째, 그녀는 렌즈콩과 리크를 섞은 먹이를 호숫가 거위들에게 나눠 주었다. 멍청한 아이들이 아무것도 모르고 던져 준 치즈를 넙죽넙죽 받아먹은 거위들이 뚱뚱해지지 않도록 천연 설사제를 먹인 것이다. 둘째, 그녀는 손수 만든 레몬우드 세안제를 동네 고아원에 기부했다. 상황 파악 못하는 후원자들이 어리둥절한 눈으로 그녀를 바라보았지만 그녀는 "피부 관리를 꼼꼼히 하는 것이야말로 가장 선한 일이니까요"라고 친절하게 설명까지 덧붙여 주었다. 마지막으로 그녀는 교회 화장실에 거울을 달았다. 하느님의 집에 들어가기 전 가장 아름다운 모습으로 자신을 가꾸는 것은 신자의 당연한 도리이기 때문이었다. 이 정도면 충분할까? 집에서 파이를 만들어 아버지에게 가져다 주거나 광장에 우글대는 거지들에게 먹을 것을 나눠 주는 것보다 더 착한 행동들이 맞겠지? 그녀의 생각은 다시 오이에 대한 걱정으로 옮아갔다. 만약을 대비해 오이 몇 개 정도는 몰래 가져가는 것이 좋겠다는 생각이 들었다. 아직 짐을 쌀 시간은 충분했다. 하지만 오이를 담으면 가방이 꽤 무거워질 텐데, 학교에서 짐꾼을 보내 주려나? 아니면 미리 즙을 내어서…….

"어디 가?"

소피는 화들짝 놀라 고개를 돌렸다. 푸석한 빨간 머리 래들리가 뻐드렁니를 드러내며 그녀를 향해 미소 짓고 있었다. 집이 근처도 아닌데, 평소처럼 하루 종일 그녀를 따라다니고 있는 것이 분명했다.

"친구 만나러."

소피가 대답했다.

"왜 마녀랑 친구를 하지?"

래들리가 물었다.

"걔는 마녀가 아니야."

"친구도 없고 좀 괴상하잖아. 그러면 마녀지, 뭐."

소피는 "그런 이유라면 너도 마녀겠네"라고 말하고 싶은 것을 꾹 참고, 대신 래들리를 향해 미소를 지어 보였다. "너같이 끔찍한 아이를 참고 보아 주는 것만으로도 난 엄청난 선행을 하고 있는 거야"라는 의미가 담긴 미소였다.

"걔는 아마도 오늘 악의 학교로 끌려갈 거야. 그러면 너도 새 친구가 필요해질 텐데."

래들리가 다시 말했다.

"교장은 한 명이 아니라 두 명을 납치해."

소피가 긴장한 듯 턱에 힘을 주고 말했다.

"그래. 다른 한 명은 아마도 벨이겠지. 걔가 우리 마을에서 제일 착하잖아."

소피의 얼굴에서 미소가 사라졌다.

"내가 새 친구가 되어 줄게."

래들리가 개의치 않고 계속 말을 이어 갔다.

"친구라면 차고 넘쳐."

소피는 더 이상 참지 못하고 쏘아붙였다.

갑작스러운 반응에 래들리의 얼굴이 새빨갛게 달아올랐다.

"아, 그렇구나. 난 그냥……."

그는 말을 끝맺지 못하고, 배를 걸어차인 개처럼 허둥지둥 그 자리를 벗어났다.

소피는 지저분한 빨간색 머리카락이 너풀너풀 언덕 아래로 사라지는 모습을 멍하니 바라보았다.

'제대로 한 건 했네.'

지난 수개월간 착한 일만 하려고 안간힘을 쓰고 입가에 경련이 일 정도로 미소를 짓고 다녔는데, 하필 래들리 따위 때문에 일을 망치다니! 그냥 눈 꼭 감고 기분을 맞춰 줬어야 했다. "내 친구가 되어 주겠다니 정말 고마워" 정도의 성의 없는 대답을 했어도, 바보 같은 래들리는 몇 년 동안 그 순간을 곱씹으며 행복에 겨워 할 텐데! 오늘은 다른 날보다 더 신중하고 조심했어야 했다. 크리스마스 전날 산타클로스가 아이들을 유심히 관찰하듯이, 교장도 지금 그녀의 일거수일투족을 관찰하며 평가하고 있을 것이 분명했다. 그럼에도 불구하고 소피는 그런 반응을 보일 수밖에 없었다. 그녀는 이 세상에 어울리지 않을 정도로 아름다운 반면, 래들리는 끔찍하게 못생긴 아이였기 때문이다. 뼛속까지 사악한 악당 정도는 돼야 바보 같은 래들리에게 그런 달콤한 거짓말을 해 줄 수 있었을 것이다. 교장도 이런 상황은 이해해 줄 것이라며, 소피는 스스로를 안심시켰다.

마침내 공동묘지에 이른 소피는 녹슨 철문을 열고 안으로 들어갔다. 거친 잡초들이 그녀의 발목을 스쳤다. 언덕 꼭대기를 향해 펼쳐진 비탈면에는 수북하게 쌓인 낙엽 사이로 곰팡이 핀 묘비들이 삐죽삐죽 솟아 있었다. 소피는 음침한 무덤과 말라비틀어진 잔가지 사이를 조심스럽게 걸으면서도, 무덤 열을 세는 것을 잊지 않았다. 엄마 무덤을 쳐다보지 않기 위해서였다. 장례식에서도 애써 눈길을 돌렸는데 오늘같이 특별한 날 실수를 하고 싶지는 않았다. 여섯 번째 열을 지나는 순간 그녀는 축 늘어진 자작나무 가지에 시선을 고정하고 하루 후면 찾아올 새로운 삶에 생각을 집중했다.

친구의 집은 무덤이 가장 빽빽하게 들어선 곳 한가운데에 있었다. 호숫가 오두막집들은 죄다 판자와 빗장으로 덕지덕지 뒤덮였지만 그레이브스힐 1번지 집만은 평소와 다르지 않았다. 늘 그렇듯 꺼림칙하고 음울할 뿐이었다. 현관으로 올라가는 계단을 덮은 흰 곰팡이는 빛을 받아 초록색으로 반짝였고, 죽은 자작나무와 어지럽게 뒤얽힌 덩굴 식물들은 꾸물거리는 거대한 벌레처럼 어두컴컴한 숲을 향해 이어졌다. 날카롭게 각진 검은색 얇은 지붕은 마치 커다란 마녀의 모자처럼 집 전체에 어두운 그림자를 드리우고 있었다.

소피는 삐걱거리는 계단을 하나하나 밟고 현관문에 다가섰다. 마늘과 젖은 고양이 냄새가 뒤섞인 것 같은 지독한 악취가 풍겨 왔지만 여기에서 멈출 수는 없었다. 집 주변에는 머리가 잘려 나간 새들의 몸뚱이가 나뒹굴고 있었다. 이 집 고양이 짓이 분명했다.

소피는 다시 한 번 각오를 다지며 현관문을 두드렸다.

"가!"

집 안에서 거친 목소리가 흘러나왔다.

"너랑 제일 친한 친구한테 그게 무슨 말이야?"

소피는 최대한 부드러운 목소리로 대답했다.

"넌 나랑 제일 친한 친구 아니거든!"

"그럼 누군데?"

소피가 의아한 듯 물었다. 설마 벨이 선수를 친 것은 아니겠지?

"신경 끄시지!"

소피는 숨을 깊이 들이마시고 마음을 다잡았다. 조금 전 래들리 앞에서 저질렀던 실수를 반복해서는 절대 안 된다.

"아가사, 어제 우리 정말 즐거웠잖아. 오늘도 그렇게 재미있게 놀자."

"즐거웠다고? 내 머리를 온통 오렌지색으로 물들여 놓고?"

"다시 바꿔 줬잖아."

"넌 만날 니 크림이나 약이 어떻게 작용하는지 보려고 나를 실험 대상으로 삼잖아."

"원래 필요할 때 도와주는 게 친구니까."

소피가 다시 다정한 목소리로 대답했다.

"난 절대 너처럼 예쁜 아이는 될 수 없을 거야."

잠시 침묵이 흘렀다. 소피는 뭔가 듣기 좋은 말을 해 주고 싶었지만 마땅히 떠오르는 것이 없었다. 고민이 깊어지는 사이, 집 안에서는 쿵쾅거리는 발소리가 들려왔다.

"그렇다고 친구가 못 되란 법은 없지!"

소피가 다급하게 소리쳤다.

그때 계단 아래에서 털이 뭉텅뭉텅 빠지고 주름이 자글자글한 낯익은 고양이 한 마리가 소피를 향해 기분 나쁜 소리를 내기 시작했다. 아가사가 키우는 고양이였다. 소피는 현관문에 바싹 붙어 다시 아가사를 향해 소리쳤다.

"비스킷도 가져왔어!"

마침내 발소리가 멈췄다.

"진짜 비스킷? 혹시 지난번처럼 네가 직접 만든 거 아니야?"

"부드러운 버터 맛 비스킷이야. 너 그런 거 좋아하잖아."

소피는 슬금슬금 그녀를 향해 움직이는 고양이를 피해 한껏 몸을 움츠리며 대답했다. 하지만 고양이는 쉬익 소리를 내며 점점 더 가까이 다가왔다.

"아가사, 문 좀 열어 줘!"

"나 냄새난다고 놀릴 거잖아!"

"아니야. 네가 무슨 냄새가 난다고 그래?"

"지난번에 그렇게 말했으면서!"

"그때만 그랬던 거지. 아가사, 너희 고양이가 자꾸 캬악 소리를 내면서……."

"걔는 네 꿍꿍이가 뭔지 알고 있나 보네."

고양이가 발톱을 드러냈다.

"아가사, 제발 문 열어!"

공격 태세를 마친 고양이는 마침내 소피의 얼굴을 향해 달려들었고, 소피는 날카로운 비명을 내질렀다. 그때 둘 사이에 손이 불쑥 끼어들더니 고양이를 찰싹 내리쳤다.

소피가 슬며시 고개를 들었다.

"리퍼가 새 가지고 장난치는 데 싫증 났나 봐."

마침내 아가사가 문을 열고 모습을 드러냈다. 둥근 지붕처럼 얼굴을 감싸고 있는 그녀의 검은 머리카락은 마치 기름을 뒤집어쓴 듯 반질거렸고, 자루처럼 아무런 모양도 없이 그저 크기만 한 검은 드레스 밖으로는 툭 불거진 뼈마디와 창백한 피부가 드러나 있었다. 얼굴은 생기 없이 푹 꺼져 커다란 두 눈만 튀어나올 듯 두드러져 보였다.

"우리 같이 산책이나 하자."

소피가 말했다.

"글쎄, 난 아직도 네가 왜 나랑 친구를 하겠다는 건지 모르겠는 걸."

아가사가 문틀에 기대며 말했다.

"왜긴! 네가 다정하고 재미있으니까 그런 거지."

소피가 대답했다.

"우리 엄마는 내가 사납고 괴팍하다고 했는데. 둘 중 하나는 거 짓말을 하는 거네."

말을 마친 아가사는 소피가 가져온 바구니를 향해 손을 뻗었다. 바구니를 덮고 있던 냅킨을 잡아당기자 버터를 넣지 않은 버석한 겨 비스킷이 나타났다. 아가사는 소피를 한 번 쏘아보고는 다시 집 안으로 들어갔다.

"정말 산책 안 갈래?"

아가사가 문을 닫는 순간까지도 소피는 희망을 놓지 않은 듯 절 박하게 소리쳤다. 아가사는 잔뜩 풀이 죽은 소피의 표정을 놓치지 않았다. 소피는 정말로 그녀와 산책을 가고 싶어 하는 것 같았다. 소피도 아가사와 같은 마음인 것일까?

"알았어. 잠깐만 걷지, 뭐."

아가사는 다시 문을 열고 터덜터덜 걸어 나왔다.

"대신 또 잘난 척하거나 날 깔아뭉개는 말을 했다가는 리퍼가 너 희 집까지 쫓아갈 줄 알아!"

"그럼 대체 무슨 말을 하란 말이야!"

소피는 투덜거리면서도 아가사를 놓칠 새라 종종걸음으로 그녀 의 뒤를 좇았다.

어느덧 4년이 지나고, 열한 번째 달의 열한 번째 밤은 다시 한 번 공포를 가득 머금고 마을을 찾아왔다. 오후가 되자 마을 광장은 일벌들로 바글대는 벌집이 되었다. 교장의 도착에 대비하기 위해 저마다 분주하게 움직이는 사람들이 광장을 가득 채웠던 것이다. 남자들은 칼을 날카롭게 갈고 덫을 놓고 야간 경비대를 구성했다. 여자들은 아이들을 모두 모아 한 줄로 세운 뒤 작업을 시작했다. 잘생긴 아이들은 머리를 들쭉날쭉 자르고 이에 검은 칠을 했으며 옷을 갈가리 찢어 넝마를 만들었다. 못생긴 아이들은 깨끗이 씻겨 밝은 옷을 입히고 베일로 얼굴을 덮어 주었다. 엄마들은 말 잘 듣는 착한 아이들에게 욕을 하거나 여동생을 발로 차 버리라고 부추겼고, 평소에 못된 짓을 하던 아이들은 어르고 달래 교회에 보냈다. 비교적 안전하다고 판단되는 나머지 아이들은 "평범한 이들에게 축복이 있으라!"라는 마을 노래를 합창으로 불렀다.

공포는 시간이 지날수록 부풀어 올랐고 안개처럼 온 마을을 뒤덮었다. 어둑한 뒷골목에서는 정육점 주인과 대장장이가 동화책을 주고받으며 아이들을 지켜 낼 단서를 찾기 위해 머리를 모았고, 구부정한 시계탑 아래에서는 두 자매가 동화에 등장하는 악당들의 이름을 쭉 늘어놓고 다음 후보자를 점치는 데에 몰두하고 있었다. 남자아이들은 밧줄로 서로의 몸을 묶어 연결했고, 몇몇 여자아이들은 학교 지붕에 몸을 숨겼다. 가면을 쓴 한 아이는 풀숲에서 갑자기 튀어나와 사람들을 놀라게 하다가 엄마에게 엉덩이를 얻어맞기도 했다. 광장을 떠돌던 노숙자들도 공포를 키우는 데에 한몫하고 있었다. 그들은 꺼질 듯 가녀린 불꽃 앞에서 다 쉬어 버린 거친 목소리로 "동화책을 태워라! 다 태워 버려야 해!"라고 소리쳤다. 하지만 누구도 그들의 말에 귀를 기울이지 않았다. 동화책을 불 속에 던져 넣는 사람도 물론 없었다.

아가사는 광장에서 펼쳐지는 이 난리 법석을 얼빠진 표정으로 바라보았다.

"동화 때문에 마을 전체가 이 모양이라니, 말도 안 돼!"

"안 되긴 뭐가 안 돼! 다 진짜야."

아가사가 걸음을 멈추었다.

"너 설마 그 전설을 믿는 건 아니겠지?"

"난 믿어!"

소피가 자신감 넘치는 목소리로 대답했다.

"교장이 4년에 한 번씩 아이 둘을 납치해서 한 명은 선의 학교로 보내고 다른 한 명은 악의 학교로 보낸다는 말을 믿는다고? 그래서 그 아이들이 졸업하면 동화의 주인공이 된다는 걸 믿는다는 말이야?"

"당연하지."

"접시에 물 좀 받아 줘 봐."

"왜?"

"그런 바보 같은 소리를 듣느니 확 코 박고 죽어 버리게! 그 학교라는 곳에서는 대체 뭘 가르치는데?"

"음, 선의 학교에서는 나 같은 아이들에게 영웅이나 공주가 되는 법을 가르쳐 줘. 공정하게 왕국을 통치하는 방법, 영원히 행복하게 사는 방법 같은 것도 가르쳐 주지. 악의 학교에서는 못된 마녀와 꼽추 트롤이 되는 법을 가르친대. 저주를 거는 방법이나 사악한 마법의 주문 같은 것도 가르쳐 주고."

소피는 눈을 반짝이며 열심히 설명했지만 아가사는 고개를 저으

공주와 마녀

며 키득거릴 뿐이었다.

"마법의 주문이라고? 대체 누가 그런 생각을 해? 네 살짜리 아이한테나 통할 얘기잖아."

"아가사, 증거가 있어. 동화책을 보라고. 그동안 사라졌던 아이들이 다 동화책 속에 있잖아! 잭, 로즈, 라푼젤…… 모두 자신만의 동화 속에서 주인공이 되었다고!"

"난 그런 멍청한 동화책 따위 안 봐. 그런 건 증거가 될 수 없어."

"그래? 네 침대 옆에 동화책이 잔뜩 쌓여 있던데 그거 네 거 아니었어?"

소피의 갑작스러운 공격에 아가사는 눈에 잔뜩 힘을 주고 그녀를 노려보았다.

"내 말은 그건 그냥 동화책일 뿐이라는 거야. 책을 많이 팔려는 속임수일 수도 있고, 어른들이 아이들을 숲에 얼씬 못하게 하려고 겁을 주는 것일 수도 있어. 무슨 속내가 있는지는 정확히 모르겠지만, 어쨌든 교장 같은 건 없어. 저주니 마법이니 하는 것도 마찬가지고."

"그럼 아이들은 누가 납치하는 건데?"

"납치가 아니라니까. 그냥 멍청한 애들 둘이 4년에 한 번씩 숲에 기어들어 가는 거야. '엄마, 아빠가 깜짝 놀라겠지? 앞으로는 나한테 더 잘해 주겠지?' 하는 한심한 생각을 한 거지. 그러다가 길을 잃거나 늑대 밥이 돼 못 돌아온 거라고. 자, 이제 알겠지? 그래서 그 바보 같은 전설이 계속 이어져 온 거야."

"그거야말로 내 평생 들어 본 것 중 제일 바보 같은 소리다."

"네가 바보라서 그렇게 들리는 거야."

아가사가 되받아쳤다. 순간 소피의 눈빛이 확 달라졌다. '바보'라는 말은 소피가 가장 싫어하는 말이었다.

"너 무서워서 그러는 거지?"

소피가 매서운 목소리로 아가사를 몰아붙였다.

"정말 못 말리겠네! 대체 내가 뭘 무서워한다는 거야?"

아가사가 큰 소리로 웃음을 터뜨리며 물었다.

"너도 나랑 같이 납치될 테니까!"

갑자기 웃음소리가 멈추고 침묵이 흘렀다. 소피를 똑바로 쳐다보고 있던 아가사가 광장을 향해 천천히 시선을 돌렸다. 각자 임무에 열중하던 마을 사람들이 두 소녀를 뚫어지게 바라보고 있었다. 드디어 미스터리가 풀렸던 것이다. 핑크 드레스를 입은 선한 아이와 검은 드레스를 입은 악한 아이가 누구인지 이제 모두가 알게 되었다. 두 사람은 교장이 원하는 완벽한 한 쌍이었다.

아가사는 자신을 향한 수많은 시선들에 압도당한 듯 꼼짝하지 않았다. 그녀는 어서 오늘이 지나가기만을 바랐다. 내일이 되면 그녀는 다시 소피와 평화롭게 산책을 즐길 수 있을 것이다. 하지만 바로 옆에 서 있는 소피는 전혀 다른 생각을 하고 있었다. 아이들은 그녀가 동화책 주인공으로 등장하면 바로 알아보기 위해 그녀의 얼굴을 유심히 살피고 있었고, 소피는 그런 아이들을 바라보며 혹시 벨에게도 같은 반응을 보이는 것은 아닐까 불안해했던 것이다.

때마침 사람들 사이로 벨이 모습을 드러냈다.

벨은 짧게 자른 더북한 머리에 더러운 드레스 차림으로 흙바닥에 무릎을 꿇더니 정신없이 얼굴에 진흙을 칠하기 시작했다. 소피는 안도의 한숨을 내쉬었다. 벨은 역시 소피의 상대가 아니었다. 그녀는 다른 마을 사람들과 전혀 다를 바가 없었다. 평범한 결혼 생활을 꿈꾸고, 배불뚝이 게으름뱅이 남편의 불평을 받아 가며 한평생을 살 작정인 것이다. 그녀는 매일 요리하고 청소하고 바느질하는 단조로운 삶을 원한다. 가축 똥을 치우고 양젖을 짜내고 꽥꽥대는 돼지를 잡는 것이 그녀의 일이다. 그녀는 그렇게 가발돈에서 썩어 갈 것이다. 그러다가 마침내 얼굴에는 검버섯이 피고 이는 하나둘 빠져 죽음을 맞이할 것이다. 벨은 공주감이 아니었다. 교장은 절대 그녀를 데려가지 않을 것이다. 그녀는…… 아무것도 아니었다.

소피는 의기양양한 표정으로 다시 마을 사람들을 바라보았다. 그리고 평범하기 짝이 없는 그 한심한 사람들의 시선 하나하나가 세상에서 가장 빛나는 거울이라도 되는 듯 환한 미소를 지어 보였다.

"그만 가자."

아가사가 입을 열었다.

소피는 아가사를 바라보았지만, 아가사의 시선은 여전히 마을 사람들을 향해 있었다.

"어딜 가?"

"사람들 없는 곳으로!"

밝게 빛나던 태양이 어느새 붉게 물들었다. 핑크 드레스를 입은 아름다운 소녀와 검은색 드레스를 입은 못생긴 소녀는 호숫가에 나란히 앉아 지는 해를 바라보고 있었다. 소피는 비단 주머니를 펼쳐 오이를 챙겨 담았고, 아가사는 성냥개비를 하나씩 꺼내 불을 붙인 뒤 호수를 향해 손가락으로 튕겨 냈다. 열 번째 성냥개비가 물속으로 사라지는 순간, 소피가 홱 고개를 돌려 불만 어린 시선으로 아가사를 쳐다보았다.

"초조해서 그래."

아가사가 변명하듯 대답했다.

소피는 하나 남은 오이를 마저 주머니에 담기 위해 주머니 속을 이리저리 뒤적거리며 입을 열었다.

"벨은 대체 왜 이런 곳에 남고 싶어 할까? 걔 정도면 동화 주인공을 꿈꿔 볼 수도 있을 텐데 대체 왜 마을에 있으려는 거지?"

"동화 주인공이 되려고 영원히 가족을 버리겠다는 사람이 더 이상한 거 아닌가?"

아가사가 코웃음을 치며 대답했다.

"내 얘기하는 거 아니까 그만 좀 비꼬시지!"

소피의 대답에 두 사람 사이에는 다시 침묵이 흘렀다.

"넌 아빠가 어디로 사라졌는지 안 궁금해?"

소피가 물었다.

"궁금할 게 뭐 있어? 내가 태어난 후에 집을 떠나셨다니까."

"그러니까 말이야! 대체 어디로 가신 건지 궁금하지 않느냐고? 우리 동네는 사방이 숲으로 둘러싸여 있는데 그렇게 흔적도 없이 사라진다는 건……."

소피가 말을 멈추더니 갑자기 아가사를 향해 몸을 돌렸다.

"혹시 동화 속으로 들어가신 거 아니야? 교장한테 납치당하지 않고도 동화 속으로 들어갈 수 있는 비밀스러운 문을 발견하신 거 아닐까? 어쩌면 너희 아빠는 그곳에서 너를 기다리고 있는지도 몰라!"

"아빠는 우리 엄마랑 바람을 피웠고 내가 태어났지만 아무 일 없었던 것처럼 무시하고는 원래 부인한테 돌아간 거야. 그렇게 살다가 갑자기 사고로 돌아가신 거라고. 이 정도는 돼야 믿을 만하지 않아?"

소피는 입술을 살짝 깨물더니 다시 오이를 주머니에 담는 데에 열중하기 시작했다.

"너희 엄마 말이야, 내가 갈 땐 늘 안 계시더라."

"요즘 마을에 내려가시거든. 집으로 찾아오는 환자가 몇 안 돼. 위치가 안 좋아서 그런가 봐."

아가사가 대답했다.

"그래, 그것 때문일 거야. 묘지에 간다는 게 아무래도 좀 꺼림칙하겠지."

소피는 마음에도 없는 말을 하며 순순히 고개를 끄덕였다. 그녀는 마을 사람들 중 병을 치료하기 위해 아가사의 엄마를 찾아갈 사람은 아무도 없다는 사실을 잘 알고 있었던 것이다. 아가사의 엄마는 하다못해 기저귀 발진도 치료하지 못할 사람이었다.

하지만 아가사는 그녀의 속마음을 전혀 모르는 듯 순진한 얼굴로 계속 말을 이었다.

"묘지에 살아서 좋은 점도 있어. 참견쟁이 이웃도 없고, 세일즈맨이 불쑥 들이닥치는 일도 없지. 미용 팩이나 다이어트용 쿠키를 들고서 친구인 양 찾아와서는 내가 동화 나라에 있는 악의 학교에 끌려갈 거라고 말하는 이상한 애도 없고 말이야."

아가사는 자신의 마지막 말이 재미있다는 듯 피식 웃으며 성냥개비 하나를 호수에 튕겨 넣었다.

"이상한 애? 내가 친구인 척한다고?"

소피가 오이를 담은 주머니를 내려놓으며 말했다.

"난 너한테 찾아와 달라고 한 적 한 번도 없어. 너 없이도 잘 살고 있었거든."

"그래도 내가 가면 항상 문 열어 줬잖아."

"그야 네가 너무 외로워 보여서 그랬던 거지. 좀 불쌍해 보이더라고."

아가사가 대답했다.

"내가 불쌍해 보였다고?"

소피가 두 눈을 번뜩이며 목소리를 높였다.

"아무도 안 좋아하는 널 보려고 거기까지 찾아가 준 걸 고맙게 생각해야 하는 거 아니야? 더군다나 나 같은 애가 너랑 친구를 하겠다는데! 넌 나처럼 착한 사람 만난 걸 행운으로 알아야 한다고!"

"그럴 줄 알았어!"

아가사는 드디어 기회를 잡았다는 듯 눈을 부릅뜨고 대꾸했다.

"넌 나를 친구로 생각하지 않아! 그저 선행을 베풀 대상이라고 생각하지. 난 네가 만든 그 멍청한 환상을 충족시켜 주는 도구일 뿐이라고!"

뜻밖의 반격에 소피는 한동안 말을 잇지 못했다.

"그래, 솔직히 처음에는 그랬어. 교장한테 잘 보이려고 널 찾아갔던 거야. 하지만 지금은 그렇지 않아."

한참이 지난 후 소피가 다시 차분해진 목소리로 고백하듯 말을 꺼냈다.

"그렇겠지. 내가 네 속셈을 알아차렸으니까!"

아가사는 여전히 마음이 가라앉지 않은 듯 씩씩대며 대답했다.

"그게 아냐. 나 널 좋아하게 됐어."

눈이 휘둥그레진 아가사가 소피를 향해 고개를 돌렸다.

"마을에는 나를 이해해 주는 사람이 아무도 없어. 하지만 넌 달랐어. 나를 있는 그대로 봐 주잖아. 그래서 자꾸 널 찾아갔던 거야. 착한 일을 하려고 그랬던 거 아니야, 아가사."

자신의 두 손을 물끄러미 바라보며 쑥스러운 듯 말을 이어 가던 소피가 고개를 들어 아가사의 두 눈을 똑바로 바라보았다.

"넌 내 친구야."

아가사의 목이 새빨갛게 달아올랐다.

"왜 그래? 무슨 일이야?"

소피가 인상을 잔뜩 찡그리며 물었다.

아가사는 자루 같은 검은 드레스 안으로 몸을 웅크리고 더듬더듬 입을 열었다.

"저기…… 있잖아…… 친구라는 말이 익숙하지 않아서 그래."

소피는 미소를 지으며 아가사의 손을 잡았다.

"이제부터 익숙해지면 되지, 뭐! 우린 이제 친구니까. 새로운 학교도 같이 가게 될 거고."

아가사는 불편한 듯 '끙' 소리를 내며 슬그머니 손을 빼냈다.

"그래, 네 생각이 맞다 쳐. 내가 백번 양보해서 네 말을 믿는다고 쳐 보자고. 대체 왜 내가 악당들이 가는 학교에 가야 해? 왜 다들 내가 어마어마한 악당이 될 거라고 생각하지?"

"널 악당이라고 생각하는 사람은 없어, 아가사. 넌 그냥 좀 다를 뿐이야."

소피가 한숨을 내쉬며 대답했다.

"뭐가 다른데?"

아가사는 눈썹을 치켜올리며 다시 물었다.

"뭐, 굳이 묻는다면…… 검은 옷만 입는 거?"

"때를 덜 타니까 그런 거지!"

"집 밖에 잘 나오지도 않고."

"밖에만 나가면 다들 이상한 눈으로 쳐다보니까!"

"음, 지난번 동화 창작 대회 때 넌 백설공주가 독수리에 잡아먹히고 신데렐라가 물통에 빠져 죽는 이야기를 썼잖아."

"난 그게 훨씬 재밌는걸!"

"아가사, 너 내 생일 선물로 죽은 개구리 줬던 거 기억하지?"

"사람은 누구나 죽기 마련이고 땅속에 묻히면 결국 구더기 먹이가 될 운명이라는 걸 보여 주려고 그런 거야. 그러니까 살아 있는 동안 생일을 축하하고 즐겨야 한다는 뜻이었다고. 난 엄청 고민해서 준비했던 건데."

"핼러윈 때는 또 어떻고! 너 그날 웨딩드레스 입었잖아."

"결혼보다 더 무서운 게 어디 있어?"

소피는 더 이상 아무 말도 하지 않고 물끄러미 아가사를 바라보았다.

"그래, 알았어! 내가 좀 다른 건 사실이야. 그래서 그게 무슨 문제라도 된다는 거야?"

아가사는 눈에 힘을 잔뜩 주고 소피를 노려보았다.

"그게 아니라, 동화 속에서는 보통 남들하고 다른 사람이…… 악당이 되잖아."

소피가 머뭇거리며 대답했다.

"결국 내가 마녀가 될 거라는 말이구나."

아가사는 마음이 상한 듯 맥 빠진 목소리로 말했다.

"너무 속상해하지 마. 너한테도 선택권은 있어. 앞으로 무슨 일이 벌어지든, 동화의 결말은 우리가 어떻게 하느냐에 달려 있는 거니까."

소피가 아가사를 달래듯 다정한 목소리로 말했다.

한동안 아무 말이 없던 아가사는 소피의 손을 잡고 다시 입을 열었다.

"너 정말 이곳을 싫어하는구나. 동화니 뭐니 하는 헛소리를 믿을 만큼 그렇게 간절히 이 마을을 떠나고 싶은 거야?"

소피는 아가사의 커다란 두 눈을 똑바로 마주 보았다. 그리고 평생 처음으로, 그녀의 두 눈에 가득 담긴 진심 어린 걱정과 의문을 아무런 저항 없이 받아들였다.

"난 이런 곳에서는 살 수 없어. 평범한 삶은 견딜 수가 없어."

소피의 목소리는 진지하고 단호했다.

"네가 그런 얘길 하다니, 재미있네. 그게 바로 내가 널 좋아하는 이유거든."

아가사의 반응에 소피는 반가운 듯 미소를 지어 보였다.

"너도 평범하게 사는 건 싫단 말이구나?"

"아니, 평범한 삶이야말로 내가 제일 바라는 거야. 난 너랑 같이 있으면 평범해지는 기분이 들어서 좋았어."

아가사가 대답했다.

그때 계곡에서 날카로운 시계 종소리가 울려왔다. 여섯 번인지 일곱 번인지는 알 수 없었다. 두 소녀는 시간이 얼마나 흘렀는지 감을 잡을 수 없었다. 종소리는 웅웅거리는 메아리가 되어 광장을 향해 멀어졌고, 두 소녀는 소원을 빌었다. 다음 날이 되어도 여전히 둘이 함께할 수 있기를!

하지만 그곳이 어디가 될지는 모를 일이었다.

2
납치의 기술

마침내 해가 졌다. 이미 집 안에 꽁꽁 몸을 숨긴 아이들은 자물
쇠와 빗장으로 뒤범벅이 된 침실 창문의 가느다란 틈을 통
해 바깥을 내다보았다. 횃불을 손에 든 아빠와 엄마, 누나와 언니
들이 어두운 숲을 빙 둘러싸고 있었다. 그들의 얼굴에는 교장이 이
불의 고리를 절대 넘어오지 못하게 하리라는 각오가 깊이 서려 있
었다.

모든 아이들이 두려움에 벌벌 떨며 창틀에 박아 놓은 나사못을
조이고 있을 때, 소피는 홀로 다른 작업에 열중하고 있었다. 그녀는
나사못을 풀고 있었다. 납치에 방해가 되는 것들을 최소화하기 위
해서였다. 방 안
에 갇힌 몸이었지
만 그 안에서도 할
수 있는 일은 많
았다. 그녀는 머
리핀과 핀셋, 그리
고 손톱 다듬는 줄을
침대 위에 늘어놓고
곧장 다음 작업에
착수했다.

처음 납치 사건이 발생한 것은 200년 전이었다. 두 소년 혹은 두 소녀가 한 번에 납치되기도 했고, 때로는 소년 한 명과 소녀 한 명이 납치되기도 했다. 아이들의 나이도 그때그때 달랐다. 열여섯 살일 때도 있었고 열네 살일 때도 있었다. 막 열두 살이 된 아이들이 납치된 경우도 있었다. 납치 대상은 이렇듯 아무 기준 없이 마구잡이로 결정되는 듯했지만, 점차 뚜렷한 규칙성이 드러나기 시작했다. 한 아이는 모든 부모들이 바라 마지않는 착하고 예쁜 아이였고, 다른 한 아이는 태어나는 순간부터 모두의 관심 밖에 놓인 못생기고 이상한 아이였던 것이다. 납치되는 것은 언제나 상반된 한 쌍의 아이들이었고, 이들은 어린 나이에 선택되어 마을 밖으로 사라졌다.

처음으로 두 아이가 사라졌을 때 사람들은 곰을 의심했다. 가발돈에서 곰을 본 사람은 아무도 없었지만, 마을 사람들은 확신을 품고 곰을 찾는 데에 열중했다. 그로부터 4년 후 또다시 두 아이가 사라지자, 사람들은 좀 더 구체적으로 범인을 지목해야 한다는 데에 의견을 모았다. 그렇게 선택된 범인은 바로 '검은색' 곰이었다. 어두운 밤이 되면 눈에 보이지 않을 정도로 털 색깔이 까맣기 때문에 사람들의 눈을 피해 아이들을 잡아갈 수 있다고 생각했던 것이다. 하지만 그 후로도 납치는 계속되었고 그때마다 사람들의 의견은 갈대처럼 흔들렸다. 땅굴 속에 숨어 사는 곰이라는 의견이 있는가 하면 유령 곰이라는 사람도 있었고, 심지어는 변신술에 능한 곰이라는 주장도 나왔다. 그렇게 오랜 세월을 보낸 끝에 사람들은 결국 범인은 곰이 아니라는 결론에 이르렀다.

어른들은 그 후로도 싱크홀, 날개 달린 육식동물 등등 여러 가지

가설을 내세웠지만, 정작 문제의 실마리를 풀어낸 것은 아이들이었다. 광장에는 늘 사라진 아이들의 얼굴이 그려진 포스터가 걸려 있었고, 이를 유심히 보던 아이들이 뭔가 수상쩍은 점을 발견해 냈던 것이다. 오래전 사라진 아이들의 얼굴이 이상하게도 전혀 낯설지 않았던 가발돈의 어린이들은 집으로 돌아가 동화책을 펼쳤고, 바로 그 속에서 사라진 아이들을 찾아냈다.

잭은 100년 전에 사라졌지만 전혀 나이를 먹지 않은 모습이었다. 동화책 속 그는 덥수룩한 머리에 움푹 팬 보조개, 그리고 가발돈 소녀들의 마음을 설레게 했던 살짝 비뚤어진 미소까지 예전 모습을 그대로 유지하고 있었다. 다른 점이 있다면 이제 잭은 마법 콩나무 줄기의 주인이 되었다는 점뿐이었다. 같은 해에 잭과 함께 사라진 또 다른 소년은 귀가 뾰족하고 얼굴은 주근깨투성이인 말썽쟁이 앵거스였다. 그는 잭의 콩나무 줄기 꼭대기에 사는 주근깨투성이 뾰족 귀 거인이 되어 있었다. 사라진 두 소년이 모두 동화 속 세상으로 들어간 것이다. 아이들은 이 놀라운 발견을 서둘러 어른들에게 알렸지만, 어른들은 언제나 그러듯 아이들의 말을 무시해 버렸다. 그들은 귀엽다는 듯 아이들의 머리를 쓰다듬고는 다시 싱크홀과 육식동물 가설에 열중했다.

다행히도 아이들은 끈질겼다. 더 많은 증거를 모아 어른들 앞에 내밀었던 것이다. 50년 전 사라졌던 앤냐와 에스트라는 〈인어공주〉 속에서 발견되었다. 앤냐는 온몸에 달빛을 받으며 바위 위에 앉아 있는 아름다운 모습으로 그려졌지만 에스트라는 불쌍한 인어공주를 속이는 바다 마녀가 되었다. 목사의 아들로 나무랄 데 없이 바르게 자란 필립은 영리한 꼬마 재단사가 되었고, 거만하고 괴팍한 굴라는 숲속의 마녀가 되어 아이들을 공포에 떨게 했다. 한 쌍을 이루어 납치되었던 수많은 아이들이 동화책 속 세상에서 새로운 삶을 살고 있었다. 한 명은 선의 편에, 또 다른 한 명은 악의 편에 서 있다는 점이 다를 뿐이었다.

이 동화책들을 마을로 들여오는 사람은 도빌 씨였다. 그의 서점은 배터스비 빵집과 피클피그 술집 사이 조용하고 구석진 곳에 자리 잡고 있었다. 아이들의 행방이 밝혀진 이상, 이제 문제는 그가 어디에서 이 동화책들을 가져오느냐 하는 것이었다.

도빌 씨는 이 책들이 아무런 예고도 없이 갑자기 나타난다고 했다. 일 년에 한 번 규칙적으로 도착하기는 하지만 언제가 될지는 알 수 없다는 것이었다. 어느 날 출근을 해 보면 서점 안에 정체 모를 박스가 놓여 있고, 그 안에는 네 종류의 새 동화책이 각각 한 권씩 들어 있었다. 그런 날이면 도빌 씨는 문 앞에 '임시 휴업'이라는 간판을 달고 가게 문을 닫았다. 그리고 서점 뒤편에 마련된 작업실에 틀어박혀 부지런히 새 동화책을 손으로 베껴 썼다. 작업은 며칠이고 계속되었다. 가발돈 아이들이 모두 볼 수 있도록 넉넉한 양을 만들어야 했기 때문이다. 이 길고 고독한 작업이 마침내 끝나는 날, 도빌 씨는 어디에서 왔는지 알 수 없는 동화책 원본 네 권을 서점 진열창에 내걸고 서점 문을 활짝 열어젖혔다. 서점 앞에는 이미 5킬로미터에 달하는 긴 줄이 늘어서 있기 마련이었다. 줄은 광장을 가득 채우고 언덕을 내려가 호수까지 이어졌다. 아이들은 한시라도 빨리 새 동화책을 보고 싶어 안달이었고, 어른들은 혹시 사라진 아이들 중 누군가 동화책에 등장하지 않았는지 알아보기 위해 기나긴 기다림을 참고 견뎠다.

마을 원로회는 도빌 씨에게 수많은 질문을 던졌다. 당연한 일이었다. 하지만 도빌 씨의 대답은 비밀을 푸는 데 별 도움을 주지 못했다. 누가 동화책을 보내 주는 것이냐는 질문에 도빌 씨는 전혀 모른다고 대답했고, 언제부터 동화책이 서점으로 배달되었느냐는 질문에도 그저 늘 그래 왔다고 대답할 뿐이었다. 원로회는 동화책이 어느 날 갑자기 아무도 모르게 서점에 배달되었는데 어디에서 온 것인지 궁금하지도 않느냐고 물었고, 도빌 씨는 당당한 표정으로 이렇게 대답했다.

"당연한 거 아닙니까? 정말 몰라서 물으시는 건가요?"

고민에 고민을 거듭하던 원로회는 도빌 씨의 동화책 속에서 또 다른 특이한 점을 발견해 냈다. 동화 속 마을들이 가발돈과 똑같은 모습을 하고 있다는 점이었다. 호숫가에 옹기종기 자리 잡은 오두막집들, 색색의 차양과 흙길을 따라 활짝 피어난 보라색 튤립, 진홍색 마차와 전면이 나무로 지어진 가게들과 노란색 학교, 그리고 구부정한 시계탑까지 모든 것이 똑같았다. 하지만 이 동화 속 세상은 가발돈이 아니었다. 누구도 가 본 적 없는 '머나먼 나라'였던 것이다. 이 동화 속 마을들의 존재 이유는 단 하나였다. 이곳은 이야기를 시작하고 끝맺는 곳이었다. 시작과 끝 사이의 모든 사건들은 마을을 둘러싼 끝없는 어둠의 숲에서 벌어졌다.

사람들은 동화 속 세상과 가발돈 사이에 또 하나의 공통점이 존재한다는 사실을 깨달았다. 바로 숲이었다. 가발돈 역시 끝없이 이어진 어두운 숲으로 둘러싸여 있었던 것이다.

아이들이 처음으로 사라지기 시작했을 때 사람들은 아이들을 찾기 위해 숲으로 몰려갔다. 폭풍우와 홍수, 회오리바람과 쓰러진 나무들이 곳곳에서 그들을 가로막았지만 마을 사람들은 온갖 역경을 뚫고 마침내 숲을 가로지르는 데에 성공했다. 숲 너머에서 그들은 아담한 마을을 하나 발견했고, 아이들을 찾기 위해 마을을 샅샅이 뒤졌다. 하지만 사람들은 사라진 아이들 대신 충격적인 사실을 마주할 수밖에 없었다. 그곳은 그들이 사는 마을, 즉 가발돈이었던 것이다. 그 후로도 사람들은 여러 번 숲에 들어갔지만 어디에서 출발하든 늘 제자리로 돌아왔고, 숲은 사라진 아이들을 절대 되돌려 줄 수 없다는 듯 완고해 보이기만 했다. 그러던 어느 날, 끝없는 숲의 비밀이 밝혀졌다.

도빌 씨가 그 해에 새로 도착한 동화책들을 꺼내던 중 상자 한쪽 구석에서 커다란 얼룩을 발견했던 것이다. 도빌 씨는 손끝으로 얼룩을 만져 보았고, 얼룩은 마르지 않은 잉크처럼 끈적하게 그의 손에 들러붙었다. 자세히 살펴보니, 그 얼룩은 검은 백조와 흰 백조를 정교하게 새겨 넣은 문장이었다. 그리고 문장 위에는 세 개의 글자가 커다랗게 쓰여 있었다.

선.악.교.

이 세 글자가 무엇을 의미하는지는 다행히도 고민할 필요가 없었다. 문장 바로 아래 작은 플래카드에 그 뜻이 적혀 있었기 때문이다. 검은 잉크로 적힌 작은 글씨들은 그동안 마을 아이들이 어디로 사라졌는지를 명확하게 알려 주었다.

선과 악의 학교

그 후로도 납치는 계속되었다. 하지만 마을 사람들은 더 이상 범인을 찾아 나설 필요가 없었다.

그들은 그 범인에게 '교장'이라는 이름을 붙여 주었다.

10시가 조금 지난 시각, 소피는 창문에 채워 놓은 마지막 자물쇠를 뜯어내고 슬그머니 덧문을 열었다. 저 멀리 숲 둘레를 지키는 경비대의 모습이 보였다. 그중에는 소피의 아빠 스테판도 있었다. 하지만 그는 다른 사람들처럼 초조한 눈빛으로 어두운 숲을 응시하는 대신, 이웃에 사는 과부 오노라의 어깨에 손을 올린 채 능글맞은 미소를 짓고 있었다. 소피는 얼굴을 찡그렸다. 대체 저런 여자가 뭐가 좋다는 거지? 그녀는 도무지 이해할 수 없었다. 옛날 옛적 엄마의 모습은 동화에 등장하는 여왕만큼이나 완벽했다. 하지만 오노라는 머리도 작고 몸매는 둥그스름한 것이 꼭 칠면조를 닮았다.

스테판은 장난기 어린 표정으로 오노라를 향해 고개를 숙이더니 그녀의 귓가에 뭔가를 속삭였다. 순간 소피의 양 볼이 화끈 달아올랐다. 만약 오노라의 두 아들이 납치될 상황이었다면, 아빠는 지금처럼 실없는 장난을 치는 대신 누구보다 진지하게 숲을 노려보고 있었을 것이다. 스테판은 해질 무렵이 되자 소피를 방 안에 가두고 이마에 키스도 해 주었지만, 그것은 모두 딸을 사랑하는 아버지의 모습을 충실하게 연기한 것에 불과했다. 소피는 아빠의 진심을 분명하게 알고 있었다. 그녀는 아빠의 얼굴에 훤히 드러나는 그 진심을 하루도 빠짐없이 마주해야만 했던 것이다. 아빠는 그녀를 사랑하지 않는다. 그녀가 아들이 아니라 딸이기 때문이다. 아빠는 자신을 닮은 아들을 원했다.

지금 아빠는 저 칠면조 같은 여자와 결혼을 꿈꾸고 있다. 엄마가 돌아가신 지도 5년이 넘었으니 남들이 보기에 부적절하거나 부도덕해 보이지는 않을 것이다. 게다가 몇 마디 안 되는 결혼 서약만 하면 두 아들이 공짜로 생긴다. 새로운 가족과 새 삶을 시작할 수 있는 것이다. 하지만 그렇게 되기 위해서는 딸의 축복이 필요했다. 마을 원로회의 허락을 받기 위해서는 어쩔 수 없는 일이었다. 아빠는 이미 몇 번이나 소피 앞에서 결혼 이야기를 꺼냈지만, 그럴 때마다 소피는 말을 돌리거나 요란스럽게 오이를 썰거나 혹은 래들리를 상대할 때 사용하는 인내의 미소를 지어 보였다. 그 후 아빠는 다시는 오노라의 이름을 입에 담지 않았다.

'결혼하려면 하라지! 난 어차피 여길 떠날 테니까.'

소피는 덧문 사이로 아빠를 노려보며 생각에 빠졌다. 그녀가 사라지고 난 뒤에야 아빠는 딸의 소중함을 깨닫고, 그 누구도 자신의 딸을 대신할 수 없다는 사실을 뼈저리게 느낄 것이다. 아빠는 자신이 아들보다 훨씬 대단한 존재를 이 세상에 태어나게 했다는 사실을 인정할 수밖에 없을 것이다.

아빠의 딸은 공주라는 사실을 반드시 알려 주리라!

소피는 곧 그녀를 찾아올 교장을 위해 창턱에 생강쿠키 조각들을 정성껏 올려놓기 시작했다. 그녀 평생 처음으로 설탕과 버터를 넣어 만든 쿠키였다. 특별한 경우이니만큼 예외를 둘 수밖에 없었다. 그녀는 부드럽고 달콤한 쿠키를 통해 자신이 교장을 기꺼이 따라나서겠다는 의사를 표현하고 싶었던 것이다.

모든 준비를 마친 소피는 마침내 침대에 누워 두 눈을 감았다. 누덕누덕한 창문도, 능글맞게 미소 짓는 아빠의 모습도, 시시하기 짝이 없는 가발돈 마을도 이제 모두 시야에서 사라졌다. 그녀는 미소를 짓고, 밤이 깊어지기를 기다렸다.

아가사는 소피의 머리가 창 아래로 사라지는 것을 확인한 뒤, 창턱에 놓인 생강쿠키를 입안에 밀어 넣기 시작했다. 그냥 둬 봤자 어차피 쥐새끼들이나 꼬일 텐데 먹어 치우는 게 훨씬 낫지 않은가! 납작한 검은 신발 위로 부스러기를 잔뜩 흘려 대며 허겁지겁 쿠키를 먹어 치운 그녀는 하품을 한 번 하고는 집으로 향했다. 시계탑의 시곗바늘이 10시 15분을 막 지나고 있었다.

소피와 산책을 마친 후 아가사는 바로 집으로 갈 생각이었다. 하지만 어리바리하고 별난 아이들이 간다는 괴상한 학교 이야기가 계속 머릿속을 맴돌았다. 소피가 그 얼토당토않은 학교를 찾아 컴컴한 숲에 들어갔다가 멧돼지의 습격을 받는 모습이 눈앞에 아른거리는 것 같았다. 결국 그녀는 발길을 돌려 소피의 집으로 갔다. 그리고 정원에 있는 나무 뒤에 숨어서 소피가 잠들기를 기다렸던 것이다. 그 과정은 여러 가지 면에서 결코 쉽지 않았다. 소피는 들어주기 민망할 정도로 멍청한 왕자 찬양가를 부르면서 창문에 달린 자물쇠를 하나하나 풀었고, 결혼식 종소리 어쩌고저쩌고 하는 노래를 부르면서 짐을 쌌다. 그런 다음 "모두가 핑크 드레스 입은 공주를 좋아해!"라는 끔찍한 노래를 흥얼거리며 화장을 하고 제일 좋은 드레스를 꺼내 입었다. 마지막으로 그녀는 생강쿠키를 정성스레 배열한 뒤 드디어, 마침내 잠자리에 들었던 것이다. 아가사는 바닥에 떨어진 쿠키 부스러기를 묵직한 신발로 밟아 으깬 뒤 터덜터덜 집을 향해 걷기 시작했다. 소피는 이제 안전하다. 내일 아침 일어나 아무 일도 일어나지 않은 것을 깨달으면 엄청 민망해하겠지? 하지만 굳이 아픈 곳을 찌르고 놀려 대지는 않으리라! 실망감에 빠진 소피에게는 친구가 필요할 것이고, 아가사는 그녀에게 꼭 어울리는 좋은 친구가 되어 줄 작정이었다. 이 아담한 외딴 마을에서 두 사람은 오래오래 행복한 삶을 살 수 있을 것이다.

비탈진 언덕을 저벅저벅 올라가던 아가사는 숲을 둘러싼 횃불

경비 구역이 움푹 팬 채 비어 있다는 사실을 발견했다. 공동묘지를 담당한 경비대원들이 묘지 안에는 딱히 보호해야 할 것이 없다고 판단한 것이 분명했다. 그들의 생각이 틀린 것은 아니었다. 아가사에게는 사람들을 쫓아 버리는 재주가 있었다. 아이들은 그녀를 보면 마치 흡혈박쥐를 마주친 듯 잽싸게 달아났고, 어른들은 그녀가 걸어오면 벽에 바싹 붙어 그녀를 피했다. 아가사가 무슨 저주라도 걸 것이라고 생각하는 듯했다. 늘 마주치는 묘지기들조차 그녀의 모습을 발견하면 화들짝 놀라기 일쑤였다. 그렇게 해가 지날수록 사람들 사이에서는 "마녀", "악당", "악의 학교" 같은 속삭임이 커져 갔고, 결국 아가사는 밖에 나가기를 꺼리게 되었다. 처음에는 며칠이었지만 그다음에는 몇 주씩 집에만 틀어박혀 있었고, 이제는 유령처럼 묘지 안에서만 생활하게 된 것이다.

집 밖에 나가지 않아도 시간을 보낼 거리는 충분했다. 그녀는 〈비참한 인생〉, 〈천국은 묘지에 있네〉 등과 같이 제법 훌륭한 시를 쓰기도 했고, 고양이 리퍼를 모델로 그림을 그리기도 했는데 쥐들은 진짜 고양이보다 그녀의 그림에 더 겁을 먹고 도망쳤다. 아가사는 그렇게 싫어하는 동화를 직접 쓰기도 했다. 〈영원히 불행하게 살았더래요〉라는 그녀의 첫 작품은 끔찍한 죽음을 맞이하는 아름다운 아이들에 관한 이야기였다. 하지만 이렇게 정성 들여 만든 작품들을 봐 줄 사람은 아무도 없었고, 시간이 흐를수록 놀잇거리는 떨어져 갔다. 그러던 중 소피가 그녀를 찾아왔던 것이다.

아가사는 마침내 집에 도착했다. 삐걱거리는 계단을 올라 현관문 앞에 서자 리퍼가 기다렸다는 듯 그녀의 발목을 핥았다. 그리고 집 안에서는 그녀가 난생처음 듣는 이상한 노랫소리가 들려왔다.

옛날부터 그 숲에는
선과 악의 학교가 있었지…….

아가사는 눈알을 굴리며 문을 밀어젖혔다.
엄마가 커다란 가방에 짐을 싸면서 유쾌한 목소리로 노래를 부
르고 있었다. 가방 안에는 검은색 망토와 빗자루, 그리고 뾰족한 마
녀 모자가 담겨 있었다.

쌍둥이처럼 닮은 두 개의 탑
하나는 맑고 순수한 이를 위한 것
다른 하나는 사악한 이를 위한 것이지
달아나려 해 봤자 결과는 실패
그곳을 나가는 방법은 오직 하나
동화 속으로 들어가는 것뿐…….

"어디 여행 가게? 이 마을에서 빠져나갈 방법이라도 찾았어? 날
개를 달고 날아갈 건가?"
아가사가 물었다.
등을 돌리고 있던 엄마 캘리스는 그제야 딸을 향해 고개를 돌렸다.
"망토 세 개면 충분할까?"
그녀는 툭 튀어나온 딱부리눈으로 딸을 바라보며 물었다. 기름
진 검은 머리는 마치 헬멧을 뒤집어쓴 것 같았다.
아가사는 자신과 꼭 닮은 엄마의 모습에 순간 움찔하고 말았다.
"똑같은 게 왜 세 개나 필요해?"
아가사는 마음을 들키지 않으려는 듯 시선을 피하며 우물우물

물었다.

"혹시 모르잖아. 친구가 빌려 달라고 할 수도 있고."

"이게 내 짐이란 말이야?"

"뾰족모자도 두 개 넣었어. 혹시 가방 안에서 찌그러질지도 모르니까. 빗자루도 하나 넣었다. 거기 더러운 것들밖에 없으면 이걸 쓰렴. 그리고 개 혓바닥, 도마뱀 다리, 개구리 발가락 물약도 몇 병 준비했어. 거기 있는 것들은 너무 오래됐을 것 같아서 말이야."

"엄마, 망토랑 모자랑 개구리 발가락 물약이 왜 나한테 필요한데?"

아가사는 엄마가 뭐라고 대답할지 이미 알고 있었지만, 그래도 확인하지 않을 수 없었다.

"왜긴! 새 마녀 환영식에 갈 준비를 해야지!"

엄마는 흥분한 듯 한층 달아오른 목소리로 대답했다.

"악의 학교에는 다른 애들도 많이 있을 텐데 아무것도 모르는 촌뜨기처럼 보이면 안 되잖아, 우리 딸!"

아가사는 신발을 뺑 차서 벗어 버렸다.

"그러니까 우리 마을 '의사 선생님'께서도 동화니 학교니 하는 헛소리를 다 믿으신다 이 말씀이지? 그렇다고 해도 내 의견이 제일 중요한 거 아니야? 난 여기 있는 게 좋아. 내 침대도 있고, 고양이도 있고, 친구도 있는데 왜 내가 여길 떠나야 돼?"

"얘, 네 친구 말이 나왔으니 말인데, 너 걔 좀 본받아라. 걔는 그래도 뭔가 해 보겠다고 그렇게 열심이잖니."

캘리스가 짐 가방에 자물쇠를 채우며 말을 이었다.

"생각해 봐라, 아가사. 동화 속 마녀가 되는 것보다 더 근사한 인생이 또 어디 있겠니? 엄마 어릴 적 꿈은 바로 악의 학교에 가는 거였어. 그런데 교장이 나 대신 멍청한 스벤이란 녀석을 데려갔지 뭐니! 그 녀석 어찌어찌 동화 속에는 들어갔는데 〈멍청한 오거〉에서 공주한테 속는 바람에 결국 불타 죽어 버렸지. 딱히 놀랄 일도 아니었어. 스벤은 자기 신발 끈도 제대로 못 매는 아이였으니까. 내가 장담하는데, 교장도 그 녀석을 데려간 걸 두고두고 후회하고 있을 거다! 다시 기회가 온다면 분명 나를 선택할 거야."

아가사는 이불 속으로 쓱 미끄러져 들어가며 입을 열었다.

"그래도 마을 사람들은 다들 엄마한테 마녀라고 하잖아. 그 정도면 소원은 이룬 거지."

순간 캘리스의 표정이 돌변했다. 그녀는 아가사를 향해 휙 돌아서더니 칠흑같이 검은 눈으로 그녀를 똑바로 바라보았다.

"내 소원은 네가 이곳에서 벗어나는 거야. 이런 곳에 살다 보니 네가 나약하고 게으르고 겁 많은 인간이 된 거지. 그래, 사람들이 날 마녀라고 하는 거 안다. 난 이곳을 벗어나지 못했지만 적어도 내가 원하는 것을 포기하지 않았고 두려워하지도 않았어. 그런데 넌 어땠지? 소피가 찾아와서 개 산책시키듯이 널 데리고 나가기 전까지 그냥 쓰레기처럼 집구석에서 썩어 가고 있었잖아!"

캘리스는 흥분한 듯 씩씩거렸고, 아가사는 얼이 빠진 표정으로 그녀를 바라볼 뿐 아무 말도 하지 못했다.

하지만 잠시 후 캘리스는 언제 그랬냐는 듯 다시 밝은 미소를 짓더니 짐 가방을 바라보며 입을 열었다.

"거기 가면 네 친구 좀 잘 챙겨 줘라. 선의 학교가 마냥 파티 분위기일 것 같지만, 막상 가 보면 깜짝 놀랄 일들이 많을 테니 말이다. 자, 이제 자야지. 교장이 곧 올 텐데, 네가 깨어 있으면 일이 힘들어지잖니."

아가사는 아무 말 없이 이불을 끌어당겨 얼굴을 파묻었다.

소피는 잠을 이룰 수 없었다. 자정까지 5분밖에 남지 않았는데, 아직 아무 일도 일어나지 않았던 것이다. 그녀는 침대 위에 무릎을 꿇고 앉아 다시 덧문을 살짝 열어 보았다. 횃불을 든 경비대가 숲 가장자리를 따라 마을을 둥글게 에워싸고 있었다. 소피는 짜증스러운 듯 그들을 노려보았다.

'저러니 교장이 어떻게 오겠냐고!'

하지만 그녀의 표정은 순식간에 뒤바뀌었다. 창턱에 놓아둔 쿠키 조각들이 모두 사라졌던 것이다.

'이미 오셨구나!'

잠시 후 소피의 침실 창문 밖으로 핑크색 여행 가방 세 개가 툭 떨어졌다. 뒤이어 유리 구두를 신은 작은 발 두 개가 창문을 통해 밖으로 빠져나갔다.

아가사는 악몽 때문에 갑자기 잠에서 깬 뒤 좀처럼 다시 잠을 이룰 수 없었다. 엄마는 맞은편 침대에서 큰 소리로 코를 골고 있었고, 리퍼는 그 옆에 몸을 웅크리고 있었다. 고개를 돌리니 침대 옆에는 자물쇠가 채워진 커다란 여행 가방이 놓여 있었다. 가방의 넓은 면에는 삐뚤삐뚤한 글씨로 '가발돈 그레이브스힐 1번지 아가사'라고 적혀 있었고, 옆에는 간식용 벌꿀 케이크를 담은 작은 주머니가 달려 있었다.

아가사는 케이크를 꺼내 우걱우걱 씹으며 창문을 살짝 열어 밖을 내다보았다. 언덕 아래에서는 수많은 횃불들이 빼곡하게 원을 그리며 마을을 지키고 있었지만, 그레이브스힐에는 건장한 경비대원 한 명이 남아 있을 뿐이었다. 팔이 어찌나 굵은지 아가사의 몸통 정도는 되어 보였고, 다리는 튼실한 닭다리를 연상시켰다. 쓸쓸히 혼자 남겨진 경비대원은 깨진 묘비 조각을 운동 삼아 들어 올리며 쏟아지는 잠과 싸우고 있었다.

아가사는 마지막 케이크 조각을 입에 털어 넣은 뒤, 컴컴한 숲을 향해 시선을 돌렸다.

순간, 아가사의 검은 눈이 어둠 속에서 밝게 빛나는 두 개의 파란 눈동자와 정면으로 마주쳤다.

깜짝 놀라 케이크가 목에 걸린 아가사는 캑캑거리며 침대 속으로 뛰어들었다. 잠시 후 그녀는 조심스레 고개를 들고 밖을 내다보았지만, 창밖에는 아무것도 없었다. 묘비 조각을 들고 운동하던 경비대원의 모습도 보이지 않았다.

이쪽저쪽으로 눈동자를 굴리던 아가사는 마침내 경비대원을 발견했다. 그는 깨진 묘비 조각 위에 정신을 잃고 쓰러져 있었고, 횃불은 꺼진 상태였다.

그때 커다란 경비대원의 몸뚱이 옆으로 등이 굽은 앙상한 그림자가 나타나더니 슬금슬금 움직이기 시작했다. 하지만 그 주변 어디에도 사람의 모습은 보이지 않았다.

그림자는 전혀 서두르는 기색 없이 무덤들 사이를 미끄러지듯 빠져나가더니 공동묘지 정문 아래 빈 공간을 쓱 통과해 버렸다. 그러고는 다시 비탈진 언덕길을 물 흐르듯 내려가기 시작했다. 그림자는 횃불로 대낮처럼 환하게 밝혀진 가발돈의 중심을 향하고 있었다.

아가사는 가슴이 조여드는 듯한 공포를 느꼈다. 납치 이야기는 사실이었다. 저 그림자가 누군지는 모르겠지만 그는 아이들을 납치하러 온 것이다.

'나를 데리러 온 건 아니었어!'

잠시 안도감이 밀려오는 듯했으나, 순식간에 더욱 거대한 공포의 물결이 그녀를 덮쳤다.

'그렇다면 소피!'

엄마를 깨워서 도와달라고 해야…… 아니다. 시간이 없었다.

잠자는 척 두 눈을 꼭 감고 있던 캘리스의 귓가에 허둥대는 아가사의 발소리가 들려왔다. 그리고 잠시 후 조용히 문이 열렸다가 닫혔다. 하지만 그녀는 눈을 뜨지 않았다. 리퍼가 잠에서 깨지 않도록 더욱 꼭 껴안아 줄 뿐이었다.

소피는 나무 뒤에 쪼그리고 앉아 교장이 나타나기를 기다리고 있었다.

기다림은 지루하게 이어졌고, 달리 할 일이 없는 소피는 그저 땅바닥을 멍하니 바라보고 있었다. 그때 그녀가 바닥에서 무언가를 발견했다.

신발에 짓이겨진 쿠키 부스러기였다. 끔찍하게 못생긴 그 더러운 신발 자국이 누구의 것인지 소피는 단번에 알아챘다. 주먹에 불끈 힘이 들어가고 온몸의 피가 거꾸로 솟는 것만 같았다.

그때 거친 손이 그녀의 입을 틀어막더니 그녀를 침실 창 앞으로 끌고 갔다. 소피는 발에 걸어 차여 창 안으로 고꾸라지듯 쓰러졌고, 그대로 머리를 침대에 박고 말았다. 거친 손아귀에서 벗어난 틈을 타 잽싸게 몸을 돌린 소피는 숨을 헐떡거리고 있는 아가사를 발견했다.

"이 한심한 참견쟁이야!"

소피는 참아 왔던 화를 분출하듯 날카롭게 소리를 질렀지만, 이내 입을 다물 수밖에 없었다. 아가사의 얼굴에 공포가 가득 차 있었던 것이다.

"너…… 봤구나!"

소피는 흥분한 듯 숨을 헐떡이며 말을 이어 가려 했지만, 아가사는 재빨리 한 손으로 소피의 입을 틀어막고 다른 한 손으로 그녀를 매트리스에 눕혀 내리눌렀다. 소피는 온몸을 비틀며 저항했지만, 아가사는 개의치 않고 시선을 돌려 창밖을 응시했다. 등이 굽은 앙상한 그림자가 가발돈 광장에 들어서고 있었다. 그것은 아무것도 눈치채지 못한 경비대원들 사이를 유유히 지나 곧장 소피의 집으로 향했다. 아가사는 비명이 터져 나오려는 것을 가까스로 참았다. 아가사의 손아귀에 힘이 빠진 것을 느낀 소피는 재빨리 몸을 일으켜 아가사의 어깨를 움켜잡았다.

"잘생겼던? 왕자처럼 생겼어? 아니면 점잖은 학교 선생님 스타일이야? 왜 안경 쓰고 조끼 입은 그런……."

쾅!

소피와 아가사는 약속이라도 한 듯 천천히 방문을 향해 고개를 돌렸다.

쾅! 쾅!

소피가 콧등을 찡그렸다.

"그냥 노크하면 열어 줄 텐데 왜 저러지?"

자물쇠에 금이 가더니, 경첩이 덜거덕거리기 시작했다.

아가사는 벽에 바싹 달라붙었지만, 소피는 마치 왕의 알현을 기다리는 공주라도 된 것처럼 드레스를 두드려 부풀린 후 양손을 공손히 포개 잡았다.

"난리 칠 생각은 하지도 마. 그냥 순순히 따라가는 게 최선이야."

마침내 덜컹거리던 문이 열리려는 순간, 아가사는 침대에서 펄쩍 뛰어올라 문을 향해 몸을 날렸다. 소피는 깜짝 놀라 두 눈을 동그랗게 뜨고 소리쳤다.

"뭐야! 가만히 앉아 있으라니까!"

아가사는 온 힘을 다해 문손잡이를 잡아당겼지만 얼마 버티지 못하고 손잡이를 놓쳐 버렸다. 순간 굉음과 함께 문이 활짝 열리고, 아가사는 그대로 나동그라지고 말았다.

문 뒤에서 나타난 사람은 뜻밖에도 소피의 아빠였다. 그의 얼굴은 백지장처럼 하얗게 질려 있었다.

"여기 뭔가 있어! 내가 직접 봤다!"

그는 숨을 헐떡이며 손에 든 횃불을 이쪽저쪽으로 흔들어 댔다.

순간 아가사는 벽을 타고 스멀스멀 움직이는 구부정한 그림자를 발견했다. 그림자는 스테판의 널찍한 그림자 속으로 살며시 발을 들여놓고 있었다.

"저기 있어요!"

아가사가 소리쳤다. 스테판은 아가사가 가리키는 방향으로 몸을 홱 돌렸지만, 그림자는 스테판이 들고 있던 횃불을 꺼 버리고 어둠 속에 몸을 숨겼다. 아가사는 주머니를 뒤져 성냥을 꺼낸 뒤 불을 붙였다. 스테판은 바닥에 쓰러져 있었고, 소피의 모습은 보이지 않았다.

그때 바깥에서 비명 소리가 들려왔다.

아가사는 재빨리 창으로 다가가 바깥을 내다보았다. 소피가 그림자에게 붙잡혀 숲으로 끌려가고 있었고, 마을 사람들이 비명을 지르며 그 뒤를 쫓고 있었다. 점점 더 많은 사람들이 목소리를 높이며 그림자를 뒤쫓았지만, 정작 소피는 입이 귀에 걸릴 듯 환하게 웃고 있었다.

아가사는 창을 훌쩍 뛰어넘어 소피를 향해 달리기 시작했다. 마을 사람들이 소피를 잡는 듯했지만, 이상하게도 바로 그 순간 그들이 들고 있던 횃불이 한꺼번에 폭발하며 거대한 원을 만들어 사람들을 모두 가두고 말았다. 아가사는 활활 타오르는 불의 덫을 피해 계속 달렸다. 그림자가 숲속으로 사라지기 전에 반드시 친구를 구해 내야 했다.

소피는 부드러운 잔디가 끝나고 거친 흙길이 시작되었음을 감지했다. 날카로운 작은 돌멩이들이 그녀의 몸을 긁어 댔던 것이다. 환하게 미소 짓던 그녀의 얼굴에 근심이 어렸다. 흙투성이가 된 더러운 드레스를 입고 학교에 들어가고 싶지는 않았던 것이다.

"하인들을 보내 주실 줄 알았어요. 호박 마차라든가, 뭐 그런 걸 타고 가지 않을까 했거든요."

소피가 그림자를 향해 말했다.

아가사는 더욱 속도를 내어 달렸다. 소피의 모습이 나무 사이로 사라지려고 하고 있었다. 주변을 뒤덮은 불꽃은 점점 더 커져 갔고 마을 전체를 집어삼킬 듯 거칠게 넘실거렸다.

소피는 미친 듯 날뛰는 불길을 바라보며 안도감을 느꼈다. 누구도 저런 불꽃을 뚫고 그녀를 구하러 오지는 못할 것이다.

'그런데 나 혼잔가? 악의 학교에 갈 아이는 어디 있지?'

소피는 그동안 아가사에 대해 품었던 생각들이 모두 틀렸음을 인정할 수밖에 없었다. 어두컴컴한 숲속으로 들어가기 직전, 그녀는 활활 타오르는 불꽃을 향해 작별 인사를 고했다. 이제 지긋지긋한 평범한 삶은 영원히 안녕이다!

"안녕, 가발돈! 아무 희망도 없는 별 볼 일 없는 인생아, 영원히 안녕!"

바로 그때 넘실대는 불꽃 사이로 아가사의 모습이 나타났다.

"아가사, 안 돼!"

소피는 목이 터져라 비명을 질렀다.

하지만 아가사는 펄쩍 뛰어올라 소피의 몸을 덮쳤고, 두 사람은 그렇게 어둠 속으로 함께 끌려 들어갔다.

마을 사람들을 꼼짝 못하게 묶어 두었던 무시무시한 불꽃은 순식간에 사라졌다. 사람들은 즉시 숲을 향해 달려갔지만 이번에는 나무들이 앞을 가로막았다. 갑자기 줄기가 굵어지는가 하면 뾰족한 가시가 돋아나기도 했다. 사람들은 숲 안에 한 발자국도 들여놓을 수 없었다.

너무 늦은 것이다.

"너 대체 뭐 하는 거야?"

소피는 성난 짐승처럼 으르렁거리며 아가사를 떠밀고 할퀴어 댔다. 하지만 그림자는 전혀 개의치 않고 두 사람을 점점 더 깊은 어둠 속으로 끌고 들어갔다. 아가사는 소피를 그림자로부터 떼어 내기 위해 온 힘을 다해 몸부림쳤지만 진짜 문제는 그림자가 아니었다. 떨어지지 않으려고 사력을 다해 매달리는 쪽은 오히려 소피였던 것이다.

"제발 이러지 마!"

소피는 울부짖었고, 아가사는 소피의 손을 힘껏 깨물었다.

"아아!"

소피는 더욱 큰 소리로 비명을 지르더니 몸을 뒤집어 아가사의 몸 위에 올라탔다. 아가사는 흙길을 뒤덮은 모래를 온몸으로 쓸면서 끌려갔지만, 곧바로 다시 몸을 뒤집어 제자리를 되찾았다. 새로운 방법을 찾아야 했던 아가사는 커다란 신발로 소피의 얼굴을 짓밟으며 그림자의 몸을 타고 오르기 시작했다.

"내 손이 목에 닿기만 해 봐! 내가 당신을 가만두지 않을……."

순간 두 사람은 몸이 붕 떠오르는 것을 느꼈다.

차갑고 긴 무엇인가가 두 사람을 칭칭 감싸고 있었다. 아가사는 주머니에 손을 넣어 성냥을 찾아낸 뒤, 뼈마디가 앙상하게 불거진 자신의 손목에 문질렀다. 성냥 불꽃이 일면서 주변이 밝아졌고 그 순간 아가사의 얼굴은 창백해졌다. 그림자가 사라진 것이다. 그들을 감싼 것은 느릅나무 기둥을 칭칭 감고 자라나는 덩굴이었다. 가늘고 긴 덩굴은 두 사람을 에워싸고는 거대한 나무 위로 끌어 올렸다. 그리고 가장 가까운 가지 위에 두 사람을 툭 떨어뜨렸다. 두 소녀는 놀란 눈으로 서로를 바라보았지만, 숨을 헐떡이느라 한동안 아무 말도 하지 못했다. 먼저 호흡을 되찾은 것은 아가사였다.

"집으로 돌아가야 해."

하지만 그 순간 가지들이 부르르 몸을 떨더니 그들을 띠 모양으로 감싸 투석기를 쏘듯 공중으로 날려 버렸다. 두 소녀는 소리 지를 사이도 없이 또 다른 가지 위에 떨어졌다. 아가사는 또 다른 성냥을 꺼내 불을 켜기 위해 몸부림을 쳤지만 가지는 금세 두 사람을 다시 감싸고 다음 가지로 내던졌다.

"이 나무는 대체 얼마나 큰 거야!"

아가사가 비명을 질렀지만 가지들은 계속해서 두 사람을 감았다 내던지기를 반복했다. 그러는 동안 두 소녀는 서로 부딪치고, 옷은 잔가지와 가시에 찢겨 나갔으며, 얼굴은 정신없이 허우적대는 팔다리에 난타당했다. 그리고 마침내 그들은 나무 꼭대기에 이르렀다.

느릅나무 꼭대기에는 거대한 검은 알이 놓여 있었다. 두 사람은 어리둥절한 표정으로 알을 바라보았다. 그 순간 알이 깨지면서 두 사람을 향해 끈적끈적한 기름진 액체를 뿜어냈다. 그리고 그 속에서 뼈만으로 만들어진 거대한 새 한 마리가 나타났다. 새는 두 소녀를 한 번 바라보더니 분노로 가득 찬 날카로운 울음소리를 길게 뽑아냈다. 두 사람은 고막이 찢어질 것만 같았다. 새는 곧장 거친 두 발로 그들을 움켜쥐고 나무에서 뛰어내렸다. 소녀들은 마침내 한마음이 된 듯 동시에 비명을 지르기 시작했다. 뼈로 이루어진 새는 어두컴컴한 숲을 이리저리 헤치며 정신없이 날아갔고, 아가사는 성냥을 꺼내 새의 갈비뼈에 비볐다. 가녀린 불꽃은 붙이는 순간 꺼지고 또다시 불이 이는가 하면 꺼져 버렸지만, 그 짧은 순간순간 두 소녀는 번뜩이는 빨간 눈과 삐죽삐죽한 그림자를 확인할 수 있었다. 새는 키 큰 나무들 사이를 오르락내리락 날아갔고 두 소녀는 흐느적거리는 가는 가지들에 쉴 새 없이 온몸을 긁혔다. 잠시 후 천둥이 요란스럽게 세상을 울렸고, 그들은 격렬한 폭풍우 속으로 돌진해 들어갔다. 세찬 바람이 나무들을 더욱 거칠게 흔들었고, 두 소녀는 얼굴을 향해 날아드는 비와 진흙과 잔가지, 심지어 거미줄과 벌집과 독사들을 피하느라 정신을 차릴 수가 없었다. 얼마 후 새는 가시가 촘촘하게 박힌 들장미 덤불을 향해 곤두박질치듯 내려가기 시작했다. 날카로운 가시덤불을 본 두 소녀는 공포에 질린 채 두 눈을 꼭 감았다.

그리고 잠시 후, 사방이 고요해졌다.

"아가사……."

아가사는 살며시 감았던 눈을 떴다. 밝은 햇살이 그녀의 눈을 향

선과 악의 학교

해 쏟아져 들어왔다. 그녀는 시선을 돌려 아래쪽을 바라보았다.

"진짜였어!"

그녀는 너무 놀라 숨을 쉴 수가 없었다. 두 사람 아래에 우뚝 솟은 두 개의 성이 숲을 가로지르며 넓게 펼쳐져 있었다. 그중 하나는 햇살을 받아 반짝이는 옅은 안개 사이에 우뚝 솟아 있었고, 빛나는 호수 위에는 핑크색과 파란색의 작은 유리 탑들이 보였다. 다른 하나는 어둡고 불길한 분위기를 뿜어냈는데, 삐죽빼죽 날카로운 첨탑들은 마치 괴물의 이빨처럼 검은 구름을 뚫고 높이 솟아 있었다.

이곳이 바로 선과 악의 학교였다.

새는 밝게 빛나는 선의 학교 위로 날아가더니 소피를 움켜쥐고 있던 발에 힘을 풀었다. 아가사는 깜짝 놀라 친구의 손을 잡아당겼다. 하지만 소피의 얼굴에는 행복한 미소가 가득했다.

"아가사, 역시 난 공주였어."

소피는 준비가 되었다는 듯 평온한 목소리로 말했다. 하지만 새가 놓아 버린 사람은 소피가 아니라 아가사였다.

아가사는 햇빛을 받아 핑크색으로 반짝이는 옅은 안개 속으로 사라져 버렸고, 너무 놀라 멍해진 소피는 할 말을 잃고 그 모습을 바라보았다.

"그럴 리가……."

새는 곧바로 방향을 틀어 악의 탑을 향해 쏜살같이 날아갔다. 괴물의 이빨처럼 날카로운 탑들은 새로운 먹이를 기다리는 듯 커다랗게 입을 벌렸다.

"아니야! 난 착한 아이라고! 뭔가 잘못됐어!"

소피는 미친 듯이 소리를 질렀다. 하지만 새는 주저 없이 소피를 놓아 버렸고, 그녀는 지독한 어둠 속으로 곤두박질쳤다.

3

엄청난 실수

다시 눈을 떴을 때, 소피는 악취가 진동하는 물 위에 둥둥 떠 있었다. 성 주위에 파 놓은 도랑못에 떨어졌던 것이다. 도랑 못은 거무스름하고 걸쭉한 진흙물로 가득 차 있었고, 주변은 짙은 안개로 둘러싸여 한 치 앞도 볼 수 없었다. 소피는 몸을 바로 세워 일어서 보려 했지만, 발이 바닥에 닿지 않았다. 그녀는 진흙탕 물속 으로 점점 빠져들었고, 걸쭉한 쓰레기 물은 그녀의 코와 목구멍 속 으로 사정없이 쏟아져 들어왔다. 숨이 막혀 허우적대던 그녀는 무 엇인가 발견하고 움켜잡았다. 하지만 그것은 반쯤 잡아먹히고 남 은 염소 시체였다. 그녀는 깜짝 놀라 숨을 헐떡이며 팔다리를 움직 여 헤엄치기 시작했다. 하지만 짙은 안개 때문에 코앞에 무엇이 있 는지도 알 수 없 었다. 그때 머 리 위에서 비 명이 울려 퍼 졌다. 소피는 고개를 들어 위 를 바라보았다.

안개 너머로 어둑한 물체들이 움직이는

가 싶더니 뼈만 있는 새들 십여 마리가 안개를 뚫고 나타나 아이들을 떨어뜨리기 시작했다. 아이들은 비명을 지르며 도랑못을 향해 떨어졌고, 곧 여기저기에서 첨벙첨벙하는 소리가 들려왔다. 곧바로 다시 한 무리의 새들이 나타났고, 또 다른 무리가 그 뒤를 이었다. 어느새 하늘은 비명을 지르며 낙하하는 아이들로 가득 차게 되었다. 소피는 자신을 향해 곤두박질치듯 날아드는 새 한 마리를 발견하고 급히 고개를 돌렸지만, 첨벙하는 소리와 함께 거대한 물 폭탄이 그녀의 얼굴을 덮쳤다.

소피는 질척거리는 걸쭉한 흙탕물을 닦아 내고 가까스로 눈을 떴다. 셔츠도 입지 않은 웬 남자아이 하나가 그녀를 바라보고 있었다. 볼품없이 비쩍 마른 그의 상체는 근육이라고는 하나도 없는 데다 창백하기까지 했다. 작은 머리에는 긴 코가 툭 튀어나와 있었고 이는 삐죽삐죽했으며, 반짝이는 두 눈 위로 새까만 머리카락이 축 늘어진 것이 마치 족제비 같았다. 뭔가 불길한 기운이 느껴지는 얼굴이었다.

"새가 내 셔츠를 먹어 버렸어. 네 머리카락 좀 만져 봐도 돼?"

남자아이가 먼저 입을 열었다. 소피는 멈칫하며 몸을 뒤로 뺐다.

"악당들 중에는 공주 머리카락을 가진 아이가 없는데 신기하네."

남자아이는 이미 개헤엄으로 그녀를 향해 다가오고 있었다.

소피는 뭔가 무기가 될 만한 것을 찾았다. 막대기나 돌, 아니면 염소 시체라도 좋았다.

"어쩌면 우린 같은 방을 쓰게 될지도 몰라. 아니면 그냥 친구가 되는 것도 좋지."

아이는 이제 그녀의 코앞까지 다가왔다. 마치 래들리가 족제비로 변해 그녀 앞에 나타난 것만 같았다. 하지만 남자아이는 래들리보다 훨씬 용감하고 적극적이었다. 그는 소피를 향해 뼈만 앙상한 손을 쓱 뻗었고, 소피는 그의 눈에 주먹을 날리기 위해 이를 악물고 몸에 힘을 주었다. 바로 그 순간 두 사람 사이에 거대한 물보라가 일어났다. 또 다른 아이가 떨어진 것이다. 소피는 그 틈을 타 반대 방향으로 헤엄쳐 가기 시작했다. 잠시 후 뒤를 돌아보았지만, 족제비 아이는 보이지 않았다.

소피는 마음을 가라앉히고 주변을 둘러보았다. 안개 때문에 흐릿하기는 하지만, 아이들의 그림자가 이리저리 바쁘게 움직이는 것을 볼 수 있었다. 그들은 물 위에 둥둥 떠 있는 가방들 사이를 헤매며 각자 자기 짐을 찾고 있었다. 가방을 찾은 아이들은 물이 흐르는 방향으로 이동하기 시작했고, 그 끝에서는 으스스한 울음소리 같은 것이 들려왔다. 소피도 소리 없는 그 그림자들을 따라 움직였다. 잠시 후 안개가 걷히고 땅이 보이기 시작했다. 그곳에서는 늑대 한 무리가 그들을 기다리고 있었다. 늑대들은 핏빛 군복 상의와 검은색 가죽 반바지를 입고 두 발로 서 있었는데, 말채찍을 휘둘러 대며 아이들을 한 줄로 세우고 있었다.

소피는 둑을 짚고 힘겹게 물 밖으로 빠져나왔다. 하지만 한 걸음도 옮기지 못하고 바로 그 자리에 얼어붙고 말았다. 도랑못에 비친 자신의 모습을 보았던 것이다. 드레스는 끈적거리는 온갖 오물로 뒤덮였고 얼굴은 거무데데한 기름때가 묻어 번들거렸으며 머리카락은 지렁이를 한 다발 묶어 놓은 것처럼 엉망이었다. 그녀는 숨이 턱 막혔다.

"도와주세요! 전 여기가 아니라 선의 학교에…….'

늑대 한 마리가 다가오더니 소피를 거칠게 밀어붙였다. 다른 아이들처럼 줄을 서라는 것이었다. 소피는 뭔가 더 이야기하고 싶었지만, 족제비같이 생긴 그 남자아이가 그녀를 향해 헤엄쳐 오는 모습을 발견하고는 입을 다물고 말았다.

"기다려! 같이 가자."

남자아이는 팔을 열심히 휘저으며 그녀를 향해 성큼성큼 다가왔다. 소피는 커다란 짐 가방을 질질 끌고 줄을 따라가는 우중충한 아이들 속에 얼른 몸을 숨기고 짙은 안개 속으로 걸어 들어갔다. 조금이라도 어물쩍거리는 아이가 보이면 늑대들은 주저 없이 채찍을 휘둘렀다. 소피는 더 이상 눈길을 끌지 않기 위해 발걸음을 재촉했다. 하지만 두 손은 드레스를 털어 내고 벌레를 골라내느라 바빴고, 머릿속은 완벽하게 싸 놓기만 하고 정작 이곳에 가져오지는 못한 여행 가방에 대한 아쉬움으로 가득했다.

탑의 정문은 굵고 뾰족한 강철 기둥과 그 사이사이를 십자 모양으로 가로지른 가시철사로 만들어져 있었다. 하지만 조금 더 가까이에서 보니 가시철사라고 생각했던 것들은 꿈틀꿈틀 살아 움직이는 검은 독사들이었다. 복잡하게 얽히고설킨 무시무시한 독사들은 매서운 눈빛으로 소피를 노려보며 위협하듯 쉬익 소리를 내질렀다. 소피는 꿀꺽 비명을 삼키며 재빨리 몸을 돌렸다. 그러자 이번에는 정문 위쪽에 자리 잡은 두 개의 검은 백조 조각이 눈에 들어왔다. 서로 마주 놓인 두 조각 사이에는 녹이 잔뜩 슨 글자들이 걸려 있었다.

악한 의식의 고양과 죄의 보급을 위한 학교

소피는 다시 고개를 돌렸다. 거대한 학교 탑이 날개 달린 악마처럼 양팔을 쫙 벌린 채 우뚝 솟아 있었다. 중앙 탑은 얽은 자국처럼 곳곳이 움푹 팬 검은 돌로 만들어져 있었고, 그 거대한 몸뚱이는 뿌연 구름을 뚫고 하늘 높이 펼쳐져 있었다. 중앙 탑 양옆에는 굵직한 나선형 첨탑이 솟아 있었는데, 툭 불거진 힘줄같이 억세 보이는 붉은 덩굴식물이 그 주위를 칭칭 감고 있어 마치 피를 뚝뚝 흘리는 양 날개 같아 보였다.

늑대들은 중앙 탑의 입구를 향해 아이들을 몰아갔다. 입구는 길쭉한 악어 주둥이처럼 좁은 통로로 이루어져 있었고, 사방에 뾰족뾰족한 톱니가 잔뜩 달려 있었다. 안으로 들어갈수록 통로는 점점 좁아져 어느 순간 바로 앞사람이 잘 보이지 않을 정도가 되었다. 소피는 들쭉날쭉한 두 돌 사이를 가까스로 통과했고, 마침내 천장에서 물이 뚝뚝 떨어지는 널찍한 로비에 도착했다. 천장의 돌 서까래에는 괴물 석상이 거꾸로 매달려 있었고, 쩍 벌린 그 입 속에서 횃불이 타오르고 있었다. 머리가 벗겨지고 이가 다 빠진 모습으로 사과를 들이미는 마귀할멈 동상은 위협적으로 타오르는 난롯불에 검게 그을려 있었다. 벽에는 가루가 풀풀 날릴 듯 바싹 마른 기둥이 죽 늘어서 있었는데, 그중 첫 번째 기둥에는 '아'라는 커다란 글자가 검은색으로 칠해져 있었고, 그 둘레에는 기둥을 마치 나무처럼 오르락내리락하는 심술궂은 표정의 도깨비와 트롤, 그리고 하피(여자의 얼굴에 새의 몸과 발을 가진 신화 속 괴물—옮긴이) 들이 장식되어 있었다. 다음 기둥에는 피처럼 붉은색으로 'ㄱ'이라는 글자가 칠해져 있었고, 그 둘레에는 역시 거인과 고블린 들이 장식되어 있었다. 지루하게 이어지는 기둥을 천천히 눈으로 훑던 소피는 마침내 기둥에 적힌 글자가 무슨 뜻인지 알아챘다. '아 – ㄱ – 이 – ㄴ', '악인'이었다. 그렇게 주변을 둘러보는 사이 어느새 그녀는 건물 안 깊은 곳까지 들어와 있었다. 짙은 안개에 파묻히거나 좁은 통로에 가려 보이지 않았던 구불구불한 줄이 그녀의 눈앞에 쭉 펼쳐졌다. 처음으로 다른 학생들을 자세히 볼 수 있는 기회가 생긴 것이다. 그것은 한 마디로 끔찍한 광경이었다.

제일 먼저 눈에 띈 것은 한 못생긴 여자아이였다. 윗니는 아래턱을 삼킬 듯 툭 튀어나오고 듬성듬성한 머리카락 사이로는 두피가 그대로 드러나 보였다. 더 놀라운 것은 이마 한가운데에 떡하니 붙어 있는 하나뿐인 눈이었다. 또 다른 소년은 불룩 튀어나온 배에 대머리, 그리고 빵빵하게 부풀어 오른 팔다리가 마치 커다란 밀가루 반죽 덩어리를 보는 것 같았다. 심각한 병에 걸린 듯 피부색이 푸르죽죽한 어느 키 큰 소녀는 누군가를 비웃는 듯 한쪽 입꼬리를 쓱 치켜올린 채 터덜터덜 걷고 있었고, 그 앞에는 원숭이가 아닌가 싶을 정도로 온몸에 털이 수북한 소년이 서 있었다. 모두 소피와 비슷한 또래인 것 같았지만, 닮은 구석이라고는 하나도 없는 아이들이었다. 몸은 괴상망측하고 얼굴은 역겨운 비참한 인생들만 잔뜩 모아 놓은 것이다. 게다가 표정은 어찌나 잔인한지, 다들 마음속 가득 쌓인 증오심을 쏟아 놓을 대상을 찾고 있는 것 같았다. 소피가 그렇게 다른 아이들을 천천히 살펴보고 있는 사이, 아이들의 시선도 하나둘씩 소피를 향하기 시작했다. 그들은 마침내 그토록 찾아 헤맸던 증오의 대상을 발견한 것이다. 유리 슬리퍼를 신고 탱글탱글한 금빛 곱슬머리를 출렁거리는 겁에 질린 공주는 완벽한 먹잇감이었다.

소피는 가시덤불 한가운데에 홀로 핀 빨간 장미였다.

한편 도랑못 건너편에서는 전혀 다른 상황이 펼쳐지고 있었다. 아가사가 요정 하나를 거의 죽일 뻔했던 것이다.

공중에서 떨어지며 정신을 잃은 아가사는 알록달록한 꽃들 사이에서 눈을 떴다. 빨간색과 노란색 백합들이었다. 그들은 뭔가 열띤 대화를 나누고 있었는데, 꽃봉오리와 이파리로 자꾸만 아가사를 가리키는 것으로 보아, 그녀에 대해 이야기하고 있는 듯했다. 하지만 어느 순간 꽃들은 결론에 이르렀다는 듯 대화를 멈추고, 모든 일에 간섭하기를 좋아하는 호들갑스러운 할머니들처럼 아가사를 향해 일제히 몸을 숙였다. 그들은 줄기를 뻗어 그녀의 손목을 감고는 획 잡아당겨 그녀를 일으켜 세웠다. 순간 아가사의 눈앞에는 또 다른 세상이 펼쳐졌다. 반짝이는 호수 주변 넓은 들판에서 수많은 소녀들이 꽃처럼 피어나고 있었던 것이다.

그녀는 두 눈을 믿을 수가 없었다. 땅에서 사람이 자라나다니 있을 수 없는 일이었다. 먼저 부드러운 흙을 뚫고 머리가 삐죽 올라오더니 목과 가슴이 나타났다. 점점 더 위를 향해 자라난 소녀들은 마침내 솜털 같은 푸른 하늘을 향해 두 팔을 쭉 펼치고 우아한 구두를 신은 두 발로 땅을 디뎠다. 하지만 아가사를 가장 불안에 떨게 한 것은 싹이 돋듯 땅속에서 불쑥 솟아 나온 소녀들이 아니라, 이 소녀들의 외모가 자기와는 전혀 다르다는 점이었다.

피부색이 하얀 아이도 있었고 까무잡잡한 아이도 있었지만 그들의 얼굴은 하나같이 잡티 하나 없이 맑았고 생기가 넘쳐흘렀다. 머리카락은 폭포가 흐르듯 출렁이며 빛났고, 인형처럼 완벽하게 정돈되어 있었다. 그들이 입은 복숭아색, 노란색, 흰색 드레스는 갓 만든 부활절 달걀처럼 보송보송하고 아름다웠다. 소녀들 중에는 조금 키가 작은 아이도 있고 호리호리하게 큰 아이도 있었지만, 모두가 개미처럼 가는 허리와 늘씬한 다리, 그리고 아담한 어깨를 보란 듯 과시하고 있었다. 들판이 새 학생들로 가득 차자 어디에선가 요정들이 나타났다. 그들은 셋씩 한 팀을 이루어 학생 한 명을 보살

선과 악의 학교

폈다. 먼저 옷과 몸에 묻은 흙을 털어 주고, 향기로운 허니부시(향이 달콤한 떨기나무의 일종—옮긴이) 차를 대접했다. 소녀들이 땅에서 솟아날 때 같이 나타난 커다란 여행 가방을 챙기는 것도 요정들의 몫이었다.

대체 이 아름다운 소녀들이 어디에서 온 것인지 아가사는 짐작조차 할 수 없었다. 그녀는 제발 단 한 명이라도 어딘가 음침하거나 정돈 안 된 부스스한 모습으로 나타나기를 바랄 뿐이었다. 그래야 외톨이가 된 기분을 떨칠 수 있을 것 같았다. 하지만 아무리 둘러보아도 주변에는 소피와 같은 부류의 아이들뿐이었다. 그들은 아가사에게는 없는 모든 장점들을 완벽하게 갖추고 있었다. 아가사의 마음속에서는 가발돈에서부터 늘 함께했던 그 익숙한 수치심이 샘솟아 오르기 시작했다. 쥐구멍이라도 있었으면! 아무도 오지 않는 묘지가 있다면 당장 숨을 텐데! 저 아이들을 모두 사라지게 할 수만 있다면…….

바로 그때 한 요정이 그녀를 깨물었다.

"대체 무슨……."

아가사는 짤랑거리며 그녀의 손에 달라붙은 요정을 떼어 내기 위해 손을 힘껏 흔들었다. 하지만 요정은 가볍게 날아올라 그녀의 목을 물고 다시 엉덩이를 깨물었다. 아가사가 소리를 지르기 시작하자 다른 요정들이 몰려와 말썽꾼 요정을 붙잡으려 했지만, 이 통제 불능 요정은 동료들을 마구 물어 몰아내고 다시 아가사를 공격해 댔다. 화가 머리끝까지 난 아가사는 요정을 잡으려고 손을 휘저었지만 요정은 번개처럼 빠르게 그녀의 손을 피해 갔다. 아가사는 요정을 피하기 위해 팔짝팔짝 뛰어도 보았지만 요정은 더욱 맹렬하게 그녀의 몸 이곳저곳을 깨물었다. 그렇게 한창 공격에 몰두하던 요정은 그만 실수로 아가사의 입을 향해 돌진하고 말았고, 아가사는 요정을 꿀꺽 삼켜 버렸다. 마침내 평온을 되찾은 아가사는 안도의 한숨을 내쉬고 다시 고개를 들었다.

60명의 아름다운 소녀들이 그녀를 뚫어지게 바라보고 있었다. 아가사는 실수로 새 둥지에 발을 디딘 고양이가 된 기분이었다.

그때 누군가 목구멍을 꼬집기라도 하는 듯 따끔한 고통이 느껴졌다. 아가사는 기침을 하기 시작했고, 곧 요정을 뱉어 냈다. 잔뜩 골이 난 얼굴로 튀어나온 요정은 뜻밖에도 남자아이였다.

저 멀리에서 부드러운 종소리가 울려 퍼졌다. 호수 너머에 자리 잡은 핑크색과 파란색의 웅장한 성에서 들려오는 소리였다. 요정 팀들은 각각 자신들이 담당한 소녀의 어깨를 잡고 공중으로 날아올랐다. 그리고 호수를 건너 성을 향해 날아가기 시작했다. 아가사는 드디어 도망갈 기회가 왔다고 생각하고 주변을 살폈지만, 바로 그 순간 두 발이 공중에 붕 떠오르는 것을 느꼈다. 두 요정이 그녀의 어깨를 잡고 하늘로 날아오르기 시작했던 것이다. 아가사는 세 번째 요정을 찾기 위해 뒤를 돌아보았다. 하지만 조금 전 그녀를 깨물며 공격하던 요정 소년은 바닥에 두 발을 붙이고 꼼짝도 하지 않았다. 그는 팔짱을 낀 채 고개를 절레절레 저으며 그녀를 바라보고 있었다. 아가사가 이곳에 온 것은 엄청난 실수임이 틀림없다는 확신에 찬 표정이었다.

유리 성 앞에 도착하자 요정들은 소녀들을 땅 위에 내려놓았고, 소녀들은 자유롭게 무리를 지어 성을 향해 걷기 시작했다. 하지만 웬일인지 아가사의 담당 요정들은 그녀를 놓아주지 않았다. 그들은 그녀의 어깨를 그대로 붙들고 마치 죄수를 호송하듯 그녀를 끌고 갔다. 아가사는 고개를 돌려 호수 건너편을 바라보았다.

'소피는 어디에 있을까?'

아가사가 있는 쪽의 호수는 안이 훤히 들여다보일 정도로 맑고 투명했지만 그 너머의 도랑못은 우중충하고 끈적한 것들로 가득 차 있었고 도랑못 건너 반대편 둑은 짙은 안개에 가려 아예 보이지도 않았다. 친구를 구하기 위해서는 일단 저 도랑못을 건너야 했다. 하지만 그보다 먼저 이 날개 달린 방해꾼들에게서 벗어나기 위해 그녀는 요정들의 주의를 딴 곳으로 돌려야 했다.

눈앞에 바싹 다가온 거대한 황금 출입문 위에는 둥그런 아치형으로 글자들이 걸려 있었다.

선에 대한 이해와 선한 마법을 위한 학교

글자는 거울처럼 반짝반짝 빛을 반사했고, 글자에 비친 자신의 모습을 발견한 아가사는 곧장 고개를 돌려 버렸다. 그녀는 거울이 싫었다. 어떻게 해서든 피하고 싶었다.

'돼지나 개 들이 거울 앞에 앉아서 자기 얼굴 들여다보는 거 봤어?'

황금 출입문을 통과해 조금 더 걸어가자 우윳빛 성문이 나타났다. 문에는 두 마리의 하얀 백조가 선명하게 새겨져 있었다. 문이 활짝 열리자 요정들은 소녀들을 성 안으로 안내했다. 하지만 사방에 거울이 붙어 있는 좁은 복도에 들어선 소녀들은 그대로 걸음을 멈추었고, 그중 한 무리가 마치 먹이를 노리는 상어 떼처럼 아가사를 빙 둘러쌌다.

그들은 한동안 아무 말 없이 그녀를 바라보았다. 어서 그 역겨운 가면을 벗어 버리고 눈부시게 아름다운 공주의 모습을 드러내라는 무언의 압박이었다. 아가사는 그들의 눈을 똑바로 마주 보고 싶었지만 사방에 붙어 있는 거울들이 그녀 자신의 얼굴을 비추고 있어 도저히 고개를 들고 있을 수가 없었다. 그녀는 결국 고개를 푹 숙이고 대리석 바닥에 시선을 고정시켰다. 몇몇 요정들은 소녀들 주변을 윙윙 날아다니며 계속 걸어 들어가라고 재촉했지만, 대부분은 그저 소녀들의 어깨에 편안하게 걸터앉아 흥미진진한 표정으로 그들을 바라볼 뿐이었다. 긴 침묵이 이어진 끝에, 한 소녀가 앞으로 걸어 나왔다. 허리까지 내려오는 금빛 머리에 촉촉한 입술과 황옥 빛깔 눈동자까지 모든 것이 완벽하게 아름다운 아이였다.

"안녕, 난 베아트릭스라고 해. 네 이름은 아직 못 들어 본 것 같은데."

아름다운 소녀가 달콤한 목소리로 말했다.

"그야 내가 말을 안 했으니 그렇지."

아가사는 여전히 시선을 바닥에 내리깐 채 퉁명스러운 목소리로 대답했다.

"너 혹시 여기 잘못 온 거 아니니?"

베아트릭스가 더욱 다정해진 목소리로 물었다.

아가사는 머릿속에 뭔가 중요한 것이 떠오르는 것 같았지만, 뿌연 안개가 잔뜩 끼어 제대로 볼 수가 없었다.

"음, 그게……."

"저 반대편으로 갔어야 했는데 헤엄치다가 방향을 잘못 잡은 거 아닌가 해서."

베아트릭스가 미소를 지으며 다시 말했다.

순간, 안개에 가려 보이지 않았던 생각이 반짝 빛을 내뿜으며 모습을 드러냈다.

'그래, 주의를 돌려야 해!'

아가사는 고개를 들고 보석처럼 빛나는 베아트릭스의 두 눈을 바라보았다.

"여기가 선의 학교 맞지? 아름답고 착한 아이들을 공주로 길러 내는 바로 그 전설의 학교 말이야."

"아, 길을 잃은 건 아니라는 말이구나."

베아트릭스는 기분이 상한 듯 입술을 살짝 오므리며 말했다.

"너 뭔가 제대로 헷갈린 거 아니니?"

캐러멜같이 매끈한 피부에 칠흑 같은 검은 머리를 찰랑거리는 다른 소녀가 끼어들었다.

"아니면 눈이 삐었거나?"

짙은 다홍색 머리를 한 또 다른 소녀도 공격을 이어 갔다.

"네가 잘못 온 게 아니라면, '꽃동산 출입증'은 당연히 가지고 있겠지?"

잠시 생각에 잠겼던 베아트릭스가 다시 입을 열었다.

"꽃동산 뭐?"

아가사는 당황한 듯 두 눈을 껌뻑이며 물었다.

"꽃동산에 들어갈 때 필요한 표 말이야. 우리 모두 그곳을 통해 여기에 왔잖아. 공식적으로 입학이 허가된 학생들만 꽃동산 출입 증을 받을 수 있거든."

베아트릭스의 말이 끝나자 주변에 있던 소녀들이 저마다 커다란 황금 표를 꺼내 들었다. 표에는 왕족에게나 어울릴 법한 근엄한 글씨체로 각자의 이름이 쓰여 있었고, 교장을 상징하는 흰 백조와 검은 백조 인장이 찍혀 있었다.

"아! 그거!"

아가사는 걱정 말라는 듯 코웃음을 치며 주머니를 뒤지기 시작했다.

"가까이 와 봐. 보여 줄게."

소녀들은 의심스러운 표정으로 천천히 그녀를 향해 다가왔고, 아가사는 그들의 주의를 다른 곳으로 돌릴 만한 것을 찾기 위해 열심히 주머니 속을 휘적거렸다. 성냥, 동전, 낙엽…….

"좀 더 가까이 와야지."

소녀들은 자기들끼리 뭔가를 속닥거리며 다시 한 번 걸음을 옮겼다.

"그렇게 작은 물건은 아닌데."

베아트릭스는 화가 난 듯 씩씩거리기 시작했다.

"옷에 넣고 빨아서 줄아들었지 뭐야!"

아가사는 너스레를 떨며 계속해서 주머니를 뒤졌다. 성냥과 녹아내린 초콜릿, 리퍼가 숨겨 둔 머리 없는 새가 손에 잡혔다.

"여기 어디 있는데…….”

"잃어버렸나 보네."

베아트릭스가 차갑게 대꾸했다.

좀약, 땅콩 껍질, 그리고 또 다른 죽은 새가 손끝을 스쳤다.

"아니면 다른 곳에 두고 왔든지."

베아트릭스가 다시 말했다.

새가 좋을까? 아니면 성냥으로 해 볼까? 아니면 죽은 새에 성냥으로 불을 붙여?

"솔직히 말하시지! 너 처음부터 거짓말한 거지?"

"아! 찾았다, 찾았어!"

말은 그렇게 했지만, 아가사는 초조한 마음에 얼굴뿐 아니라 목까지 발갛게 달아올랐다.

"허가 없이 침입한 사람들한테 어떤 일이 벌어지는지 알고 있겠지?"

베아트릭스가 으름장을 놓았다.

"찾았다니까!"

'뭔가 해야 해!'

다른 소녀들도 불쾌한 표정으로 아가사 주위에 몰려들기 시작했다.

'지금 당장 무슨 수든 내야 한다고!'

아가사는 머릿속에 제일 먼저 떠오른 방법을 즉시 실행에 옮겼다. 큰 소리로 재빨리 방귀를 뀌어 버린 것이다.

결과는 효과 만점이었다. 소녀들은 순식간에 공포와 혼란에 휩싸였다. 방귀 한 방으로 두 마리 토끼를 잡은 것이다. 불쾌한 유독 가스가 좁은 복도를 헤집고 퍼져 나가자 소녀들은 날카로운 비명을 지르며 우왕좌왕하기 시작했고, 요정들은 그 냄새를 맡자마자 기절해 버렸다. 이제 그녀의 탈출을 막을 자는 아무도 없었다. 하지만 베아트릭스만은 그 자리에서 꼼짝도 하지 않았다. 너무 큰 충격에 넋이 나간 것이다. 아가사는 그녀를 향해 한 걸음 다가가 늑대처럼 슬며시 허리를 숙였다.

"에비!"

베아트릭스는 꽁지가 빠지게 달아나 버렸고, 아가사는 마침내 문을 향해 달리기 시작했다.

정문을 나서기 직전, 슬쩍 뒤를 돌아본 아가사는 뿌듯한 미소를 짓지 않을 수 없었다. 소녀들은 어떻게든 살아 보겠다고 이리저리 뛰어다니다 벽에 부딪치는가 하면, 방해가 되는 다른 소녀들을 사정없이 짓밟고 있었다. 하지만 아무리 재미있는 광경이라도 소피를 구하는 것보다 중요할 수는 없었다. 아가사는 우윳빛 정문을 지나 호수를 향해 달렸다. 그런데 그녀가 호수에 뛰어들려는 찰나, 갑자기 호수의 물이 커다란 파도처럼 치솟아 오르더니 밀물이 밀려오듯 그녀를 덮쳤다. 거대한 물살은 아가사를 다시 성문 안으로 떠밀어 넣었고, 그녀는 여전히 비명을 지르며 정신없이 뛰어다니는 소녀들 사이에 나가떨어졌다. 물이 흥건한 바닥에 철썩 배를 깔고 쓰러졌던 아가사는 잠시 후 비틀거리며 자리에서 일어섰다. 하지만 정신을 차릴 여유도 없이 그녀는 그 자리에 얼어붙고 말았다.

"공주들, 환영한다!"

키가 2미터가 넘는 님프가 공중에 둥둥 떠서 그들에게 인사를 건넸다. 님프가 한쪽으로 몸을 옮기자 그 뒤로 널찍한 로비가 나타났고, 아가사는 그 웅장한 모습에 숨이 멎을 것만 같았다.

"이곳이 앞으로 너희가 생활하게 될 선의 학교다."

소피는 쉴 새 없이 자신을 공격하는 그 지독한 냄새를 견딜 수가 없었다. 줄을 따라 휘청휘청 앞으로 나아가는 동안에도 몇 번이나 구역질이 올라왔다. 오랫동안 씻지 않은 몸에서 나는 냄새, 돌에 핀 곰팡이에서 풍겨 오는 악취, 거기에 늑대들이 뿜어내는 고약한 체취까지 공기 중에 뒤죽박죽 섞여 있었다. 소피는 대체 이 줄이 어디로 향하고 있는지 보기 위해 발뒤꿈치를 들고 고개를 쭉 내밀어 보았다. 하지만 괴짜들만 가득한 구불구불한 줄은 끝이 보이지 않을 정도로 길게 이어지고 있었다. 다른 학생들은 여전히 증오심 가득한 눈으로 그녀를 바라보았지만, 그녀는 최대한 친절한 미소로 그들의 시선을 받아쳤다. 이 말도 안 되는 상황이 어쩌면 시험일지도 모른다고 생각했기 때문이다. 그렇다! 이건 입학을 확정짓기 위한 최종 시험일 것이다. 아니면 행정적 착오이거나, 누군가의 짓궂은 장난일 수도 있다. 분명 뭔가 설명할 방법이 있을 것이다.

소피는 회색 늑대를 향해 고개를 돌리고 조심스레 말했다.

"그쪽이 못 미더워서 그러는 건 아닌데요, 혹시 교장 선생님을 좀 뵐 수 있을까요? 제 생각에는…….."

늑대는 말이 끝나기도 전에 사납게 으르렁거렸고, 소피는 냄새 나는 침을 흠뻑 뒤집어쓰고 말았다. 그녀는 더 이상 아무 말도 하지 않았다.

잠시 후, 줄지어 가던 학생들 앞에 움푹 들어간 커다란 방이 나타났다. 그곳에는 세 개의 검은 계단이 구불구불 몸을 비틀며 위를 향해 뻗어 있었다. 완벽하게 줄을 맞춰 세워진 이 세 계단 중 첫 번째 계단에는 괴물들의 모습이 새겨져 있었고 난간에는 '악의'라는 글자가 커다랗게 쓰여 있었다. 두 번째 계단에는 거미가 빼곡하게 새겨져 있었고, 역시 '악행'이라는 글자가 쓰여 있었다. 뱀 무늬가 새겨진 세 번째 계단에는 '타락'이라는 글자가 보였다. 계단 주변의 벽에는 다양한 색깔의 액자들이 걸려 있었다. 액자에는 아이들의 초상화가 들어 있었고, 그 옆에는 그림책 속 한 장면을 그린 그림이 걸려 있었다. 초상화의 주인공인 어린 학생이 졸업 후 동화 속에서 어떤 모습으로 변했는지를 보여 주는 그림들이었다. 첫 번째 황금 액자에는 장난기 가득한 어린 소녀의 초상화가 들어 있었다. 그리고 그 옆에는 깊은 잠에 빠진 미녀 옆에서 만족스러운 미소를 짓고 있는 무시무시한 마녀의 모습을 웅장하게 묘사한 그림이 보였다. 이 두 그림 아래에는 그림을 설명하는 황금 명판이 붙어 있었다.

폭스우드의 캐서린
백설공주(악당)

소피는 다음 황금 액자로 시선을 옮겼다. 초상화의 주인공은 능글맞게 웃고 있는 한 소년이었다. 송충이같이 짙은 일자 눈썹이 유독 시선을 끌었다. 초상화 옆에는 어른이 된 소년이 어떤 여자의 목에 날카로운 칼을 들이대는 모습이 그려져 있었다.

머버링마운틴의 드로건
푸른 수염(악당)

드로건의 그림 아래쪽에는 은으로 만들어진 액자가 걸려 있었다. 초상화의 주인공은 부스스한 금발의 비쩍 마른 소년이었고, 그 옆에는 십여 마리의 오거들이 한 마을을 무참히 파괴하는 그림이 걸려 있었다. 소년은 졸업 후 이 오거들 중 하나가 된 것이다.

네더우드의 키어
엄지소년 톰(악당 부하)

다시 벽을 따라 아래로 향하던 소피의 시선은 거의 바닥 근처에 붙어 있는 청동 액자에서 멈췄다. 머리가 벗겨진 한 왜소한 소년이 겁에 질린 듯 두 눈을 휘둥그레 뜨고 있었다. 소피는 그를 한눈에 알아보았다. 그 아이의 이름은 베인이었다. 가발돈에서 예쁜 여자아이만 보면 깨물어 대던 못된 녀석이었는데 4년 전 납치를 당해 사라져 버렸다. 베인의 초상화 옆에는 동화 속 장면을 묘사한 그림

선과 악의 학교

은 보이지 않았고, 대신 그 아래에 녹슨 명판 하나가 걸려 있었다.

소피는 겁에 질린 베인의 얼굴을 다시 바라보았다. 갑자기 속이 울렁거리기 시작했다.

'대체 무슨 일이 있었던 거지?'

소피는 고개를 들어 벽을 빼곡히 채우고 있는 수천 개의 금, 은, 동 액자를 물끄러미 바라보았다. 왕자를 살해하는 마녀, 사람을 잡아먹는 거인, 어린아이를 불태우는 괴물, 무자비하고 악랄한 오거, 보기만 해도 소름이 끼치는 고르곤(머리카락이 뱀으로 되어 있는 그리스 신화 속 괴물─옮긴이), 머리가 잘린 기수와 잔인한 바다 괴물 등 동화책 속에서 보았던 익숙한 인물들이 넓은 벽에 빈틈없이 들어차 있었다. 순진하고 어설프던 어린 소년, 소녀 들이 무시무시한 악당으로 완벽하게 변신한 것이다. 룸펠슈틸츠헨(곤경에 빠진 왕비에게 도움을 준 대가로 그녀의 아이를 데려가려고 하지만, 왕비가 그의 이름을 알아맞히는 바람에 그 자리에서 죽게 된 독일 민화 속 난쟁이─옮긴이), 〈잭과 콩나무〉속 거인, 〈빨간 모자〉 이야기에 등장하는 늑대와 같이 끔찍한 죽음을 맞은 인물들마저도 그림 속에서는 가장 위대한 승리의 순간을 만끽하고 있었다. 그들은 동화를 통해 영원불멸의 업적을 이룬 위인이 된 것처럼 하나같이 득의양양한 표정을 짓고 있었다. 액자에 시선을 빼앗긴 사람은 소피뿐만이 아니었다. 다른 아이들 역시 반짝이는 눈으로 이들을 바라보고 있었다. 하지만 아이들의 표정에는 당황과 공포 대신 경의와 찬양이 가득 담겨 있었다. 소피는 다시 속이 울렁거리는 것을 느꼈다. 그녀는 더 이상 자신의 처지를 부정할 수 없었다. 모든 것이 너무나 분명했던 것이다. 그녀는 곧 세상에서 가장 끔찍한 살인자 혹은 괴물이 될 아이들에 둘러싸여 있었다.

갑자기 소피의 얼굴에서 식은땀이 솟아나기 시작했다. 그녀는 교사를 만나야 했다. 등록된 학생 명단을 확인하고 그녀가 이 학교에 온 것은 실수라는 사실을 모두에게 알려 줄 수 있는 사람을 찾아야만 했다. 하지만 지금까지 그녀가 만난 학교 관계자는 명단 확인은 고사하고 말도 통하지 않는 늑대들뿐이었다.

모퉁이를 돌자 조금 더 넓은 복도가 나타났다. 그곳에서는 벌건 피부에 뿔이 달린 난쟁이가 하나가 높은 사다리에 올라 망치질을 하고 있었다. 아직 텅 비어 있는 벽에 초상화를 걸고 있었던 것이다. 소피는 이를 앙다물고 천천히 줄을 따라 그에게 다가갔다. 그의 시선을 끌어 도움을 청할 생각을 하니 마음속에서 다시 희망이 샘솟았다. 벽에 가까워질수록 초상화의 얼굴들이 하나씩 눈에 들어왔다. 놀랍게도 모두 낯익은 인물들이었다. 조금 전 보았던 밀가루반죽 같은 뚱뚱한 소년의 초상화에는 '로크브라이어의 브론'이라는 명패가 붙어 있었다. 그 옆에는 머리카락이 듬성듬성한 외눈박이 여자아이의 초상화와 '폭스우드의 아라크네'라는 명패가 보였다. 소피는 이들이 어떤 악당으로 변하게 될지 생각하며 천천히 초상화를 살펴보았다. 족제비같이 생긴 남자아이의 초상화도 있었다. 그는 '블러드브룩의 호트'였다.

'무슨 병균 이름 같잖아!'

소피는 시선을 벽에 고정한 채 계속해서 줄을 따라 앞으로 나아갔다. 이제 조금만 더 가면 난쟁이를 부를 수 있을 것 같았다.

난쟁이는 여전히 망치질에 열중하고 있었다. 바로 그때 소피는 그가 들고 있는 액자 속 초상화의 주인공과 두 눈이 마주쳤다.

그녀의 예쁜 얼굴이 미소를 지으며 자신을 바라보고 있었다.

소피는 날카로운 비명 소리와 함께 줄에서 뛰쳐나왔다. 그리고 정신없이 사다리를 기어올라 난쟁이의 손에 들린 액자를 낚아챘다. 난쟁이는 당황한 듯 그저 멍한 표정으로 그녀를 바라보고 있었다.

"말도 안 돼! 난 여기 학생이 아니라고요!"

소피가 소리쳤다. 정신을 차린 난쟁이는 다시 액자를 빼앗았고, 둘은 액자를 차지하기 위해 서로를 할퀴고 발로 차며 몸싸움을 벌이기 시작했다. 이 말도 안 되는 상황을 더 이상 참을 수 없었던 소피는 팔을 힘껏 휘둘러 난쟁이의 뺨을 찰싹 갈겼고, 난쟁이는 어린 여자아이처럼 비명을 지르며 소피를 향해 망치를 휘둘렀다. 소피는 얼른 몸을 피했지만 순간 균형을 잃고 말았다. 곧 사다리가 기우뚱하며 한쪽으로 쓰러지는가 싶더니 두 벽 사이에 끼어 버렸다. 소피는 비스듬히 누워 버린 사다리에 대롱대롱 매달린 채 아래를 내려다보았다. 으르렁거리는 늑대들과 눈이 휘둥그레진 학생들이 그녀를 바라보고 있었다.

"교장 선생님을 만나게 해 줘요!"

온 힘을 다해 소리를 지르던 소피는 그만 손을 놓치고 말았다. 그녀는 사다리에서 미끄러져, 긴 줄 앞에 수북하게 쌓인 종이 더미 위로 풀썩 떨어졌다.

피부가 거무죽죽하고 뺨에는 커다란 종기가 난 노파 한 명이 쌓여 있는 종이 더미에서 한 장을 집어 소피를 향해 내밀었다.

숲 너머 마을에서 온 소피

악의 학교 1학년
악의의 탑 66호

과목	담당 교수
1. 추한 외모 만들기	빌리어스 맨리 교수
2. 부하 길들이기	카스토르
3. 저주와 죽음의 덫	레소 부인
4. 악인의 역사	어거스트 섀더 교수
5. 점심 식사	
6. 자신만의 특기 찾기	시바 식스 교수
7. 동화에서 살아남는 방법	땅속 요정 유바
(3번 숲 그룹)	

소피는 놀란 눈으로 노파를 올려다보았다.

"숲 너머 마을에서 온 마녀로구나! 수업 시간에 보자."

노파가 쉰 목소리로 말했다. 소피는 뭔가 대꾸를 하려고 입을 달싹거렸지만, 바로 그때 오거 하나가 리본으로 묶은 묵직한 책 꾸러미를 그녀의 양손에 털썩 떨어뜨렸다.

《최고의 악당 모놀로그(2판)》

《고통을 주는 주문, 1학년》

《납치와 살인을 위한 입문서》

《추악함을 온전히 받아들이는 방법》

선과 악의 학교

《어린아이 요리하기(새로운 요리법 대공개!)》

제목만 봐도 충분히 끔찍한 책들이었다. 하지만 더 끔찍한 것은 이 책들을 묶은 리본이 사실은 살아 있는 장어라는 점이었다. 소피는 비명을 지르며 책 꾸러미를 떨어뜨렸다. 하지만 온몸에 점무늬가 찍힌 사티로스(염소의 다리와 뿔이 달린 그리스신화 속 숲의 신—옮긴이)는 평온한 표정으로 그녀에게 다가오더니 퀴퀴한 냄새가 나는 검은 천 조각을 툭 내려놓았다. 소피는 검은 천을 펼쳐보고 다시 한 번 공포에 사로잡혔다. 그것은 갈래갈래 찢긴 커튼처럼 축 늘어진 낡은 옷이었다. 소매가 없고 무릎까지 늘어지는 길이가 마치 땅딸막한 자루를 보는 것 같았다.

소피는 주변의 다른 아이들을 둘러보았다. 그들은 하나같이 들뜬 표정으로 악취 나는 옷을 몸에 걸쳐 보고 장어로 묶인 책을 구석구석 들춰 보며 서로 일정표를 비교하고 있었다. 소피는 천천히 고개를 숙여 자신의 손에 들린 지저분한 자루 같은 검은 옷을 내려다보았다. 그리고 시선을 돌려 끈적끈적한 장어로 묶인 책 꾸러미와 일정표를 보고 다시 벽으로 눈을 돌렸다. 그녀의 초상화는 여전히 환한 미소를 지으며 자신을 똑바로 바라보고 있었다.

더 이상 생각할 것 없었다! 그녀는 죽어라 달리기 시작했다.

그곳은 분명 아가사와는 어울리지 않는 곳이었다. 교수진들마저도 혼란스러운 표정으로 그녀를 바라보고 있었다. 유리로 만들어진 널찍한 로비에는 네 개의 나선형 계단이 솟아 있었는데, 그중 두 개는 핑크색이었고 나머지 둘은 파란색이었다. 이 계단을 따라 교수들이 쭉 줄을 서 있었고, 학생들 위로는 그들을 환영하는 색종이 조각이 아름답게 흩날렸다. 여자 교수들은 색깔만 다를 뿐 하나 같이 늘씬하고 깃이 높은 우아한 드레스를 입고 있었고, 그들의 왼쪽 가슴에는 반짝이는 은빛 백조 문장이 달려 있었다. 자세히 보니 그들은 각자 자신만의 방식으로 드레스를 장식했는데, 크리스털로 무늬를 넣거나 구슬 장식으로 만든 꽃을 달거나 혹은 튤(실크, 나일론 등으로 망사처럼 짠 직물—옮긴이)로 리본을 만들어 붙이는 식이었다. 한편 남자 교수들은 각기 다른 무지개 색깔의 양복과 같은 색깔의 조끼를 입고, 폭이 좁은 넥타이를 매고 있었다. 조끼 주머니에는 화려한 색깔의 행커치프가 꽂혀 있었고, 주머니 겉면에는 역시 은빛 백조 문장이 붙어 있었다.

그들은 아가사가 지금껏 만나 본 그 어떤 어른들보다 매력적이었다. 나이가 많은 교수들조차도 상대를 위압할 정도의 우아함을 갖추고 있었다. 아가사는 외적인 아름다움이란 일시적인 것이기에 아무 의미가 없다고 믿어 왔지만, 그들을 바라보는 순간 그 믿음은 산산조각 나 버렸다. 아름다움은 나이와 관계없이 영원할 수 있다는 증거가 바로 그녀의 눈앞에 나타났던 것이다.

교수들은 조용히 옆 사람 옆구리를 쿡쿡 찌르며 뭔가를 수군거리고 있었다. 물을 뚝뚝 흘리며 서 있는, 이곳과는 도무지 어울리지 않는 새 학생에 대한 의심을 나누는 것이었다. 그다지 놀라운 일은 아니었다. 아가사는 이미 이런 종류의 시선에 익숙했기 때문이다. 하지만 한 교수만은 달랐다. 싱그러운 초록색 양복을 입고 스테인드글라스를 통해 들어오는 빛을 등지고 선 그 은발의 노교수는 투명한 적갈색 눈동자로 그녀를 바라보고 있었다. 그의 두 눈에는 그녀에 대한 확신이 가득했고, 아가사는 난생처음 마주하는 경험에 얼굴이 붉게 달아올랐다. 그녀가 이곳에 어울리는 사람이라고 생

선과 악의 학교

각하다니, 정신이 나간 사람이 틀림없었다! 아가사는 재빨리 시선을 돌렸다. 조금 전 벌어진 방귀 사건 때문에 여전히 화가 난 듯 언짢은 얼굴로 그녀를 흘끗거리는 소녀들을 마주하는 것이 훨씬 마음 편했던 것이다.

"남자아이들은 어디 있지?"

소녀들이 서로 소곤거리는 소리가 들렸다. 아이들은 머리카락과 입술에서 온통 네온 빛을 발하며 공중에 둥둥 떠 있는 거대한 세 님프 앞에 차례로 줄을 섰고 님프들은 소녀들에게 일정표와 책, 그리고 새 드레스를 나눠 주었다.

아가사는 다른 아이들을 따라 줄을 서면서 좀 더 자세히 방 안을 둘러보았다. 맞은편 벽에는 핑크색으로 '서'라는 커다란 글자가 색칠되어 있었고, 그 주변에는 아름다운 천사와 가녀린 요정들이 팔랑이는 모습이 그려져 있었다. 다른 세 벽에도 글자가 쓰여 있는 것이 보였다. 글자들은 핑크색과 파란색으로 색칠되어 있었는데, 네 글자를 모두 합쳐 보니 '서-ㄴ-이-ㄴ', '선인'이라는 단어가 만들어졌다. 네 개의 나선형 계단은 서로 대칭을 이루며 각 벽의 한쪽 모퉁이에 자리 잡고 있었는데, 스테인드글라스를 통해 쏟아져 들어오는 빛이 그 위를 환하게 밝혀 주었다. 파란색 계단 중 하나는 난간을 받치는 기둥에 '명예'라는 글자가 쓰여 있었고 그 주위에 기사와 왕들의 모습이 새겨져 있었다. 다른 파란색 계단에는 '용맹'이라는 글자가 보였고 역시 사냥꾼과 궁수들의 모습이 양각되어 있었다. 핑크색 계단에는 각각 '순수'와 '관용'이라는 글자가 금색으로 쓰여 있었고, 아름다운 아가씨와 공주들, 그리고 친절한 동물 조각들이 띠를 이루어 계단을 장식하고 있었다.

방 한가운데에는 우윳빛 대리석 바닥과 투명한 반구형 지붕을

잇는 거대한 크리스털 오벨리스크가 우뚝 솟아 있었고, 오벨리스크의 표면에는 그동안 학교를 거쳐 간 수많은 동문들의 초상화가 걸려 있었다. 오벨리스크 제일 위쪽에는 졸업 후 왕자나 여왕이 된 학생들의 초상화가 황금 액자에 담긴 채 진열되어 있었다. 가운데 부분에는 은으로 만들어진 액자가 걸려 있었는데, 이것은 주인공의 충실한 조수나 순종적인 아내, 혹은 도움이 절실한 순간 등장하는 조력자 등 동화 속 조연을 맡은 학생들을 위한 자리였다. 오벨리스크의 가장 낮은 부분에는 먼지가 덕지덕지 앉아 있었고, 그 위로 하인이나 종 등 단역을 맡은 하위권 학생들의 얼굴을 담은 청동 액자들이 걸려 있었다. 하지만 왕자를 만나 영원히 행복한 삶을 누리게 된 공주든 주인공에게 작은 도움을 주는 굴뚝 청소부든, 학생들은 하나같이 아름다운 얼굴과 친절한 미소, 그리고 맑은 눈망울을 지니고 있었다. 숲 한가운데 자리 잡은 이 유리 성에는 이 세상에서 가장 착하고 아름다운 존재들이 모여, 오직 선을 위해 자신의 삶을 헌신하고 있었던 것이다. 아는 것이라고는 공동묘지와 방귀밖에 없는 음산한 여자아이에게 이곳은 분명 어울리지 않았다.

초조하게 자기 차례를 기다리던 아가사는 마침내 핑크색 머리카락을 출렁이는 님프 앞에 서게 되었다.

"실수가 좀 있었어요."

아가사는 혹시라도 말을 잘릴 세라 단숨에 말을 내뱉었다. 그녀의 몸에서는 물과 땀이 뒤섞여 뚝뚝 떨어지고 있었다.

"원래 제 친구 소피가 여기 왔어야 하는데……."

님프는 아무 말 없이 미소를 지으며 그녀를 바라보았다.

"제가 걔를 여기 못 오게 하려고 막았거든요."

아가사는 님프의 미소에서 희망을 발견한 듯 더욱 빠른 속도로 말을 이어 갔다.

"그런데 제가 하도 난리를 치는 바람에 새가 헷갈려서 저를 여기에 떨어뜨린 거예요. 소피는 저쪽 다른 성에 내려 주고요. 하지만 핑크색을 좋아하는 예쁜 아이는 제가 아니라 제 친구예요. 저는…… 보시다시피 이렇거든요. 저, 새 학생들이 필요하신 건 알겠는데요, 소피는 제 제일 친한 친구예요. 소피가 여기 있으면 저도 이곳을 떠날 수가 없어요. 그런데 문제는 저희는 여기 있을 수 없다는 거예요. 그러니까 제발 저를 좀 도와주세요. 저는 소피를 찾아서, 여길 떠나야 해요."

님프는 여전히 입을 꼭 다문 채 아가사에게 종이 한 장을 내밀었다.

숲 너머 마을에서 온 아가사
선의 학교 1학년
순수의 탑 51호

과목	담당 교수
1. 아름다운 외모 만들기	에마 아네모네 교수
2. 공주의 에티켓	폴룩스
3. 동물과 대화하기	우마 공주
4. 영웅의 역사	어거스트 새더 교수
5. 점심 식사	
6. 선행	클라리사 더비 교수
7. 동화에서 살아남는 방법	땅속 요정 유바
(3번 숲 그룹)	

아가사는 얼빠진 표정으로 종이에 적힌 내용을 읽어 내렸다.

"하지만……."

그녀가 말을 꺼내려는 순간, 머리카락이 초록색인 또 다른 님프가 다가와 책이 담긴 바구니를 그녀에게 건네주었다.

《아름다운 자의 특권》

《왕자의 마음 얻기》

《아름다운 외모를 위한 요리책》

《공주가 가져야 할 목표》

《동물 언어 1 : 개처럼 짖기, 말처럼 울기, 새처럼 지저귀기》

여전히 정신을 못 차리고 있는 아가사 앞에 이번에는 머리카락이 파란색인 님프가 다가오더니 그녀의 새 교복을 펼쳐 보였다. 카네이션으로 어깨 부분을 잔뜩 부풀린 핑크색 피나포어 드레스(소매 없는 상의와 스커트가 한데 붙은 옷―옮긴이)는 과연 사람이 입을 수 있을까 싶을 정도로 짧았고, 그 아래에 받쳐진 하얀색 레이스 블라우스는 앞섶에 단추를 세 개쯤은 더 달아야 할 것 같았다.

아가사는 한층 더 멍해진 두 눈으로 주변을 둘러보았다. 곧 동화 속 공주가 될 여자아이들은 핑크색 드레스를 입고 허리를 조이느라 여념이 없었다. 아가사는 다시 시선을 돌려 책이 담긴 바구니를 바라보았다. 책들은 미모는 특권이며, 그녀도 조각같이 흠 잡을 데 없는 왕자의 마음을 사로잡을 수 있고 새와도 대화를 할 수 있다고 속삭이고 있었다. 그녀는 다시 종이에 적힌 일정을 훑어보았다. 그것은 분명 아름답고 우아하며 친절한 사람들을 위한 일정표였다. 그녀가 마침내 고개를 들었을 때 그녀 앞에는 한 잘생긴 교수가 서 있었다. 그는 가발돈에서 온 아가사라는 여자아이에게 뭔가 엄청난 것을 기대하고 있다는 듯 뿌듯한 미소를 지으며 그녀를 바라보고 있었다.

기대에 가득 찬 두 눈을 마주했을 때 그녀가 할 수 있는 일은 오직 한 가지뿐이었다.

그녀는 냅다 달리기 시작했다. 파란색 '명예' 계단을 뛰어올라 바다같이 푸른 방들을 가로질렀다. 뒤에서는 요정들이 요란하게 쨍그랑 소리를 내며 그녀를 쫓는 소리가 들려왔다. 투명한 옥이 깔린 바닥과 사탕으로 만들어진 교실, 그리고 황금 도서관을 지나쳤지만, 수많은 방들을 가로지르고 네 발로 기다시피 계단을 뛰어오르는 아가사의 눈에는 아무것도 들어오지 않았다. 그녀는 마침내 마지막 계단에 이르렀고, 우윳빛 유리문을 지나 탑의 지붕에 도착했다. 그녀의 눈앞에는 다양한 모양의 토피어리(새·동물 모양으로 가꾼 나무—옮긴이) 산울타리가 눈부신 햇빛을 받으며 펼쳐졌다. 하지만 숨이 멎을 듯 아름다운 풍경을 감상할 사이도 없이, 뒤쫓아 오던 요정들이 유리문을 통과해 그녀를 향해 돌진했다. 그들은 입에서 끈끈한 황금빛 거미줄 같은 것을 쏘아 대고 있었다. 아가사는 거미줄을 피해 납작 엎드려 벌레처럼 바닥을 기어가기 시작했다. 거대한 토피어리 몇 개를 통과한 그녀는 다시 몸을 일으켜 질주했고, 칼을 높이 든 채 연못 위에 떠 있는 근육질 왕자님 형상의 토피어리 위에 훌쩍 올라탔다. 그녀는 잘 정돈된 뾰족한 칼끝의 이파리를 뜯어 뒤따르는 한 무리의 요정을 향해 흩뿌렸지만, 요정들은 끈질기게 그녀를 뒤쫓았고 그 수는 점점 더 많아져만 갔다. 요정들이 다시 반짝이는 거미줄을 뱉어 내는 순간, 아가사는 결국 균형을 잃고 물속에 풍덩 빠지고 말았다.

잠시 후 다시 눈을 떴을 때, 아가사는 자신의 몸이 전혀 젖지 않았다는 사실을 깨달았다.

연못이 어떤 비밀스러운 통로 역할을 한 것이 틀림없었다. 그녀는 성을 빠져나와 푸른 지붕이 덮인 길에 나와 있었던 것이다. 하지만 주위를 둘러보던 그녀는 그대로 얼어붙고 말았다. 그녀는 짙은 안개를 뚫고 호수 건너편 음산한 탑까지 길게 이어진 좁다란 돌다리 위에 서 있었다. 그것은 두 학교를 연결하는 다리였다.

아가사의 눈에 눈물이 핑 돌았다. 소피! 드디어 소피를 구할 수 있게 되었어!

"아가사!"

아가사는 눈을 가늘게 뜨고 소리 나는 쪽을 바라보았다. 소피가 짙은 안개를 헤치며 달려오고 있었다.

"소피!"

두 소녀는 양팔을 쫙 펼치고 서로의 이름을 목 놓아 부르며 좁은 다리 위를 달렸다.

하지만 잠시 후 두 사람은 보이지 않는 벽에 부딪쳤고, 그 충격으로 바닥에 나동그라졌다.

온몸이 얼얼해 정신을 차릴 수 없었던 아가사의 눈앞에 곧 더욱 끔찍한 장면이 펼쳐졌다. 늑대들이 소피의 머리끄덩이를 잡고 악의 학교로 끌고 가고 있었던 것이다.

"내 말 좀 들어 봐요!"

소피는 아가사를 향해 거미줄을 뿜어 대는 요정들을 발견하고는 큰 소리로 외쳤다.

"뭔가 착오가 있었어요!"

"착오 같은 거 없어!"

늑대 한 마리가 으르렁거리며 그녀의 말을 가로막았다.

그들은 옷을 입고 두 발로 걷는 데다, 말도 하는 늑대들이었다.

4

66호실의 세 마녀

소피처럼 작고 힘없는 어린 여자아이 하나 혼내는 데 과연 늑대가 여섯 마리씩이나 나서야 했을까? 소피는 도무지 이해할 수 없었지만, 아마도 이참에 본때를 보이려는 것이리라 짐작했다. 늑대들은 그녀를 기다란 쇠꼬챙이에 묶고 입에는 커다란 사과를 물린 뒤, 악의의 탑을 6층까지 올라가게 했다. 만찬에 쓸 요리용 돼지처럼 모든 사람들의 구경거리로 만든 것이다. 벽을 따라 늘어선 학생들은 소피를 손가락질하며 큰 소리로 웃어 댔다. 하지만 이 핑크색 드레스를 입은 이상한 아이가 자신들의 룸메이트가 될지도 모른다는 생각에 이내 얼굴을 잔뜩 찌푸렸다. 늑대들은 훌쩍이는 소피를 끌고 계속 전진했다. 63호, 64호, 그리고 65호를 지나 마침내 66호실에 이른 그들은 방문을 발로

뻥 걷어차고 소피를 그 안에 내던져 버렸다. 소피는 바닥을 찌익 미끄러져 사마귀가 우둘투둘 난 더러운 발에 얼굴을 부딪쳤다.

"거봐! 우리 방에 올 줄 알았다니까!"

누군가 뚱한 목소리로 말

했다.

소피는 쇠꼬챙이에 묶인 몸을 비틀며 간신히 목소리의 주인공을 올려다보았다. 그녀는 기름이 좔좔 흐르는 검은 머리에 빨간 브리지를 넣고, 검은색 립스틱을 짙게 바른 키 큰 소녀였다. 코에는 피어싱을 했고, 목둘레에는 커다란 뿔이 달린 무시무시한 붉은 해골 괴물 문신이 그려져 있었다. 그녀는 다정함이라고는 조금도 느껴지지 않는 새까만 두 눈으로 소피를 뚫어지게 바라보고 있었다.

"얘는 냄새도 선인 쪽 애들 같네."

"요정들이 와서 곧 데려가겠지."

방 안쪽에서 시큰둥한 목소리가 들려왔다.

소피는 다시 몸을 비틀어 고개를 돌렸다. 목소리의 주인공은 머리카락과 피부가 온통 새하얀 알비노였다. 그녀는 반쯤 감긴 듯한 빨간 눈으로 까만 쥐 세 마리를 바라보며 솥에서 스튜를 떠먹이고 있었다.

"아쉽네. 저 애 목을 잘라서 장식용으로 걸어놓으면 좋을 텐데!"

"초면에 너무하잖아."

또 다른 목소리가 들려왔고, 소피는 다시 몸을 뒤틀었다. 세 번째 아이는 빵빵한 풍선처럼 온몸이 터질 듯 부풀어 오른 갈색 머리 소녀였다. 그녀는 뭉툭한 두 손에 초콜릿 아이스크림을 들고 미소 띤 얼굴로 침대에 앉아 있었다.

"게다가 다른 학생을 죽이는 건 교칙 위반이야."

"그럼 그냥 팔다리 몇 개만 잘라 내는 건 어떨까?"

알비노 소녀가 다시 말했다.

"그만해. 신선하고 좋잖아. 악당이라고 다 음산한 외모에 퀴퀴한 냄새나 풍기라는 법 있냐?"

선과 악의 학교

뚱뚱한 여자아이가 대답했다.

"앤 악당이 아니야!"

알비노 소녀와 문신한 소녀가 동시에 발끈 화를 내듯 말했다.

세 소녀가 투덕거리는 동안, 소피는 부지런히 몸을 꿈틀거려 마침내 묶여 있던 줄에서 빠져나왔다. 그리고 목을 길게 뺀 채 처음으로 방 안 풍경을 휘 둘러보았다. 아주 옛날에는 그곳도 꽤 아늑하고 깨끗한 방이었을 것이다. 하지만 누군가 불을 낸 것이 분명했다. 벽돌들은 숯처럼 새까맣게 타 버렸고, 천장에는 검게 그을린 자국이 길게 나 있었으며, 바닥에도 재가 3센티미터는 쌓여 있었다. 가구에도 불에 탄 흔적이 남아 있었다. 하지만 그보다 더 심각한 문제가 있었다.

"거울은 어디 있지?"

소피는 숨이 턱 막히는 것 같았다.

"얘 뭐라고 하는 거니?"

문신한 여자아이가 코웃음을 치며 말했다.

"내가 이름을 맞춰 볼까? 이사벨라나 아리엘, 아니면 아나스타샤!"

"버터컵이나 슈거플럼 같은 요정 이름이 더 어울리지 않겠어?"

알비노 소녀가 대꾸했다.

"아니다! 클라라벨? 로즈레드? 아니면 월로우바이더씨?"

"소피야!"

소피는 그을음으로 뒤덮인 방에 두 발을 딛고 서며 말했다.

"내 이름은 소피고, 난 '악당'이 아니야. 너희도 보다시피 난 이곳과 전혀 어울리지 않⋯⋯."

소피의 말이 끝나기도 전에, 알비노 소녀와 문신한 소녀가 배를 움켜쥐고 웃기 시작했다.

"소피래! 세상에 무슨 그런 이름이 다 있어!"

문신한 아이가 정신없이 낄낄거리며 말했다.

"소피는 당연히 여기 안 어울리지! 짐승 우리에나 어울릴까?"

알비노 소녀는 너무 웃어 숨이 넘어갈 듯 헐떡이며 겨우겨우 말을 끝맺었다.

"난 여기 있을 사람이 아니라, 저쪽 다른 탑에 가야 한다는 뜻이었어. 그래서 말인데, 교장 선생님을 좀 뵐 수 없을까?"

소피는 심술궂은 놀림에 휘둘리지 않으려 노력하며 최대한 우아하게 말을 이었다.

"교장 선생님을 좀 뵐 수 없을까?"

하지만 알비노 소녀는 그 말투가 더 재미있다는 듯 소피의 말을 그대로 흉내 냈다.

"야, 너 창밖으로 한번 뛰어내려 봐. 교장이 나타나서 잡아 주는지 한 번 보자."

"다들 너무 짓궂네. 내 이름은 도트야."

입안 가득 음식을 우물거리던 뚱뚱한 소녀가 재빨리 끼어들었다.

"얘는 헤스터고, 햇빛처럼 허여멀건 얘는 아나딜이라고 해."

도트라고 자신을 소개한 소녀는 문신한 소녀와 알비노 소녀를 차례로 가리키며 말했고, 아나딜은 마뜩잖다는 듯 바닥에 침을 퉤 뱉었다.

"66호실에 온 걸 환영한다!"

도트는 아직 주인이 없는 침대 위를 손바닥으로 쓱 밀어 재를 떨어내며 말했다.

소피는 얼룩덜룩하고 좀먹은 시트를 보고 순간 움찔했다.

"환영해 줘서 고맙긴 한데, 난 정말 가 봐야 하거든. 교장 선생님 사무실에 가는 길 좀 가르쳐 줄래?"

소피는 문에 등을 기대며 다시 한 번 우아하게 도움을 청했다.

"왕자들이 널 보면 엄청 헷갈리겠는데! 악당인데 공주처럼 생겼으니 말이야."

도트가 말했다.

"쟤는 악당이 아니라니까!"

아나딜과 헤스터가 한층 험악한 표정으로 다시 한 번 소리쳤다.

"교장 선생님을 뵈려면 미리 약속을 정해야 하니? 아니면 편지를 써서 보내거나……."

소피는 초조한 마음을 감추지 못하고 다시 입을 열었다.

"날아가야 할 걸. 그런데 스팀프한테 잡아먹힐 각오는 해야 해."

도트가 주머니에서 달걀 모양 초콜릿 두 개를 꺼내며 대답했다.

"스팀프가 뭔데?"

소피가 물었다.

"우리를 여기로 데려온 새! 걔들이 스팀프야. 교장을 만나려면 걔들 있는 곳을 지나쳐야 하는데 그 녀석들은 악당만 보면 못 잡아먹어 안달이지."

도트가 초콜릿을 씹으며 대답했다.

"다시 말하지만, 난 절대 악당이 아니……."

소피가 한껏 흥분한 목소리로 말을 하는 동안, 문 바깥 계단통에서 종소리가 들리기 시작했다. 부드럽고 달콤하면서 앙증맞은 그 딸랑거림은 분명…….

'요정이다!'

요정들이 드디어 소피를 구하러 온 것이다!

소피는 기쁨의 탄성을 지르고 싶었지만 꾹 참았다. 요정들이 곧 자신을 구하러 올 것이라는 사실을 이 무시무시한 소녀들에게 감히 이야기할 엄두가 나지 않았던 것이다. 소피의 머리를 잘라 장식품으로 쓰자는 말이 농담이 아니라고 누가 장담할 수 있겠는가? 그녀는 등을 더욱 바싹 문에 붙이고 귀를 기울였다. 딸랑거리는 소리는 점점 더 커지고 있었다.

"난 도대체 왜 사람들이 공주들을 예쁘다고 하는지 도무지 모르겠더라. 코가 너무 작지 않니? 꼭 단추같이 생겨가지고 확 뜯어 버리고 싶게 생겼잖아."

헤스터가 발가락에 붙은 무사마귀를 잡아 뜯으며 말했다.

'요정들이 우리 층에 도착했어!'

소피는 너무 기뻐 제자리에서 펄쩍펄쩍 뛰고 싶었다. 선의 학교에 도착하면 당장 목욕부터 하리라! 그녀는 욕조에 들어가서 몸이 퉁퉁 불어 터질 때까지 나오지 않을 작정이었다.

"머리는 또 어떻고! 어찌나 길고 치렁치렁한지 몽땅 뽑아 버리고 싶다니까!"

아나딜은 쥐들에게 디저트로 먹일 죽은 생쥐 꼬리를 잡고 달랑거리며 말했다.

'방 몇 개만 더 지나면 도착하겠구나……'

"판에 박힌 그 위선적인 미소는 정말 끔찍하지!"

헤스터가 다시 말했다.

"핑크색에 미친 애들이야."

아나딜도 거들었다.

'바로 옆방까지 왔어!'

"빨리 한 놈 해치우고 싶어 죽겠어."

헤스터가 말했다.

"미룰 거 있나? 오늘하면 되지."

아나딜이 소피와 문 사이에 끼어들며 의미심장한 미소를 지어 보였다.

'다 왔다!'

소피는 기쁨에 겨운 나머지 그들이 주고받는 말 따위는 귀에 들어오지도 않았다. 새 학교에 가서 새 친구들과 만나고 새로운 삶을 시작하는 거야!

하지만 요정들은 그녀의 방을 그대로 지나쳐 버렸다.

소피는 하늘이 무너지는 것 같았다. 대체 무슨 일이지? 어떻게 그녀를 못 알아보고 지나칠 수가 있는 것일까? 소피는 아나딜을 밀치고 문을 벌컥 열어젖혔다. 좁은 틈 사이로 늑대 털이 살짝 비칠 뿐 요정의 모습은 보이지 않았다. 소피가 주춤하는 사이, 헤스터가 재빨리 문을 쾅 닫아 버렸다.

"뭐 하는 짓이야? 우리 다 벌 받으면 어쩌려고!"

헤스터는 잔뜩 화가 난 듯 으르렁댔다.

"요정들이 왔단 말이야! 나를 찾고 있다고!"

소피도 지지 않고 소리쳤다.

"얘 그냥 죽여 버리면 안 돼?"

아나딜은 쥐들이 디저트를 맛있게 먹는 모습을 바라보며 말했다.

"너 고향이 어디야? 숲 어디에서 살다 왔니?"

도트가 개구리 모양 초콜릿을 한입에 넣고 우물거리며 물었다.

"우리 집은 숲이 아니야."

소피는 문에 난 작은 눈구멍에 얼굴을 바싹 들이댄 채 초조한 목소리로 대답했다. 늑대들 때문에 요정들이 겁을 먹고 달아난 것이 분명했다. 당장 두 학교를 연결하는 다리로 돌아가 요정들을 찾아야만 했다. 하지만 복도에는 늑대가 세 마리나 있었다. 그들은 납작한 무쇠 그릇에 구운 순무를 담아 먹고 있었다.

'늑대가 순무를 먹어? 그것도 포크로?'

하지만 이상한 것은 그뿐만이 아니었다.

요정들이 보였다! 그들은 사나운 짐승들의 먹이를 마치 쓰레기 더미 뒤지듯 헤집고 있었다.

소피는 깜짝 놀라 두 눈이 휘둥그레졌다.

그때 귀엽게 생긴 남자 요정이 고개를 들어 그녀를 바라보았다.

'날 봤어!'

소피는 두 손을 꼭 움켜쥔 채, 눈구멍에 입술을 대고 "살려 줘!" 라고 입술을 움직였다. 요정은 그녀의 말을 알아들었는지 싱긋 미소를 짓더니, 늑대의 귀에 대고 뭔가를 속삭였다. 잠시 후 늑대는 고개를 들고 소피를 발견했다. 그리고 눈구멍을 거칠게 발로 차 산산조각 내 버렸다. 소피는 그 충격에 뒤뚱뒤뚱 뒤로 나가떨어졌고, 문 바깥쪽에서는 낄낄대는 소리와 으르렁거리는 웃음소리가 뒤섞여 들려 왔다.

요정들은 그녀를 구해 줄 생각이 전혀 없었던 것이다.

소피는 충격에 온몸을 떨기 시작했다. 금방이라도 울음이 터져나올 것 같았다. 하지만 바로 그때 그녀의 뒤에서 헛기침 소리가 들렸다.

그녀의 룸메이트들이 어리둥절한 표정으로 그녀를 뚫어지게 바라보고 있었다.

"너희 집은 숲이 아니라니, 그게 무슨 말이야?"

헤스터가 입을 열었다.

소피는 그런 멍청한 질문에 대답할 기분이 전혀 아니었지만, 이제는 이 바보들이 교장을 만날 수 있는 유일한 희망이었다.

"내 고향은 가발돈이야."

소피는 눈물이 쏟아지려는 것을 간신히 참으며 말을 이어 갔다.

"너희는 이곳에 대해서 꽤 많이 알고 있는 것 같은데, 어떻게 하면 교장 선생님을 만날 수 있는지……."

"가발돈이면 머머링마운틴 근처에 있는 건가?"

도트가 물었다.

"이 바보야! 거긴 악인들만 사는 곳인데 이런 애가 거기 출신이겠냐?"

헤스터가 핀잔주듯 사납게 말했다.

"그럼 레인보우게일 쪽이겠구나! 꼴 보기 싫은 선인들이 주로 거기 출신이더라고."

아나딜이 말했다.

"미안하지만 무슨 말인지 하나도 모르겠어. 악인은 뭐고 선인은 또 뭐야?"

"라푼젤 같은 부류구나! 탑 안에 갇혀 살아서 세상 물정 전혀 모르는 애들 말이야. 진작 알아봤지."

아나딜이 말했다.

"선인은 착한 일만 하는 애들이야. '영원히 행복하게 살았더래요' 같은 헛소리나 믿는 애들이지."

셋 중 그나마 친절한 도트가 다시 한 번 구조에 나섰다.

"그럼 너희는 악인이니?"

소피가 물었다. 그러고 보니 계단방에 있던 큰 기둥에도 '악인'이라는 글자가 쓰여 있었다.

"그렇지. 우린 영원한 행복 따위 믿지 않아. 영원한 불행이라면 또 모를까! 영원한 불행의 세상은 우리에게는 천국이나 다름없어. 뭐든 마음먹은 대로 할 수 있으니까."

헤스터가 한껏 들뜬 목소리로 왁자지껄하게 설명을 늘어놓았다.

"그곳에서는 시간과 공간을 마음대로 조종할 수 있지."

아나딜이 거들었다.

"모습을 마음대로 바꿀 수도 있고."

헤스터가 말했다.

"영혼을 둘로 분리할 수도 있지."

"죽음도 정복하고 말이야."

"가장 못된 악당들만 영원한 불행의 세계에 들어갈 수 있어."

아나딜이 말했다.

"더 좋은 건 다른 사람이 아무도 없다는 거야. 최고의 악당은 자기 혼자만의 왕국을 차지할 수 있거든."

헤스터가 거들었다.

"영원히 고독을 누릴 수 있다는 뜻이지."

아나딜이 말했다.

"고통스러울 것 같은데."

소피가 대답했다.

"다른 것들이랑 섞여 있는 게 고통이지!"

헤스터가 말했다.

"아가사가 여기 왔으면 참 좋아했을 텐데."

소피가 맥없이 중얼거렸다.

"가발돈이면…… 피플파프 언덕 근처에 있는 건가?"

도트가 심드렁하게 다시 물었다.

선과 악의 학교

"아유, 참! 아니라니까 그러네. 너희가 생각하는 그런 곳이 아니라니까."

소피는 더 이상 못 참겠다는 듯 칭얼대며, 일정이 적힌 종이를 세 아이 앞에 펼쳐 보였다. 일정표 제일 첫 줄에는 '**숲 너머 마을에서 온 소피**'라는 글자가 커다랗게 쓰여 있었다.

"가발돈은 숲 바깥에 있어. 사방이 숲으로 둘러싸여 있지."

소피가 설명했다.

"숲 바깥이라고?"

헤스터가 물었다.

"왕은 누구야?"

"우리 마을에는 왕이 없어."

도트의 질문에 소피가 대답했다.

"너희 엄마는 누군데?"

아나딜이 물었다.

"우리 엄마는 돌아가셨어."

소피가 풀 죽은 목소리로 대답했다.

"그럼 아빠는?"

다시 도트가 물었다.

"우리 아빠는 방앗간 직원이야. 그런데 이런 개인적인 질문은……."

"어느 동화 가문 출신인데?"

아나딜이 소피의 말을 끊고 물었다.

"바로 그 부분을 이해할 수 없다는 거야. 우리 동네에는 동화 가문 같은 건 없어. 우리 아빠도 그냥 평범한 가정에서 자라신 분이고 다른 사람들도 마찬가지야."

"내 그럴 줄 알았어!"

헤스터와 아나딜이 합창하듯 말했다.

"뭘 말이야?"

소피가 물었다.

"어쩐지 멍청하더라니! 독자니까 그랬던 거야."

아나딜이 헤스터를 바라보며 말했다.

소피는 얼굴이 화끈 달아오르는 것을 느꼈다.

"미안하지만 난 멍청하지 않거든! 독자라면 책을 읽는 사람이라는 건데 우리 중에 책을 읽는 사람이 나뿐이라면 멍청한 건 너희 아니니? 거울을 잘 들여다보면서 너희가 어떤 사람인지 한번 생각해봐! 하긴 이 방에는 거울이 하나도 없으니……."

'독자라고?'

이 아이들은 왜 아무도 집을 그리워하지 않는 것일까? 도랑못에 떨어졌을 때는 왜 도망가지 않고 늑대가 있는 곳을 향해서 알아서 헤엄쳐 갔을까? 왜 엄마가 보고 싶다고 우는 아이가 하나도 없지? 성 입구에서 커다란 뱀을 보고도 왜 아무도 도망치지 않았을까? 어떻게 이 학교에 대해 그렇게 자세히 알고 있는 것일까?

소피의 귓가에는 '어느 동화 가문 출신인데?'라는 아나딜의 질문이 계속해서 맴돌고 있었다.

그녀는 시선을 돌려 헤스터의 침실용 탁자를 바라보았다. 죽은 꽃들이 꽂힌 꽃병과 갈고리 모양의 초, 그리고 《고아들 등쳐 먹기》,《악당은 왜 항상 패배하는가》,《마녀가 저지르는 흔한 실수들》등 몇 권의 책이 놓여 있었고, 그 옆에는 표면이 우둘투둘한 나무 액자가 하나 있었다. 액자에는 괴상하게 생긴 마녀가 어느 집 앞에 서 있는 그림이 담겨 있었는데, 서툰 솜씨로 보아 어린아이의 그림인 것 같았다.

재미있는 것은 바로 마녀 뒤로 보이는 집이었다. 그 집은 생강쿠키와 사탕으로 만들어져 있었던 것이다.

"우리 엄마가 좀 순진했지."

소피의 시선을 의식한 헤스터가 액자를 집어 들며 말했다. 그녀는 옛 추억을 더듬는 듯 아련한 표정을 짓고 있었다.

"오븐이라니, 누가 생각해도 말이 안 되지. 그냥 쇠꼬챙이에 꽂아서 불에 구웠어야 했는데. 그게 제일 간단한 방법이잖아. 난 엄마보다 더 잘할 거야."

헤스터는 굳게 결심하듯 입술을 앙다물었다.

소피는 고개를 돌려 아나딜을 바라보았고, 순간 가슴이 철렁 내려앉았다.

그녀가 제일 좋아하는 동화에는 심술궂은 노파가 등장하는데, 결말 부분에서 노파는 못이 박힌 나무통에 갇혀 언덕을 굴러 내려간다. 나무통이 마침내 멈췄을 때, 노파의 몸뚱이는 사라지고 없었고, 통 안에는 어린 소년의 뼈로 만든 팔찌만 덩그러니 남아 있었다. 그런데 책에서만 봤던 바로 그 팔찌를 룸메이트가 손목에 떡하니 차고 있었던 것이다.

"정말 대단한 분이시지. 타고난 마녀라니까."

아나딜은 소피가 무슨 생각을 하는지 빤하다는 듯 음흉한 미소를 지으며 말했다.

"할머니도 너 같은 팬이 있는 걸 아시면 아주 기뻐하실 거야."

소피는 몸을 빙그르르 돌려 도트의 침대 위에 걸린 포스터를 바라보았다. 한 잘생긴 남자가 사형 집행인의 도끼에 목이 잘리며 처절한 비명을 내지르는 모습이 담겨 있었다.

로빈 후드

생사 불문 (시체 상태 선호)
노팅엄 영주 백

"내가 제일 먼저 도끼를 휘두르게 해 주신댔어, 우리 아빠가!"

도트가 말했다.

소피는 겁에 질린 채 세 소녀를 바라보았다.

그들은 동화책을 읽을 필요가 없었다. 그들의 삶이 곧 동화였던 것이다.

그들은 누군가를 죽이기 위해 태어난 존재들이었다.

"공주와 독자! 인간 중에는 그 둘이 최악이지."

헤스터가 말했다.

"선인 쪽 사람들도 얘는 싫어하는 것 같은데. 아니라면 요정들이 벌써 데리러 왔겠지."

아나딜이 거들었다.

"아니야, 곧 올 거야. 난 착한 사람이니까!"

소피가 소리 지르듯 말했다.

"넌 아무 데도 못 가. 그러니까 살고 싶으면 이곳에 적응하는 게 좋을 거야."

헤스터가 소피의 베개를 발로 뺑 걷어차 바닥에 떨어뜨리며 말했다.

'마녀들 소굴에 적응하라고? 이 식인종들과 어울리란 말이야?'

"아니, 내 말 좀 들어 봐. 난 정말 착한 쪽이야."

소피는 다시 한 번 애원하듯 말했다.

"똑같은 얘기 아무리 해 봐야 소용없어. 증거도 없잖아."

헤스터가 순식간에 소피에게 다가와 한 손으로 그녀의 목을 잡고 활짝 열린 창문을 향해 그녀를 밀어붙였다.

"난 노숙자들한테 코르셋을 나눠 줬어! 일요일마다 교회에도 가고!"

소피는 창밖으로 떨어지지 않으려고 발버둥 치며 소리쳤다.

"글쎄, 그래도 널 구하러 오는 사람이 아무도 없네. 더 해 봐!"

"애들 앞에서는 항상 미소를 지었고, 새들한테 노래도 불러 줬어! 그만해! 숨 막혀."

소피는 캑캑거리며 힘겹게 말을 이었다.

"저런, 그 정도 되면 멋진 왕자님이 나타나서 구해 줘야 하는데 왜 아무도 안 오는 걸까? 한 번 더 기회를 주지."

아나딜이 소피의 두 다리를 붙잡으며 말했다.

"난 우리 동네 마녀하고도 친구로 지냈어. 난 그 정도로 착한 아이라고!"

"땡! 이제 기회는 없어."

아나딜과 헤스터는 소피의 몸을 번쩍 들어올렸다.

"여기 올 사람은 우리 동네 그 마녀 아이야! 내가 아니라고!"

소피는 결국 울음을 터뜨렸다.

"교장이 왜 너희 같은 멍청이 독자들을 자꾸 우리 세계에 데려오는지 정말 모르겠어. 아마도 이유는 하나겠지. 교장도 너희처럼 멍청하기 때문인 거야."

헤스터의 목소리에는 적개심이 가득했다.

"아가사한테 물어봐! 걔가 다 말해 줄 거야. 걔는 너희 같은 악당이거든."

"야, 아나딜, 우리 아직 교칙 같은 거 못 들었잖아."

헤스터가 눈을 찡긋하며 아나딜을 바라보았다.

"그렇지. 그러니까 무슨 짓을 해도 교칙 위반으로 벌을 받는 일은 없을 거야."

아나딜은 기다리던 말을 들었다는 듯 싱긋 이를 드러내고 웃었다.

두 사람은 소피를 창턱 끄트머리로 밀어붙였다.

"하나!"

헤스터가 수를 세기 시작했다.

"안 돼!"

소피는 더욱 날카로운 목소리로 소리쳤다.

"둘……."

"증거 있어! 증거를 대겠다고!"

소피가 더욱 다급하게 소리를 질렀다.

"셋!"

"너희 생긴 걸 좀 봐! 나랑 비교해 보라고!"

헤스터와 아나딜은 맥이 탁 풀린 듯 소피를 바닥에 툭 떨어뜨렸다. 그리고 멍한 표정으로 서로를 바라보았다. 소피는 울음을 그치지 못한 채 숨을 헐떡이며 침대 위에 몸을 웅크렸다.

"내가 뭐랬어! 쟤 악당 맞다니까."

도트는 재미있다는 듯 킥킥거리며 캐러멜을 입에 쏙 집어넣었다.

그때 방 밖에서 뭔가 시끌벅적한 소리가 들려왔고, 아이들은 일제히 문을 향해 고개를 돌렸다. 갑자기 쾅 하는 소리와 함께 문이 활짝 열리더니 늑대 세 마리가 우르르 방 안으로 들어와 그들의 멱살을 잡고 복도로 끌어냈다. 그러고는 헐렁한 자루 같은 검은 옷을 걸친 수많은 학생들 사이로 그들을 거칠게 내던졌다. 학생들은 조금이라도 공간을 차지하기 위해 서로를 밀치고 팔꿈치로 찔러 댔다. 어떤 이들은 힘겨루기에 져 바닥에 쓰러졌고 수많은 아이들의 발에 깔려 일어나지 못하고 끙끙댔다. 소피는 겁에 질린 채 벽에 찰싹 달라붙어 이들을 지켜보았다.

"대체 어디로 가는 거야?"

소피가 도트를 향해 소리쳤다.

"선의 학교! 환영식이 거기에서 열리거든."

도트의 대답이 끝나는 순간, 오거처럼 생긴 한 남자아이가 소피를 발로 차 앞으로 밀어냈다.

'선의 학교에 간다고?'

소피는 희망에 부풀어, 괴상망측하게 생긴 아이들과 함께 계단을 내려갔다. 그녀는 그 난리 통에도 핑크색 드레스를 손으로 툭툭 쳐 맵시 내는 것을 잊지 않았다. 이제 곧 그녀의 진짜 친구들을 만날 것이기 때문이다. 그때 누군가 그녀의 팔을 잡아 난간으로 거칠게 밀어붙였다. 소피는 넋이 나간 듯 멍한 표정으로 고개를 들었다. 죽음의 악취를 풍기는 사나운 흰색 늑대 한 마리가 까만 교복을 손에 들고 그녀를 바라보고 있었다. 늑대는 아무 말 없이 비열한 미소를 지으며 날카로운 이빨을 드러냈다.

"싫어요……."

소피는 기어들어 가는 목소리로 말했다.

늑대는 아무 말 없이 직접 그녀의 옷을 갈아 입혔다.

순수의 탑 학생들은 누구나 세 명이 한 방을 썼지만, 아가사는 큰 방을 독차지하게 되었다.

순수의 탑은 총 5층으로 이루어져 있는데, 그 가운데에는 라푼젤의 긴 머리카락이 파도치듯 흘러내리는 모양을 그대로 본뜬 핑크색 유리 계단이 자리 잡고 있었다. 그리고 5층 아가사의 방문에는 하트 모양이 잔뜩 들어간 반짝이는 간판이 붙어 있었다.

"리나, 밀리센트, 아가사, 환영합니다!"

하지만 리나와 밀리센트는 자신들을 위해 마련된 방을 거부하고 다른 곳으로 떠나 버렸다. 감미로운 초콜릿색 피부에 반짝이는 회색 눈이 돋보이는 리나는 거대한 여행 가방을 끌고 낑낑대며 5층까지 올라왔지만, 아가사를 보자마자 바로 짐을 빼 버렸다.

"쟤 생긴 것 좀 봐. 나쁜 아이 같잖아. 여기 있다가는 죽을지도 몰라!"

리나는 아가사의 귀에 들릴 정도로 큰 소리로 울먹이며 하소연을 해 댔다.

"우리 방 같이 쓰자. 요정들도 이해해 줄 거야."

베아트릭스의 목소리였다. 그녀의 예상은 적중했다. 요정들도 이 갑작스러운 변화에 대해 아무런 제재를 가하지 않았던 것이다. 귀여운 들창코에 가느다란 눈썹을 뽐내는 빨강머리 밀리센트는 고소공포증이 있다며 낮은 층으로 방을 옮겼고, 요정들은 이 역시 군소리 없이 용인했다. 그렇게 아가사는 혼자가 되었다. 가발돈에서와 다를 것이 하나도 없었다.

하지만 그녀의 새로운 방은 그레이브스힐의 우중충한 방과는 완전히 딴판이었다. 사방의 벽은 모두 핑크색이었고, 보석이 박힌 거대한 거울은 그녀의 모습을 샅샅이 비추고 있었다. 벽에는 아름다운 공주와 늠름한 왕자가 열정적으로 키스하는 모습들이 정교하게 그려져 있었다. 세 개의 침대 위에는 각각 하얀 실크 캐노피가 설치되어 있었는데 그 모습이 마치 왕실의 마차 같았고, 천장 타일에는 밝은 미소를 지은 채 뭉게구름 위에서 사랑의 화살을 쏘아 대는 큐피드를 묘사한 프레스코화가 웅장하게 펼쳐져 있었다. 아가사는 이 불편하고 낯선 환경으로부터 최대한 멀리 떨어지기 위해 창 쪽으로 몸을 피했다. 그녀의 검은 드레스가 밝은 핑크색 벽에 바싹 맞닿아 둘 사이의 차이를 더욱 극명하게 보여 주는 것 같았다.

창밖에는 반짝이는 호수가 펼쳐져 있었다. 선의 학교를 둘러싼 호수는 악의 학교로 넘어가는 지점에서 시커먼 흙탕물 도랑못으로 바뀌었는데, 학생들은 바로 이 중간 지점을 '하프웨이 베이'라고 불렀다. 호수와 도랑못 위로는 가느다란 돌다리가 짙은 안개를 뚫고 길게 이어져 두 학교를 연결하고 있었다. 하지만 이것들은 모두 두 성의 앞에 펼쳐진 풍경이었다. 성의 뒤편에는 무엇이 있을까?

궁금함을 이기지 못한 아가사는 몸을 길게 늘여 유리 기둥을 꼭 붙잡고 창턱 위에 올라섰다. 아래쪽을 내려다보자, 관용의 탑이 그 뾰족한 핑크빛 첨탑을 날카롭게 추켜세우고 있는 모습이 보였다. 한 걸음이라도 헛디뎠다가는 쇠꼬챙이에 꽂힌 양고기 신세가 될 것이다. 아가사는 발끝을 들고 조심조심 창턱의 끝자락으로 걸음을 옮겼고, 모서리에 이르러 길게 고개를 뺐다. 순간, 그녀는 너무 놀라 하마터면 잡고 있던 손을 놓칠 뻔했다. 선과 악의 학교 뒤쪽에는 어마어마하게 넓은 파란색 숲이 펼쳐져 있었던 것이다. 나무와 덤불, 그리고 온갖 꽃들이 빙하처럼 투명하고 옅은 파란색에서부터 검정에 가까운 어두운 파란색까지 각기 미묘하게 다른 모든 종류의 파란색을 드러내며 일렁이고 있었다. 이 무성한 파란 숲은 두 학교의 뒤뜰을 하나로 연결하고도 한참을 드넓게 이어졌다. 그리고 그 가장자리에는 커다란 황금 문이 둘러져 있었다. 황금 문 너머의 숲은 평범한 녹색을 띠고 있었고, 그 주변은 깊은 어둠으로 둘러싸여 있었다.

다시 조심조심 방으로 들어가려던 아가사는 학교 앞쪽에서 무엇인가를 발견했다. 하프웨이 베이 부근에 무엇인가 불쑥 솟아올라 있었던 것이다. 그것은 밝게 빛나는 호수의 물과 도랑못의 흙탕물이 만나는 바로 그 지점이었다. 안개가 자욱해 자세히 볼 수는 없었지만, 그것은 가늘고 높은 은색 벽돌 탑이었다. 뾰족한 탑 꼭대기 주변에는 요정들이 무리를 지어 윙윙 날아다녔고, 탑의 밑바닥에서 물 쪽으로 이어지는 툭 튀어나온 나무판자 위에서는 석궁을 든 늑대들이 보초를 서고 있었다.

저들은 대체 뭘 지키는 것일까?

아가사는 두 눈을 가늘게 뜨고 하늘을 찌를 듯 높이 치솟은 탑의 꼭대기 부분을 유심히 바라보았다. 하지만 구름에 가린 작은 창문 하나가 겨우 보일 뿐이었다.

그때 구름을 뚫고 나온 가는 빛줄기가 잠시 창 안을 비추었고, 아가사는 그 짧은 순간을 놓치지 않았다. 햇빛을 받아 드러난 익숙한 실루엣을 포착했던 것이다.

그것은 아가사와 소피를 납치한 구부정한 그림자였다.

넋을 잃고 바라보던 아가사는 순간 균형을 잃었다. 신발이 미끄러지고 그녀의 몸은 뾰족한 관용의 탑 꼭대기를 향해 떨어지기 시작했다. 다행히 그녀는 창턱을 움켜잡아 양 꼬치가 될 운명에서 벗어났고, 끙끙대며 벽을 기어올라 방 안으로 곤두박질치듯 들어갔다. 그녀는 욱신거리는 꼬리뼈를 움켜쥔 채 재빨리 몸을 돌려 다시 창밖을 내다보았지만, 그림자는 이미 사라지고 없었다.

아가사는 심장이 터질 듯 두근대기 시작했다. 그녀와 소피를 이곳에 끌고 온 자가 바로 저 탑 안에 있다. 누구인지 모르겠지만, 저

선과 악의 학교

자라면 이 잘못된 상황을 바로잡고 그들을 집으로 돌려보내 줄 수 있을 것이다.

하지만 집으로 돌아가기 위해서는 먼저 친구를 구해 내야 했다.

몇 분 후, 아가사는 어색한 표정으로 커다란 거울 앞에 섰다. 몸이 저절로 움츠러드는 것 같았다. 단 한 번도 햇빛을 받아 보지 못한 것 같은 허여멀겋고 앙상한 팔이 핑크색 교복 밖으로 드러나 있었다. 레이스 깃은 그녀가 불안할 때면 언제나 발진을 일으키듯 붉게 달아오르는 목을 전혀 가려 주지 못했고, 어깨 부분을 장식한 카네이션 때문에 자꾸만 재채기가 터져 나왔다. 교복과 맞춤으로 제공된 핑크색 하이힐까지 신은 아가사는 마치 긴 죽마에 올라탄 것처럼 위태로워 보였다. 하지만 탈출하기 위해서는 이 끔찍한 복장을 참아 내는 수밖에 없었다. 그녀의 방은 계단과 제일 멀리 떨어진 복도 끝에 위치하고 있었는데, 다시 돌다리에 가기 위해서는 사람들 눈에 띄지 않고 복도를 지나 계단을 타고 내려가야 했기 때문이다.

아가사는 이를 악물었다.

'사람들 눈에 띄지 말고 평범하게 굴자.'

그녀는 심호흡을 한 번 하고 방문을 활짝 열었다.

핑크색 피나포어 드레스를 입은 50명의 아름다운 소녀들이 복도를 가득 채우고 있었다. 그녀들은 서로 속닥거리고 키득대며, 드레스와 신발, 가방, 팔찌, 화장품 등 커다란 여행 가방에 담아 온 물건들을 구경하거나 교환하고 있었다. 요정들은 이들을 환영식에 데려가기 위해 그 주위를 뱅뱅 돌며 상황을 통제하려고 애쓰고 있었지만, 아무 소용이 없는 듯했다. 아가사는 북적거리는 사람들 틈으로 저 멀리 떨어진 계단을 흘끗 바라보았다. 태연한 표정으로 몇 걸음만 걸어가면 누구의 의심도 받지 않고 계단까지 갈 수 있을 것이다. 하지만 아가사는 단 한 걸음도 움직일 수 없었다.

그녀는 평생을 기다린 끝에 단 한 명의 친구를 얻었다. 그런데 복도를 가득 채운 이 아이들은 만난 지 몇 분 만에 세상에 둘도 없는 친한 친구가 되어 있었다. 이들에게 친구를 사귄다는 것은 세상 그 어떤 일보다 쉬운 일인 것 같았다. 아가사는 수치심으로 온몸이 화끈거렸다. 친절하고 다정한 아이들만 있는 선의 학교에서도 그녀는 여전히 혼자였고 외면당하고 있었다. 그녀는 공주가 아니라 악당이었다. 이것은 그녀가 선의 학교에 있든 악의 학교에 있든 변하지 않는 사실이었다.

아가사는 다시 방문을 쾅 닫아 버렸다. 카네이션 장식을 뜯어내고, 핑크색 하이힐을 벗어 창밖으로 내던졌다. 그녀는 쓰러지듯 벽에 몸을 기대고 두 눈을 감았다.

'이곳에서 나갈 수만 있다면!'

잠시 후 그녀는 다시 눈을 떴고, 보석이 박힌 커다란 거울에 비친 못생긴 자신의 얼굴과 눈이 마주쳤다. 그녀는 재빨리 눈을 돌리려고 했지만, 순간 거울 속에서 무엇인가 새로운 것을 발견했다. 미소 띤 큐피드가 그려진 천장 타일 중 하나가 살짝 비뚤어져 있었던 것이다.

아가사는 뭉툭한 검은 신발에 발을 쏙 집어넣고 침대 캐노피를 기어올랐다. 비스듬히 기울어진 타일 조각을 밀어내자, 그 위로 컴컴한 환기구가 나타났다. 그녀는 타일을 치워 버린 구멍의 가장자리를 움켜쥐고 몸을 흔들어 한쪽 다리를 환기구에 올려놓았다. 다른 쪽 다리도 환기구에 밀어 넣은 그녀는 마침내 천장 위 어두운 공간으로 들어갔고, 그녀의 눈앞에는 좁은 복도 같은 환기구 통로가 길게 펼쳐졌다.

아가사는 어둠 속에서 손과 무릎으로 차가운 금속을 더듬으며 천천히 앞으로 기어 나가기 시작했다. 그런데 어느 순간 차가운 금속의 감촉이 손끝에서 사라졌다. 이번만큼은 아가사도 손쓸 방법이 없었다.

그녀는 너무 놀라 비명 한 번 지르지 못하고 아래로 떨어지기 시작했다. 귓가에는 '윙' 하는 바람 소리가 들려왔고, 그녀의 몸은 파이프 이곳저곳에 정신없이 부딪쳤다. 금속 통로가 끝나자 얼기설기한 쇠살대가 등장했고 그녀는 그 위를 제비 넘듯 빙글빙글 굴러 내려갔다. 그리고 마침내 커다란 콩나무 줄기 위에 풀썩 떨어졌다.

그녀는 굵직한 녹색 줄기를 꼭 껴안았다. 어디 한 군데 부러지지 않은 것이 천만다행이었다. 주변을 둘러보니, 그곳은 정원도 아니고 숲도 아니었다. 정확히 말해 콩나무가 있을 만한 곳이라고는 할 수 없었다. 그곳은 천장이 매우 높은 어두운 방이었고, 그림과 조각, 그리고 유리 상자들로 가득 차 있었다. 한쪽 구석에는 반투명한 유리문이 있었는데, 그 위에 커다란 금박 글자가 새겨져 있었다.

선의 학교 갤러리

아가사는 조금씩 줄기를 타고 내려가 마침내 대리석 바닥에 두 발을 내려놓았다.

길게 늘어선 벽에 거대한 파노라마 벽화가 그려져 있는 것이 보였다. 그림에는 하늘을 찌를 듯 높이 치솟은 황금 성과 반짝이는 아치 밑에서 결혼식을 올리는 멋진 왕자와 아름다운 공주, 그리고 이들을 축하하기 위해 모인 수천 명의 군중이 종을 울리고 춤을 추는 모습이 담겨 있었다. 환하게 두 사람을 비추는 햇살의 축복을 받으며 이 고결한 부부는 첫 키스를 나누고, 앙증맞은 아기 천사들은 그 위를 맴돌며 그들에게 빨간색과 하얀색 장미를 던져 주었다. 그림의 제일 위쪽에는 구름 사이사이로 황금 글자가 쓰여 있었는데, 굵기가 일정한 각진 모양의 이 글씨는 벽의 한쪽 끝에서 다른 쪽 끝까지 이어질 정도로 길게 배열되어 있었다.

영원히 행복하게

아가사는 자기도 모르게 인상을 찌푸렸다. 아가사는 소피가 '영원히 행복하게 살았더래요'식의 동화를 믿는다고 말할 때마다 자신 있게 그녀를 비웃었다. 항상 행복하기만 한 삶을 대체 누가 원한단 말인가? 하지만 지금 그녀의 눈앞에 펼쳐진 이 벽화는 늘 바보 같다고 여겼던 그 생각이 얼마나 아름답고 고귀한 것인지 섬뜩할 정도로 설득력 있게 보여 주고 있었다.

그녀는 시선을 돌려 가까이 있는 유리 상자 안을 들여다보았다. 상자 안에는 복잡한 꾸밈 글씨가 쓰여 있는 얇은 책이 있었고, 상자 옆에는 친절한 설명판이 붙어 있었다.

'백설공주, 동물 언어 능력 시험(메이든베일의 레티시아)'

아가사는 다른 상자들도 하나씩 둘러보기 시작했다. 신데렐라의 왕자가 된 소년의 푸른색 망토, 빨간 망토가 쓰던 기숙사 베개, 성냥팔이 소녀의 일기, 피노키오의 파자마 등 여러 학생들이 사용하던 물건들이 보관되어 있었다. 각 물건의 주인공은 동화 속에서 모두 성대한 결혼식을 올리거나 궁전에서 영원히 행복한 삶을 누리게 된 스타 학생들이었다. 아가사는 다시 벽 쪽으로 고개를 돌렸다.

졸업생들이 이룬 성공적 업적을 묘사한 그림들, 학교 역사 전시물, 학생들이 본보기로 삼을 만한 큰 성공을 기리는 플래카드 등이 걸려 있었다. 또 다른 벽에는 '캡틴'이라는 이름표가 붙어 있었는데, 그곳에는 수업별 우등생들의 초상화가 잔뜩 걸려 있었다. 걸음을 옮길수록 갤러리는 점점 더 어두워졌다. 아가사는 주머니에서 성냥개비 하나를 꺼내어 램프에 불을 밝혔다. 바로 그 순간 어둠 속에 숨어 있던 죽은 동물들이 불쑥 모습을 드러냈다.

박제되어 핑크색 벽에 걸려 있던 수십 개의 죽은 동물들이 조용히 허공을 바라보고 있었다. 아가사는 그들의 이름이 적힌 명패를 손바닥으로 쓱 문질러 먼지를 털어 냈다. 명패에는 장화 신은 고양이, 신데렐라가 가장 좋아하는 쥐, 잭이 팔아 치운 소 등의 이름이 적혀 있었다. 영웅이 되거나 그 영웅의 하인, 조수가 되기에는 부족했던 하위권 학생들이었다. 이들에게는 영원히 행복한 삶이 허락되지 않았다. 어두운 갤러리 벽에 걸린 채 사람들의 기억 속에서 사라져 가는 것이 이들의 운명이었다. 유리알로 채워진 그들의 눈은 허공을 향해 쓸쓸하면서도 으스스한 시선을 던지고 있었다. 갑자기 등골이 서늘해진 아가사는 서둘러 고개를 돌렸고, 그곳에서 또 다른 명패를 발견했다. 그녀가 타고 내려왔던 콩나무에 반짝이는 이름표가 붙어 있었던 것이다.

'레인보우게일의 홀든'

어두침침한 갤러리 한 구석에 쓸쓸하게 서 있는 이 불쌍한 식물도 한때는 평범한 소년이었던 것이다.

아가사는 온몸의 피가 순식간에 빠져나가는 것 같았다. 그동안 한 번도 믿어 본 적 없었던 모든 이야기들이 이제는 부정할 수 없는 사실로 그녀의 눈앞에 존재하고 있다는 사실이 너무나 고통스러웠다. 지난 200년 동안 납치된 아이들은 단 한 명도 마을로 돌아오지 못했다. 그녀와 소피가 과연 아무도 해내지 못한 일을 할 수 있을까? 그녀 또한 이 아이들처럼 까마귀나 장미 덤불이 되지 않으리란 보장이 어디 있단 말인가?

하지만 그녀에게는 다른 아이들이 가지지 못한 확실한 무기가 있었다.

'나에게는 친구가 있잖아!'

그녀는 자신의 가장 친한 친구와 함께 온 힘을 다해 이 저주를 풀어내야 한다. 실패한다면 영원히 동화 속에 갇혀 화석이 되고 말 것이다.

아가사는 다시 고개를 돌려, 눈에 잘 띄지 않는 구석진 모퉁이를 바라보았다. 그곳에는 여러 개의 그림이 한 줄로 쭉 걸려 있었는데, 모두 같은 화가의 작품이었다. 그림들은 아련한 느낌의 인상주의적 화법으로 그려져 있었는데, 희한하게도 모두 동화책 읽는 아이들의 모습을 묘사하고 있었다. 아가사는 천천히 그림을 향해 다가갔고, 어느 순간 두 눈이 휘둥그레지고 말았다. 그림의 배경이 어디인지 깨달았던 것이다.

그곳은 가발돈이었다.

그녀는 그림들을 하나도 빠짐없이 자세히 들여다보았다. 눈에 익은 언덕과 호숫가, 구부정한 시계탑과 곧 무너질 듯 낡은 교회 건물, 심지어 그레이브스힐 꼭대기의 우중충한 집까지 그림은 가발돈의 구석구석을 담고 있었다. 갑자기 날카로운 무엇인가 아가사의 가슴을 찔렀다. 고향에 대한 그리움이었다. 그녀는 동화책을 읽는 아이들을 보면 망상에 빠진 바보들이라고 놀려 댔는데, 이제 와서 보니 진짜 바보는 바로 그녀 자신이었다. 그들은 현실 세계와 동

선과 악의 학교

화 속 세계가 결국 어느 지점에서는 만나고 있음을 이미 알고 있었던 것이다.

어느덧 마지막 그림에 이른 아가사는 두 눈을 더 커다랗게 떴다. 마지막 작품은 이전 것들과 확연히 달랐던 것이다. 잔뜩 흥분한 아이들은 동화책을 광장 한가운데 모닥불에 던져 넣어 태우고 있었고, 마을을 둘러싼 어둠의 숲도 시뻘건 불길에 활활 타오르며 검은 연기를 내뿜었다. 그림을 바라보던 아가사는 등골이 서늘해지는 것을 느꼈다.

그때 어디에선가 목소리가 들려왔다. 아가사는 재빨리 커다란 호박 마차 뒤로 숨다가 명판에 머리를 부딪치고 말았다. 명판에는 역시 '네더우드의 하인리히'라는 이름이 적혀 있었다. 아가사는 비명이 새어 나가지 않도록 두 손으로 입을 꼭 틀어막았다.

잠시 후 두 교수가 갤러리 안으로 들어왔다. 나이가 지긋한 여교수는 깃이 높고, 각도에 따라 색이 미묘하게 바뀌는 녹색 딱정벌레 날개 무늬가 점점이 그려진 연초록색 드레스를 입었고, 젊은 여교수는 어깨가 뾰족하게 각진 자주색 드레스를 입고 노교수의 뒤를 조용히 따르고 있었다. 연초록 드레스를 입은 교수는 할머니처럼 머리를 정수리 위로 동그랗게 틀어 올렸지만, 피부만큼은 어둠 속에서도 빛이 날 정도로 맑았고 은은한 갈색 눈동자에는 차분함이 어려 있었다. 자주색 드레스를 입은 젊은 교수는 검은 머리를 한 치 흐트러짐 없이 뒤로 넘겨 길게 땋아 내렸고, 눈동자는 자수정처럼 반짝였으며, 핏기 없이 하얀 피부는 마치 북 위에 묶어 놓은 팽팽한 가죽처럼 매끈하게 온몸을 감싸고 있었다.

"더비 교수님, 그분께서 이야기를 망치고 있어요."

자주색 옷을 입은 교수가 말했다.

"레소 부인, 아무리 교장 선생님이라고 해도 이야기꾼들을 마음 대로 조종할 수는 없답니다."

노교수가 대답했다.

"교장 선생님께서 늘 교수님 쪽을 편드는 거 알고 계시잖아요."

레소 부인이 흥분한 듯 거친 숨소리를 내며 말했다.

"그분은 누구의 편도 아니에요."

더비 교수가 갑자기 멈춰 서자, 레소 부인 역시 그녀를 따라 걸음 을 멈췄다.

아가사는 그들의 시선이 고정된 곳으로 고개를 돌렸다. 그들은 조금 전 그녀가 보고 있던 바로 그 마지막 그림을 바라보고 있었다.

"새더 교수님의 얼토당토않은 작품을 또 하나 받아들이셨군요."

레소 부인이 다시 입을 열었다.

"이곳은 그분의 갤러리니까요."

더비 교수가 한숨을 내쉬며 대답했다.

레소 부인이 눈을 한 번 번쩍이자 그림은 마법에 걸린 듯 벽에서 떨어져 나와 아가사의 머리 부근의 유리 상자 뒤로 툭 떨어졌다.

"이래서 그쪽 학교 갤러리에는 이런 그림을 걸어 두지 않는 거 예요."

더비 교수가 다시 말했다.

"독자에 대한 예언을 믿는 사람은 모두 바보예요! 교장 선생님도 그중 하나죠."

레소 부인이 씩씩거리며 말했다.

"교장 선생님은 균형을 지켜야 합니다. 그분은 독자들도 그 균형 의 한 축을 담당한다고 보시는 거예요. 당신이나 나는 그 뜻을 이해 하지 못한다고 해도 말입니다."

더비 교수가 타이르듯 말했다.

"균형이라고요? 그렇다면 그분이 교장 자리를 독차지 한 후 악이 한 번도 승리하지 못한 것은 어떻게 설명하시겠어요? 지난 200년 간 단 한 번도 악이 선을 이기지 못하지 않았습니까?"

레소 부인이 더비 교수의 말을 비웃듯 매섭게 쏘아붙였다.

"그건 우리 학생들이 더 잘 배워서 그런 거죠."

더비 교수는 당황하지 않고 대답했다.

레소 부인은 입을 꼭 다물고 더비 교수를 노려본 후 다시 걸음을 옮기기 시작했다. 더비 교수는 허공에서 손을 휙 움직여 그림을 다시 제자리에 걸어 둔 후, 종종걸음으로 레소 부인을 뒤따랐다.

"이번에 새로 들어온 독자 학생에게 희망을 걸어 보세요."

더비 교수가 앞서가는 레소 부인을 향해 말했다.

"진작에 글렀어요. 핑크색 드레스를 입고 왔더랍니다!"

레소 부인이 코웃음을 치며 대답했다.

두 사람의 발소리는 점점 멀어져 갔다.

아가사는 고개를 들어 흠집이 나 버린 마지막 그림을 바라보았다. 모닥불에 동화책을 던져 넣는 아이들과 벌건 불길에 휩싸인 가발돈, 이게 과연 무슨 뜻일까?

그때 바람을 타고 가벼운 날갯짓 소리가 들려왔다. 그리고 아가사가 몸을 채 숨기기도 전에 반짝이는 요정들이 갤러리 안으로 쏟아져 들어왔다. 그들은 마치 작은 전등처럼 구석구석을 비추고 있었다. 아가사는 조금 전 두 교수가 지나간 문을 향해 고개를 돌렸다. 요정들은 점점 가까워졌고 마침내 호박 마차 근처까지 다가왔다. 아가사는 벌떡 일어나 문을 향해 냅다 달리기 시작했다. 요정들이 깜짝 놀라 비명을 질러 댔지만, 아가사는 박제된 곰 세 마리를 쏜살같이 지나 문을 활짝 열어젖혔다.

문 반대편에서 아가사를 맞이한 것은 핑크색 드레스를 입은 소녀들이었다. 그들은 두 줄로 나란히 서서 로비를 걸어 나오고 있었다. 세상에서 제일 친한 친구를 만난 듯 밝은 표정으로 서로 손을 잡고 깔깔대는 그들의 모습에, 아가사의 마음에는 다시 수치심이 차오르기 시작했다. 당장 그 문을 닫고 어디에든 숨어 버리고 싶은 마음이 굴뚝같았다. 하지만 아가사는 다른 길을 선택해야 했다. 그녀에게는 아무 관심도 없는 저 해맑은 아이들이 아니라 그녀에게 유일한 친구가 되어 준 바로 그 아이를 생각해야 했다.

잠시 후 요정들이 헐레벌떡 들이닥쳤다. 하지만 그곳에는 환영 식장을 향해 줄을 지어 걸어가는 아이들이 있을 뿐이었다. 요정들은 소녀들 머리 위를 맴돌며 범인을 찾아 헤맸지만 소용없는 짓이었다. 아가사는 이미 웃음 띤 얼굴로 이 거대한 핑크빛 물결 속에 몸을 숨겨 버렸던 것이다. 그녀는 다른 소녀들처럼 공주가 되기로 했다.

5

남자들이 문제야

동화의 전당으로 들어가는 문은 두 개였다. 선의 학교와 악의 학교는 각각 다른 문을 사용했고, 동화의 전당 내부도 둘로 구분되어 있었다. 서쪽 문은 선의 학교 학생을 위한 통로로, 핑크색과 파란색 좌석, 크리스털로 만든 띠 모양 장식물, 그리고 반짝이는 유리 꽃다발로 장식되어 있었다. 동쪽 문은 악의 학교 학생들이 드나드는 출입문이었고, 뒤틀린 나무 의자, 살인이나 고문 장면을 묘사한 조각품, 시커멓게 타 버린 천장에 매달린 무시무시한 종유석 등으로 채워져 있었다. 학생들이 환영식장 안으로 들어서자, 요정과 늑대들은 그 두 무리가 섞이지 않도록 식장 가운데를 가로지르는 은색 대리석 복도를 막아섰다.

소피는 자신의 의사와 상관없이 그 끔찍한 교복을 몸에 걸치기는 했지만, 악의 학교 학생들과 같은 자리에 앉을 생각은 추호도 없었다. 선의 학교 학생들의 부드러운 머릿결과 빛나는 미소, 그리고 세련된 핑크색 드레스를 보는 순간, 그녀는 마침내 진정한 동료들을 찾은 것 같았다. 요정들은 비록 그녀를 외면했지만, 그녀의 진정한 친구들은 기꺼이 그녀를 구해 줄 것이라는 확신이 그녀의 마음속에 차오르기 시작했다. 악당 학생들이 그녀를 이쪽저쪽에서 밀쳐 대는 와중에도, 그녀는 선의 학교 학생들의 관심을 끌기 위해 나름대로 최선을 다했다. 하지만 핑크 드레스 소녀들은 악의 학교 쪽으로는 아예 고개조차 돌리지 않았다. 결국 소피는 요정과 늑대들이 지키고 선 대리석 복도로 비집고 들어가 팔을 흔들어 대기 시작했다. 그녀가 도움을 요청하기 위해 입을 열려는 순간, 누군가 그녀를 홱 잡아당겨 뒤틀린 나무 의자 아래로 끌어내렸다.

아가사가 소피를 덥석 껴안았다.

"교장을 찾았어! 도랑못 가운데 높은 탑이 하나 있는데 거기 있더라고. 물론 보초병들이 있기는 하지만, 거기 들어가서 교장을 만나기만 하면 우리는……."

"너였구나! 마침 잘됐다. 네 옷 좀 줘 봐."

소피가 아가사의 핑크 드레스를 바라보며 말했다.

"뭐?"

"빨리! 옷만 바꿔 입으면 다 해결될 거야."

"그게 대체 무슨 말이야! 소피, 우린 여기 있으면 안 돼."

"당연하지! 내가 네 학교로 가고 너는 우리 학교로 와야 돼. 전에 가발돈에서 얘기했던 것처럼 말이야. 기억나지?"

"그러면 너희 아빠는? 우리 엄마는? 또 우리 고양이는 어떻게 해?"

아가사는 화가 난 듯 씩씩거리기 시작했다.

"넌 여기가 어떤 덴지 몰라서 그래! 여기 있다가는 뱀이나 다람쥐, 심지어는 나무가 될 수도 있단 말이야. 소피, 우린 집으로 돌아가야 해!"

"왜? 가발돈에 돌아가면 뭐가 있는데?"

소피가 말했다.

아가사는 갑작스러운 공격에 당황해 얼굴이 붉게 달아올랐다.

"그니까…… 집에 가면 말이야……."

"거봐. 거긴 아무것도 없어. 그러니까 어서 옷 내놔. 빨리!"

아가사는 대답 대신 결의에 찬 표정으로 팔짱을 끼었다.

"좋아, 내가 직접 가져가지."

소피는 아가사를 잔뜩 노려보더니, 꽃장식이 주렁주렁 달린 어깨 부분을 두 손으로 꽉 움켜잡았다. 하지만 바로 그 순간 그녀의 온몸이 얼어붙은 듯 굳어 버렸다. 소피는 갑자기 귀를 쫑긋 세우고 무엇인가를 열심히 듣다가, 표범처럼 재빨리 움직이기 시작했다. 그녀는 악당들의 발을 피해 나무 의자 아래를 기어가더니, 마침내 마지막 의자에 이르자 그 뒤에 몸을 숨기고 주변을 둘러보았다.

아가사는 영문도 모른 채 그녀의 뒤를 쫓았다.

"무슨 일이야? 대체 왜……."

아가사가 짜증 난 목소리로 말했지만 소피는 손으로 그녀의 입을 막고, 진지한 표정으로 무엇인가에 귀를 기울였다. 소리는 점점 커져 가고 있었다. 그것은 소녀라면 누구나 귀를 쫑긋할 수밖에 없는 소리였으며, 모든 소녀들이 평생을 기다려 온 바로 그 소리였다. 저 멀리 복도에서 쿵쿵 발을 구르는 소리와 금속이 부딪치는 소리가 들려왔다.

드디어 서쪽 문이 활짝 열리며 60명의 멋진 남자아이들이 칼싸움을 벌이며 식장으로 들이닥쳤다.

얇은 푸른색 소매와 빳빳한 옷깃 아래로 햇볕에 그을린 구릿빛 피부가 내비쳤고, 짙은 남색의 긴 부츠는 짧은 조끼와 폭이 좁은 매듭 타이와 함께 완벽한 조화를 이루고 있었다. 타이에는 금색 실로 각기 다른 글자가 하나씩 수놓여 있었다. 소년들이 장난치듯 발랄하게 칼을 부딪치는 동안, 몸에 딱 달라붙은 베이지색 반바지 안에 들어가 있던 셔츠 끝자락이 슬금슬금 빠져나왔고, 그 벌어진 틈으로 늘씬한 허리와 탄탄한 근육이 드러났다. 그들의 얼굴은 땀에 젖어 반짝반짝 빛이 났고, 그들이 환영식장의 중앙에 이르자 부츠와 대리석이 만나 경쾌한 소리를 내기 시작했다. 마침내 칼싸움은 절정에 이르렀고, 소년들은 소녀들이 앉아 있는 의자를 향해 서로를 밀어붙이더니, 갑자기 모두 한 몸이 된 듯 동시에 셔츠에서 장미를 꺼내 들었다. 그들은 우렁찬 목소리로 "아름다운 당신에게 바칩니다!"라고 소리치며, 각자 가장 눈길이 가는 소녀에게 장미를 던졌다. 베아트릭스에게는 정원 하나를 새로 만들어도 될 정도로 많은 장미가 쏟아졌다.

이 장면을 지켜보던 아가사는 멀미를 하는 것처럼 속이 울렁거렸다. 하지만 소피는 가슴을 두근거리며 자신에게도 장미가 날아오기를 간절히 기다리고 있었다.

썩은 나무 의자에 앉아 있던 악당들은 왕자를 향해 야유를 보냈다. 이곳저곳에서 **"악인이 이긴다!"**, **"선인은 꺼져라!"** 등 과격한 플래카드가 휘날리는 것이 보였다. 다만 족제비같이 생긴 호트만은 부루퉁한 얼굴로 팔짱을 낀 채 입을 달싹거리고 있었다.

"왜 쟤네만 따로 입장을 시켜 주는 거야?"

요란하게 입장을 마친 왕자들은 악당 무리를 향해서도 고개를 숙여 인사를 하고 손 키스를 보냈다. 그들이 마침내 자리를 찾아 앉으려는 순간, 서쪽 문이 다시 활짝 열렸고 또 다른 놀라운 참석자가 그 문을 통해 등장했다.

그의 머리카락은 천상의 빛을 머금은 듯 아름다운 금색으로 반짝였고, 두 눈은 구름 한 점 없는 맑은 하늘처럼 푸르렀으며, 피부는 뜨거운 사막의 모래 같은 색깔을 띠고 있었다. 그는 한마디로 고귀한 빛으로 가득 차 있었다. 마치 그의 몸에는 다른 사람들과는 다른 순수한 피가 흐르고 있는 것만 같았다. 새롭게 등장한 이 미지의 인물은 칼을 손에 쥔 채 못마땅한 표정으로 자신을 바라보고 있는 60명의 소년들을 한 번 휙 둘러보고, 천천히 자신의 칼을 뽑아 들었다. 그리고 자신만만한 미소를 지었다.

40명의 소년들이 한꺼번에 달려들었지만, 천상에서 내려온 듯 고귀한 자태를 뽐내는 이 소년은 번개처럼 빠른 몸놀림으로 이들을 하나씩 무너뜨렸다. 그는 사람의 몸에는 티끌만 한 상처도 내지 않은 채 그들의 칼만 솜씨 좋게 튕겨 냈고, 곧 그의 발밑에는 주인을 잃은 칼들이 수북하게 쌓였다. 소피는 넋이 나간 듯 황홀한 표정으로 그를 바라보았지만, 아가사는 이 잘난 척하기 좋아하는 인간이 실수로 자기를 찔러 버리기를 바라고 있었다. 물론 그녀의 바람은 이루어지지 않았다. 소년은 새로운 도전자가 나타날 때마다 거침없이 그의 칼을 떨어뜨렸고, 그의 칼날이 번뜩이며 움직일 때마다 파란색 타이에 수놓인 금색 T자도 춤을 추듯 함께 반짝거렸다. 마침내 마지막 도전자의 손에서 칼이 튕겨져 나갔다. 도전자가 할 말을 잃고 멍하게 서 있는 사이, 천상의 소년은 고귀한 몸놀림으로 칼집에 다시 칼을 집어넣었다. 그리고 이 정도는 아무것도 아니라는 듯 무심하게 어깨를 으쓱해 보였다. 하지만 그를 바라보는 다른 소년들에게 '이 정도'는 매우 큰 의미가 있었다. 그들은 드디어 '왕'을 만난 것이다. 이 순간만큼은 악당들도 야유를 퍼부을 수 없었다.

선의 학교 소녀들이라면 누구나 아는 사실이 한 가지 있었다. 진정한 공주가 되면 반드시 자신만의 왕자를 만나게 되고, 따라서 공주들끼리 서로 싸워야 할 필요는 전혀 없다는 것이었다. 하지만 왕이 된 소년이 황금빛 머리카락을 출렁거리며 셔츠 속에서 장미꽃 한 송이를 꺼내 든 순간, 이 사실은 소녀들의 머릿속에서 까맣게 지워져 버렸다. 그녀들은 모이를 받아먹으려고 달려드는 거위 떼처럼, 서로를 밀치고 제자리에서 깡충깡충 뛰며 미친 듯이 손수건을 흔들어 댔다.

소피도 그 대열에 합류하기 위해 총알같이 자리를 박차고 나갔다. 뒤늦게 소피의 빈자리를 발견한 아가사는 곧장 그녀의 뒤를 좇았지만, 소피는 이미 중립 지대인 대리석 복도 안으로 뛰어들고 있었다. 그녀는 핑크색 의자들을 뛰어 넘고, 양팔을 쭉 뻗은 채 장미를 향해 돌진했다. 하지만 그녀의 손에 잡힌 것은 장미가 아니라 늑대였다.

늑대는 즉시 소피를 붙잡아 원래 자리로 끌고 갔지만, 소피는 여전히 소년에게서 눈을 떼지 못했다. 소년 역시 그녀를 바라보았다. 그는 그녀의 아름다운 얼굴과 끔찍한 검은 드레스를 번갈아 보며, 혼란에 빠진 듯 당황한 표정으로 고개를 갸웃거렸다. 고개를 돌린 소년의 눈에 이번에는 더욱 희한한 광경이 들어왔다. 핑크 드레스를 입은 아가사가 자신의 손바닥에 풀썩 떨어진 장미꽃을 보고는 어찌할 바를 모르고 있었던 것이다. 소년은 충격을 받은 듯 순간 움찔하고 말았다. 늑대는 소피를 악의 학교 쪽에 패대기치듯 내던졌고, 요정들은 아가사의 등을 떠밀어 선의 학교 자리에 앉혔다. 소년은 도저히 이해할 수 없다는 듯 더욱 휘둥그레진 눈으로 이 광경을 바라보고 있었다. 그때 누군가 그를 자리로 잡아끌었다.

"안녕! 난 베아트릭스라고 해."

그녀는 다른 소년들에게 받은 수많은 장미들이 그의 눈에 잘 띌 수 있도록 각별히 신경을 쓰며 말했다.

한편 악의 학교 자리로 돌아간 소피도 소년의 관심을 끌기 위해 애를 쓰고 있었다.

"네가 거울로 변하면 한 번 쳐다봐 줄지도 몰라."

소피가 옆자리에 앉은 헤스터를 향해 고개를 돌렸다.

"쟤 이름은 테드로스야. 자기 아버지처럼 거만하기 짝이 없는 놈이지."

그녀의 룸메이트가 설명을 이어 갔다.

소피는 그 아버지가 누구인지 묻고 싶었지만, 바로 그 순간 다이아몬드 손잡이가 달린 반짝이는 그의 은색 칼이 그녀의 시선을 사로잡았다. 늘씬하고 위풍당당한 그 칼에는 그녀가 동화책에서 수없이 보았던 익숙한 사자 문장이 새겨져 있었다. 그 칼의 이름은 엑스칼리버였다.

"쟤가 아서왕의 아들이야?"

소피는 숨이 멎을 것 같았다. 그녀는 테드로스의 봉긋 솟아오른 광대뼈와 비단같이 부드러운 금발, 그리고 도톰하고 부드러운 입술을 천천히 훑어보았다. 그의 넓은 어깨와 강한 두 팔은 푸른색 셔츠를 가득 채우고 있었으며, 타이는 헐겁게 풀어졌고, 옷깃은 자연스럽게 흐트러져 있었다. 그는 운명이 자신의 편이라는 것을 잘 알고 있다는 듯 자신만만하고 평온한 표정을 짓고 있었다.

그를 바라보던 소피의 마음속에서도 운명의 싹이 자라나고 있었다.

'내가 차지하고 말겠어.'

테드로스에게 흠뻑 빠져 있던 소피는 갑자기 따가운 시선을 느끼고 고개를 돌렸다.

대리석 복도 맞은편에서 아가사가 그녀를 무서운 눈빛으로 노려보며 소리 없이 입술을 움직이고 있었다.

"우린 집으로 돌아가야 해!"

"선과 악의 학교에 온 것을 환영한다."

두 머리 중 좀 더 친절해 보이는 쪽이 먼저 입을 열었다.

소피와 아가사는 양쪽으로 나뉜 각자의 자리에서 소리가 나는 쪽으로 고개를 돌렸다. 몸 하나에 머리가 둘 달린 거대한 개가 천천히 걸어오더니 은빛 돌로 만들어진 무대 위에 올라 그 한가운데에 당당하게 자리를 잡았다. 남자인 것으로 보이는 한쪽 머리는 희끗희끗한 갈기를 휘날리고 있었는데, 꽤나 과격하게 생긴 데다 침까지 줄줄 흘리고 있어 마치 광견병에 걸린 개를 보는 것 같았다. 나머지 한 머리는 반질반질하게 손질된 짧은 털과 여려 보이는 턱 등 어느 모로 보나 꼭 껴안아 주고 싶을 정도로 귀여운 생김새를 지녔고, 목소리는 마치 노랫소리처럼 부드러웠다. 성별은 분명하지 않았지만, 둘 중 우위를 차지하고 있는 것만은 확실했다.

"나는 환영식을 진행할 폴룩스다."

귀여운 쪽이 먼저 인사를 건넸다.

"**나는 카스토르**(카스토르와 폴룩스는 그리스신화에 등장하는 형제로 제우스의 아들이며, 후에 제우스에 의해 쌍둥이자리 별이 되었다—옮긴이)**다. 환영식 진행 보조를 맡고 있고, 동시에 당나귀처럼 말 안 듣고 마음대로 규칙을 어기는 학생들을 처벌하는 징벌 집행인 역할을 하고 있다.**"

선과 악의 학교

과격한 머리가 쩌렁쩌렁 울리는 목소리로 말했다.

학생들은 카스토르의 등장에 모두 겁을 먹은 듯했다. 악당들도 예외는 아니었다.

"고맙다, 카스토르. 먼저 너희가 왜 이곳에 오게 되었는지 다시 한 번 알려 주겠다. 아이들은 누구나 선한 영혼 혹은 악한 영혼을 지니고 태어난다. 그중에서도 어떤 영혼은 유난히 순수하고……."

"어떤 놈들은 형편없는 쓰레기 같지."

카스토르의 걸걸한 목소리가 불쑥 끼어들었다.

"다시 말하자면, 다른 영혼들에 비해 유난히 순수한 선, 혹은 순수한 악의 영혼들이 있기도 하지만, 근본적으로 영혼들은 선하거나 악하거나 둘 중 하나라고 할 수 있다. 악한 영혼은 절대 선한 영혼이 될 수 없고, 선한 영혼 역시 어떻게 해도 악한 영혼이 될 수 없으며……."

"그러니까 선이 매년 승리한다고 해서 마음대로 편을 바꿀 생각 따위는 하지도 마라!"

카스토르가 다시 으르렁거리며 폴룩스의 말을 가로챘다.

선의 학교 학생들은 카스토르의 말이 끝나자마자 기쁨의 함성을 질러 댔다.

"선인! 선인!"

악의 학교 학생들도 가만히 있지 않았다.

"악인! 악인!"

소란이 일자 늑대와 요정들이 나섰다. 늑대는 '선인'을 외치는 선의 학교 아이들에게 물을 부어 댔고, 요정들은 '악인'으로 응수하는 악의 학교 아이들을 향해 무지개를 내던졌다. 잠시 후 소란이 잦아들자, 폴룩스가 다시 입을 열었다.

"다시 한 번 설명하겠다. 악한 영혼은 선해질 수 없고 선한 영혼은 악해질 수 없다. 너희가 무슨 말을 듣고 어떤 벌을 받든 이 사실은 변하지 않는다. 물론 너희 중에는 자신 안에 이 두 가지가 혼재한다고 느끼는 이들이 있을 것이다. 이것은 너희 조상들 중 누군가 실수로 반대편 사람을 만나 잘못된 결합을 이루었기 때문이다. 우리는 너희 안에 존재하는 이러한 혼란을 제거할 것이고, 이를 통해 너희가 순수한 선, 혹은 순수한 악이 될 수 있도록 할 것이며⋯⋯."

"만약 이 과정을 따라오지 못하고 낙오하는 자에게는 입에 담지 못할 끔찍할 일이 벌어질 것이다. 다시는 세상 빛을 보지 못하게 될 수도 있다는 것만 알려 주지."

"한 마디만 더 끼어들면 재갈을 물리겠다!"

폴룩스가 마침내 폭발했고, 카스토르는 입을 꼭 다문 채 발끝만 물끄러미 내려다보았다.

"내 앞에 있는 우리 훌륭한 학생들 중 낙제하는 사람은 없을 것으로 생각한다."

폴룩스가 미소를 지어 보이자, 학생들은 마음이 놓이는 듯 편안한 표정으로 돌아갔다.

"매년 그렇게 말하지만, 낙제는 늘 있었지."

카스토르가 들릴 듯 말 듯한 목소리로 중얼거렸다.

소피는 잔뜩 겁에 질린 베인의 초상화를 떠올리며 몸서리쳤다. 그녀는 한시라도 빨리 선의 학교로 가야 했다.

"영원의 숲에서 태어난 아이라면 누구나 우리 학교 학생이 되기를 꿈꾼다. 하지만 교장 선생님은 바로 너희를 선택했다."

폴룩스가 잠시 말을 멈추고 양쪽 학생들을 쭉 훑어보았다.

"그분은 너희 안에서 뭔가 보기 드문 것을 발견하셨던 것이다. 너희는 순수한 선과 순수한 악을 품고 있는 아이들이다."

"우리가 그렇게 순수하다면, 쟤는 여기 왜 왔죠?"

귀가 뾰족하게 생긴 한 장난기 가득한 남자아이가 벌떡 일어서더니 소피를 가리켰다. 악의 학교 학생이었다.

그러자 선의 학교 쪽에서도 한 체격 좋은 소년이 아가사를 가리키며 일어섰다.

"여기에도 이상한 애가 하나 있어요!"

"애는 몸에서 꽃향기가 나요."

꼬마 악당이 소리쳤다.

"우리 쪽 애는 요정을 삼켰다고요!"

"애는 만날 미소를 짓고 다녀요!"

"애는 우리 얼굴에 대고 방귀를 뀌었어요!"

순간 소피가 기겁을 하며 아가사를 바라보았다.

"신입생이 들어올 때마다 우리는 숲 너머 마을에서 두 명의 독자를 데려온다."

마침내 폴룩스가 입을 열었다.

"독자들은 동화책이나 그림을 통해서만 우리 세계를 경험했지만, 너희와 마찬가지로 이 세계의 규칙에 대해 잘 알고 있다. 그들은 너희와 똑같은 재능과 목표를 가지고 있고, 또한 너희 못지않은 잠재력을 가지고 있다. 실제로 가장 훌륭한 학생이 된 독자들의 사례도 있다."

"200년 전에?"

카스토르가 코웃음을 치며 말했다.

"독자들은 너희와 다르지 않다."

폴룩스는 카스토르의 말을 덮어 버리려는 듯 서둘러 말을 이었다.

"하지만 생긴 게 너무 다른걸요."

피부가 까무잡잡하고 번지르르한 꼬마 악당이 날카롭게 소리쳤다.

양측 학생들은 악당의 말에 동의하는 듯 수군거리기 시작했다. 졸지에 논란의 중심에 서게 된 소피는 불타는 눈빛으로 아가사를 바라보았다. 옷을 바꿔 입자고 했을 때 순순히 자기 말을 따랐더라면 이런 불편한 상황은 일어나지 않았을 것이라는 원망이 담긴 눈빛이었다.

"교장 선생님의 선택을 의심하지 마라. 너희는 선이든 악이든 서로를 존중해야 한다. 이곳에는 유명한 동화 가문 출신도 있고 그렇지 않은 학생도 있다. 왕족이 있는가 하면 독자도 있다. 하지만 너희는 모두 선과 악 사이의 균형을 유지하기 위해 선택된 존재들이다. 그 균형이 무너지는 순간······."

갑자기 폴룩스의 얼굴이 어두워졌다.

"우리 세계는 멸망하고 말 것이다."

순간 환영식장은 찬물을 끼얹은 듯 고요해졌다. 아가사는 얼굴을 찡그렸다. 그녀가 이 세계를 싫어한다는 사실은 변함없었지만, 적어도 그들이 이곳에 있는 동안 멸망해서는 안 되기 때문이었다.

카스토르가 침묵을 깨고 조용히 앞발을 들었다.

"뭔가?"

폴룩스가 괴롭다는 듯 낮은 신음을 내뱉으며 물었다.

"왜 악은 더 이상 승리하지 못하는 거지?"

폴룩스의 표정이 마치 카스토르를 집어삼킬 듯 무섭게 돌변했다. 하지만 그보다 더 빨리 반응한 자들이 있었다. 악의 학교 학생들이 불만에 가득 찬 목소리를 내기 시작했던 것이다.

"맞아요! 선과 악 사이의 균형이 그렇게 중요하다면 왜 만날 악당들만 죽는 겁니까?"

호트가 소리쳤다.

"우리는 무기도 영 형편없는 것만 받는다고요!"

장난기 가득한 뾰족 귀 소년이 뒤이어 말했다.

"부하들은 만날 우리를 배신해요!"

"우리 적들은 늘 엄청 큰 군대가 있고요!"

그때 헤스터가 자리에서 벌떡 일어서며 입을 열었다.

"악은 지난 200년 동안 단 한 번도 승리하지 못했어요!"

카스토르는 감정을 감추려고 애썼지만, 이미 붉게 달아오른 얼굴이 금방이라도 터질 것처럼 부풀어 오르고 있었다.

"선이 속임수를 쓰고 있다!"

카스토르의 우렁찬 목소리에, 악의 학교 학생들은 폭동을 일으키듯 자리에서 우르르 일어났다. 그리고 선의 학교 학생들을 향해 음식, 신발 등을 잡히는 대로 마구 던져 대기 시작했다.

소피는 슬금슬금 몸을 움직여 의자 밑으로 숨어 버렸다. 테드로스가 그녀를 이 못생긴 난동꾼들과 한패라고 생각할까 봐 걱정이 되었던 것이다. 그녀는 의자 위로 삐죽 고개를 내밀고 테드로스를 바라보았다. 놀랍게도 테드로스 역시 그녀를 바라보고 있었다. 소피는 깜짝 놀라 얼굴을 붉히며 다시 의자 밑으로 몸을 숙였다.

늑대와 요정들은 성난 악당들을 향해 물과 무지개를 쏟아부었지만, 이번에는 이들의 노력도 아무런 소용이 없었다.

"교장 선생님이 선의 편을 들고 있는 거예요!"

헤스터가 날카로운 목소리로 소리쳤다.

"우리한테는 애초에 이길 가능성이 없는 거라고요!"

호트도 더욱 사나워진 목소리로 외쳤다.

악의 학교 아이들은 그들 앞을 막아서는 늑대와 요정들을 거칠게 몰아붙이고 선의 학교 쪽 자리를 향해 돌진해 들어갔다.

"이 멍청한 원숭이 녀석들! 이러니까 만날 지는 거다!"

폭동은 순식간에 가라앉았고, 꼬마 악당들은 멍한 표정으로 폴룩스를 바라보았다.

"다들 한 대씩 맞기 전에 제자리에 앉도록!"

폴룩스가 더욱 날카로운 목소리로 꽥 소리를 질렀다.

아이들은 모두 군소리 없이 자리를 찾아갔다. 분위기 파악을 못하는 아나딜의 쥐들만 주머니에서 빼꼼히 얼굴을 빼고 신경질적으로 찍찍 소리를 질러 댔다.

폴룩스는 매서운 눈으로 악의 학교 아이들을 노려보며 다시 입을 열었다.

"이렇게 불평을 늘어놓는 대신 스스로 중요한 인물이 될 수 있도록 노력하면 될 일인데, 너희는 끊임없이 남의 탓만 하고 있구나! 대전쟁 이후로 너희가 제대로 된 악당을 단 한 명이라도 배출한 적이 있나? 운명의 적을 물리칠 능력을 갖춘 자가 한 명이라도 있었느냐 말이다! 이러니 이곳에 온 독자들이 혼란에 빠지는 것도 무리는 아니지. 너희가 이 모양이니 독자들이 다들 선의 학교에만 가려고 하는 거다!"

양쪽 학생들이 일제히 슬금슬금 고개를 돌려 소피를 바라보았다. 하지만 그들의 시선에는 적개심 대신 동정과 공감이 어려 있었다.

"너희는 딱 하나만 신경 쓰면 된다."

폴룩스는 안정을 되찾은 듯 다시 부드러운 목소리로 말을 이어

갔다.

"학업에 최선을 다해라. 너희 중 최고의 학생은 왕자와 마법사, 기사와 마녀, 왕비와 주술사가 될 것이고……."

"제대로 못하는 놈들은 트롤이나 돼지가 될 거다!"

카스토르가 거친 목소리로 말을 가로챘다.

학생들은 그들의 말에 담긴 중요한 의미를 이해한 듯, 의미심장한 눈빛으로 서로를 바라보았다.

"이제 소란도 가라앉았으니, 규칙에 대해 설명하겠다."

폴룩스는 카스토르를 한 번 매섭게 쏘아본 뒤, 다시 설명을 시작했다.

"규칙 13. 하프웨이 다리와 각 탑의 지붕은 출입 금지 구역이다. 그곳을 지키는 괴물 석상들은 침입자를 발견하는 즉시 죽이라는 명령을 따르고 있다. 그들이 학생과 침입자를 구분할 거라고 기대하지 마라……."

폴룩스의 설명은 끝도 없이 이어졌고, 소피는 이내 지루함을 느꼈다. 그녀는 귓가에 울리는 단조로운 목소리를 몰아내고, 대신 테드로스에게 관심을 집중했다. 그녀는 테드로스처럼 깨끗한 남자아이를 본 적이 없었다. 가발돈의 남자아이들은 온몸에서 노숙자 같은 냄새를 풍기고, 부르튼 입술과 누렇게 변해 버린 이, 그리고 새까만 손톱이 무슨 자랑이라도 되는 듯 내보이며 온 동네를 어슬렁거렸다. 하지만 테드로스는 달랐다. 딱 보기 좋게 그을린 구릿빛 피부에 짧게 다듬어진 깔끔한 수염까지 흠잡을 데라고는 하나도 없었다. 결단코! 격렬한 칼싸움을 한 뒤에도 빛나는 그의 금발은 아무 일 없었다는 듯 완벽하게 제자리를 찾아갔고, 혀로 입술을 핥는 순간에는 가지런한 하얀 이가 입술 사이로 수줍게 얼굴을 내밀었다. 소피는 맑은 땀방울이 그의 목을 갈지자로 타고 내려오다가 셔츠 속으로 쏙 사라지는 것을 물끄러미 바라보았다.

'저 애한테는 어떤 냄새가 날까?'

그녀는 지그시 두 눈을 감았다.

'아마도 상쾌한 숲의 향이…….'

소피가 다시 두 눈을 떴을 때에는 또 다른 인물이 그녀의 시야에 들어와 있었다. 베아트릭스가 테드로스의 머리카락 쪽으로 코를 향한 채 냄새를 맡고 있었던 것이다.

'당장 쟤부터 손을 봐야겠어!'

그때 머리가 없는 새 한 마리가 소피의 드레스에 툭 떨어졌다. 그녀는 비명을 지르고 헐렁한 넝마조각 같은 검은 드레스를 정신없이 흔들어 대며 의자 위로 뛰어올랐고, 죽은 카나리아는 그대로 바닥에 떨어져 버렸다. 그녀는 잔뜩 인상을 쓴 채 카나리아 시체를 바라보았다. 그리고 잠시 후, 다른 학생들이 모두 자기를 바라보고 있다는 사실을 깨달았다. 그녀는 한쪽 다리를 뒤로 빼고 무릎을 살짝 굽혀 정중하게 사과 인사를 건넨 뒤 새침한 표정으로 다시 자리에 앉았다.

"설명을 계속하겠다."

폴룩스의 퉁명스러운 목소리가 이어졌다.

소피는 다른 학생들의 시선이 모두 사라진 것을 확인한 뒤, 아가사를 향해 고개를 확 돌렸다.

"뭐야!"

그녀가 소리 없이 입을 움직여 말했다.

"만나자고!"

아가사가 입 모양으로 대답했다.

"옷이나 내놔!"

소피는 다시 입을 커다랗게 움직여 소리 없는 대답을 보낸 후, 은빛 무대를 향해 고개를 돌렸다.

헤스터와 아나딜은 머리가 잘려 나간 카나리아 시체를 바라보다가, 고개를 들어 아가사를 쳐다보았다.

"쟤가 딱 우리 과네."

아나딜이 입꼬리를 추켜올리며 말하자, 그녀의 쥐들도 같은 생각이라는 듯 고개를 내밀고 찍찍댔다.

"입학 후 첫해에는 필수 과목을 들으면서 세 개의 시험을 준비하게 된다. 시험 과목은 동화 경연 대회, 텔런트 서커스, 그리고 겨울 무도회다."

카스토르가 으르렁대듯 거친 목소리로 설명했다.

"1학년을 마치고 나면, 너희는 세 그룹으로 나뉠 것이다. 첫 번째는 악당 혹은 영웅 리더 그룹, 두 번째는 그들을 수행하거나 도와주는 조력자 그룹, 그리고 세 번째는 외모가 변하게 되는 변신 그룹이다. 그룹이 나뉜 후 2년 동안 리더들은 미래의 적에 맞서는 법을 배우고 훈련하게 될 것이다. 조력자들은 미래의 리더들을 보호하고 도와줄 수 있는 기술을 익힐 것이고, 마지막으로 변신 그룹은 자신들의 새로운 외모에 적응하고 간교한 속임수로 가득한 숲에서 살아남는 법을 배우게 될 것이다. 이렇게 3학년을 마치고 나면, 리더들은 자신을 도와줄 조력자와 변신자와 함께 한 팀을 이루어 영원의 숲으로 들어간다. 그리고 자신만의 여행을 시작하게 될 것이다……."

폴룩스가 카스토르의 뒤를 이어 설명을 계속했다.

소피는 그의 말에 귀를 기울이려 노력했지만, 도저히 그럴 수가 없었다. 베아트릭스가 테드로스의 무릎에 앉기라도 할 듯 거침없이 몸을 들이밀고 있었기 때문이다. 소피는 초조하고 분한 마음을 삭이기 위해 씩씩거리며, 퀴퀴한 냄새가 나는 검은 교복에 꿰매어 놓은 반짝이는 은색 백조 문장을 연신 손톱으로 긁어 댔다. 우중충한 교복에서 그나마 봐줄 만한 것은 이 반짝이 장식밖에 없었다.

"너희를 세 그룹으로 나누는 방식을 설명하겠다. 우리 선과 악의 학교에서는 점수를 매기지 않는다. 대신 시험이나 과제가 있을 때마다, 너희에게는 등수가 매겨질 것이다. 너희가 각 반에서 정확히 몇 등에 해당하는지 숫자로 보여 주는 것이다. 선과 악의 학교에는 각각 120명의 학생이 있고, 이들은 20명씩 한 반을 이루게 된다. 따라서 과제 평가가 끝나면 너희는 1등부터 20등까지 등수가 매겨질 것이다. 꾸준히 5등 안에 든 학생은 이후 리더 그룹에 배정될 것이고, 중간권 등수를 받은 학생들은 조력자 그룹에 속하게 될 것이다. 그리고 모든 시험 및 과제에서 13등보다 낮은 등수를 받은 학생은 변신 그룹에 배정되어 식물이나 동물로 변하게 될 것이다."

폴룩스의 설명에 학생들이 수군거리기 시작했다. 그들은 누가 나무로 변하게 될지 벌써부터 내기를 걸고 있었다.

"마지막으로 한 가지 더 당부해 두지. 세 번 연속으로 20등을 하는 학생은 즉시 낙제시킨다. 이미 말했듯, 이곳에는 연속으로 세 번씩이나 반에서 꼴등을 차지할 정도로 무능한 학생은 없을 것이다. 그러니 이 규칙의 적용을 받는 학생은 한 명도 없을 것으로 믿는다."

폴룩스가 한층 진지해진 목소리로 설명했다.

하지만 악의 학교 학생들은 약속이라도 한 듯 소피를 바라보왔다.

"내가 지금 엉뚱한 곳에 있어서 그런 거야. 나한테 어울리는 곳으로 가면 너희 입이 쩍 벌어질 정도로 잘할 거라고. 두고 봐!"

소피가 날카롭게 쏘아붙였다.

"교복 가슴 위치에 부착된 백조 문장은 늘 잘 보이도록 해야 한다."

폴룩스의 설명이 다시 이어졌다.

"문장을 숨기거나 제거하려고 했다가는 부상을 당하거나 곤란한 상황에 빠질 수 있으니 조심하도록!"

소피는 폴룩스가 대체 무슨 말을 하는 것인지 이해할 수 없었다. 주변 다른 학생들도 비슷한 생각이었는지 반짝이는 백조 문장을 손이나 옷자락으로 가려 보고 있었다. 소피는 먼저 축 늘어진 옷깃으로 가슴께 있는 백조 문장을 덮어 보았다. 그러자 문장은 원래 있던 자리에서 슬그머니 사라지더니 옷깃 위에 다시 멀쩡한 모습으로 나타났다. 깜짝 놀란 소피는 손가락으로 백조 문장을 가려 보았다. 그러자 이번에는 그녀의 손가락 위로 마치 문신을 한 듯 백조 문장이 나타났다. 그녀가 손을 떼자 그녀의 피부는 다시 깨끗해졌고, 교복 가슴에 반짝이는 은색 백조 문장이 나타났다. 소피는 얼굴을 찡그렸다. 이 반짝이 문장이 그나마 참을 만한 것이라고 생각했는데, 이제 보니 그렇지도 않았다.

"이 동화의 전당은 이번 해에는 선의 학교가 관할한다. 악의 학교 학생들은 두 학교의 공동 행사가 있을 때에만 통제하에 이곳에 출입할 수 있고, 그 외의 경우에는 악의 학교 건물 내에 머물러야 한다."

폴룩스가 다시 목소리를 높여 말했다.

"왜 여기가 선의 학교 관할이죠?"

도트가 말랑말랑한 캐러멜을 입안 가득 넣은 채 고함을 질러 댔다.

"탤런트 서커스에서 승리한 학교가 동화의 전당을 차지하게 된다는 규칙 때문이다."

폴룩스가 고개를 한껏 쳐들고 근엄한 표정으로 대답했다.

"선의 학교는 탤런트 서커스와 동화 경연 대회에서 한 번도 진적이 없다. 그러고 보니, 지난 200년 동안 모든 경쟁에서 선의 학교가 승리를 독식했군."

카스토르가 헛기침을 섞어 가며 혼잣말을 하듯 설명을 끝맺었다. 순간 악당들이 다시 술렁이기 시작했다.

"하지만 이건 너무 불공평해요. 선의 학교는 우리 쪽에서 너무 멀단 말이에요."

도트가 씩씩거리며 말했다.

"그럴 때라도 좀 걸어야지. 저렇게 먹기만 하다가는 굴러다니겠어!"

소피는 최대한 목소리를 낮춰 중얼거렸지만, 도트는 그녀의 목소리를 놓치지 않았다. 도트의 매서운 두 눈이 불을 뿜듯 소피를 노려 보았고, 소피는 그 말을 참지 못한 것을 후회했다. 그나마 말이 통했던 사람은 도트뿐이었는데, 한순간 실수가 모든 것을 망쳐 버렸던 것이다.

악인 학생들은 수긍할 수 없다는 듯 계속해서 투덜거렸지만, 폴룩스는 개의치 않고 다음 설명을 이어 갔다. 통행금지 시간에 대한 지루한 설명이 계속되자 학생들은 결국 잠잠해졌고, 곧 반 이상이 졸음을 이기지 못해 고개를 꾸벅이기 시작했다. 그때 리나가 번쩍 손을 들었다.

"꾸밈방은 아직 안 열렸나요?"

꾸밈방이라는 말에 선인 학생들은 잠이 확 달아난 듯 눈을 반짝거리며 폴룩스의 입을 빤히 바라보았다.

"그 얘기는 다음 모임에서 할 계획이다."

폴룩스가 단호한 말투로 대답했지만, 질문은 계속해서 이어졌다.

"학생들 중에서 일부만 꾸밈방을 쓸 수 있다는 게 사실인가요?"

두 번째 질문의 주인공은 밀리센트였다.

폴룩스는 포기한 듯 한숨을 한 번 폭 내쉬고 입을 열었다.

"선의 학교에 있는 꾸밈방은 해당 일 당시 성적이 반에서 10등 이내에 있는 학생에게만 개방된다. 등수는 꾸밈방 문과 성 곳곳에 게시될 것이다. 게시물이 즉시 부착되지 않더라도 앨버마를 너무 독촉하는 일이 없기를 바란다. 그럼 다시 통행금지 시간에 대해서……."

"꾸밈방이 뭐하는 데야?"

소피가 헤스터에게 낮은 목소리로 물었다.

"선인 학생들이 우쭐대면서 몸치장하고 머리하는 데지."

헤스터는 생각만 해도 끔찍하다는 듯 몸서리를 치며 대답했다.

대답이 끝나자마자, 소피가 자리에서 벌떡 일어섰다.

"저희도 꾸밈방을 쓸 수 있나요?"

폴룩스는 기가 막힌다는 듯 입술을 꼭 다물었다.

"악의 학교에는 꾸밈방 대신 파멸의 방이 있다."

"거기가 머리 손질하는 덴가요?"

소피는 폴룩스의 표정을 전혀 읽지 못한 듯 해맑은 표정으로 다시 물었다.

"맞고 고문당하는 곳이지."

폴룩스의 단호한 대답에 마침내 소피가 자리에 앉았다.

"다시 본론으로 돌아가서, 통행금지는 정확하게……."

"캡틴은 누가 맡나요?"

다시 질문을 던진 것은 헤스터였다. 자기가 아니면 누가 캡틴이 되겠느냐는 말투였다. 학생들은 질문 자체도 기분 나빴지만, 그녀의 거만한 태도에 더 기가 질린 듯 헤스터를 향해 증오 어린 눈빛을 쏘아 보냈다.

"통행금지에 대해서는 눈곱만큼도 관심이 없는 것 같구나. 통행금지를 어겨서 낙제를 하더라도 내 탓은 하지 마라!"

폴룩스는 언짢은 표정으로 으르렁대고는 다시 설명을 이어 갔다.

"동화 경연 대회 시험이 끝나고 나면, 각 학교에서 1등을 한 학생이 그 학교의 캡틴이 된다. 이 두 학생은 특별한 혜택을 누리게 되는데, 일단 선별된 교수진에게 개인 교습을 받을 수 있고, 영원의 숲을 견학할 수 있으며, 유명한 영웅과 악당 들로부터 직접 기술을 전수받는 영광스러운 기회도 얻게 된다. 너희도 알겠지만, 각 학교의 선배 캡틴들은 졸업 후 영원의 숲에 들어가 역사상 가장 위대한 전설을 만들어 냈다."

학생들은 흥분한 듯 술렁거렸고, 소피는 이를 악물었다. 선의 학교에 갈 수만 있다면 그녀는 캡틴이 되는 것은 물론이고, 백설공주보다 훨씬 더 유명한 전설이 될 수 있을 것이 분명했다.

"올해의 수업 과목에 대해 얘기하겠다. 여섯 개의 수업은 각 학교에서 별도로 진행되지만, 일곱 번째 수업인 〈동화에서 살아남는 방법〉은 두 학교 공동으로 진행된다. 장소는 학교 뒤쪽에 있는 파란 숲이다. 한 가지 더 일러둘 것이 있다. 〈아름다운 외모 만들기〉

와 〈에티켓〉 수업은 선의 학교 여학생들만을 위한 것이다. 남학생들은 〈몸단장하는 법〉과 〈기사도 정신〉 수업을 듣게 될 것이다."

지루하게 이어지는 폴룩스의 설명에 넋을 놓고 있던 아가사는 순간 정신이 번쩍 들었다. 다른 것은 다 참아 넘길 수 있다고 치더라도, 〈아름다운 외모 만들기〉 따위의 수업을 듣는 것만은 용납할 수 없는 일이었다. 그녀는 더 이상 시간을 지체할 수 없었다. 오늘 밤 이 말도 안 되는 학교를 탈출해야 한다. 아가사는 옆에 앉아 있는 사랑스러운 소녀를 향해 고개를 돌렸다. 가느다란 갈색 눈에 검은 머리카락이 발랄하게 짧은 이 귀여운 아이는 작은 손거울 케이스에 립스틱을 집어넣고 있었다.

"립스틱 좀 빌려 써도 될까?"

아가사가 물었다.

귀여운 소녀는 핏기 없이 갈라진 아가사의 입술을 잠시 보더니 립스틱을 쓱 내밀었다.

"그냥 너 가져."

"아침 식사와 저녁 식사는 각 학교에 마련된 만찬실에서 먹으면 되지만, 점심은 숲속 빈터에서 다 같이 먹는다. 너희를 믿고 베푸는 혜택인 만큼, 그에 상응하는 성숙한 태도를 보여야 한다."

카스토르의 걸걸한 목소리에 소피의 가슴이 방망이질 치기 시작했다. 두 학교 학생이 모두 모여서 점심을 먹는다니! 내일 점심시간이 되면 소피도 마침내 테드로스에게 말을 걸 수 있게 될 것이다. 뭐라고 말하지? 저 교활한 베아트릭스를 어떻게 떼어 낼 수 있을까?

"1학년 학생들은 학교 밖 영원의 숲에 들어갈 수 없다."

폴룩스가 다시 근엄한 목소리로 규칙을 설명하기 시작했다.

"모험심이 강한 학생들은 이 규칙을 무시하고 싶겠지. 내가 무슨 말을 하든 대수롭지 않게 여길 것이다. 하지만 다른 것은 다 잊더라도 이것만은 기억해라. 이 규칙을 어기는 순간, 너희의 목숨이 위험해질 수도 있다."

테드로스에게 정신이 팔려 있던 소피도 이번만큼은 집중하지 않을 수 없었다.

"어두워진 후에는 절대, 절대로 숲에 들어가선 안 된다."

폴룩스의 말이 끝나자 동화의 전당에는 침묵이 흘렀다. 잠시 후, 폴룩스는 처음 환영식장에 들어설 때와 같이 귀엽게 미소 지으며 다시 입을 열었다.

"자, 이제 학교로 돌아가라! 저녁 식사는 7시 정각에 시작한다!"

소피는 다른 악인 학생들과 함께 자리에서 일어섰다. 하지만 머릿속으로는 내일 점심시간에 테드로스에게 말을 걸고 그와 친해지는 장면을 끊임없이 되풀이해 그려 보고 있었다. 순간 재잘대는 어린 학생들의 목소리를 뚫고 한 날카로운 목소리가 질문을 던졌다.

"교장 선생님을 만나려면 어떻게 해야 하죠?"

동화의 전당은 다시 무거운 침묵에 휩싸였다. 학생들은 당황한 표정으로 주변을 두리번거렸고, 잠시 후 그들의 시선은 두 학교 학생들 사이를 가로지른 대리석 복도에 집중되었다.

아가사는 은빛 대리석 위에 홀로 서서 매서운 눈빛으로 카스토르와 폴룩스를 노려보고 있었다.

머리가 둘 달린 거대한 개는 무대에서 펄쩍 뛰어내려 아가사의 코앞에 바싹 다가섰다. 끈적거리는 침이 순식간에 그녀의 온몸을 뒤덮었다. 폴룩스와 카스토르는 누가 누구인지 분간하기 힘들 정도로 똑같이 무시무시한 표정을 지은 채, 아가사의 두 눈을 뚫어지게 바라보았다.

"만날 수 없다!"

그들은 으르렁거리며 짧은 대답을 내뱉었다.

요정들이 헐레벌떡 날아와 아가사를 잡아끌었다. 아가사는 팔다리를 흔들며 저항했지만 결국 동쪽 문으로 끌려가고 말았다. 요정들에게 떠밀리던 아가사는 소피의 곁을 지나치면서 그녀를 향해 장미 꽃잎 한 장을 쓱 내밀었다. 그 꽃잎에는 조금 전 귀여운 여자아이에게 빌린 립스틱으로 꾹꾹 눌러 쓴 글자들이 적혀 있었다.

"오후 9시, 다리에서."

하지만 소피는 그것을 보지 못했다. 그녀의 시선은 먹이를 노리는 사냥꾼처럼 오직 테드로스에게만 고정되어 있었기 때문이다. 꼬마 악당들이 밀려와 그녀를 거칠게 밀어 대자, 그녀는 어쩔 수 없다는 듯 느릿느릿 그들을 따라 걸음을 옮기기 시작했다.

바로 그 순간, 그곳에서 아가사는 거대한 문제의 벽에 부딪쳤다. 그동안 부정하려고 그토록 애썼건만, 더욱 강해진 문제는 거대한 몸뚱이로 그녀의 앞을 가로막아 버렸다. 가발돈의 두 소녀가 각각 다른 탑으로 끌려가 서로 다른 세상에 속하게 된 후, 이 둘의 상반된 욕망은 이전보다 더욱 분명해졌다. 아가사가 바라는 것은 그녀의 유일한 친구를 되찾는 것이었지만, 소피는 친구만으로는 만족할 수 없었다. 소피는 더 큰 것을 바랐다.

그녀에게는 왕자가 필요했다.

6
나쁜 아이

다음 날 아침, 50명의 공주들은 마치 결혼식 날을 맞이한 신부처럼 상기된 얼굴로 헐레벌떡 5층에 몰려들었다. 첫날 첫 수업이 곧 시작될 것인데, 교수님과 남자아이 들, 그리고 그들을 '영원히 행복한 삶'으로 이끌어 줄 누군가에게 완벽한 첫인상을 남기고 싶었던 것이다. 그들은 백조 문장이 반짝이는 하늘하늘한 잠옷을 입고 친구들의 방을 분주하게 들락거리며, 입술에 반짝이는 립스틱을 바르고 머리를 부풀리고 손톱을 정리하고 있었다. 그들이 이동할 때마다 진한 향수 냄새가 긴 꼬리처럼 흔적을 남겼고, 요정들은 죽은 파리처럼 복도 이곳저곳에 쓰러져 나뒹굴었다. 시간은 빠르게 흘러갔지만, 몸단장은 끝이 없어 보였다. 시계가 8시를 가리키고, 아침 식사 시간이 되었지만 역시 옷을 갖춰 입은 학생은 단 한 명도 보이지 않았다.

"한 끼 굶으면 다이어트도 되고 좋지, 뭐!"

베아트릭스

가 상관없다는 듯 자신만만한 표정으로 말했다.

그때 리나가 복도에 고개를 삐죽 내밀었다.

"누구 내 속옷 본 사람?"

아가사는 리나의 속옷을 본 적도 없었고, 대답할 수 있는 처지도 아니었다. 그 시각 아가사는 어두운 환풍구 통로를 따라 낙하 중이었던 것이다. 그녀는 처음 하프웨이 다리를 발견했던 과정을 되짚어 보았다.

'명예의 탑에서 헨젤의 안식처로 가고, 그다음은 멀린의 정원……'

환풍구 배관을 빠져나와 콩나무 위에 떨어진 아가사는 어두침침한 선의 학교 갤러리를 살금살금 가로질러 마침내 박제 곰 뒤에 숨어 있는 문 앞에 이르렀다.

'명예의 탑에서 신데렐라 휴게실로 갔던가……'

어떤 길이 맞는지 확신이 서지 않았지만, 아가사는 걸음을 멈추지 않았다. 그녀는 계단방으로 연결된 문을 활짝 열어젖혔고, 그와 동시에 재빨리 몸을 웅크렸다. 유리로 만들어진 으리으리한 로비에는 다양한 색깔의 드레스와 양복을 차려입은 교수들이 가득했던 것이다. 그들은 첫 수업에 들어가기 전 한데 모여 대화를 나누고 있었다. 네온 색깔 머리카락에 핑크 드레스를 입은 늘씬한 님프들은 하얀색 베일로 얼굴을 감추고 파란색 레이스 장갑을 낀 채 로비 곳곳을 둥둥 떠다니고 있었다. 그들은 빈 잔에 차를 채워 주고, 설탕을 입힌 비스킷을 교수들에게 나누어 주었으며, 각설탕을 향해 날아드는 요정들을 쫓아내는 일을 하고 있었다. 문 뒤에 숨어 있던 아가사는 고개를 삐죽 내밀어 **명예**라고 적혀 있는 계단을 바라보았다. 머리 위 높은 곳에서 스테인드글라스를 통해 들어온 햇살이 계단을 비추고 있었다. 하지만 계단은 아가사와는 정반대 방향에 있었고,

그곳에 가기 위해서는 이 수많은 교수들 사이를 뚫고 지나가야만
했다.

그때 무엇인가 아가사의 다리를 긁어 댔다. 작은 생쥐 한 마리가
그녀의 속치마를 앞니로 물어뜯고 있었다. 아가사가 생쥐를 발로
뻥 차 버리자, 조그마한 녀석은 데구루루 굴러 박제 고양이의 앞발
에 부딪쳤다. 깜짝 놀란 생쥐는 '키익' 날카로운 비명을 질렀지만,
곧 그것이 죽은 고양이인 것을 알아채고는, 아가사를 향해 경멸스
러운 시선을 흘끗 던지고 쥐구멍으로 쏙 들어가 버렸다.

'쥐새끼들조차 나를 미워하는구나.'

아가사는 한숨을 내쉬며 속치마를 살펴보았다. 생쥐가 갉아먹은
부분을 이곳저곳 매만지던 그녀는 작은 구멍이 뻥뻥 뚫린 하얀 레
이스에 이르러 자기도 모르게 손을 멈추었다. 어쩌면 그 조그마한
녀석이 그녀에게 도움을 준 것일지도 모른다는 생각이 들었던 것
이다.

잠시 후, 유난히 자그마한 님프 하나가 누덕누덕 해진 레이스 베
일을 뒤집어쓴 채 종종걸음으로 로비를 가로질러 명예의 계단으로
향했다. 변장은 그럭저럭 통하는 듯했지만 베일 때문에 앞을 제대
로 볼 수 없었던 꼬맹이 님프는 키 큰 네온 머리카락 님프와 부딪쳤
고, 님프는 다시 곁에 있던 교수와 부딪치고 말았다.

"이런 맙소사!"

더비 교수는 자두 차에 흠뻑 젖어 버린 드레스를 바라보며 투덜
거렸고, 깜짝 놀란 주변 교수들은 손수건을 가져와 그녀의 드레스
를 닦아 주었다. 그러는 사이 아가사는 '관용'이라고 적힌 계단 뒤
에 무사히 몸을 숨길 수 있었다.

"님프들은 너무 키가 커서 탈이에요. 저러고 다니다가 탑도 무너

뜨리는 거 아닌지 모르겠어요."

더비 교수는 화가 풀리지 않는지 다시 한 번 큰 소리로 투덜거렸다.

한동안 로비에서 소동이 계속된 덕분에 아가사는 무사히 명예의 탑으로 들어가는 데 성공했다. 그리고 헨젤의 안식처를 향해 살금살금 걸음을 옮겼다. 헨젤의 안식처는 모든 것이 과자와 사탕으로 만들어진 곳으로, 1층 교실 한쪽에 툭 튀어나온 부속 건물에 자리 잡고 있었다. 그곳에는 파란색 탄산 칵테일과 얼음사탕으로 만들어져 마치 소금 광산처럼 반짝이는 방, 하얀 캐러멜 의자와 생강쿠키 책상으로 꾸며진 마시멜로 방 등이 있었고, 심지어 사방의 벽이 각양각색의 막대사탕으로 만들어진 방도 있었다. 아가사는 수많은 학생들이 드나드는 이 학교에서 어떻게 이런 곳이 그대로 보존될 수 있는지 이해할 수가 없었다. 그때 복도 벽에 체리 색깔 젤리로 길게 써내려 간 글귀가 그녀의 시선을 사로잡았다.

유혹은 악으로 향하는 길이다

다른 학생들에게는 통했을 문장이었지만, 아가사에게만큼은 어림없었다. 그녀는 허겁지겁 방들을 뜯어먹기 시작했다. 그때 어디에선가 두 명의 교수가 나타나더니 그녀를 슬쩍 밀치고 복도를 지나갔다. 그들은 수상쩍은 표정으로 너덜너덜해진 베일을 흘끗 바라보았지만, 별 의심 없이 제 갈 길을 가 버렸다.

"얼룩진 걸 정리하나 봐요."

한 교수가 낮은 목소리로 다른 교수에게 속삭였다. 아가사는 종종걸음으로 멀어지는 두 교수를 등지고 계단을 향해 달렸다. 물론 아침 배를 두둑하게 채우기 위해 캐러멜 손잡이와 스카치 캔디로 만들어진 도어 매트를 챙기는 것도 잊지 않았다.

전날 요정들에게 쫓길 때에는 정신없이 도망치다 보니 우연하게 지붕 위 토피어리 정원에 이르게 되었지만, 오늘은 풍경을 감상할 정도의 여유는 있었다. 학교 지도에 따르면 그곳은 멀린의 정원이라고 불리는 곳이었다. 아서왕의 전설을 시간 순서대로 보여 주는 웅장한 토피어리들이 산울타리를 이루고 있기 때문에, 그의 대마법사인 멀린의 이름을 붙인 것이다. 정교하게 다듬어진 나무들은 아서왕의 삶의 순간순간을 묘사하고 있었다. 돌에 박힌 검을 뽑아 드는 순간, 원탁의 기사들과 함께 있는 그의 모습, 그리고 귀네비어 왕비와의 결혼식 장면 등이 눈에 띄었다.

아가사는 아서왕의 아들이라고 했던 그 거만한 남자아이를 떠올렸다. 이 모든 걸 보고도 어떻게 숨이 막히지 않을 수가 있었을까? 사람들이 늘 아버지와 비교했을 텐데 그 엄청난 부담감과 기대를 어떻게 감당할 수 있었을까? 하긴 잘생긴 아이니까 그리 어렵지 않았을 수도 있을 것이다.

'나처럼 생겼다면 어렵도 없었겠지! 걔가 나만큼 못생긴 아이였다면 아마 태어나자마자 숲에 버려졌을 거야.'

아가사는 갑작스레 떠오른 생각에 쓴웃음을 지었다.

연못에 둘러싸인 마지막 토피어리 조각은 호수의 여인에게서 엑스칼리버를 받아 하늘 높이 쳐든 아서왕을 묘사한 것이었다. 아가사는 전날의 기억을 떠올리며 물속으로 과감히 뛰어들었고, 잠시 후 물 한 방울 묻지 않은 보송보송한 상태로 비밀 통로를 통과해 하프웨이 다리에 이르렀다.

아가사는 지체하지 않고 다리의 중간 지점을 향해 달렸다. 다리 중간 지점부터는 안개가 자욱해 앞을 볼 수 없었기에 그녀는 속도를 늦추고 두 손을 앞으로 쭉 뻗었다. 투명한 벽에 또다시 코를 부딪치고 싶지는 않았던 것이다. 그녀는 안개 속으로 점점 더 깊이 들어갔지만, 손끝에는 아무것도 느껴지지 않았다. 전날의 기억에 따르면, 벽이 있어야 할 자리는 이미 지나친 뒤였다.

'없어졌나 보다!'

아가사는 다시 달리기 시작했고, 너덜너덜한 레이스 베일은 바람에 휙 날아가 버렸다.

꽈당!

아가사는 끔찍한 고통에 오만상을 쓰며 비틀비틀 뒷걸음질을 쳤다. 투명한 벽에 부딪친 것이다. 벽이 한자리에 고정된 것이 아니라 마음대로 이동할 수 있을 것이라고는 전혀 생각하지 못했다.

그녀는 투명한 유리벽에 어렴풋하게 비치는 자신의 모습을 보지 않으려 고개를 돌린 채, 손을 뻗어 보았다. 차갑고 단단한 표면이 손끝에 느껴졌다. 그때 갑자기 벽 너머 안개 속에서 무엇인가 움직이는 것이 보였다. 두 사람이 악의 학교를 빠져나와 하프웨이 다리 위로 걸어 나오고 있었다. 아가사는 얼어붙은 듯 그 자리에서 꼼짝할 수 없었다. 선의 학교로 다시 돌아가기에는 시간이 부족했고, 다리 위에는 몸을 숨길 만한 곳이 전혀 없었다.

안개 속 검은 실루엣의 주인공은 두 명의 교수였다. 그중 한 명은 지난번 아가사를 향해 친절한 미소를 지어 보여 그녀를 당황시켰던 잘생긴 선인 남자 교수였고, 또 다른 한 명은 양쪽 뺨에 우둘투둘 종기가 난 악인 여자 교수였다. 두 사람은 다리 위를 성큼성큼 걸어오더니 전혀 주저하지 않고 투명 벽을 통과했다. 돌난간에 대롱대롱 매달려 있던 아가사는 두 사람의 발걸음 소리가 멀어지는 것을 확인한 뒤 난간 위로 고개를 삐죽 내밀어 보았다. 선의 학교 안으로 사라져 가는 두 사람의 뒷모습이 보였다. 그때 잘생긴 남자 교수가 갑자기 뒤를 돌아보고는 밝은 미소를 지었다. 아가사는 깜짝 놀라 다시 고개를 숙였다.

"왜 그러세요, 새더 교수님?"

여자 교수가 물었다.

"아무것도 아닙니다. 잘못 봤나 봐요."

미남 교수는 싱긋 웃으며 다시 걸음을 옮겼고, 두 사람은 조용히 선의 탑 안으로 사라졌다.

'별종이구만!'

아가사는 안도의 한숨을 내쉬며 생각했다.

잠시 후 그녀는 다시 투명한 벽 앞에 섰다. 교수들은 어떻게 이 벽을 아무렇지 않게 통과할 수 있었던 것일까? 혹시 벽으로 막히지 않은 부분이 있는 것은 아닐까? 아가사는 가장자리를 찾기 위해 다시 벽을 더듬어 보았지만 역시 헛수고였다. 그녀는 혹시나 하는 마음으로 벽을 힘껏 차 보았지만 벽은 강철처럼 단단하기만 했다. 투명한 벽 너머 악의 학교를 바라보니, 늑대들이 학생들을 아래층으로 이동시키고 있는 모습이 보였다. 안개가 조금만 옅었더라면 아가사는 단번에 그들의 눈에 띄고 말았을 것이다. 아가사는 다시 한 번 발로 벽을 뻥 차고, 결국 등을 돌렸다. 선의 학교로 돌아가는 것 외에는 다른 수가 없어 보였다.

"다시는 오지 마!"

아가사는 등 뒤에서 들려온 목소리에 화들짝 놀라 몸을 홱 돌렸다. 하지만 보이는 것이라고는 팔짱을 낀 채 자신을 노려보고 있는, 투명한 벽에 비친 그녀 모습뿐이었다. 그녀는 재빨리 시선을 돌려 버렸다.

'이제 헛소리까지 들리는군! 갈수록 태산이네.'

아가사는 다시 선의 학교를 향해 걸음을 옮기기 시작했다. 하지만 잠시 후, 자신의 양팔이 몸통 옆에서 자연스럽게 흔들리고 있다는 것을 깨닫고, 걸음을 멈추었다. 그녀는 벽에 비친 자신의 모습을 보기 위해 다시 몸을 돌렸다.

"방금 네가 말한 거니?"

투명 벽 속 아가사는 헛기침을 한 번 하고는 입을 열었다.

선한 것은 선한 것끼리,
악한 것은 악한 것끼리.
네가 속한 곳으로 돌아가. 그러지 않으면 재앙이 닥칠 테니.

"저기, 난 여길 지나가야 하는데 말이야……."

아가사는 여전히 자신의 모습을 마주하지 못하고 바닥만 바라본 채 입을 우물거렸다.

선한 것은 선한 것끼리,
악한 것은 악한 것끼리.
네가 속한 곳으로 돌아가. 그러지 않으면 재앙이 닥칠 테니.
저녁 식사 후 설거지를 도맡아 하거나, 꾸밈방 사용 권한을 박탈당할 수도 있어. 너한테만 말해 주지. 운이 나쁘면 이 두 가지 벌을 동시에 받을 수도 있다!

"하지만 난 친구를 만나야 해."

나쁜 아이　　147

아가사는 뜻을 굽히지 않았다.

"선한 인간은 악한 인간과 친구가 될 수 없어."

투명 벽에 비친 아가사가 대답했다.

그때 멀리서 사랑스러운 방울 소리가 들려왔다. 고개를 돌려 보니, 반짝이는 요정들이 다리 끄트머리에서 그녀를 향해 날아오고 있었다.

'어떻게 하면 나를 설득할 수 있을까? 같은 말만 계속 반복하는 이 고집불통을 어떻게 하면 꺾을 수 있는 거지? "선한 것은 선한 것끼리, 악한 것은 악한 것끼리"라니…….'

순간 그녀의 머릿속에 좋은 아이디어가 떠올랐다.

"넌 어때? 너는 친구가 하나라도 있니?"

아가사는 애써 벽에 비친 자신의 모습을 외면하며 물었다.

벽 속의 아가사는 갑작스러운 질문에 긴장하는 것 같았다.

"글쎄, 잘 모르겠는데."

아가사는 결심한 듯 이를 악물고 투명한 벽에 비친 자신의 얼굴을 똑바로 마주보았다.

"하나도 없을걸. 너처럼 못생긴 애랑 친구할 사람은 아무도 없으니까!"

벽 속의 아가사는 슬픈 표정을 지었다.

"이런 못된 아이 같으니! 넌 악의 학교가 어울려."

대답과 함께 투명 벽 속 아가사의 모습이 사라졌다. 아가사는 손을 뻗어 이리저리 휘적거렸지만, 손끝에 걸리는 것은 아무것도 없었다.

잠시 후 요정 순찰대가 하프웨이 다리 중간 지점에 도착했지만, 아가사는 이미 짙은 안개 속으로 사라져 보이지 않았다.

선과 악의 학교

아가사는 악의 학교에 들어서는 순간, 그곳이야말로 그녀에게 어울리는 학교임을 확신할 수 있었다. 군데군데 갈라진 틈으로 물이 새는 음산한 로비 한쪽에는 머리가 벗겨지고 뼈가 앙상한 마녀 조각상이 있었다. 아가사는 그 뒤에 몸을 웅크린 채 지저분한 천장과 불에 그슬린 벽, 뱀처럼 구불구불 이어진 계단과 어둠에 휩싸인 공간을 천천히 바라보았다. 그녀 자신이 만든다고 해도 이보다 훌륭할 수는 없을 것 같았다.

아가사는 주변에 늑대가 없는 것을 확인한 뒤, 로비를 가로질러 복도로 들어섰다. 복도 벽에는 악의 학교 졸업생들의 초상화가 잔뜩 걸려 있었다. 아가사는 늘 영웅보다 악당에게 더 매력을 느꼈다. 악당들에게는 야망과 열정이 있었다. 이야기를 이끌어 가는 것은 영웅이 아니라 악당이었고, 그들은 죽음도 두려워하지 않았다. 오히려 빛나는 갑옷을 몸에 두르듯 죽음을 온몸에 칭칭 감고 오직 앞으로만 돌진했다. 그녀는 묘지에서 느꼈던 익숙한 냄새를 폐 깊이 들이마셨다. 온몸 구석구석에 활기가 도는 것 같았다. 모든 악당이 그렇듯, 그녀 역시 죽음이 두렵지 않았던 것이다. 죽음 앞에서 그녀는 더욱 살아 있음을 느낄 수 있었다.

그때 갑자기 재잘거리는 소리가 들려왔고, 아가사는 재빨리 벽 뒤에 몸을 숨겼다. 늑대 한 마리가 악의 학교 소녀들을 이끌고 타락의 계단을 내려가고 있는 모습이 보였다. 소녀들은 첫 수업에 대해 수다를 떨고 있었다. '부하', '저주', '추한 외모 만들기' 등등의 단어가 아가사의 귀에 들려왔다. 이 아이들에게 추한 외모 만드는 법을 가르쳐야 한단 말인가? 이보다 더 추해질 방법이 있기는 한 것일까? 순간 아가사의 얼굴이 붉게 달아올랐다. 병색이 완연한 피부와 혐오스러운 얼굴들이 줄을 지어 지나가는 것을 보며, 아가사는 그녀 역시 그들과 다르지 않다는 사실을 깨달았던 것이다. 그들이 입고 있는 헐렁한 검은 교복도 그녀가 가발돈에서 즐겨 입던 지저분한 옷을 그대로 본뜬 것 같았다. 하지만 이 꼬마 악당들과 그녀 사이에는 분명한 차이점이 있었다. 그들의 입가에는 신랄한 비웃음이 배어 있었고, 그들의 두 눈은 증오로 불타올랐으며, 그들의 두 주먹은 금방이라도 터질 것 같은 원한을 품은 듯 굳게 감겨 있었다. 그들은 어느 모로 보나 나쁜 아이들이었다. 하지만 아가사는 그렇지 않았다. 아무리 자신의 내면을 들여다보아도 그녀는 그런 사악한 마음을 찾을 수 없었다. 그때 그녀의 머릿속에 소피가 했던 말이 떠올랐다.

"보통 남들하고 다른 사람이…… 악당이 되잖아."

갑자기 공포가 그녀의 목을 조여 왔다.

'그래서 그림자가 다른 아이를 납치하지 않은 거야. 내가 따라붙은 것을 보고 나를 악의 학교로 보내면 되겠다고 생각한 거야.'

아가사의 두 눈에 눈물이 핑 돌았다. 그녀는 이 아이들처럼 되고 싶지 않았다. 악당이 될 생각은 추호도 없었다! 그녀는 그저 친구를 되찾아 집으로 돌아가고 싶을 뿐이었다!

어디로 가야 할지 도무지 감을 잡을 수 없었지만, 아가사는 무작정 걸음을 옮기기 시작했다. 그녀는 먼저 '**악행**'이라는 글자가 새겨진 계단을 뛰어올랐다. 층계참에 이르자 돌이 깔린 좁은 복도 두 개가 나타났다. 왼쪽 복도에서는 사람들의 목소리가 웅성웅성 들려왔기에, 아가사는 오른쪽 길을 택해 다시 달렸다. 짧은 복도를 지나자 그을음이 묻은 듯 거무튀튀한 벽이 앞을 가로막았다. 정체불명의 목소리는 점점 더 가까워졌고, 그녀는 겁에 질려 시커먼 벽에 몸을 바싹 기댔다. 순간 등 뒤에서 뭔가 삐그덕 움직이는 것이 느껴졌다. 그것은 벽이 아니라 까만 재로 뒤덮인 문이었던 것이다. 아가사의 옷 때문에 재가 쓸려 나간 부분에 빨간색 글자가 드러났다.

악의 학교 전시관

내부는 한 치 앞도 볼 수 없을 정도로 깜깜했다. 아가사는 곰팡이와 거미줄 때문에 연신 기침을 해 대며 성냥을 그어 불을 밝혔다. 선의 학교 갤러리가 티끌 하나 없이 깨끗하고 널찍한 곳이었다면, 악의 학교 전시관은 휑하고 비밀스러운 벽장 같은 분위기였다. 과연 200년 내내 줄곧 패배만 한 편의 모습이라 할 만했다. 아가사는 전시물을 하나하나 살펴보기 시작했다. 룸펠슈틸츠헨이 된 남학생의 빛바랜 교복이 있었고, 훌륭한 마녀로 성장하게 될 또 다른 학생의 과제물도 보였다. 〈살인의 윤리〉라는 제목의 이 거창한 과제물은 부러진 액자에 담겨 있었다. 금방이라도 바스라질 것 같은 바싹 마른 벽에는 박제 소들이 몇 마리 걸려 있었고, 한때 한 왕자의 눈을 멀게 할 정도로 위용을 떨쳤지만 이제는 전시관 한구석에서 썩어 가고 있는 가시 덩굴 밑에는 '숲 너머 마을에서 온 베라'라는 이름표가 붙어 있었다. 아가사는 베라라는 아이를 알고 있었다. 가발돈에 있을 때 실종 어린이 포스터에서 그녀의 얼굴을 보았던 것이다.

몸서리를 치던 아가사는 벽에 뭔가 얼룩덜룩한 색깔이 어른거리는 것을 발견하고 그쪽으로 성냥불을 들이댔다. 선의 학교 갤러리와 마찬가지로, 악의 학교 전시관에도 커다란 벽화가 그려져 있었다. 벽화는 총 여덟 개의 판으로 이루어져 있었는데, 각 판에는 검은 옷을 입은 악당들이 지옥에서 무한한 힘을 자랑하며 흥청대는 모습이 그려져 있었다. 불길을 가르며 날아다니는 악당의 모습도 있었고, 몸을 자유자재로 바꾸거나 영혼을 둘로 쪼개는 악당, 그리고 시공간을 마음대로 뒤틀며 즐거워하는 악당도 보였다. 벽화의 윗부분에는 여덟 개의 판을 모두 아우르는 긴 글귀가 불에 타오르는 모양으로 그려져 있었다.

영원히 불행만 있으리!

선인들은 사랑과 행복의 그림을 그렸지만, 악인들은 고독과 권력의 그림을 선택했다. 아가사는 이 사악한 그림들을 보는 동안 가슴속에 전율이 일어나는 것을 느꼈다. 그것은 충격이었지만, 부정할 수 없는 사실이기도 했다.

'난 나쁜 애가 맞나 봐.'

반면 그녀의 친구는 누가 봐도 선의 학교가 어울렸다. 빨리 집으로 돌아가지 않으면, 소피 역시 이 사실을 깨닫게 될 것이다. 이곳에 남는다면 두 사람은 절대 친구가 될 수 없다.

아가사는 뾰족한 주둥이 그림자가 성냥 불빛 안으로 삐죽 들어오는 것을 발견했다. 또 다른 주둥이가 나타나더니, 곧 세 번째 주둥이가 그 뒤를 이었다. 늑대들이었다! 세 마리의 늑대들은 아가사를 잡기 위해 덤벼들었고, 아가사는 재빨리 몸을 돌려 베라의 가시덩굴을 손에 쥔 채 늑대의 얼굴을 향해 휘둘렀다. 늑대들이 깜짝 놀라 소리를 지르며 주춤하는 사이, 그녀는 문을 향해 달렸고 숨 돌릴 틈도 없이 로비로 내려가 또 다른 계단을 뛰어 올라갔다. 잠시 후 그녀는 악의의 탑 2층에 도착했다. 그리고 문 앞에 붙어 있는 이름표에서 소피의 이름을 찾기 시작했다. 벡스와 브론, 호트와 라반,

플린트와 타이탄…… 남자아이들이 쓰는 층이었다!

그때 어디에선가 방문을 여는 소리가 들렸고, 그녀는 잽싸게 뒤쪽 계단으로 몸을 숨겼다. 계단을 뛰어오르자, 그 끝에 세 면이 모두 벽으로 막힌 다락이 나타났다. 그곳에는 개구리 발가락, 도마뱀 다리, 개 혓바닥 등으로 만든 뿌연 액체들을 담아 둔 약병이 가득 들어차 있었다. 결국 엄마 말씀이 옳았다. 학교에 있는 것들은 너무 오래됐을 것 같다는 걱정은 기우가 아니었던 것이다. 계단에서 다시 소리가 들려오기 시작했다. 늑대 한 마리가 계단을 올라오고 있었다.

아가사는 다락 창문을 통해 지붕으로 빠져나간 뒤, 빗물받이 홈통을 꼭 붙들고 매달렸다. 호수 건너 선의 학교에는 따뜻한 햇볕이 내리쬐고 있었지만, 아가사의 머리 위에서는 검은 구름이 굉음과 함께 천둥을 뿜어냈고 그녀의 핑크 드레스는 곧 폭풍우에 흠뻑 젖어 버리고 말았다. 아가사는 굵은 빗줄기 사이로 길고 구불구불하게 이어진 홈통을 바라보았다. 놋쇠로 만들어진 긴 홈통에는 소용돌이치듯 빗물이 흘렀고, 홈통을 받치고 선 세 개의 괴물 석상은 그 큰 입을 통해 물을 콸콸 쏟아 내고 있었다. 아가사에게는 그 홈통이 유일한 탈출구였다. 그녀는 홈통 위에 올라탔다. 그리고 미끄러지지 않기 위해 양손으로 홈통을 꼭 붙잡고, 고개를 돌려 창문을 바라보았다. 늑대가 곧 그녀를 쫓아올 것이라고 생각했던 것이다.

하지만 그녀의 예상은 빗나갔다. 늑대는 새빨간 재킷 위로 털이 북슬북슬한 양팔을 팔짱 낀 채 창문 앞에 가만히 서서 그녀를 바라보고 있었다.

"차라리 나한테 잡히는 게 나을 텐데, 후회할 거다."

늑대는 아리송한 말만 남기고 사라져 버렸고, 아가사는 깜짝 놀라 입을 쩍 벌린 채 텅 빈 창문을 바라보았다.

'무슨 말이지? 늑대한테 잡히는 게 차라리 나을 거라고?'

그때 빗속에서 무엇인가가 움직이기 시작했다.

아가사는 출렁거리는 물살을 피해 두 눈을 가늘게 뜨고 물방울로 뿌옇게 흐려진 앞을 바라보았다. 첫 번째 괴물 석상이 크게 하품을 하더니 양쪽으로 커다란 용의 날개를 펼치는 것이 보였다. 그러자 뱀 머리에 사자 몸통을 한 두 번째 석상도 엄청난 굉음과 함께 날개를 쫙 펼쳤다. 마지막으로 뿔이 달린 악마의 머리에 사람 몸통을 달고 있는 세 번째 석상이 뾰족한 못이 박힌 꼬리를 양쪽으로 흔들며 삐죽삐죽 날카로운 두 날개를 양옆으로 뻗었다. 세 번째 석상은 다른 두 석상보다 몸집이 두 배는 컸고, 날개를 펼치자 그 길이가 악의 탑 양 끝에 이를 정도였다.

아가사는 충격으로 머릿속이 하얘지는 것 같았다.

'괴물 석상! 환영식에서 괴물 석상에 대해 얘기해 줬는데…….'

세 마리의 괴물들은 무시무시한 시뻘건 두 눈으로 그녀를 바라보았고, 순간 그녀의 머릿속에는 환영식장에서 들었던 말이 떠올랐다.

'침입자는 발견 즉시 죽인다!'

괴물들은 고막을 찢을 듯 날카롭게 울부짖으며 공중으로 날아올랐다. 홈통을 받치고 있던 석상들이 자리에서 빠져나가자 홈통은 힘없이 무너지기 시작했고, 아가사는 비명을 지르며 물속으로 빠져들었다. 해일처럼 밀려드는 거대한 빗물은 아가사를 위아래로 정신없이 흔들며 몰아갔고, 받침대를 잃은 홈통은 빗속에서 미친 듯 휘청거렸다. 그때 공중으로 높이 날아올랐던 괴물 두 마리가 그녀를 향해 날아들었다. 아가사는 재빨리 홈통 속으로 몸을 숙이고 빗물에 쓸려 내려가기 시작했다. 다행히 위기에서 벗어나는가 싶었지만, 곧 머리에 뿔이 달린 세 번째 괴물이 코에서 불을 뿜어내기 시작했다. 아가사는 다시 홈통 가장자리를 꼭 붙잡았고, 시뻘건 불꽃은 그녀의 코앞에 떨어지며 놋쇠 홈통에 커다란 구멍을 만들었다. 아가사는 홈통을 잡고 있던 두 손을 놓고 구멍을 통해 아래로 곤두박질쳐 내려갔다. 하지만 갑자기 등 뒤에서 엄청난 힘이 그녀를 붙잡았다. 용의 날개를 달고 있는 괴물이 날카로운 발톱으로 그녀의 다리를 잡고 다시 홈통 위로 들어 올렸던 것이다.

"난 침입자가 아니에요! 학생이라고요!"

아가사는 있는 힘껏 소리쳤다.

깜짝 놀란 괴물은 그녀를 내려놓았고, 아가사는 다시 한 번 목청을 높여 소리 질렀다.

"잘 봐요. 난 악의 학교 학생이에요."

그녀는 자신의 얼굴을 손가락으로 가리키며 두 눈을 크게 떠 보였다.

괴물은 혼란스러운 표정으로 그녀의 얼굴을 천천히 훑어보았다.

잠시 후 괴물이 날카로운 발톱으로 그녀의 창백한 목을 감아 쥐었다. 그녀의 말을 믿지 않는다는 뜻이었다.

아가사는 비명을 지르며, 불에 타 구멍이 난 홈통에 발을 들이밀었다. 힘차게 쏟아지는 물길의 방향을 바꿔 괴물을 공격하기 위해서였다. 쏟아지는 물줄기에 눈을 뜰 수 없게 된 괴물은 아가사를 붙잡기 위해 발을 휘저으며 휘청거리더니 중심을 잃고 그대로 구멍으로 떨어졌다. 그리고 미처 다시 날아오를 사이도 없이, 발코니에 부딪쳐 날개가 산산조각 나고 말았다. 아가사는 온 힘을 다해 홈통을 붙잡았다. 날카로운 발톱에 다리가 찢겨 고통스러웠지만 또 다른 괴물이 이미 그녀를 향해 날아오고 있었다. 뱀의 머리를 한 괴물은 날카로운 소리로 울부짖으며 거센 물살을 헤치고 그녀에게 날아들었다. 그리고 발톱으로 그녀를 낚아채 공중으로 날아올랐다. 괴물이 커다란 턱을 벌려 그녀를 삼키려는 순간, 아가사는 괴물의 날카로운 이 사이로 발을 밀어 넣었다. 순간 돌로 만들어진 괴물의 이빨과 아가사의 단단하고 못생긴 신발이 부딪쳤고, 괴물의 이빨은 마치 성냥개비처럼 툭 부러지고 말았다. 예상치 못한 상황에 당황한 괴물은 결국 아가사를 놓쳐 버렸고, 아가사는 다시 거센 물살 속으로 첨벙 떨어졌다. 그녀는 사정없이 몰아치는 물살에 휩쓸리지 않기 위해 재빨리 홈통의 난간의 붙잡았다.

"사람 살려!"

아가사가 소리쳤다. 빗물에 쓸려 가지 않고 잘 버티기만 한다면 누군가 그녀를 구해 주리라 믿었다.

"사람 살……."

하지만 그녀의 힘으로는 물살을 거스를 수가 없었다. 그녀는 미끄러지기 시작했다. 출렁이는 빗물에 이리저리 부딪치고 위아래로 들썩이며, 그녀의 몸은 홈통의 끄트머리를 향해 돌진했다. 그곳에서는 다른 두 괴물보다 훨씬 큰, 뿔 달린 괴물이 커다란 주둥이를 쩍 벌린 채 그녀를 기다리고 있었다. 아가사는 이 지옥의 문을 피하기 위해 필사적으로 발버둥 쳤다. 출렁이는 빗물에 잠겼다 떠오르기를 반복하면서도 두 팔을 쉴 새 없이 휘저으며 어디든 붙잡으려 안간힘을 썼다. 하지만 아래를 향해 거침없이 쏟아져 내리는 물살은 그녀를 거칠게 밀어 댈 뿐이었다. 아가사가 아래를 내려다보니, 뿔 달린 괴물이 다시 한 번 코에서 거대한 불기둥을 뿜어내고 있었다. 불기둥은 금방이라도 아가사의 몸을 흔적도 없이 태워 버릴 기

선과 악의 학교

세로 홈통 파이프를 뚫고 솟아올랐다. 아가사는 다시 물속으로 숨었다가 물 위로 떠올라 홈통의 난간을 꼭 붙들었다. 물살이 한 번만 더 밀어닥치면 그녀는 괴물 석상의 쩍 벌어진 입속으로 굴러떨어질 것이 분명했다.

그때 그녀의 머릿속에 괴물 석상을 처음 본 바로 그 순간이 떠올랐다. 그들은 홈통을 받친 상태에서 입으로 빗물을 뱉어내고 있었다.

'나가는 구멍이 있다는 건 들어가는 구멍도 있다는 뜻이야!'

위쪽에서 다시 거대한 물줄기가 쏟아져 내리는 소리가 들려왔다. 그녀는 조용히 마음속으로 기도를 한 뒤 홈통을 잡고 있던 손을 놓고 지옥문 같은 괴물의 입속으로 몸을 던졌다. 뜨거운 불길과 날카로운 이빨이 그녀를 덮치려는 찰나, 빗물이 입속으로 들이닥쳐 그녀를 괴물의 목구멍으로 밀어 넣었고, 바로 다음 순간 그녀는 흐릿한 하늘 위로 솟구쳐 올랐다. 아래를 내려다보자, 괴물은 목이 메는 듯 캑캑거리고 있었다. 아가사는 마침내 안도의 한숨을 내쉬었다. 하지만 또 다른 끔찍한 문제가 그녀의 앞을 가로막았다. 공중으로 붕 떠올랐던 그녀의 몸이 그대로 바닥을 향해 떨어지기 시작했던 것이다. 짙은 안개에 싸인 뾰족뾰족한 벽들이 그녀의 몸에 구멍을 내기 위해 기다리고 있었다. 하지만 바로 그 아래에 열려 있는 창문이 하나 보였다. 아가사는 최대한 몸을 둥글게 말아 날카로운 벽을 스치듯 피하는 데 성공했다. 그리고 잠시 후, 바닥에 엎어진 채 물을 뚝뚝 흘리며 기침을 해 댔다. 그녀는 악의 탑 6층에 무사히 착륙했던 것이다.

"괴물 석상…… 전부 다…… 그냥 장식인 줄…… 알았는데……."

그녀는 물을 뱉어 내느라 연신 씩씩대며 힘겹게 혼잣말을 이었다.

아픈 다리를 움켜쥔 채 천천히 자리에서 일어선 아가사는 절뚝거리며 걸음을 옮기기 시작했다. 복도를 따라 걸으며 다시 소피의 흔적을 찾아내야 했던 것이다.

그녀가 굳게 닫힌 문들을 두드리려는 순간, 복도 끝에서 뭔가 특이한 것이 눈에 띄었다. 금발 공주의 모습을 우스꽝스럽게 묘사한 캐리커처가 그려진 문을 발견했던 것이다. 그림 위에는 삐뚤빼뚤한 흘림체로 다음과 같은 글씨가 쓰여 있었다.

"멍청한 독자! 선인 중독자!"

아가사는 단숨에 그 문 앞에 다가가 주먹으로 문을 두드렸다.

"소피, 나야!"

꼼짝하지 않던 다른 문들이 하나둘씩 열리기 시작했다.

"소피, 나라니까!"

아가사는 더욱 세게 문을 두드리며 소리쳤다.

열린 문틈으로 검은 교복을 입은 소녀들이 삐죽삐죽 고개를 내밀었다. 아가사는 문손잡이를 잡고 흔들어보기도 하고, 어깨로 문을 힘껏 밀쳐 보기도 했지만 아무 소용이 없었다. 악인 소녀들은 이 핑크 드레스를 입은 침입자를 향해 금방이라도 다가설 듯, 호기심 가득한 표정을 짓고 그녀의 동작 하나하나를 유심히 살피고 있었다. 아가사는 잠시 뒤로 물러섰다가, 꼼짝하지 않는 66호실 문을 향해 돌진했다. 그 순간 거짓말처럼 66호실의 문이 활짝 열렸고, 아가사는 앞으로 넘어질 듯 휘청거리며 문을 통과했다. 뒤뚱거리는 그녀의 등 뒤로 '쾅' 하는 소리가 들리며 문이 닫혔다.

"소피, 내가 여기 오느라 얼마나 고생을 했는지……."

큰 소리로 모험담을 늘어놓으려던 아가사가 갑자기 말을 멈추었다.

바닥에 고인 물웅덩이 위에 웅크린 채 노래를 부르고 있는 소피를 발견했던 것이다. 그녀는 물에 비친 자신의 얼굴을 들여다보며 양 볼에 블러셔를 바르고 있었다.

"나는 아름다운 공주, 사과처럼 예쁘지,
   나와 결혼할 왕자님을 기다리고 있다네……."

방 한쪽에서는 세 명의 룸메이트와 쥐 세 마리가 할 말을 잃은 듯 입을 헤벌리고, 소피를 바라보고 있었다.
"쟤가 멀쩡한 바닥을 이렇게 만들어 놨어!"
헤스터가 아가사를 바라보며 말했다.
"화장해야 되는데 거울이 없다면서 말이야."
아나딜이 뒤를 이었다.
"애는 내가 아는 애들 중 최악이야! 노래도 마찬가지고."
도트가 잔뜩 인상을 쓴 채 말했다.
"나 화장 잘된 것 같아?"
소피가 눈을 가늘게 뜨고 물웅덩이를 바라보며 물었다.
"우스꽝스러운 모습으로 수업에 들어갈 수는 없잖아."
한참을 물웅덩이만 내려다보던 소피가 마침내 고개를 들었다.
"아가사! 내 친구! 네가 드디어 정신을 차렸구나. 2분 후면 〈추한 외모 만들기〉 수업이 시작될 거야. 수업 들어갈 준비해야지. 첫날부터 우습게 보이면 안 되잖아!"
아가사는 아무 말 없이 멍한 표정으로 소피를 바라보았다.
"일단 옷부터 바꿔 입자. 어서 이리 와! 옷 벗어야지."
소피가 자리에서 일어서며 말했다.

"소피, 지금 수업 생각할 때가 아니야. 우린 교장 선생님을 만나야 돼. 안 그러면 영원히 이곳에 갇히게 될 거라고."

아가사가 벌겋게 흥분된 얼굴로 대답했다.

"또 바보 같은 소리 한다!"

소피는 개의치 않고 아가사의 드레스를 잡아 당겼다.

"벌건 대낮에 높은 탑에 몰래 들어갈 수 있을 것 같아? 굳이 집에 가겠다면 말리지 않겠지만, 옷은 두고 가. 나 첫 수업에 늦으면 안 된단 말이야."

아가사는 드레스를 움켜쥔 소피의 손을 거칠게 떼어 냈다.

"소피, 말도 안 되는 소리 그만하고, 내 말 좀 들어 봐……."

"넌 여기가 어울려. 금방 적응할 거야."

하지만 소피는 평온한 표정으로 미소를 지으며 말했다. 그녀의 시선이 아가사와 다른 세 룸메이트를 번갈아 훑고 있었다.

아가사는 그녀의 시선이 무엇을 의미하는지 잘 알고 있었다. 지금까지 그녀의 마음속에서 활활 타오르던 의지가 순식간에 사그라졌다.

"내가…… 못생겼다는 뜻이지?"

"아가사, 무슨 말을 그렇게 하니? 주변을 한번 둘러봐. 너 음침하고 지저분한 거 좋아하잖아. 고통, 불행, 그런 것들도 좋아하고……. 아, 불로 뭐든 태우는 것도 좋아하지? 여기가 딱 그런 곳이야. 너도 너무너무 좋아하게 될 거야."

소피가 말했다.

"그건 쟤 말이 맞네."

등 뒤에서 갑자기 들려온 목소리에 깜짝 놀란 아가사가 홱 몸을 돌렸다.

"나도 네가 여기 들어오면 좋겠어."

헤스터가 아가사를 바라보며 말했다.

"쟤는 호수에 빠뜨려 버리자."

도트가 소피를 날카롭게 쏘아보며 말했다. 환영식장에서 들었던 말 때문에 여전히 화가 나 있었던 것이다.

"널 처음 본 순간부터 우린 네가 마음에 들었어!"

아나딜이 달콤한 목소리로 속삭이자 그녀의 쥐들도 아가사의 발목을 할짝할짝 핥기 시작했다.

"우리랑 여기 있자."

헤스터가 아가사를 향해 한 걸음 다가서며 말하자, 아나딜과 도트도 천천히 다가와 그녀를 둥글게 에워쌌다. 아가사는 당황스러운 표정으로 고개를 이리저리 돌리며 이 낯선 세 악당들을 바라보았다. 이들은 정말로 그녀와 친구가 되고 싶은 것일까? 결국 소피의 말이 맞았다는 말인가? 아가사가 악당이 되면…… 행복해질 수 있을까?

순간 아가사는 뱃속이 뒤집히는 것처럼 울렁거렸다. 그녀는 악당이 되고 싶지 않았다! 소피는 선한 편으로 가고 그녀는 악한 편에 남는다는 것은 있을 수 없는 일이었다. 소피와 영영 헤어지지 않으려면 당장 이곳을 탈출하는 방법밖에 없다!

"난 너랑 헤어지지 않을 거야!"

아가사가 세 악당들을 밀쳐 내며 소피를 향해 소리쳤다.

"너랑 헤어지겠다는 얘기가 아니잖아. 그냥 옷만 좀 벗어 달라는 거야."

소피가 조금 더 단호해진 목소리로 말했다.

"싫어! 옷 바꿔 입기 싫다고! 방 바꾸는 것도 안 되고, 학교 바꾸는 것도 안 돼!"

아가사가 잔뜩 흥분해 소리치는 사이, 소피와 헤스터 사이에서 은밀한 시선이 오고 갔다.

"우린 집에 가야 돼. 거기에 가면 선이니 악이니 나눌 필요 없잖아. 우린 전에 그랬던 것처럼 친구로 지낼 수 있어. 영원히 행복하게……."

순간 소피와 헤스터가 아가사를 덮쳤고, 도트와 아나딜이 그녀의 핑크 드레스를 벗겼다. 그런 다음 네 소녀는 소피가 입고 있던 까만 드레스를 아가사의 몸에 뒤집어씌웠다. 마침내 원하던 핑크 드레스를 입게 된 소피는 신이 난 표정으로 몸을 살랑살랑 흔들며 방문을 활짝 열어젖혔다.

"악의 학교야, 안녕! 난 사랑을 찾아 떠난다!"

아가사는 비틀거리며 일어서서 자신이 입고 있는 악의 학교 교복을 내려다보았다. 인정하고 싶지 않았지만 그 옷은 그녀의 마음에 쏙 들었다.

"이제야 제대로 됐네. 대체 저런 애랑 어떻게 친구가 되었는지 너도 참……."

헤스터가 한숨을 내쉬며 말했지만 아가사는 그녀의 말을 싹둑 끊어 버리고 소피를 뒤쫓았다.

"가지 마, 소피!"

핑크 드레스를 입은 소피는 이미 검은 드레스 무리로 가득 찬 복도에 들어서 있었다. 갑작스러운 선인 학생의 등장에 깜짝 놀란 악인 학생들은 순식간에 소피를 에워싸고 책과 가방과 신발로 그녀를 사정없이 때리기 시작했다.

"잠깐! 걔는 우리 편이야!"

소피를 구한 것은 호트였다. 계단통 쪽에서 울려 온 날카로운 목소리에 악인 학생들은 물론이고 소피마저 휘둥그레진 눈으로 그를 바라보았다. 호트는 다시 검은 드레스를 입은 아가사를 가리키며 입을 열었다.

"쟤가 선의 학교 학생이야!"

호트의 말이 끝나기 무섭게, 악인 학생들은 함성을 지르며 아가사를 향해 우르르 몰려들었고, 또다시 맹렬한 공격이 시작되었다. 그러는 사이 소피는 호트를 밀치고 계단을 뛰어 내려갔다. 몇 번씩이나 정통으로 급소를 걷어차이면서 간신히 악인 무리를 뚫고 나온 아가사는 계단을 내려가는 소피를 발견하고는 난간을 타고 미끄러져 내려갔다. 계단을 내려온 소피는 좁은 복도로 향했고, 아가사는 계속해서 그녀를 뒤쫓았다. 두 사람의 거리가 점점 좁혀져 아가사가 팔을 뻗어 소피의 옷깃을 잡으려는 순간, 소피는 갑자기 모퉁이를 돌아 다시 구불구불한 계단을 뛰어오르기 시작했고, 1층에 이르자 또다시 갑작스럽게 방향을 바꾸었다. 소피의 뒷모습만 바라보며 정신없이 달리던 아가사는 어느 순간 막다른 복도에 이르렀다. 두 사람의 앞을 가로막은 거대한 벽에는 마치 피가 뚝뚝 흘러내리는 것 같은 커다란 글씨가 쓰여 있었다.

"학생 출입 금지!"

하지만 소피는 무슨 생각에서인지 벽을 향해 돌진했고, 눈 깜짝할 사이 어디론가 사라져 버렸다. 아가사는 이번에도 망설임 없이 소피의 뒤를 따랐다. 그녀는 벽을 향해 달리기 시작했다.

잠시 후 그녀가 도착한 곳은 하프웨이 다리와 악의 학교가 만나는 지점이었다. 조금 전 그녀가 통과했던 벽은 바로 다리로 연결되는 비밀 통로였던 것이다.

하지만 긴박했던 추격은 그곳에서 끝이 나고 말았다. 소피는 이미 선의 학교 근처까지 달아나 버렸고, 아가사는 도저히 그녀를 따라잡을 수 없었다. 안개가 짙었지만, 아가사는 기쁨에 빛나는 소피의 얼굴을 또렷이 볼 수 있었다.

"아가사, 그 사람 아서왕의 아들이래! 진짜 왕자야! 무슨 말을 해야 할까? 내가 왕자님의 진정한 짝이라는 걸 어떻게 하면 확실히 보여 줄 수 있을까?"

소피가 한껏 들뜬 목소리로 외쳤다.

아가사는 가슴이 찢어질 듯 아팠다.

"나만 여기 두고…… 정말 갈 거야?"

소피는 흥분을 가라앉히며 부드러운 표정으로 다시 입을 열었다.

"아가사, 걱정하지 마. 이제 모든 것이 완벽해졌어! 우린 여전히 가장 친한 친구야. 다른 학교에 다닐 뿐이지. 이미 다 예상했던 거잖아. 어떤 상황에서든 우린 늘 친구고, 누구도 우릴 갈라놓지 못할 거야."

아가사는 소피의 아름다운 미소를 물끄러미 바라보았다. 그리고 그녀의 말을 믿기로 했다.

하지만 소피의 얼굴을 가득 채우고 있던 빛나는 미소는 순식간에 사라졌다. 소피의 몸을 감싸고 있던 핑크 드레스가 갑자기 헐렁하고 너덜너덜한 검은 드레스로 바뀌었던 것이다. 그것은 악의 학교에서 그녀가 받아 들었던 바로 그 낡고 축 처진 교복이었다. 그녀의 가슴에는 어느새 백조 문장이 반짝이고 있었다. 소피는 어리둥절한 표정으로 고개를 들었고, 그 순간 더욱 숨 막히는 장면을 목격했다. 다리 반대편에 서 있는 아가사의 검은 드레스가 꼭 맞는 핑크 드레스로 바뀌어 있었기 때문이다.

두 소녀는 휘둥그레진 눈으로 서로를 바라보았다. 그때 어디에 선가 검은 그림자가 나타나더니 소피를 뒤덮었다. 아가사의 등 뒤에서는 거대한 파도가 일어나 그녀의 머리 위로 부풀어 오르더니, 희미한 빛을 반짝이며 동그란 올가미 모양을 만들어 냈다. 아가사는 도망치려 했지만 빛나는 물결은 그녀를 덮쳐 햇살 가득한 선의 학교 앞에 던지듯 내려놓았다. 다리 끝에 발이 묶인 소피는 절망에 가득 찬 울음을 토해 냈다.

잠시 가라앉은 듯했던 파도는 다시 소피의 머리 위로 천천히 부풀어 올랐다. 하지만 그것은 잔잔한 빛을 발하는 맑은 물이 아니었다. 거대한 물결은 사납게 울부짖으며 소피를 밀쳐 댔고, 소피는 눈 깜짝할 사이 악의 학교로 돌아왔다. 그녀는 수업 시간을 정확하게 지킬 수 있었다.

7

최강의 대마녀

"**왜** 추한 외모를 만들어야 하죠?"

소피는 손가락 사이로 빼꼼히 맨리 교수를 바라보며 질문을 던졌다. 그의 여드름투성이 민머리와 누렇게 뜬 피부 때문에 속이 울렁거리는 것을 가까스로 참고 있었던 것이다. 다른 학생들은 새까맣게 타 버린 책상 위에 녹슨 거울과 올챙이가 가득 담긴 강철 그릇을 올려놓고 저마다 수업에 열중하고 있었다. 그들에게 주어진 과제는 그릇 안에 들어 있는 올챙이들을 주먹으로 후려쳐 으깨는 것이었다. 그들은 마치 휴일 가족들과 함께 케이크를 만드는 아이들처럼 모두 즐거운 표정이었다.

'내가 대체 왜 여기 있는 거지?'

소피는 분을 참지 못해 눈물을 찔끔거리며 한숨을 내쉬었다.

"혐오스럽고 불쾌한 외모가 왜 필요한가? 헤스터, 대답해 봐!"

맨리 교수가 축 늘어진 턱살을 출렁거리며 물었다.

"무서워 보이기 위해서입니다."

헤스터는 대답을 끝내자마자, 으깨진 올챙이 살이 흐물흐물 떠다니는 물을 벌컥벌컥 들이켰다. 그러자 그녀의 얼굴에 빨간 뾰루지가 발진을 일으키듯 우수수 돋아났다.

"틀렸다! 아나딜?"

맨리 교수는 불만스러운 표정으로 다시 소리쳤다.

"어린아이들을 울리기 위해서입니다."

아나딜의 얼굴에도 벌건 물집들이 피어오르고 있었다.

"틀렸어! 도트?"

"아침마다 세수하고 몸단장하는 게 귀찮기 때문이겠죠?"

도트가 올챙이 주스에 초콜릿을 섞어 넣으며 대답했다.

"바보 같은 대답이다!"

맨리 교수가 기가 막힌다는 표정으로 사납게 소리쳤다.

"외적인 모습을 완벽히 포기할 때에만 진정으로 자신의 내면을 마주할 수 있기 때문이다. 허영심을 버려야만 진실한 자신의 모습을 찾을 수 있다!"

맨리 교수의 열정적인 목소리가 교실을 쩌렁쩌렁 울리는 동안, 소피는 조용히 책상 뒤로 기어가 문을 향해 돌진했다. 하지만 손잡이를 잡는 순간 그녀는 깜짝 놀라 비명을 지르고 말았다. 손잡이가 불에 타는 듯 뜨거웠기 때문이다.

"너희가 생각하는 자신의 모습을 버려라. 그래야만 진짜 자신의 모습을 받아들일 수 있다."

맨리가 날카로운 시선으로 소피를 노려보며 설명을 마무리했다.

소피는 불에 덴 손을 붙잡고 훌쩍거리며 자리로 돌아

갔다. 그러는 동안 얼굴이 온통 우둘투둘해진 학생들의 머리 위로 초록색 연기가 피어오르더니, 등수를 표시하는 숫자가 둥실 떠오르기 시작했다. 헤스터의 머리 위에는 숫자 '1', 아나딜에게는 '2'가 나타났고, 3등은 기름진 머리에 피부색이 거뭇한 라반에게, 4등은 귀가 뾰족한 금발의 벡스에게 돌아갔다. 호트는 한껏 흥분된 표정으로 올챙이 주스를 들이켰지만 턱에 조그마한 여드름이 뾰족 솟아오를 뿐 더 이상의 변화는 일어나지 않았다. 그는 잔뜩 골이 난 표정으로 머리 위에 떠오른 '19'라는 숫자를 손바닥으로 내려쳤다. 그러자 숫자도 화가 난 듯 그의 머리를 힘껏 후려쳤다.

"외모가 추한 사람은 자신의 지력에 의존하게 되고 내면의 진실한 영혼을 믿는다. 추한 외모는 곧 자유라고 할 수 있다."

맨리 교수는 소피를 향해 슬쩍 몸을 움직이며 음흉한 웃음을 지어 보였다. 그리고 그녀의 책상 위에 강철 그릇을 휙 던져 주었다.

소피는 거무죽죽한 올챙이 살들이 떠다니는 그릇 속을 물끄러미 바라보았다. 아직 살아 움직이는 것들도 있었다.

"교수님, 죄송하지만 저는 〈아름다운 외모 만들기〉 수업에 들어가야 할 학생인데요, 저희 교수님께서 제가 이런 활동을 하는 것을 알게 되시면 아마 굉장히 불쾌……."

"세 번 꼴등을 하면 나보다 더 끔찍한 모습이 될 수도 있다."

맨리가 웃음기 사라진 차가운 표정으로 말했다.

소피는 교수의 얼굴을 뚫어지게 바라보았다.

"교수님보다 더 끔찍한 외모는 없을 것 같은데요……."

맨리 교수는 소피의 말에 대꾸하는 대신, 학생들을 향해 몸을 돌렸다.

"이 불쌍한 학생에게 자유를 선물해 줄 사람?"

"저요!"

소피가 홱 고개를 돌렸다. 이번에도 주인공은 호트였다.

"걱정하지 마. 너도 분명 만족할 거야."

호트가 조용히 속삭였다. 소피는 비명을 지르려고 입을 벌렸지만, 호트는 그대로 그녀의 머리를 강철 그릇 속에 처박아 버렸다.

선의 학교 쪽 둑 위에 떨어진 아가사는 물이 고인 흙바닥에 가만히 누운 채, 조금 전 악의 학교에서 벌어진 일들을 되뇌었다. 그녀의 가장 소중한 친구가 다른 사람들 앞에서 그녀를 흉보며 덮쳤고, 그녀의 옷을 빼앗은 뒤 그녀를 마녀들 사이에 남겨 두고 도망쳐 버렸다. 마지막 순간까지도 소피는 자신이 원하는 사랑을 얻기 위해 어떻게 해야 할지를 고민하고 있었다.

'이게 다 이 학교 때문이야!'

아가사의 결론은 그랬다. 가발돈에 돌아가기만 하면, 수업이니 성이니 왕자니 하는 것들은 소피의 머릿속에서 사라질 것이다. 고향에 돌아가면 두 사람은 평생 행복하게 살 수 있을 것이다. 문제는 바로 장소였다.

'그래, 집에 돌아가면 모든 것이 해결될 거야.'

하지만 아가사는 여전히 찜찜한 기분을 떨칠 수가 없었다. 다리 위에서 소피와 나누었던 대화가 계속 머릿속을 맴돌았던 것이다. 핑크색 드레스를 입고 선의 학교 앞에 선 소피는 헐렁한 검은 드레스를 입고 악의 학교 앞에 서 있는 아가사를 향해 분명 이렇게 말했다.

"이제 모든 것이 완벽해졌어!"

소피의 말은 사실이었다. 잠깐이었지만, 뭔가 들어맞지 않는 듯 삐걱거리던 것들이 모두 제자리를 되찾았고, 두 사람은 각자 자기에게 어울리는 세계에 속해 있었다.

'모든 게 잘 들어맞았는데, 왜 갑자기 그런 일이 생겼지?'

난데없이 나타난 검은 그림자와 거센 물줄기가 순식간에 상황을 뒤바꿔 놓지 않았던가! 정말 아슬아슬한 순간이었다. 조금만 늦었더라면 소피는 선의 학교로 들어갔을 테고, 다시는 그곳을 떠나지 않으려고 했을 것이다. 아가사는 순간 중요한 깨달음을 얻은 듯 숨을 죽였다. 두 사람의 자리가 뒤바뀌었다는 사실을 교수들에게 숨겨야 한다! 두 사람이 각자 자신에게 어울리는 학교로 돌아가는 일이 생기지 않도록 해야 하는 것이다! 하지만 어떻게 소피를 악의 학교에 붙잡아 둘 수 있을까?

'내가 수업에 꼬박꼬박 들어가면 되겠구나!'

폴룩스의 말에 따르면, 선의 학교와 악의 학교의 학생 수는 동일했다. 균형을 유지하기 위한 것이라고 했다. 따라서 소피와 아가사가 제자리를 찾아 가기 위해서는, 두 사람의 자리가 동시에 바뀌어야 한다. 아가사가 선의 학교에 자리를 잡고 꼼짝하지 않는 한, 소피는 악의 학교에 붙잡혀 있을 수밖에 없는 것이다. 그렇게 된다면 결과는 빤했다. 소피는 악당이 되는 것을 결코 견딜 수 없을 것이고, 며칠만 지나면 결국 가발돈에 돌아가게 해 달라고 애걸복걸하게 될 것이다!

'그래, 수업에 들어가자!'

아가사는 이 진저리 나는 학교에서 어떻게든 살아남을 것이다. 소피가 더 이상 견디지 못하고 주저앉을 때까지만 참으면 된다. 가발돈을 떠난 이후 처음으로 아가사의 마음에 희망이 싹트기 시작했다.

하지만 그 여린 싹은 10분 뒤, 죽어 버리고 말았다.

눈부신 노란색 드레스를 입고 긴 여우털 장갑을 낀 에마 아네모네 교수는 가볍게 휘파람을 불며 교실 안에 들어섰다. 말캉한 핑크빛 태피(설탕을 녹여 만든 무른 사탕―옮긴이)로 만들어져 달콤한 향이 가득한 교실이었다. 하지만 교수는 아가사를 보자마자 휘파람을 멈추었고, 교실에는 어색한 침묵이 흘렀다. 잠시 후 그녀는 "라푼젤도 처음에는 꽤나 엉망진창이었지"라고 중얼거리며 다시 걸음을 옮기기 시작했다. 그렇게 그녀의 첫 수업이 시작되었다. 그날의 수업 목표는 '친절한 미소 짓기'였다.

"핵심은 바로 눈이다. 눈으로 마음을 전달할 수 있어야 해."

아네모네 교수는 재잘거리듯 말하고, 스스로 '완벽한 미소'를 지어 보였다. 툭 튀어나온 눈과 드레스 색깔과 똑같은 노란색 머리카락 때문인지, 교수는 꼭 정신이 살짝 나간 카나리아 같아 보였다. 아가사는 웃음이 터질 것 같았지만 마음을 다잡았다. 집에 돌아가느냐 못 돌아가느냐는 전적으로 그녀에게 달려 있었다. 그녀는 다른 아이들처럼 최선을 다해 입을 양옆으로 벌리고 '완벽한 미소'를 흉내 냈다.

아네모네 교수는 학생들 사이를 돌아다니며 그들의 미소를 점검했다.

"눈을 좀 크게 떠야지……. 넌 콧등에 주름 잡히지 않게 하고……. 오, 정말 아름다운 미소야!"

교수는 베아트릭스 앞에서 걸음을 멈추었다. 그녀의 빛나는 미소가 교실 전체를 환하게 밝히고 있었다.

"학생들, 이런 미소만 있으면 아무리 강철 같은 왕자의 마음이라도 순식간에 녹일 수 있다. 아무리 큰 전쟁 속에서도 평화를 이끌어

낼 수 있으며, 왕국에는 희망과 번영을 가져오지!"

만족스러운 표정으로 학생들을 향해 연설을 늘어놓던 교수가 고개를 돌려 아가사를 바라보았다.

"거기 너! 능글맞게 웃지 마!"

교수는 곧 아가사를 향해 다가오기 시작했고, 아가사는 베아트릭스의 완벽한 미소를 그대로 흉내 내기 위해 더욱 최선을 다했다. 노력은 역시 배신하지 않았다. 집중에 집중을 다한 아가사는 어느 순간 자신이 완벽한 미소를 짓고 있음을 확신했다.

"맙소사! 그건 오싹한 웃음이잖니! 미소를 지으란 말이다. 평소처럼 자연스럽게 웃어 봐."

'행복한 생각을 하자, 행복한 생각!'

하지만 그녀의 머릿속은 희망에 찬 표정으로 다리 위에 서서 그녀를 바라보던 소피의 모습으로 가득했다. 소피는 잘 알지도 못하는 남자아이 때문에 그녀를 버리고 떠나려고 했다.

"그만, 그만! 그런 사악한 미소는 더 이상 못 봐주겠다."

아네모네 교수는 괴로운 비명을 질러 댔다.

교수만 그렇게 생각한 것이 아니었다. 교실 안 학생들은 그녀가 마치 사악한 마법의 힘으로 그들을 모조리 박쥐로 변신시키기라도 할 것처럼 겁에 질린 표정으로 잔뜩 몸을 웅크린 채 그녀를 바라보고 있었다.

"쟤 혹시 어린애들을 잡아먹는 거 아닐까?"

베아트릭스가 속삭이는 소리가 들렸다.

"방을 바꾸길 정말 잘했어."

리나의 한숨 섞인 대답이었다.

아가사는 얼굴을 찌푸렸다. 그녀의 미소가 정말 그렇게 끔찍하단 말인가?

그녀는 아네모네 교수를 향해 다시 시선을 돌렸다.

"진심으로 너를 믿고 구해 줄 남자를 만나서 사랑에 빠지고 싶거든, 절대, 절대로…… 그 남자를 향해서 미소를 짓지 마라!"

폴룩스 교수가 가르치는 〈공주의 에티켓〉 수업은 더 참담했다. 폴룩스는 거대한 개의 머리를 비쩍 마른 염소 시체에 매단 채 절뚝절뚝거리며 교실에 들어왔다. 얼굴에는 불만이 가득했다.

"이번 주는 카스토르가 몸을 차지하는 주라서……."

교수는 바닥을 보며 혼자 중얼거리더니, 고개를 들어 그를 뚫어지게 바라보고 있는 소녀들의 시선을 정면으로 마주했다.

"난 공주들을 가르치려고 여기 왔다. 헌데 여기에는 두꺼비처럼 다른 사람을 빤히 쳐다보는 버르장머리 없는 아이들만 스무 명이 있군! 너희가 두꺼비냐? 그 조그마한 핑크색 혀로 날아다니는 파리나 잡고 싶은 거야?"

폴룩스의 말에 소녀들은 허둥지둥 고개를 돌렸다.

첫 과제는 '공주의 자세'를 익히는 것이었다. 소녀들은 나이팅게일 알이 든 새둥지를 머리 위에 얹고 계단 4층을 내려가야 했다. 대부분의 아이들은 놀랍게도 알을 하나도 깨뜨리지 않고 계단을 내려가는 데 성공했지만, 아가사에게는 이것 역시 쉬운 일이 아니었다. 이유는 여러 가지였다. 먼저, 그녀는 평생 구부정한 자세로 살아왔고 그것을 고쳐야 한다는 생각을 해 본 적도 없었다. 베아트릭스와 리나는 전 시간에 배운 '완벽한 미소'를 머금은 채 그녀의 일거수일투족을 감시하듯 바라보았다. 아가사는 소피라면 이 정도 과제는 식은 죽 먹기였을 것이라는 생각에 머릿속이 어지러워 도무지 집중할 수가 없었다. 빼빼 마른 염소 다리에 넘어질 듯 위태롭게 의지한 거대한 개의 머리가 바른 자세에 대해 왈왈 설교를 늘어놓는 아이러니한 상황도 아가사를 실패로 이끈 주요 원인 중 하나였다. 결국 그녀가 지나간 대리석 위에는 피를 흘리듯 노른자를 배 밖에 내놓은 나이팅게일 알들이 남게 되었다.

"스무 마리의 아름다운 새가 될 수도 있었을 텐데, 너 때문에 모두…… 죽었다!"

폴룩스가 말했다.

잠시 후, 소녀들의 머리 위에 옅은 황금색 구름이 몽실몽실 피어오르더니 그 안에 등수를 표시하는 숫자가 둥실 떠올랐다. 1등은 물론 베아트릭스였다. 아가사도 자신의 등수를 확인하기 위해 고개를 들었다. 녹이 슨 듯 거무튀튀한 색깔의 숫자 '20'이 그녀의 머리 위를 뱅글뱅글 맴돌더니, 마치 화를 내듯 그녀의 머리를 세게 내리쳤다.

두 번째 수업이 끝났고, 아가사는 두 번 모두 꼴등을 했다. 한 번만 더 숫자 '20'을 만나면 그녀는 지금까지 낙제 학생들에게 벌어진 일을 직접 체험하게 될 것이다. 소피와 함께 고향으로 돌아가려는 그녀의 계획은 시시각각 무너져 내리고 있었다. 아가사는 자신이 착한 아이임을 반드시 증명해 보여야 한다는 절박한 마음을 안고, 다음 수업 교실을 향해 종종걸음을 쳤다.

신데렐라의 얼굴에 여드름이 하나 났다고 그녀가 무도회에 가지 않았을까? 잠자는 숲속의 미녀 얼굴에 뾰루지가 하나 돋았다고 해서 그녀가 왕자의 키스를 받지 못했을까? 절대 그럴 리 없다.

소피는 녹슨 거울 속에 비친 우둘투둘 물집 잡힌 얼굴을 바라보며, 억지 미소를 지어 보았다. 그녀는 타고난 아름다움과 매력으로 삶의 모든 문제들을 돌파해 왔다. 그녀의 무기는 이번에도 분명 통할 것이다.

〈부하 길들이기〉 수업은 악의의 탑 꼭대기에 위치한 야외 종탑에서 이루어졌다. 종탑에 올라가기 위해서는 30개나 되는 층계참을 거쳐야 했는데, 그 폭이 너무 좁아 학생들은 어쩔 수 없이 한 줄로 길게 늘어서서 걸어야 했다.

"토할 것 같아!"

도트가 뜨거운 사막 위를 걷다 탈진한 낙타처럼 숨을 헐떡이며 말했다.

"내 옆에다가 토하기만 해봐. 탑 밖으로 밀어 버릴 테니까!"

헤스터가 투덜거렸다.

소피는 얼굴에 난 뾰루지와 도트의 입에서 뿜어져 나올지도 모를 토사물과 끈질기게 그녀를 귀찮게 하는 호트 등 모든 문젯거리를 머릿속에서 몰아내기 위해 계단을 하나하나 오르는 데에만 집중했다.

"네가 나 엄청 싫어하는 거 알아."

하지만 지칠 줄 모르는 호트는 어떻게든 빈 공간을 파고들기 위해 무던히 애를 쓰며 소피의 뒤를 바짝 좇았다. 소피가 호트를 막기 위해 오른쪽으로 몸을 기울이자, 호트는 다시 왼쪽으로 몸을 움직였다.

"하지만 그것도 다 시험인데, 너 또 낙제하면 안 되잖아. 난 너를 생각해서……."

소피는 팔꿈치를 들어 호트를 밀치고 몇 개 남지 않은 계단을 재빨리 뛰어올랐다. 그녀의 머릿속에는 자신이 악의 학교에 어울리지 않는 학생이라는 사실을 교수 앞에서 증명해 보여야 한다는 생각뿐이었다. 하지만 불행히도 이번 수업을 진행할 교수는 카스토르였다.

"내 팔자도 참! 독자께서 우리 수업에 들어오셨군!"

더 큰 문제는 조교였다. 전날 사다리 위에서 소피와 우격다짐을 벌였던 벌건 피부의 난쟁이 비즐이 그 수업의 조교를 맡고 있었던 것이다. 비즐은 군데군데 물집 잡힌 소피의 얼굴을 보자마자 하이에나처럼 비열한 미소를 지었다.

"못생긴 마녀가 됐구나!"

거대한 개의 몸뚱이에서 폴룩스의 머리가 떨어져 나가는 바람에 머리가 한쪽으로 삐딱하게 기울어진 카스토르는 불쾌한 표정이었다.

"이딴 여드름이 없어도 너희는 충분히 못생겼다!"

카스토르가 으르렁대자, 비즐은 즉시 인동 열매를 가지고 왔고, 이것을 먹은 학생들은 원래 얼굴을 되찾았다. 학생들은 실망한 듯 투덜거렸지만, 소피만은 안도의 한숨을 내쉬었다.

"전투에서 이기느냐 지느냐는 너희가 부리는 부하의 능력과 충성심에 달려 있다."

카스토르의 수업이 시작되었다.

"물론 너희 중에는 직접 리더가 되지 못하고, 리더의 능력에 목숨을 맡겨야 하는 부하가 되는 이들도 있을 것이다. 그런 학생들이라면 더욱 수업에 집중해라! 너희의 생사 여부가 이 수업에 달려 있다."

소피는 이를 악물었다. 아가사는 어디에선가 비둘기와 함께 노래를 부르고 있을 텐데, 그녀는 지금 피에 굶주린 폭력배들과 드잡이나 할 운명에 처했다는 것이 견딜 수 없이 분했다.

"첫 번째 과제는 바로……."

카스토르가 한 발짝 옆으로 물러서며 말을 이었다.

"황금 거위를 길들이는 것이다!"

카스토르의 거대한 몸뚱이가 비켜난 자리에 깃털이 온통 황금으로 된 우아한 거위 한 마리가 등장했다. 거위는 주변 상황에 신경 쓰지 않는 듯 둥지에 앉아 평온한 표정으로 눈을 감고 있었다.

"황금 거위는 악당이라면 질색을 하는데 어떻게 길들인다는 거죠?"

아나딜이 인상을 쓰고 물었다.

"좋은 지적이다! 그래서 이 과제가 필요한 거야. 황금 거위의 마음을 움직일 수만 있다면, 마운틴트롤 정도는 쉽게 조종할 수 있을 테니 말이다."

카스토르가 대답했다.

그때 거위가 살며시 눈을 떴다. 거위는 진주같이 맑은 파란 눈으로 악당들을 한 번 훑어보고는 조용히 미소를 지었다.

"저놈이 왜 웃는 거죠?"

도트가 물었다.

"우리가 실패할 거라고 확신하기 때문이지. 황금 거위는 선인들 말만 듣거든."

헤스터가 말했다.

"변명이 참 많기도 하구만!"

카스토르는 듣기 싫다는 듯 하품을 하며 다시 입을 열었다.

"너희가 해야 할 일은 간단하다! 어떻게 해서든 이 한심한 놈이 알을 낳도록 하면 된다. 알의 크기에 따라 등수가 매겨질 것이다."

소피는 가슴이 쿵쾅거렸다. 황금 거위는 착한 사람의 말만 듣는

다고 했으니, 이것이야말로 그녀의 본모습을 증명할 절호의 기회
가 아닌가! 거위는 그녀를 위해 가장 큰 알을 낳아 줄 것이다. 그러
면 학생들은 물론이고 카스토르 역시 그녀가 악당이 아니라는 사
실을 인정할 수밖에 없게 될 것이다.

카스토르는 종탑의 한쪽 벽에 날카로운 발톱으로 글을 새기기
시작했다. 부하를 길들이는 다섯 가지 전략이었다.

1. 명령하기
2. 조롱하기
3. 속임수 쓰기
4. 뇌물로 매수하기
5. 괴롭히기

"괴롭히기 방법은 앞의 네 가지 방법을 다 시도했음에도 통하지
않았을 경우에만 쓰도록 한다. 너희가 이 망할 거위를 괴롭히면 거
위도 반격할 수 있다는 점을 명심해야 한다."

카스토르가 근엄한 표정으로 말했다.

소피는 아이들의 눈치를 살피며 줄의 제일 끝자리에 섰고, 곧 학
생들의 도전이 시작되었다. 처음 다섯 명은 아무 소득 없이 도전을
마쳤다. 심지어 벡스는 억센 손으로 거위의 목을 조르기까지 했지
만, 황금 거위는 오히려 가소롭다는 듯 미소를 지어 보였다.

처음으로 알을 받는 데 성공한 학생은 놀랍게도 호트였다. 그는
교수의 전략을 착실하게 따랐다. 먼저 "알을 낳아라!"라고 명령했
고, 그다음에는 "이런 멍청이 같으니!"라며 거위를 조롱했다. 두 가
지 전략이 모두 실패하자 호트는 벌레를 들고 거위를 유혹했지만

그것마저 통하지 않자, 짜증을 내며 거위 둥지를 발로 차 버렸다. 하지만 그것은 엄청난 실수였다. 거위는 순식간에 그의 검은 교복을 잡아당겨 머리에 뒤집어씌워 버렸고, 당황한 호트는 고래고래 악을 쓰며 휘청거리다가 벽에 머리를 부딪치고 말았던 것이다. 소피는 이 역겨운 모습을 바라보며 남몰래 결심했다. 한 번만 더 저 벌거벗은 몸뚱어리를 보게 되면, 그때는 차라리 두 눈을 뽑아 버리리라! 하지만 거위는 그 모습이 무척이나 마음에 드는 듯했다. 양 날개를 파닥이며 거침없이 웃음을 터뜨렸던 것이다. 거위는 어찌나 정신없이 웃어 댔는지 어느 순간 자제력을 잃고 그만 황금 알을 하나 낳아 버리고 말았다. 동전 크기의 자그마한 알이었다.

호트는 황당하지만 의기양양한 표정으로 알을 집어 들었다.

"성공이다!"

"그래, 성공했지. 하지만 진짜 전투에서 벌거벗고 사방을 돌아다니며 거위가 알을 낳을 때까지 벽에 머리를 부딪칠 수는 없을 거다."

카스토르는 기분이 언짢은 듯 으르렁거렸다.

그럼에도 불구하고 다음 학생들은 호트의 전략을 그대로 흉내 냈다. 어떻게 하든 가장 큰 알을 낳게만 하면 높은 등수를 받을 수 있다는 것이 교수의 약속이었기 때문이다. 도트는 괴상한 표정을 지어 보였고, 라반은 그림자놀이를 선보였다. 아나딜은 깃털로 거위를 간질였고, 밀가루 반죽처럼 둥글둥글한 대머리 브론은 난쟁이 비즐을 깔고 앉았다. 거위는 "이 냄새나는 덩치야, 비켜!"라고 울부짖는 난쟁이를 바라보며 즐거운 듯 웃음을 터뜨렸다.

못마땅한 표정으로 이들을 지켜보던 헤스터의 차례가 되었다. 그녀는 둥지를 향해 성큼성큼 걸어 나오더니, 거위의 배를 향해 있는 힘껏 주먹을 휘둘렀다. 거위는 꽥 소리 한 번 지르지 못하고, 주먹 크기의 황금 알을 뚝 떨어뜨렸다.

"바보들 같으니!"

헤스터는 다른 아이들을 흘끗 바라보며 입꼬리를 추켜올렸다.

마지막으로 소피의 차례가 되었다.

그녀는 황금 거위를 향해 천천히 다가갔다. 거위는 너무 많이 웃은 데다 의도치 않게 알도 몇 개 낳은 터라, 이미 지칠 대로 지쳐 있었다. 하지만 소피와 눈이 마주치자, 거위는 마치 조각상이 된 것처럼 꼼짝하지 않고 그녀의 얼굴을 뚫어지게 바라보았다. 눈조차 깜빡이지 않았다. 소피는 온몸에 소름이 돋는 것 같았다. 마치 낯선이에게 영혼을 침범 당한 것 같은 기분이었다. 하지만 잠시 후, 그녀는 따뜻하고 지혜로운 거위의 두 눈 속에서 희망을 느끼기 시작했다. 거위는 그녀의 특별함을 알아본 것이 분명했다.

'그래, 넌 확실히 다르구나!'

소피는 깜짝 놀라 뒷걸음질을 쳤다. 거위의 생각이 소리가 되어 들리다니! 소피는 얼른 주변을 둘러보았다. 다른 아이들도 거위의 생각을 들었는지 확인하기 위해서였다. 하지만 꼬마 악당들은 초조한 표정으로 그녀를 노려보고 있을 뿐이었다. 어서 그녀의 차례가 끝나야 이번 과제의 등수를 알 수 있기 때문이었다.

소피는 다시 거위를 바라보았다.

'너도 내 생각을 들을 수 있니?'

'당연하지.'

거위가 대답했다.

'다른 아이들의 생각은?'

'네 생각만 들을 수 있어.'

'내가 착한 아이이기 때문이지?'

소피가 미소를 지었다

'난 네가 원하는 것을 줄 수 있어. 커다란 알 하나만 낳으면, 다들 너를 공주라고 생각할 거야. 당장 왕자와 짝을 지어 주려고 하겠지.'

거위의 말에 소피는 털썩 무릎을 꿇었다.

'제발 그렇게 해줘! 뭐든 네가 시키는 대로 할 테니, 제발 나 좀 도와줘.'

거위는 조용히 미소를 지었다.

'두 눈을 감고 소원을 빌어 봐.'

소피는 안도하며 두 눈을 감았다. 그리고 희망에 부푼 가슴을 진정시키며 소원을 빌기 시작했다. 테드로스, 아름답고 완벽한 나의 왕자님, 나를 영원히 행복하게 해 줄……

그때 한 줄기 걱정이 소피의 행복한 꿈을 깨뜨렸다. 혹시라도 아가사가 테드로스에게 그녀와 친구라는 사실을 말한 것은 아닐까? 소피는 제발 그런 일이 없기를 바랐다.

갑자기 주변이 소란스러워졌다. 아이들이 무엇인가에 놀란 듯 낮은 탄성을 지르며 웅성거리기 시작했던 것이다. 소피는 살며시 두 눈을 뜨고 거위를 바라보았다. 빛나던 황금 깃털이 모두 회색으로 변해 있었고, 밝게 빛나던 푸른 두 눈은 어두운 검은색으로 바뀌어 있었다. 따뜻한 미소를 머금고 있던 얼굴은 아무 표정 없이 굳어 있었다.

소피는 다급히 둥지를 내려다보았다. 알이 보이지 않았다.

"무슨 일이에요? 이게 대체 무슨 뜻이죠?"

소피가 빙그르르 몸을 돌리고 물었다.

카스토르는 잔뜩 겁에 질린 표정을 짓고 있었다.

"거위가 자신의 힘을 포기한 거다. 너를 돕느니 차라리 자신을 버리는 쪽을 택한 거지."

교수의 말이 끝나자마자 소피의 머리 위에 악마의 왕관 같은 빨간 불꽃이 피어오르더니 숫자 '1'이 둥실 떠올랐다.

"지금껏 이렇게 강력한 악은 본 적이 없다."

카스토르는 얼이 빠진 듯 기운 없는 목소리로 중얼거렸다.

당황한 소피는 다른 학생들을 향해 고개를 돌렸다. 아이들은 겁에 질린 피라미 떼처럼 다닥다닥 몸을 붙인 채 떨고 있었다. 하지만 헤스터만은 달랐다. 그녀는 마침내 호적수를 만났다는 듯, 금방이라도 불꽃이 일 것 같은 무시무시한 두 눈으로 그녀를 노려보고 있었다. 그때 한쪽 구석에서 바들바들 떨고 있던 난쟁이 비즐이 갈라진 목소리로 꽥 소리를 질렀다.

"대마녀다!"

"아니, 그럴 리가 없어! 난 마녀가 아니에요!"

소피가 소리쳤다.

하지만 비즐은 확신에 가득 찬 표정으로 고개를 끄덕이며 다시 입을 열었다.

"넌 최강의 대마녀가 분명해!"

소피는 거위를 향해 몸을 홱 돌렸다.

'대체 왜 이러는 거야?'

하지만 잿빛으로 변해 버린 거위는 마치 처음 만난 사람을 보듯 태연한 표정으로 그녀를 바라보며 세상 모든 거위들과 하나도 다를 바 없는 평범한 소리를 꽥 내질렀다.

높은 종탑에서 시작된 거위 울음소리는 도랑못을 가로질러, 두 학교의 한가운데에 하늘 높이 솟아 있는 은빛 탑까지 울려 퍼졌다.

선과 악의 학교

마침 창문에 검은 실루엣이 나타나더니 양쪽 학교를 가만히 내려다보았다.

두 학교에서 연기에 휩싸인 숫자들이 탑을 향해 다가오고 있었다. 선의 학교에서는 밝은 구름 같은 연기가 날아왔지만, 악의 학교에서는 어두침침한 연기 뭉치들이 줄지어 오고 있었다. 호수와 도랑못을 건넌 숫자들은 높은 성벽에 이르자 마치 뜨거운 공기를 넣은 풍선처럼 공중으로 떠오르기 시작했고, 마침내 실루엣이 기다리는 창문에 이르렀다. 검은 실루엣은 연기에 휩싸인 숫자들이 지나갈 때마다 일일이 손가락을 가져다 댔다. 그 숫자가 누구의 등수이고 어떤 과정을 거쳐 그 등수를 얻게 되었는지를 확인하기 위해서였다. 그는 수십 개의 숫자를 꼼꼼히 살펴본 후, 마침내 기다리던 숫자를 발견했다. 빨간 불꽃에 휩싸인 숫자 '1'이었다. 검은 실루엣은 불꽃에 손가락을 가져다 댄 채, 그 숫자에 얽힌 모든 장면을 샅샅이 훑어보았다.

황금 거위가 학생 하나 때문에 자신이 가진 힘을 포기하다니! 그렇게 순수한 악의 힘을 보여 줄 수 있는 자는 오직 하나뿐이다. 오직 그자만이 이런 놀라운 능력을 보여 줄 수 있다.

그자라면 지금의 형세를 한순간에 변화시킬 수 있을 것이다.

교장은 온몸에 전율을 느끼며 다시 탑 안으로 들어갔다. 그리고 그녀가 도착하기를 기다리기로 했다.

〈저주와 죽음의 덫〉 수업은 뼈가 시릴 정도로 추운 서리의 방에서 진행되었다. 그곳의 벽과 책상, 의자는 모두 얼음이었다. 소피는 꽁꽁 얼어붙은 얼음 바닥을 유심히 살펴보았다. 혹시라도 죽은 시체가 그 안에 묻혀 있지는 않을지 걱정되었기 때문이다.

"너무우…… 추우워……요."

호트가 이를 딱딱 부딪치며 말했다.

"파멸의 방은 여기보다 훨씬 따뜻하지."

레소 부인이 차갑게 대꾸했다.

때마침 그들의 발아래 지하 감옥에서 고통으로 울부짖는 소리가 들려왔다.

"괘앤……찮아요. 견디일…… 만해요."

호트는 파랗게 질린 얼굴로 더듬더듬 말했다.

"추위가 너희의 혈관을 더욱 강하게 단련시킬 것이다. 독자가 1등한 마당에 이 정도 단련은 마땅히 거쳐야겠지."

레소 부인이 덜덜 떨고 있는 학생들 사이로 슬며시 움직이며 말했다. 어깨가 뾰족하게 각 잡힌 자주색 드레스 위로 깔끔하게 땋아 내린 검은 머리카락이 부딪치며 탁, 탁 소리를 냈고, 단도같이 날카로운 구두 굽이 얼음을 찍을 때마다 소름 끼치는 파열음이 교실을 울렸다.

"잔인함이란 반드시 필요한 상황에서만 발휘되어야 한다. 아무 이유 없이 누군가를 해치는 것은 악당이 아니라 짐승이다. 우리의 임무는 무차별 공격이 아니다. 목표에 집중해서 그 목표만을 정밀 타격해야 한다는 뜻이다. 너희는 이번 수업에서 너희의 목적 달성을 방해하는 선인을 찾아내는 방법을 배우게 될 것이다. 그들은 너희가 약해질수록 더욱 강해진다. 그들은 바로 저 숲속 어딘가에서 너희를 노리고 있다. 그들이 바로 너희의 운명의 적이다. 때가 되면 너희는 그들을 찾아내 제거해야 한다. 그래야만 너희가 자유로워질 수 있다."

그때 파멸의 방에서 다시 날카로운 비명이 들려왔고, 레소 부인은 부드러운 미소를 지었다.

"다른 수업에서는 어중이떠중이들까지 모두 과제를 한답시고 줄을 섰겠지만, 내 수업은 다르다. 너희 스스로 자신의 가치를 입증하지 않는 한, 나는 너희에게 과제를 주지 않을 것이다."

레소 부인의 설명은 단호하고 날카로웠지만, 소피의 귀에는 이 말들이 하나도 들어오지 않았다. 그녀의 머릿속에는 오직 거위의 마지막 울음소리만 가득했던 것이다. 그녀는 추위에 오들오들 떨면서, 눈물을 흘리지 않기 위해 남몰래 사투를 벌이고 있었다. 그녀는 선의 학교에 가기 위해 최선을 다했다. 도망도 쳐 보았고, 싸우기도 했고, 간청도 해 보았고, 옷을 빼앗아 입기도 했다. 그리고 간절히 소원을 빌어 보기도 했다. 더 이상 무엇을 할 수 있을까? 그녀는 아가사를 떠올렸다. 지금쯤 그녀는 소피가 있어야 할 자리에서, 소피의 옷을 입고, 소피가 들어야 할 수업을 듣고 있을 것이다. 그녀는 분노가 치밀어 오르는 것을 느꼈다. 그런 애를 친구라고 생각했다니 어처구니가 없는 일이었다!

"운명의 적이란 너희의 앞길을 가로막는 최대의 걸림돌이다. 그들은 너희의 반쪽이기도 하고, 동시에 너희의 정반대 모습이기도 하다. 그들이 너희의 유일한 약점이다."

레소 부인은 자주색 눈을 번뜩이며 설명을 이어 갔고, 소피는 마음을 가라앉히고 그녀의 설명에 귀를 기울이기 시작했다. 사실 레소 부인의 수업은 그녀에게도 꽤 중요한 것이었다. 적에 대해 배울 수 있는 절호의 기회였기 때문이다. 그녀가 선의 학교에 가게 되면, 분명 그녀의 목숨을 구하는 유용한 정보가 될 것이다.

"너희는 꿈을 통해 운명의 적을 만나게 될 것이다."

레소 부인의 진지한 강의는 계속되었다. 팽팽한 피부 아래에서 펄떡이는 혈관들이 그녀가 얼마나 열중하고 있는지를 잘 보여 주었다.

"운명의 적은 매일 밤 너희의 잠자리에 찾아들 것이고, 결국 너희는 눈을 감을 때마다 그의 얼굴만을 보게 될 것이다. 운명의 적을 꿈에서 만나는 순간 너희의 심장은 차갑게 식고 피는 뜨겁게 끓어오를 것이다. 너희는 이를 갈고 머리를 쥐어뜯으며 괴로워하게 될 것이다. 그들은 너희 내면의 증오심을 모두 합쳐 놓은 총체이다. 너희가 가진 두려움 그 자체가 되는 것이다."

레소 부인은 빨간색 긴 손톱으로 호트의 책상을 파내듯 긁으며 말을 이었다.

"이 운명의 적이 죽어야만, 너희는 증오와 두려움에서 해방될 수 있다. 그들의 죽음이 너희를 자유롭게 할 것이며, 너희의 갈증을 풀어 줄 것이다. 운명의 적을 없애라! 그러면 영원한 불행의 세계는 너희에게 무한한 영광을 안겨 줄 것이다!"

학생들이 흥분한 듯 들뜬 목소리로 웅성거리기 시작했다.

"물론 지난 200년의 역사에 비추어 볼 때 그리 큰 기대는 하지 않는다."

열정적으로 강의를 하던 레소 부인이 혼잣말을 하듯 중얼거렸다.

"운명의 적은 어떻게 찾을 수 있나요?"

도트가 물었다.

"누가 운명의 적을 정해 주는 거죠?"

헤스터의 질문이 뒤따랐다.

"같은 반 학생들끼리도 적이 될 수 있나요?"

라반도 입을 열었다.

"그런 질문들을 하기에는 아직 이르다. 운명의 적을 꿈에서 만날 수 있는 기회는 특별히 우수한 악당에게만 주어지기 때문이다. 너희가 먼저 물어야 할 질문은 따로 있다. 왜 그 거만하고 멍청하고 지루하기 짝이 없는 선인들이 모든 경쟁에서 우리를 이기는지, 너희는 이러한 말도 안 되는 상황을 어떻게 바꿀 것인지부터 고민해봐야 한다.”

말을 마친 레소 부인이 소피를 힐끗 쳐다보았다. 그녀가 원하든 원하지 않든, 핑크색을 미치도록 좋아하는 이 얼빠진 독자가 어쩌면 그들의 희망일지 모른다고 말하는 것 같았다.

멀리서 늑대들의 울음소리가 들려왔다. 마침내 수업이 끝난 것이다. 소피는 얼음장같이 차가운 방을 쏜살같이 뛰쳐나와 구불구불한 계단을 뛰어 올라갔다. 그리고 복도에서 삐죽 튀어나온 작은 발코니를 찾아갔다. 안개가 자욱한 이 혼자만의 공간에서, 그녀는 축축한 벽에 몸을 기대고 마침내 울음을 터뜨렸다. 화장이 뭉개지거나 누군가 그녀를 볼지 모른다는 생각도 더 이상 그녀를 막을 수 없었다. 그녀는 철저하게 혼자였고 죽도록 무서웠다. 이 끔찍한 장소가 몸서리쳐질 정도로 싫었고, 더 이상 버틸 힘도 없었다.

소피는 건너편에서 희미하게 빛을 발하는 선의 학교를 바라보았다. 이곳에 온 후 처음으로, 그녀는 자신이 영영 그곳에 가지 못할 수도 있다는 생각을 하게 되었다.

‘점심시간이 있었지!’

테드로스도 그곳에 올 것이다! 빛나는 나의 왕자님! 나의 마지막 희망! 원래 왕자라는 존재는 이럴 때 필요한 것이 아니던가? 모든 것을 잃고 좌절에 빠진 공주를 구출하는 것이 그들의 임무이니 말이다.

소피는 다시 희망에 부풀어 눈물을 닦았다.

'점심시간까지만 참아 보자.'

소피는 〈악인의 역사〉 수업을 듣기 위해 학교 로비로 달리기 시작했다. 그때 바깥에 악인 학생들이 잔뜩 모여 웅성대는 것이 보였다. 소피를 발견한 도트는 그녀의 팔을 잽싸게 잡아끌었다.

"수업 취소됐어! 그런데 아무도 이유를 말 안 해 주네."

"점심은 각자 방으로 배달될 것이다!"

하얀 늑대가 굵은 목소리로 소리치자, 그 뒤를 따르는 늑대들이 채찍을 휘두르며 학생들을 학교 안으로 들여보내기 시작했다.

소피는 가슴이 철렁 내려앉았다.

"대체 무슨 일이……."

순간 그녀의 코끝에 매캐한 연기가 느껴졌다. 연기는 사방에서 로비를 향해 쏟아져 들어오고 있었다. 소피는 창문에 다닥다닥 달라붙은 학생들 사이로 몸을 밀어 넣었다. 학생들은 할 말을 잃고 입을 헤벌린 채 바깥을 바라보고 있었다. 소피는 그들의 시선을 따라 호수 건너편을 바라보았다.

선의 학교가 불에 타고 있었다.

도트가 깜짝 놀라 숨을 삼키며 입을 열었다.

"별일이 다 있네! 누가 이런……."

"천재적인 생각을 했을까?"

경이로운 시선으로 탑을 바라보던 헤스터가 도트의 말을 가로챘다.

누구일까? 아가사는 그 답을 알고 있었다.

소원을 들어주는 물고기

불이 나기 한 시간 전, 테드로스는 꾸밈방에서 수영을 하기로 했다.

이미 두 개의 수업을 마친 터라, 학생들의 전체 등수가 꾸밈방에 게시되었다. 아서왕의 아들과 베아트릭스가 동점으로 1등을 차지했고, 아가사의 이름은 바닥에 나뒹구는 쥐똥에 가려 잘 안 보일 정도로 아래쪽 끄트머리에 위치했다. 여자아이들을 위한 꾸밈방은 마치 중세 온천 같은 모습이었다. 아로마 탕은 물 온도에 따라 온탕, 냉탕, 그리고 '적당히 따뜻한' 탕 세 개가 있었고, 성냥팔이 소녀 사우나와 빨간 장미 화장대 세 개, 그리고 신데렐라를 테마로 한 페디큐어 코너도 보였다. 인어공주 호수 한가운데에는 폭포수 샤워도 설치되어 있었다. 반면 남자아이들의 꾸밈방은 피트니스 센터에 가까웠다. 미다스 골드 한증막과 소작농을 테마로 한 태닝룸

이 있었고, 노르웨이 망치가 구비된 경기장과 진흙 레슬링 판, 바닷물이 채워진 기다란 풀과 그 옆을 따라 쭉 늘어선 터키식 증기탕도 보였다.

〈기사도 정신〉과 〈몸단장하는 법〉 수업이 끝난 뒤, 테드로스는 검술 수업에 들어가기 전까지 남은 시간을 수영장에서 보내기로 했다. 조용히 혼자만의 시간을 즐기던 테드로스는 마지막 한 바퀴를 돌면서 자신을 지켜보는 시선이 있다는 사실을 깨달았다. 베아트릭스와 이미 그녀의 추종자가 되어 그 뒤를 졸졸 따라다니는 일곱 소녀들이 나무 문 틈에 동그란 눈을 바싹 가져다 대고 그를 훔쳐보고 있었던 것이다.

테드로스는 놀라지 않았다. 이런 종류의 시선에 워낙 익숙했던 것이다. 하지만 그의 외모가 아닌 내면을 보아 줄 사람을 과연 만날 수 있을까? 그를 아서왕의 아들이 아닌 테드로스 그 자체로 받아들여 줄 사람이 있을까? 과연 누가 그의 생각과 희망과 공포 같은 것들에 관심을 가져 줄 것인가? 그의 머릿속에는 여러 가지 의문들이 떠다녔지만, 그의 몸은 이미 익숙한 자세로 소녀들을 위한 쇼를 시작하고 있었다. 그는 물 밖으로 나와 몸에 수건을 두르며 제자리에서 뱅그르르 한 바퀴 몸을 돌렸다. 소녀들이 그의 몸 구석구석을 자세히 볼 수 있도록 배려한 것이다. 생각해 보면, 어머니 말씀이 옳았다. 그는 남들 앞에서는 얼마든 자신이 원하는 모습을 내보일 수 있지만, 좋든 싫든 아버지와 같은 운명을 피할 수는 없었다.

드디어 팬클럽과 마주할 시간이 되었다. 테드로스는 숨을 한 번 크게 내쉬고 문을 활짝 열었다. 몸에 딱 달라붙은 반바지에서는 여전히 물이 뚝뚝 떨어졌고, 탄탄한 가슴 근육 위에서는 백조 문양이 밝게 빛나고 있었다. 하지만 소녀들은 이미 사라지고 없었다. 순찰을 도는 요정들을 피해 달아났던 것이다. 찌릿한 실망감이 그의 가슴을 파고들었다. 테드로스는 하는 수 없이 고개를 푹 숙인 채 걷기 시작했고, 모퉁이를 도는 순간 예상치 못했던 장애물과 정면으로 부딪쳤다. 그를 향해 달려들던 그 장애물은 그와 충돌하는 순간 그대로 바닥에 쓰러지고 말았다.

"뭐야, 또 젖어 버렸네! 앞을 좀 보고 다녀야……."

아가사는 잔뜩 인상을 쓰고 투덜거리다가 테드로스의 얼굴을 보고는 입을 다물었다.

소피의 마음을 빼앗아 가 버린 바로 그 아이였다. 소피의 정신을 흐리게 만들고, 결국 아가사의 유일한 친구를 훔쳐 간 그 아이가 그녀의 눈앞에 나타났던 것이다.

"안녕? 난 테드로스라고 해."

테드로스가 손을 내밀며 말했다.

하지만 아가사는 그의 손을 잡지 않았다. 길을 잃어버려 누군가의 도움이 절실한 상황이었지만, 그렇다고 해서 적의 손을 덥석 잡을 수는 없었다! 그녀는 스스로 자리에서 일어나 매서운 시선으로 그를 노려본 다음, 그의 가슴을 퍽 밀치며 그대로 앞으로 나아갔다. 바로 그 순간, 이미 테드로스의 모든 것이 마음에 들지 않았던 그녀에게 그를 미워할 또 한 가지 이유가 생겼다. 이 아이도 다른 선인들처럼 좋은 냄새를 풀풀 풍기고 있었다. 아가사는 딱딱한 검은 신발로 유리 바닥을 요란스럽게 쿵쾅거리며 복도 끝으로 걸어갔다. 그리고 경멸하는 눈빛으로 테드로스를 한 번 더 노려본 뒤, 문손잡이를 잡아당겼다.

문은 잠겨 있었다.

"이쪽으로 가야 해."

테드로스가 뒤쪽 계단을 가리키며 말했다.

아가사는 코를 바싹 잡아 쥔 채, 씩씩거리며 그의 앞을 지나쳐 갔다.

"만나서 반가워!"

테드로스가 아가사의 뒷모습을 보며 외쳤지만, 돌아오는 것은 역시나 증오심 가득한 코웃음뿐이었다. 아가사는 긴 그림자를 드리우며 터덜터덜 계단을 내려갔다.

혼자 남은 테드로스는 미간을 찌푸렸다. 여자아이들은 모두 그를 좋아했다. 지금껏 단 한 번도 예외는 없었다. 그런데 이 이상한 여자아이는 그를 마치 벌레 보듯 쳐다보는 것이 아닌가! 그는 자존심에 금이 가는 것을 느꼈다. 하지만 바로 그 순간 아버지가 예전에 해 주신 말씀이 떠올랐다.

'최고의 악당만이 네 마음에 의심을 싹트게 할 수 있다.'

지금껏 테드로스는 악의 힘이 만들어 낸 어떠한 괴물이나 마녀, 어떤 강력한 힘도 모두 제압할 수 있다고 확신했다. 하지만 이 여자아이는 어딘가 달랐다. 그는 두려움을 느꼈다.

차가운 공포가 그의 등줄기를 타고 올라왔다.

'대체 저런 애가 왜 우리 학교에 있는 거지?'

우마 공주가 가르치는 〈동물과 대화하기〉 수업은 하프웨이 베이 근처 호숫가 비탈에서 진행되었다. 여학생 전용 수업만 벌써 세 번째였다. 악의 학교에서는 '소년'에게 필요한 기술과 '소녀'에게 필요한 기술을 구분하지 않았지만, 이곳 선의 학교는 달랐다. 남자아이들은 긴 칼을 쥐고 검술을 배웠고, 여자아이들은 개 짖는 소리나 부엉이 울음소리를 배워야 했던 것이다. 동화 속 공주들이 하나같이 무력한 모습을 보이는 것도 무리가 아니었다. 미소 짓고, 자세를 똑바로 하고, 다람쥐와 대화를 하는 것 외에는 할 줄 아는 것이 하나도 없으니, 아무리 어려운 상황에 처해도 가만히 앉아 왕자를 기다릴 수밖에 없는 것이다.

우마 공주는 교사치고는 꽤 어려 보였다. 핑크색 드레스를 입은 그녀는 반짝이는 호수를 배경으로, 짧게 다듬어진 풀밭 위에 두 손을 가지런히 모으고 앉아 있었다. 검은 머리는 허리께에서 출렁거렸고 피부는 윤기가 도는 올리브색이었으며, 눈은 아몬드 모양이었다. 그녀는 진홍색의 도톰한 입술을 동그랗게 오므리고 학생들을 바라보았다. 잠시 후 그녀의 입술이 벌어지고, 피식피식 바람 빠지는 웃음과 뒤섞인 경쾌한 목소리가 흘러나왔다. 하지만 그녀는 문장 하나도 제대로 말할 수가 없었다. 몇 마디 하는가 싶다가도 금세 여우나 비둘기 소리에 귀를 기울이고, 가느다란 여우 울음소리나 가벼운 쩩쩩 소리로 대답을 해 주었기 때문이다. 동물들과의 대화에 열중하던 우마 공주는 어느 순간 자신을 뚫어지게 바라보고 있는 학생들의 시선을 의식하고는 두 손을 입 앞에 동그랗게 모았다.

"어머나!"

그녀는 귀엽게 깔깔거렸다.

"내가 친구가 좀 많단다."

아가사는 그녀가 긴장을 한 것인지 아니면 원래 바보 같은 인간인지 도무지 구별할 수 없었다.

"악당들은 사용할 수 있는 무기가 아주 많아."

붕 뜬 마음을 조금 가라앉힌 우마 공주가 본격적으로 설명을 시작했다.

"독, 전염병, 저주, 덫, 부하, 그리고 무시무시한 흑마법도 있지. 하지만 걱정 마, 얘들아! 너희에게는 동물 친구들이 있단다!"

아가사는 키득키득 웃음을 터뜨리고 말았다. 도끼를 휘두르는 덩치가 공격을 해 오는데 고작 나비 떼나 부르라는 말인가? 다른 학생들의 얼굴을 보니, 우마 공주의 말에 동의하지 못하는 사람은 아가사만이 아니었다. 공주는 아이들의 눈치를 살피더니, 재빨리 도톰한 입술을 모아 날카로운 휘파람 소리를 길게 뽑아냈다. 그러자 학교 정문 너머 숲에서 온갖 짐승들이 짖고 울고 으르렁거리는 소리가 한꺼번에 터져 나왔다. 아이들은 깜짝 놀라 두 손으로 귀를 막았다.

"봤지?"

우마 공주가 싱긋 웃으며 아이들을 바라보았다.

"방법만 제대로 배우면 너희는 어떤 동물과도 대화를 할 수 있단다. 동물들 중에는 인간이었던 시절을 기억하는 아이들도 있어!"

아가사는 등골이 서늘해지는 것을 느꼈다. 갤러리에서 보았던 박제 동물들이 떠올랐던 것이다. 그들도 한때는 이곳 풀밭에 모여 앉은 아이들과 똑같은 학생이었을 것이다.

"다들 공주가 되고 싶겠지만, 등수가 낮은 학생은 훌륭한 공주가 될 수 없어. 금방 활에 맞거나 칼에 찔리거나 아니면 짐승 먹이가 될 텐데, 이건 정말 낭비 아니니? 하지만 공주가 아니라 공주를 돕는 여우가 되거나, 유용한 정보를 날라다 주는 참새 혹은 다정한 돼지가 된다면 그 학생도 해피엔딩을 기대해 볼 수 있단다!"

우마 공주는 이를 사용해 짧게 '찍' 하는 소리를 냈다. 그러자 호수에서 수달 한 마리가 머리를 내밀더니, 코 위에 보석 박힌 동화책을 얹고 공주를 향해 뽀르르 달려왔다.

선과 악의 학교

"동물이 되면 적에게 잡힌 공주의 말벗이 되어 줄 수도 있고, 공주를 안전한 곳으로 안내할 수도 있단다."

우마가 수달을 향해 손을 뻗자, 수달은 초조한 표정을 지으며 코로 책장을 넘기기 시작했다. 우마 공주가 원하는 페이지를 찾고 있는 것이다.

"아니면 무도회용 드레스를 만들어 주거나⋯⋯."

우마는 허둥대는 수달을 향해 못마땅한 시선을 던지며 말을 이어 갔다.

"급한 메시지를 전달하는 역할을 할 수도 있고, 에헴!"

공주의 헛기침 소리에 화들짝 놀란 수달은 마침내 원하는 페이지를 찾아 그녀의 손에 책을 건네주었다. 그러고는 긴장이 풀렸는지 그대로 풀밭에 풀썩 쓰러지고 말았다.

"때로는 공주의 목숨을 구할 수도 있어!"

우마는 학생들을 향해 화려한 그림이 그려진 책의 한 페이지를 내보였다. 한 공주가 구석에 몸을 웅크리고 있고, 수사슴이 사악한 남자 마법사를 뿔로 찔러 죽이는 장면이었다. 그림 속 공주는 우마와 꼭 닮아 있었다.

"옛날 옛적에 한 동물이 내 목숨을 구해 줬단다. 그리고 그 대가로 해피엔딩을 누릴 수 있게 되었지."

아가사는 의구심 어린 표정으로 두 눈을 가늘게 떴지만, 다른 학생들은 모두 사랑에 빠진 듯 황홀한 표정으로 우마 공주를 바라보고 있었다.

"그러니까 너희도 나처럼 되고 싶으면, 오늘 과제에서 좋은 등수를 받아야 해!"

졸지에 학생들의 우상이 된 우마 공주가 경쾌하게 지저귀며 학생들을 호수로 이끌었다. 따뜻한 가을 햇살이 내리쬐고 있었지만, 아가사는 온몸이 얼어붙는 것 같았다. 이번에도 꼴등을 하면 그녀는 두 번 다시 소피를 볼 수 없을 것이다. 집에 가는 것도 불가능해진다. 그녀는 울렁거리는 가슴을 진정시키며 다른 학생들과 함께 호수로 다가갔다. 그때 우마 공주가 풀밭에 내려놓은 동화책이 그녀의 시선을 붙잡았다.

"동물들이 공주를 돕는 이유는 다양하단다!"

물가에 이른 우마 공주가 걸음을 멈추고 다시 말을 시작했다.

"우리는 아름다운 노래를 부를 수도 있고, 무시무시한 저 숲속에서 그들에게 안전한 보금자리를 마련해 줄 수도 있지. 사실 그것보다 중요한 이유는 그들도 우리처럼 아름답고 사랑스러운 존재가 되기를……."

"잠깐만요!"

우마와 학생들이 일제히 아가사를 향해 고개를 돌렸다. 아가사는 우마 공주가 내려놓았던 책의 마지막 페이지를 보고 있었다. 무시무시한 괴물이 우마 공주를 구해 주었던 바로 그 수사슴을 갈기갈기 찢는 모습과 그때를 틈타 슬며시 도망치는 공주의 모습이 그려져 있었다.

"이게 무슨 해피엔딩이에요?"

"공주가 못 될 바엔, 공주를 위해 자기 목숨을 희생하는 것이 가장 행복한 결말이잖니!"

우마는 무슨 그런 당연한 질문을 하느냐는 듯 겸연쩍은 미소를 지으며 대답했다.

아가사는 믿을 수 없다는 표정으로 다른 학생들을 둘러보았다. 하지만 그들은 훈련이 잘된 순한 양처럼 말없이 고개를 끄덕일 뿐

선과 악의 학교

이었다. 전체 학생의 3분의 1만 공주가 된다는 사실 따위는 그들에게 중요하지 않았다. 그들은 모두 자기가 공주가 될 것이라고 확신하고 있었던 것이다. 갤러리 벽에 걸린 박제 동물들도 그들의 눈에는 사람이 아니었다. 그들은 그냥 동물일 뿐이고, 위대한 선을 위해 당연히 목숨을 내놓아야 하는 존재였던 것이다.

"하지만 동물들이 우리를 돕지 않을 때에는 우리가 원하는 것을 그들에게 정확하게 말할 수 있어야 해!"

다시 호수를 향해 돌아선 우마는 희미하게 반짝이는 푸른 물 앞에 가만히 무릎을 꿇었다.

"그래서 오늘 너희가 수행해야 하는 과제는……."

그녀는 물속에 손가락을 담그고 빙빙 돌리기 시작했다. 그러자 눈처럼 하얗고 자그마한 물고기 수천 마리가 수면으로 떠올랐다.

"소원을 들어주는 물고기와 소통하는 거란다!"

우마가 방긋 웃으며 말했다.

"이 물고기들이 너희 영혼 깊숙이 파고들어서 너희가 가장 간절하게 원하는 것을 찾아낼 거야! 목소리를 낼 수 없거나 말을 할 수 없는 상황에서 왕자의 키스를 받고 싶을 때, 아주 유용하게 활용할 수 있지. 자, 너희는 그냥 손가락을 물속에 담그기만 하면 된단다. 그러면 물고기들이 너희의 영혼을 읽어 낼 거야. 가장 명확하고 강력한 소원을 가진 학생이 1등을 차지할 거야!"

아가사는 이 해맑은 소녀들이 과연 어떤 소원을 가지고 있을지 궁금했다. 텅 빈 머리를 채우려면 깊이 있는 지식을 바라야 하지 않을까?

첫 번째는 밀리센트였다. 그녀는 물속에 손가락을 담그고 두 눈을 감았다. 그녀가 눈을 뜨자 새하얗던 물고기들이 각기 다른 색깔로 바뀐 채 혼란스러운 눈빛으로 그녀를 바라보고 있었다.

"무슨 일이죠?"

밀리센트가 물었다.

"소원이 명확하지 않은 거야."

우마가 한숨을 쉬며 대답했다.

다음은 아가사에게 립스틱을 주었던 귀여운 소녀 키코가 나섰다. 그녀가 물속에 손가락을 담그자 물고기들이 빨강, 오렌지, 복숭아색으로 바뀌더니 한데 모여 몸으로 그림을 그려 냈다.

'착한 아이들은 과연 무슨 소원을 빌까?'

아가사는 각자의 자리를 찾아가느라 분주하게 움직이는 물고기들을 바라보며 생각에 잠겼다.

'왕국에 평화가 찾아오기를 바랄까? 가족의 건강? 아니면 악을 파괴할 수 있는 힘?'

물고기가 그려 낸 그림은 한 남자아이의 얼굴이었다.

"트리스탄이에요!"

키코는 연한 적갈색 머리카락을 보고 기쁜 듯 소리쳤다.

"환영식장에서 저한테 장미를 던져 줬거든요."

아가사는 괴로운 듯 신음을 내뱉었다. 진작 알았어야 했는데, 이들에게 너무 큰 기대를 했던 것이다.

이번에는 리나가 손가락을 담갔다. 몸 색깔이 변한 물고기들은 이번에도 스르륵 자리를 바꾸더니, 회색 눈동자를 가진 건장한 소년이 활을 잡아당기는 모습을 그려 냈다.

"채드윅이에요! 명예의 탑 10호 방에 있어요."

리나가 얼굴을 살짝 붉히며 말했다.

지젤의 소원을 들은 물고기들은 구릿빛 피부의 니콜라스를 그렸고, 플라비아의 소원은 올리버를 그려 냈다. 사라의 소원이 그린 그림은 올리버의 룸메이트인 바스티안이었다. 아가사는 줄줄이 떠오르는 낯선 소년들의 얼굴을 기가 막힌다는 표정으로 보고 있었다. 하지만 점점 두려움이 그녀의 마음을 파고들었다. 선한 아이들의 영혼이 간절하게 바라는 것이 고작 이런 것들이란 말인가? 잘 알지도 못하는 남자아이를 그토록 갈망한다고? 대체 뭘 보고 그러는 거지?

"아! 첫눈에 반한 사랑이구나! 세상에서 가장 아름다운 것이지!"

우마가 흥분한 듯 한층 더 밝은 목소리로 말했다.

아가사는 속이 울렁거렸다. 남자아이를 사랑한다고? 그게 가능하기나 한 일인가? 오로지 자기 몸 하나 챙기는 것밖에 모르는 이 아무 짝에도 쓸모없는 불량배들은 세상이 온통 자기 것인 줄 알고 있지 않은가! 그녀의 머릿속에 다시 테드로스가 떠올랐다. 가슴속에서 뜨거운 분노가 솟구쳐 올랐다. 첫눈에 자라난 증오! 첫눈에 반한 사랑은 얼토당토않지만, 증오라면 가능할 것 같았다.

물고기들은 조각 같은 소년들의 얼굴을 그려 내느라 이미 지친 기색이 역력했지만, 베아트릭스는 그들을 최강의 노동으로 내몰았다. 온갖 현란한 색으로 그려진 장엄한 결혼식 장면을 주문했던 것이다. 물론 주인공은 테드로스였다. 물고기들은 지친 몸을 이끌고 거대한 성과 빛나는 왕관, 그리고 화려한 불꽃놀이를 그려 냈다. 다른 소녀들은 눈물이 고인 두 눈을 동그랗게 뜨고 이 놀라운 그림을 바라보았다. 장면이 너무 아름답기 때문인지, 아니면 자신은 절대 베아트릭스의 적수가 될 수 없다는 사실을 깨달았기 때문인지는 알 수 없었다.

"좋아, 베아트릭스! 넌 반드시 저 아이를 차지해야 해! 이제부터 테드로스를 차지하는 것이 너의 사명이야. 강박에 가까울 정도로 집착해야만 해! 진정한 공주가 무엇인가를 간절하게 원하면……."

우마 공주는 손가락으로 호수 물을 뱅뱅 저으며 말했다.

"친구들이 모두 나서서 너를 도와준단다."

물고기들이 밝은 핑크색으로 바뀌고 있었다.

"그들은 기꺼이 너희를 위해서 싸울 거야."

색깔이 변한 물고기들이 한데 옹기종기 모여들었다.

"다 너희의 소원을 이루어 주기 위해서란다."

말을 마친 우마는 물속으로 팔을 쑥 집어넣더니 바로 뺐냈다. 물고기들은 그녀의 영혼이 간절하게 바라는 바로 그 존재로 바뀌어 있었다.

"그게 뭐예요?"

리나가 혼란스러운 표정으로 물었다.

"내 가방이지."

우마는 마치 비밀 이야기를 하듯 낮은 목소리로 속삭이고는, 가방을 가슴에 꼭 껴안았다.

하지만 소녀들이 어리둥절한 표정으로 자기 얼굴을 빤히 쳐다보는 것을 발견하고는 다시 입을 열었다.

"왜 그러니? 내가 등수를 매겨야 되는 건가?"

"아니요, 아직 안 한 애가 있어요."

베아트릭스가 아가사를 가리키며 대답했다. 아가사는 주먹을 들어 그 작은 얼굴을 흠씬 두들겨 패 주고 싶은 충동을 느꼈다. 하지만 베아트릭스의 목소리에서는 전혀 악의가 느껴지지 않았다. 호수를 가득 채우고 있던 작은 물고기들이 가방으로 변한 것을 걱정하는 눈치도 아니었다. 베아트릭스는 순수하게 아가사를 위하는 듯했다. 어쩌면 베아트릭스도 그리 나쁜 아이는 아닐지도 모른다는 생각이 아가사의 뇌리를 스쳤다.

"쟤가 또 꼴등해서 쫓겨나면, 리나가 자기 방으로 돌아갈 수 있거든요."

베아트릭스가 환한 미소를 지으며 말했다.

혹시나 했지만 역시였다!

"어머나, 한 명이 남았다고?"

우마가 아가사를 바라보며 말했다. 그녀는 텅 빈 호수와 가슴에 꼭 껴안고 있던 소중한 핑크색 가방을 번갈아 바라보더니, 슬픈 표정을 지으며 다시 입을 열었다.

"매번 이런 일이 생기네."

그녀는 한숨을 푹 내쉬며 가방을 물속에 떨어뜨렸다. 가방은 호수 바닥에 가라앉는가 싶더니, 다시 새하얀 물고기가 되어 물 위에 둥실 떠올랐다.

아가사는 호수를 향해 허리를 숙였다. 물고기들은 기운이 하나도 없는 눈빛으로 멍하니 그녀를 올려다보고 있었다. 마침내 고된 노동을 모두 마치고 겨우 휴식을 취하나 했는데, 다시 불려 나온 것이다. 그들은 아늑한 램프에서 강제로 끌려 나온 요정이었다. 아가사의 인생이 위태로운 상황에 놓여 있다는 사실에 신경을 쓸 여력도 그들에게는 없었다. 그들은 그저 쉬고 싶을 뿐이었다. 아가사는 측은한 마음이 들었다.

'내 소원은 간단해. 꼴등만 안 하게 해 줘. 그게 다야. 제발 낙제하지 않게 도와줘.'

마음을 정한 아가사는 손가락을 물속에 집어넣었다.

물고기들은 바람에 흔들리는 튤립 꽃잎처럼 파르르 몸을 떨었다. 순간 아가사의 머릿속에서 수만 가지 소원들이 다툼을 벌이기 시작했다.

'꼴등 안 하기…… 집에 돌아가기…… 낙제 면하기…… 소피가 무사해야 하는데…… 꼴등은 절대 안 돼…… 테드로스가 죽어 버렸으면 좋겠어…….'

물고기들의 색깔이 정신없이 변하기 시작했다. 파란색이 되었다가 노란색, 다음에는 빨간색이 되었다. 아가사의 머릿속에는 더 많은 생각들이 회오리처럼 몰아쳤다.

'좀 예뻐졌으면…… 아냐, 그대로가 낫지…… 금발은 어떨까…… 아냐, 금발 싫어……! 친구가 많았으면…… 없는 게 더 나을까…….'

"저런, 소원이 명확하지 않네. 생각이 너무 혼란스러워!"

우마 공주가 웅얼거리며 말했다.

그때 새빨갛게 변한 물고기들이 마치 지진이 난 땅처럼 부들부들 떨기 시작했다. 그들은 금방이라도 터질 것만 같았다. 깜짝 놀란 아가사는 손가락을 빼내려 했지만, 물은 마치 주먹 쥔 손처럼 그녀의 손가락을 꽉 물고 놓아주지 않았다.

"이게 대체……."

순식간에 까맣게 변해 버린 물고기들은 마치 자석에 이끌리는 금속 조각들처럼 아가사에게 들러붙었고, 그녀의 손은 미친 듯 후들거리는 이 거대한 물고기 떼 속으로 점점 더 깊이 빠져들었다. 소녀들은 겁에 질려 뒷걸음질을 쳤고, 우마 공주는 충격에 빠진 듯 멍한 얼굴로 그 자리에 얼어붙었다. 아가사는 손을 빼내기 위해 정신없이 몸을 비틀어 댔다. 머릿속은 점점 더 복잡해져 터져 버릴 것만 같았다.

'집 학교 엄마 아빠 선 악 남자 여자 선인 악인……'

물고기들은 아가사의 손을 꼭 붙들고 점점 더 빠르고 거세게 몸을 흔들어 댔다. 그들은 마치 한 덩어리가 된 듯 다닥다닥 엉겨 붙어, 더 이상 형체를 알아볼 수조차 없었다. 눈은 단추처럼 툭 불거져 나왔고, 요동치는 지느러미는 조각조각 부서져 내렸으며, 동그란 배는 피가 몰려 벌겋게 충혈되었다. 그리고 어느 순간 고통에 가득 찬 수천 개의 목소리가 날카롭게 비명을 질러 댔다. 아가사는 머리가 둘로 쪼개지는 것만 같았다.

'실패 성공 진실 거짓 실종 복귀 강 약 친구 적.'

순간 시커먼 물고기 떼가 풍선처럼 둥글게 부풀어 오르더니 아가사의 손을 타고 오르기 시작했다. 아가사는 손가락을 빼내기 위해 몸부림을 쳤다. 하지만 그때 그녀의 손에서 '뚝' 하며 뼈 부러지는 소리가 들렸고, 아가사는 고통을 참지 못해 비명을 질렀다. 그러는 동안, 물고기들은 새까만 고치가 되어 그녀의 팔 전체를 집어삼켜 버렸다.

"사람 살려! 누구든 좀 도와줘요!"

둥그런 검은 고치는 점점 더 부풀어 올라 그녀의 얼굴을 향했고, 울부짖는 그녀의 목구멍을 막아 버렸다. 그리고 소름 끼치도록 날카로운 비명과 함께 아가사를 통째로 삼켜 버렸다. 새까만 죽음의 자궁에 갇혀 버린 아가사는 숨이 막혀 발버둥 치며 고치를 발로 걷어찼다. 하지만 그녀의 머릿속은 이미 극심한 고통에 모조리 타 버린 듯했다. 결국 그녀는 자궁 속 아기처럼 동그랗게 몸을 말았다.

'증오 사랑 벌 상 사냥꾼 사냥감 삶 죽음 살인 키스 욕심.'

검은 고치는 아가사의 발길질에 복수라도 하듯 끈적끈적한 무덤이 되어 그녀를 더욱 깊이 집어삼켰다. 그것은 그녀의 숨통을 조이고, 생명의 마지막 한 방울까지 모조리 빨아들이고 있었다. 그녀의 의식은 점점 희미해졌고, 결국 머릿속에는 단 하나의 단어만 남게 되었다.

'자비.'

그때 고막을 찢을 듯 계속되던 수천 개의 비명이 뚝 끊겼다. 그리고 아가사를 감싸고 있던 검은 고치가 마치 허물을 벗듯 쓸려 나가기 시작했다.

아가사는 그대로 풀밭에 털썩 주저앉았다.

그녀의 팔에는 짙은 갈색 피부의 어린 여자아이 하나가 안겨 있었다. 열두세 살 정도밖에 안 돼 보이는 이 앳된 소녀는 헝클어진 검은 곱슬머리를 살짝 흔들더니 두 눈을 뜨고 아가사를 향해 미소를 지었다. 마치 오래된 친구를 바라보는 것 같은 친근한 눈빛이었다.

"자그마치 100년이 흘렀어. 날 위해 소원을 빌어 준 사람은 네가 처음이야."

소녀는 물 밖에 나온 물고기처럼 얕은 숨을 헐떡거리며 한 손을 들어 아가사의 뺨을 감쌌다.

"고마워."

아이는 다시 눈을 감더니, 아가사의 팔에 안긴 채 온몸을 축 늘어뜨렸다. 그녀의 몸은 조금씩 황금빛으로 변하기 시작했고, 한순간 새하얀 빛을 내뿜더니 여러 갈래의 햇빛이 되어 사라졌다.

아가사는 넋이 나간 표정으로 텅 빈 호수를 바라보았다. 심장이 미친 듯 쿵쾅거리고 있었다. 마치 그녀의 영혼이 통째로 빠져나간 것 같은 느낌이었다. 그녀는 부러진 손가락을 들어 올렸다. 손가락은 거짓말처럼 깨끗이 나아 있었다.

"저기, 이거……."

아가사는 숨을 들이마시고 뒤를 돌아보았다.

"정상인가요?"

학생들은 뿔뿔이 흩어져 나무 뒤에 몸을 숨기고 있었다. 우마 공주 역시 마찬가지였다. 얼빠진 그녀의 표정을 보니, 아가사는 대답을 듣지 않아도 알 것 같았다.

머리 위에서 요란스러운 새 울음소리가 들려왔다. 고개를 들어 보니, 조금 전 우마 공주와 다정하게 대화를 나누었던 비둘기가 그녀의 머리 위를 뱅뱅 돌고 있었다. 하지만 그 울음소리는 전혀 다정하지 않았다. 오히려 정신이 나간 듯 다급하고 사나웠다. 어두운 숲속에서는 여우 한 마리가 목을 긁듯 거친 소리로 불안하게 울어 댔다. 곧 사방에서 울부짖는 듯 구슬픈 소리들이 들려오기 시작했다. 수업 시작 때 그들을 환영하던 소리와는 사뭇 다른 것들이었다. 동물들은 광란에 빠진 듯 더 큰 소리로 울어 댔고, 분위기는 점점 더 불안해졌다.

"대체 무슨 일이에요?"

아가사가 두 손으로 귀를 막고 소리쳐 물었다.

하지만 이번에도 대답은 필요하지 않았다. 그녀는 우마 공주의 표정을 보는 것만으로도 이미 자신의 질문에 대한 답을 알 수 있었다.

'다른 동물들도 사람으로 되돌아가고 싶은 거야.'

그때 사방에서 우당탕 시끄러운 발소리가 들려오기 시작했다. 다람쥐, 쥐, 개, 두더지, 사슴, 새, 고양이, 토끼, 우왕좌왕하던 수달 등 학교 안에 있는 모든 동물들과 학교 밖에서 정문을 비집고 들어올 수 있는 모든 동물들이 그들의 구원자를 향해 돌진해 오고 있었다.

'우리도 인간이 되게 해 줘요!'

동물들의 아우성이 들려왔다.

아가사의 얼굴이 백지장처럼 하얗게 질렸다. 어째서 동물들의 생각이 들리는 거지?

'우리를 구해 줘요, 공주님!'

그들의 울부짖음은 계속되었다.

공주라니! 이 동물들은 모두 정신이 나간 것이 분명했다.

"어떻게 해요?"

아가사가 소리쳤다.

우마 공주는 여전히 멍한 표정으로 동물들을 훑어보았다. 늘 충직했던 그녀의 꼭두각시 인형들, 그녀의 가장 친한 친구들이 어떻게 이럴 수가…….

"도망쳐!"

이 학교에 온 후 이렇게 그녀의 마음에 쏙 드는 대답을 들은 것은 처음이었다! 그녀는 선의 학교 탑을 향해 냅다 달리기 시작했다. 까치들이 그녀의 손을 쪼아 대고, 쥐들은 딱딱한 그녀의 신발에 달라붙었으며, 개구리들은 그녀의 드레스에 펄쩍 뛰어올랐지만, 그녀는 이 열광적인 추종자들을 사정없이 밀쳐 내면서 경사진 길을 뛰어올랐다. 그녀는 두 손으로 머리를 감싸고, 돼지와 매와 토끼를 폴짝폴짝 뛰어넘었다. 마침내 백조 문양이 그려진 하얀 문이 그녀의 시야에 들어왔다. 하지만 바로 그 순간 커다란 무스 한 마리가 나무 뒤에서 튀어나와 그녀를 향해 돌진했다. 아가사는 몸을 숙였고, 무스는 백조 문양을 정면으로 들이받으며 문에 부딪치고 말았다. 아가사는 재빨리 유리 계단이 있는 방으로 향했다. 그곳에는 마

침 비실비실한 염소 다리를 달고 휘청거리는 폴룩스가 있었다. 그
는 번개처럼 스쳐 지나가는 아가사와 미친 듯이 그 뒤를 쫓고 있는
동물들을 차례로 바라보았다.

"이게 대체 무슨……."

"도와주세요!"

아가사가 다급하게 소리쳤다.

"거기 서!"

폴룩스가 날카롭게 소리쳤다.

하지만 아가사는 이미 명예의 계단을 뛰어오르고 있었다. 뒤를
돌아보니, 폴룩스는 밀려드는 동물들을 이쪽저쪽으로 피하느라 정
신이 없었다. 그때 천장에 뚫린 채광창을 통해 나비 수천 마리가 날
아들어 폴룩스를 덮쳤다. 그는 그대로 쓰러졌고, 거대한 그의 머리
는 염소 다리에서 떨어져 나와 바닥 위를 나뒹굴었다. 장애물을 제
거한 동물들은 더욱 빨라진 걸음으로 그녀를 따라 계단을 오르기
시작했다.

"안 돼! 학교 안으로 들어가지 마라!"

바닥에 떨어진 폴룩스의 머리가 꽥 소리를 질렀다.

하지만 아가사는 걸음을 멈추지 않았다. 그녀는 복도를 지나 헨
젤의 안식처라 불리는 교실로 뛰어들었다. 너무 당황했기 때문일
까? 학생들과 교사들은 약속이라도 한 듯 어처구니없는 짓을 저지
르고 말았다. 남자아이들과 교사들은 뾰족한 가시로 온몸을 무장
한 고슴도치들을 공격하느라 상처를 입었고, 여자아이들은 뾰족한
하이힐을 신은 채 책상 위에 올라가 고래고래 비명을 지르느라 책
상 이곳저곳을 파헤쳐 놓았다. 아가사는 점점 더 엉망진창이 되어
가는 이 상황에서 벗어나고 싶었지만, 동물들은 과자와 사탕을 입

에 한 움큼 물고 다시 그녀를 뒤쫓기 시작했다. 그녀는 간신히 다시 계단에 이르렀고, 지붕으로 통하는 우윳빛 문 사이로 미끄러지듯 빠져나간 뒤 재빨리 문을 닫아 버렸다. 하지만 머지않아 족제비 한 마리가 이 최후의 방어선을 뚫고 삐죽 머리를 내밀었다.

아가사는 아서왕의 일생을 표현한 거대한 토피어리 산울타리가 드리운 그림자 속으로 들어가 몸을 웅크렸다. 얼음장같이 차가운 바람이 그녀의 맨살을 파고들었다. 잠깐은 몸을 숨길 수 있겠지만, 오래 버티지는 못할 것이 분명했다. 그녀는 교사나 님프가 그녀를 구하러 오기를 기대하며 반투명 문을 뚫어지게 바라보았다. 그때 희뿌연 문에 무엇인가가 반사되어 비치기 시작했다.

아가사는 얼른 고개를 돌렸다. 햇살을 받아 반짝이는 연무 속에서 건장한 실루엣이 그녀를 향해 다가오고 있었다. 그녀는 온몸의 긴장이 일순간에 풀어지는 것을 느꼈다. 밉기만 했던 남자아이들이 이렇게 고마울 수가 없었다! 그녀는 아직 형체를 다 드러내지 않은 이 미지의 왕자님을 향해 달리기 시작했다.

하지만 잠시 후 그녀는 화들짝 놀라 걸음을 멈추었다. 반짝이는 안개를 뚫고 모습을 드러낸 것은 머리에 뿔이 달린 괴물 석상이었다! 괴물이 코에서 불꽃을 뿜어내자 우윳빛 문은 금세 불길에 휩싸였다. 두 번째 불길은 귀네비어 왕비와 결혼하는 아서왕을 향했고, 아가사는 재빨리 몸을 굽혀 불길을 피했다. 그녀는 바닥에 납작 엎드린 채 다음 토피어리로 기어갔지만 괴물은 이 거대한 나무를 하나씩 하나씩 불태우기 시작했다. 결국 아서왕의 일생을 담고 있던 장엄한 정원은 휘날리는 검은 재로 가득 차고 말았다. 불길에 휩싸여 오도 가도 못하는 처지가 된 아가사는 코에서 검은 연기를 내뿜고 있는 뿔 달린 괴물을 올려다보았다. 그러자 괴물은 그녀를 향해 날아와 차가운 발톱으로 그녀의 가슴을 짓누르고 바닥에 내리꽂았다. 더 이상 도망갈 방법은 없었다. 모든 게 끝났다. 그녀는 온몸에 힘을 빼고 두 눈을 감았다.

하지만 예상했던 일은 일어나지 않았다.

아가사는 살며시 눈을 떴다. 불을 뿜고 검은 연기를 피워 올리던 무시무시한 괴물이 그녀 앞에 무릎을 꿇고 있었다. 그녀는 괴물의 번뜩이는 붉은 두 눈을 조용히 들여다보았다. 그 안에는 두려움에 떨고 있는 어린 소년의 모습이 비치고 있었다.

"도와달라는 거였구나?"

아가사가 속삭이듯 말했다.

괴물 석상은 대답 대신 눈물이 그렁해진 두 눈을 껌뻑였다.

"하지만…… 하지만 난 방법을 몰라. 아까는 어쩌다 보니까 그렇게 된 거였어."

아가사가 더듬거리며 말했다.

괴물은 그녀의 두 눈을 물끄러미 들여다보았다. 그리고 잠시 후, 그녀가 사실을 말하고 있다는 것을 깨달았다. 괴물은 쓰러지듯 바닥에 풀썩 주저앉았다. 바닥에 깔려 있던 회색 재들이 하늘을 날듯 풀풀 피어올라 주변을 맴돌았다.

아가사는 기운 없이 늘어진 괴물을 바라보았다. 갈 길을 잃은 불쌍한 아이였다. 이 세계에 갇힌 다른 수많은 존재들이 그녀의 뇌리를 스쳐 갔다. 그들은 충성심 때문에 명령을 따르는 것이 아니었다. 사랑이 넘쳐서 공주를 도와준 것도 아니었다. 그들은 이렇게 충성심을 보이고 사랑을 베풀면 언젠가 자기도 다시 사람이 될 수 있지 않을까 하는 희망을 품고 있었던 것이다. 그들은 오직 동화 속 이야기를 통해서만 자기 자리로 되돌아올 수 있었다. 단점투성이에 불

완전한 삶이지만, 그들은 이야기에 갇혀 있지 않은 자신의 삶으로 돌아가고 싶었다. 그녀의 처지도 그들과 크게 다를 바 없었다. 그녀 역시 이곳을 탈출할 방법을 찾고 있었다.

아가사는 허리를 숙여 괴물의 손을 잡았다.

"나도 널 돕고 싶어. 방법만 안다면 모두 집으로 돌아갈 수 있게 도와줄 텐데……."

괴물은 아가사의 무릎에 머리를 뉘였다. 토피어리를 태운 불길은 점점 그들을 향해 다가왔고, 불쌍한 두 아이는 서로를 감싼 채 울음을 터뜨렸다.

순간 차갑고 딱딱하기만 하던 괴물의 몸이 부드러워지기 시작했다.

괴물은 깜짝 놀라 고개를 들고 몸을 일으켰다. 어리둥절한 표정으로 휘청거리는 그의 몸에서 단단한 껍질이 깨져 나가는 것이 보였다. 날카로운 발톱은 점점 손의 모양새를 갖추었고 벌겋게 불타오르던 두 눈에는 아이의 순수함이 찾아들었다. 사방에서 불꽃이 튀어 날아들었지만, 아가사는 벌떡 일어나 뒷걸음질 치는 괴물을 향해 달려갔다. 뿔 달린 무시무시한 얼굴이 녹아내리며 어린 소년의 모습이 드러나고 있었다. 아가사는 기쁨의 탄성을 내지르며 소년을 향해 두 손을 뻗었다.

바로 그때 아이의 심장에 긴 칼이 꽂혔다! 아이는 절망에 가득 찬 괴성을 내지르며 다시 딱딱한 석상이 되고 말았다.

아가사는 공포에 질려 몸을 돌렸다.

테드로스가 활활 타오르는 불길을 뛰어넘어 괴물 석상 위에 올라탔다. 그의 손에는 빛나는 엑스칼리버가 들려 있었다.

"기다려!"

아가사가 소리쳤다.

하지만 왕자는 분노 어린 두 눈으로, 아버지의 일생이 불에 타 사라지는 것을 바라보고 있었다.

"이 더러운 짐승!"

그가 목멘 소리로 외쳤다.

"안 돼!"

테드로스는 괴물의 목을 향해 긴 칼을 휘둘렀고, 뿔 달린 거대한 머리는 곧 몸통에서 떨어져 바닥을 뒹굴었다.

"그냥 아이란 말이야! 어린아이였다고! 나쁜 아이가 아니야!"

아가사는 목이 찢어질 듯 소리를 질렀다.

괴물을 해치운 테드로스가 아가사 앞으로 다가왔다.

"넌 마녀가 분명해."

그녀는 주먹을 들어 있는 힘껏 테드로스의 눈을 쳤다. 그리고 그의 얼굴을 노려보며 다시 한 번 주먹에 힘을 주었다. 하지만 그 순간 요정과 늑대 들, 그리고 양쪽 학교의 교사들이 멀린의 정원으로 쏟아져 들어왔다. 성난 불길에 타오르던 지붕은 마침내 와르르 무너져 내렸고, 분노에 찬 두 남녀는 거대한 잿더미를 사이에 둔 채 서로를 무섭게 노려보았다.

9

탤런트 경쟁

소피는 베아트릭스가 불을 질렀을 것이라고 확신했다. 테드로스의 관심을 끌려는 수작이었겠지! 테드로스는 분명 활활 타오르는 탑 속에서 그녀를 구출했을 것이고 다른 선인 학생들이 타 죽든 말든 그녀를 껴안고 키스했을 것이다. 둘은 이미 결혼 날짜까지 잡았을지도 모른다. 소피는 자신의 추측이 맞을 것이라고 100퍼센트 확신했다. 그녀가 점심시간에 테드로스를 만나면 바로 그런 방법을 쓰려고 계획하고 있었기 때문이다. 하지만 다음 날까지도 휴강은 이어졌고, 소피는 세 명의 살인자들이 있는 방에서 혼자 외롭게 시간을 보내야 했다.

그녀는 침대 위에 올려놓은 철 접시를 물끄러미 바라보았다. 걸쭉한 귀리죽과 돼지 발이 가득 담겨 있었다. 사흘 내내 굶었던 터라, 어떤 끔찍한 음식이 나오더라도 꼭 먹어야겠다고 다짐하고 있었지만, 그것은 생각했던 것 이상으로 지독한 음식이었다. 소작농들이나 먹는 음식을 어떻게 공주가 먹을 수 있겠는가! 그녀는 창밖으로 음식 접시를 휙 내던져 버렸다.

"혹시 오이 없을까? 어디 가면 찾을 수 있는지 아니?"

소피가 세 살인자들을 향해 몸을 돌리며 물었다.

"거위 과제 말이야. 너 그거 어떻게 한 거야?"

방 맞은편에서 그녀를 노려보고 있던 헤스터가 말했다.

"이미 말했잖아, 헤스터. 정말 몰라."

소피가 꾸르륵거리는 배를 움켜쥐고 말했다.

"학교가 뒤바뀐 걸 바로잡아 주겠다고 약속했는데, 알고 보니 거짓말이었어. 알을 너무 많이 낳아서 정신이 나간 건지도 모르지. 아무튼 이 근처에 정원 같은 거 없니? 자주개자리나 개밀 같은 거 키우는……."

"거위랑 대화를 했단 말이야?"

헤스터가 국물이 질질 흐르는 돼지 발을 입에 가득 물고 말했다.

"그걸 대화라고 해야 할지는 잘 모르겠는데, 거위 생각이 들리더라고. 너희는 모르겠지만, 원래 공주들은 동물과 대화를 할 수 있거든."

소피는 속이 울렁거리는 것을 가까스로 참으며 대답했다.

"그래, 대화는 하지. 하지만 생각을 들을 수 있는 건 달라. 그건 영혼이 100퍼센트 순수한 사람만 가능한 거랬어."

도트가 초콜릿 향이 나는 귀리죽을 후루룩 마시며 말했다.

"거봐! 그게 내가 100퍼센트 착한 아이라는 증거야!"

소피가 두 눈을 반짝이며 말했다.

"100퍼센트 악한 영혼일 수도 있지. 스팀프나 황금 거위가 보여 준 행동을 보면 말이야. 저번에 그 옷 사건이랑 갑자기 나타난 물살만 봐도, 네 말과는 전혀 반대잖아."

헤스터가 쏘아붙였다.

소피는 휘둥그레진 눈으로 헤스터를 바라보다가 갑자기 키득키득 웃음을 터뜨렸다.

"100퍼센트 악한 영혼? 내가? 무슨 그런 말도 안 되는 소리가 있어! 너 제정신이 아니구나! 그건……."

"일리 있는 지적이지!"

둘의 대화를 듣고 있던 아나딜이 혼잣말을 하듯 나직한 목소리로 소피의 말을 가로챘다.

"헤스터같이 지독한 애도 쥐 한두 마리쯤은 살려 준 경험이 있어."

"우린 네가 곧 낙제를 하게 될 형편없는 학생이라고만 생각했는데, 어쩌면 넌 양의 탈을 쓴 늑대인 것 같기도 하단 말이지."

헤스터가 비열한 웃음을 지으며 말했다.

소피는 아나딜과 헤스터의 진지한 반응을 보면서도, 웃음을 참지 못하고 계속해서 키득거렸다.

"쟤는 탤런트도 어마어마할 거야. 우리는 아마 상대도 안 될걸."

도트가 돼지 발처럼 생긴 초콜릿을 우적우적 씹으며 말했다.

"정말 신기하다. 그 초콜릿은 다 어디에서 난 거야?"

소피가 삐져나오는 웃음을 간신히 참으며 물었다.

"솔직히 말해 봐! 네 탤런트는 뭐야? 깜깜할 때도 볼 수 있다거나, 투명인간이 되는 거? 아니면 텔레파시? 송곳니에 독이 들었나?"

아나딜이 속삭이듯 말했다.

"그런 거 알아서 뭐 해! 어차피 나한테 질 건데. 쟤가 아무리 사악한 인간이라고 해도, 탤런트로는 절대 나를 이길 수 없어."

헤스터가 사납게 으르렁거리며 말했다.

소피는 너무 웃은 나머지 눈에 눈물이 그렁그렁 맺혔다.

"내 말 잘 들어! 여긴 내 구역이야!"

헤스터가 두 눈을 이글거리며, 꼭 쥔 주먹을 그녀의 접시 옆에 쾅 내리쳤다.

"마음대로 해!"

소피가 콧방귀를 뀌며 대답했다.

"캡틴은 내 차지라고!"

헤스터가 한층 더 목소리를 높였다.

"그래, 그렇게 하라고."

"감히 독자 따위가 끼어들 자리는 없어!"

"악당들이 원래 이렇게 웃기는 애들이었나?"

소피가 계속 장난스럽게 대답을 하자, 헤스터는 더 이상 참지 못하고 괴성을 지르며 소피를 향해 음식 접시를 던졌다. 소피는 재빨리 몸을 숙여 접시를 피했지만, 접시는 벽에 걸린 현상 수배 포스터에 도끼처럼 꽂히며 로빈 후드의 목을 날려 버렸다. 순간 소피의 얼굴에서 웃음기가 싹 사라졌다. 그녀는 시커멓게 그을린 침대 위로 삐죽이 고개를 내밀고 헤스터를 바라보았다. 활짝 열린 문 앞에 선 그녀의 어두운 실루엣은 마치 죽음의 그림자 같았고, 그녀의 목을 감싼 문신은 마치 살아 있는 악마처럼 꿈틀거리는 것 같았다.

"경고하는데, 너 조심해!"

헤스터는 으름장을 놓고는 문을 쾅 닫아 버렸다.

소피는 헤스터가 사라진 뒤에도 여전히 침대 뒤에 숨어 두 손을 부들부들 떨고 있었다.

"이런 엄청난 애를 낙제생이라고 생각했다니, 우리가 바보지!"

도트가 침묵을 깨며 말했다.

아가사는 늑대가 자신을 데리러 온 것을 보고, 나쁜 일이 일어날 것임을 직감했다!

화재 사건 후, 그녀는 이틀 내내 자신의 방에 갇혀 있었다. 화장실에 갈 때와 우거지상을 한 요정들이 자두 주스와 익히지도 않은 채소만으로 이루어진 식사를 전해 줄 때를 제외하면 방문을 열 기회조차 없었다. 마침내 사흘째 점심시간이 되자 하얀 늑대 한 마리가 나타나 그녀를 방 밖으로 끌어냈다. 늑대는 군데군데 타 버린 그녀의 핑크 드레스 소매를 날카로운 발톱으로 움켜잡고 그녀를 어디론가 데리고 가기 시작했다. 그들은 벽화가 그려진 복도를 지나 학생들과 교사들 사이를 걸어갔다. 하지만 누구 하나 그녀와 눈을 마주치지 못했다.

아가사는 이를 악물고 눈물을 참았다. 그녀는 이미 두 번이나 꼴등을 했다. 그런데 숲속 동물들을 불러내서 학교를 난장판으로 만들고 거기에 불까지 냈으니, 이번에도 꼴등을 받을 것이 분명했다. 며칠 동안만 선인인 척하자고 그렇게 굳게 마음을 먹었는데, 그 간단한 일조차 해내지 못하다니! 하긴 이런 곳에서 그녀가 버틸 수 있다고 생각한 것이 실수였는지도 모른다. 이곳은 아름다움과 순결함과 고결함으로 가득 찬 곳이었다. 이런 것들이 선이라고 한다면, 그녀는 100퍼센트 악한 아이가 분명했다. 이제 그녀는 그에 상응하는 벌을 받게 될 것이다. 아가사도 동화 속의 벌이라는 것이 어떤 것인지 잘 알고 있었다. 팔다리를 자르고, 내장을 꺼내고, 끓는 기름에 던져 넣고, 산 채로 가죽을 벗기는 모습을 책 속에서 보았던 것이다. 그녀 역시 피와 고통으로 얼룩진 최후를 맞이하게 될 것이다.

늑대는 그녀를 관용의 탑으로 데리고 갔다. 안경 쓴 딱따구리 한 마리가 꾸밈방 문을 분주하게 쪼아 대고 있었다. 새로 발표된 학생들의 순위를 새기는 것이었다.

"교장 선생님한테 가는 건가요?"

아가사가 잠긴 목소리로 물었다.

늑대는 코웃음을 칠 뿐 아무런 대답도 하지 않았다. 그들이 복도 제일 끝 방에 이르자, 늑대는 문을 똑똑 두드렸다.

"들어와요."

문 뒤에서 차분한 목소리가 들려왔다.

아가사는 처량한 표정으로 늑대를 올려다보았다.

"전 죽고 싶지 않아요."

그녀는 경멸과 조롱이 배어 있던 늑대의 얼굴이 처음으로 부드러워진 것을 느꼈다.

"나도 그랬다."

늑대는 문을 열고 아가사를 방 안으로 밀어 넣었다.

사흘 째 점심시간 이후, 수업이 다시 정상적으로 진행되기 시작했다. 불길이 어느 정도 잡혔기 때문이었다. 소피는 〈자신만의 특기 찾기〉 수업을 듣기 위해 눅눅하고 곰팡내 나는 교실에 들어섰다. 하지만 수업에 집중하는 것은 쉬운 일이 아니었다. 텅 빈 뱃속에서는 끊임없이 꾸르륵 소리가 들려왔고, 헤스터는 그녀를 곧 잡아 죽일 것 같은 표정으로 쏘아봤으며, 도트는 다른 학생들에게 '100퍼센트 악한 영혼'을 가진 자신의 룸메이트에 대해 자랑스럽게 떠들어 댔다. 모든 계획이 어긋나 버렸다. 그녀의 목표는 자신이 공주라는 사실을 모두 앞에서 증명하는 것이었는데, 지금 사람들은 그녀를 악의 학교 캡틴감으로 생각하고 있었다.

〈자신만의 특기 찾기〉 수업을 맡은 시바 식스 교수는 까무잡잡한 양 볼에 종기가 다닥다닥 들러붙은 통통한 여자였다.

"악당이라면 누구나 자신만의 특기를 가지고 있다! 우린 그것을 탤런트라고 부르지."

그녀는 가슴이 풍성하고 어깨는 뾰족한 빨간색 벨벳 드레스를 입고 교실 안을 이리저리 거닐며, 두터운 목소리로 노래하듯 우렁차게 말문을 열었다.

"하지만 우리는 그 보잘것없는 특기를 튼튼하고 거대한 나무로 키워 내야 한다!"

이번 과제는 각자 자신이 가진 독특한 탤런트를 다른 학생들 앞에서 선보이는 것이었다. 탤런트가 강력할수록 학생들은 높은 순위를 차지할 수 있었다. 곧바로 학생들의 과제 수행이 시작되었지만, 다섯 번째 학생까지는 별다른 볼거리를 제공하지 못했다. 벡스는 자신의 특기가 무엇인지 아직 모른다며 징징거리는 꼴을 보이기까지 했다.

"탤런트 서커스에서도 그럴 거냐? 교장 선생님이 보는 앞에서도 그런 소릴 할 셈이야?"

식스 교수가 호통을 치듯 우렁찬 목소리로 말했다.

"그딴 말들은 입에 담지도 말아라! '제 탤런트가 뭔지 몰라요', '저는 특기가 없어요', '제 특기가 마음에 들지 않아요' 따위는 머릿속에서 아예 지워 버려!"

"내가 할 말을 다 해 버렸네."

도트가 중얼거렸다.

"우리 악의 학교는 매년 탤런트 서커스에서 패하고 있다. 선인들은 기껏해야 노래나 부르고 칼이나 휘휘 휘두르고 자기 엉덩이나 깨끗하게 닦는 형편없는 재주를 선보이고 있는데, 그걸 못 이겨? 너희는 자존심도 없는 거냐? 부끄럽지도 않아? 이제 이런 말도 안 되는 상황은 더 이상 참을 수 없다! 사람을 돌로 바꾸든 똥으로 바꾸든 상관없다! 내 말을 잘 듣고 따라라! 그러면 반드시 이길 수 있다!"

식스 교수가 흥분한 목소리로 일장 연설을 늘어놓았고, 학생들은 꼼짝도 하지 않고 동그란 두 눈으로 그녀를 바라보았다.

"다음은 어떤 놈이냐?"

그녀가 우렁우렁 울리는 굵은 목소리로 외쳤다.

하지만 결과는 여전히 한심했다. 피부가 초록색인 모나가 입술을 붉은색으로 바꾸자 식스 교수는 "초록색과 빨간색이라! 왕자들이 크리스마스트리를 무서워한다면 꽤 쓸모가 있겠구나!"라며 한숨을 내쉬었다. 아나딜은 쥐들을 몇 센티미터 커지게 만들었고, 호트는 가슴에서 머리카락이 자라나게 했다. 아라크네는 한쪽 눈알이 툭 빠져나오는 재주를 선보였고, 라반은 입에서 연기를 뿜어냈다. 교수는 더 이상 참을 수 없을 정도로 지루하다는 표정으로 학생들을 바라보았다. 그때 도트가 일어서더니 자신의 책상을 초콜릿으로 바꾸었다.

"바로 저거였구나!"

소피는 드디어 의문이 풀렸다는 듯 반갑게 중얼거렸다.

"아주 쓸모없는 것들만 잔뜩 늘어놓는구나!"

식스 교수는 고개를 절레절레 흔들며 말했다.

다음 차례는 헤스터였다. 그녀는 음흉한 눈빛으로 소피를 바라보며 양손으로 책상을 힘껏 움켜쥐었다. 그녀는 점점 더 온몸에 힘을 주었고, 어느 순간 벌겋게 달아오른 피부 위로 핏줄이 툭툭 불거져 나오기 시작했다.

"수박으로 변하려는 건가? 재미있기는 하네."

소피는 우습다는 듯 하품을 해 보이며 말했다.

그때 헤스터의 목에서 뭔가 움직이기 시작했다. 학생들은 그대로 얼어붙고 말았다. 그녀의 목에 있는 문신이 부르르 몸을 떨더니, 마치 그림이 살아 움직이듯 피부 위에서 꿈틀댔던 것이다. 붉은 해골 머리를 한 이 악마는 두 날개를 차례로 펼친 뒤, 소피를 향해 뿔이 난 머리를 홱 돌렸다. 그리고 벌겋게 충혈된 두 눈을 가느다랗게 뜨고서 그녀를 노려보았다. 소피는 심장이 멎는 것 같았다.

"내가 조심하라고 경고했지!"

헤스터는 만족스러운 듯 싱긋 웃으며 말했다.

악마는 양 날개를 활짝 펼친 채 헤스터의 목에서 뛰쳐나왔다. 그리고 소피를 향해 불화살을 쏘며 성큼성큼 다가가기 시작했다.

겁에 질린 소피는 불화살을 피하느라 뒤로 넘어졌고, 그 바람에 그녀의 뒤에 있던 책꽂이도 바닥에 쓰러졌다. 신발 크기 정도밖에 되지 않는 이 짐승은 날개를 퍼덕이며 그녀를 향해 과감히 돌진했다. 악마는 계속해서 불화살로 그녀를 공격했고, 그녀의 옷에는 결국 불이 붙고 말았다. 소피는 불을 끄기 위해 바닥을 뒹굴며 소리쳤다.

"사람 살려! **도와줘요!**"

"너도 네 탤런트를 써야지! 이 바보 같은 금발 아가씨야!"

식스 교수가 답답하다는 듯 엉덩이를 흔들어 가며 소리쳤다.

"노래라도 해 봐! 네 노래를 들으면 뭐든 순식간에 죽어 버릴 거야."

도트가 킬킬거리며 말했다.

하지만 헤스터는 다시 한 번 무자비한 공격을 준비하고 있었다. 악마를 공중에서 한 바퀴 돌려, 소피를 향해 다시 날아가게 할 셈이었던 것이다. 하지만 이 조그마한 악마는 거미줄이 빼곡하게 들어찬 뾰족뾰족한 샹들리에에 걸려 버리고 말았다. 소피는 악마가 버둥대는 사이 마지막 줄 책상 밑으로 기어들어 갔다. 그때 바닥에 흩어져 있던 책들 중 하나가 그녀의 눈에 들어왔다.《악당 백과사전》이었다. 그녀는 거칠게 페이지를 넘기기 시작했다. '죽음의 유령', '살인', '전사'…….

"소피, 서둘러!"

호트가 소리쳤다.

소피가 고개를 돌려 보니, 날개 달린 악마는 이미 거미줄을 뚫고 다시 자유로워진 몸으로 공중을 날고 있었고, 헤스터는 불타오르는 두 눈으로 그에게 명령을 내리고 있었다. 소피는 다급하게 책을 뒤졌다. '지하묘지 박쥐', '키클롭스', …… '악마'!

작은 글씨로 악마에 대한 내용이 10페이지 넘게 이어지고 있었다.

'악마는 초자연적 존재로 매우 다양한 형태로 존재하는데 그 종류에 따라 강점과 약점이 다르며…….'

소피는 다시 뒤를 돌아보았다. 악마는 겨우 몇 미터 떨어진 곳에서 그녀를 향해 다가오고 있었다.

"어서 네 탤런트를 써!"

식스 교수가 포효하듯 소리를 질렀다.

다급해진 소피는 책을 덮어 악마를 향해 던졌다. 하지만 가볍게 책을 피한 악마는 무시무시한 미소를 지으며 불화살을 집어 들었다. 식스 교수가 그녀를 구하기 위해 뛰어갔지만, 아나딜은 다리를 걸어 그녀를 넘어뜨렸다. 마침내 악마는 소름 끼치는 비명 소리와 함께 불화살을 들어, 소피의 얼굴을 겨냥했다. 그리고 활을 쏘았다. 순간, 소피의 머릿속에 불현듯 떠오르는 것이 있었다. 착한 소녀라면 누구나 가지고 있는 탤런트가 생각났던 것이다.

'동물 친구들을 부르자!'

그녀는 창문을 향해 몸을 돌렸다. 그리고 고귀한 마음을 가진 다정한 동물 친구들이 곧 그녀를 구해 줄 것이라고 굳게 믿으며, 길게 휘파람을 불었다.

어디에선가 검은 말벌들이 나타나 창문을 통해 들어오더니, 순식간에 악마를 에워쌌다.

헤스터는 마치 칼에 찔린 사람처럼 움찔하며 뒷걸음질을 쳤다.

소피는 겁에 질려 두 눈을 휘둥그레 뜬 채, 다시 한 번 휘파람을 불었다. 그러자 이번에는 박쥐 떼가 교실 안으로 쏟아져 들어왔다. 말벌들은 계속해서 악마를 침으로 찔러 댔고, 박쥐는 날카로운 이로 악마를 물어뜯었다. 악마는 불에 탄 나방처럼 바닥에 쓰러져 경련을 일으켰고, 헤스터는 자리에 털썩 주저앉았다. 온몸의 피가 빠져나간 것처럼 새하얗게 질려 버린 그녀의 피부 위로 끈적끈적한 식은땀이 흘러내렸다.

당황한 소피는 더 큰 소리로 휘파람을 불어 댔지만, 그녀의 부름에 응답한 것은 벌과 메뚜기 들이었다. 까맣게 떼를 지어 나타난 이 곤충들은 바닥에서 몸부림치고 있는 악마를 순식간에 뒤덮었고, 헤스터는 격렬하게 몸을 떨며 경련을 일으키기 시작했다.

소피는 너무 놀라 더 이상 꼼짝도 할 수 없었다. 그녀가 입을 헤벌린 채 한쪽 구석에 가만히 서 있는 동안, 꼬마 악당들은 비명을 지르며 책과 의자를 들어, 악마를 공격하는 동물들을 마구 쳐 냈다. 하지만 동물들은 쉽게 물러서지 않았다. 그들은 맹공을 이어 갔고, 헤스터는 금방이라도 죽을 듯 숨을 헐떡거렸다.

그때 소피가 악마를 향해 몸을 던졌다. 그녀는 악마를 뒤덮은 동물들 사이로 손을 쑥 밀어 넣고 큰 소리로 외쳤다.

"그만!"

갑자기 동물 떼가 공격을 멈췄다. 그들은 엄마에게 혼나는 어린 아이처럼 훌쩍이며 그녀의 명령을 고분고분 따랐고, 질서 정연하게 창문을 빠져나가 검은 구름 뒤로 사라졌다.

계속된 공격에 상처를 입은 악마는 숨을 쌕쌕거리며 바닥을 기어가더니, 헤스터의 목에 기어올라 쓰러지듯 몸을 눕혔다. 헤스터는 숨을 몰아쉬며 가래를 뱉어 냈다. 아슬아슬하게 위기를 모면했던 것이다. 그녀는 정신을 차리자마자 소피를 바라보았다. 하지만 그녀의 눈에는 증오 대신 공포가 가득 담겨 있었다.

소피는 헤스터를 향해 달려갔다.

"일부러 그런 게 아닌데…… 나는 귀여운 새나 다람쥐가 올……."

소피의 손길이 닿자 헤스터는 움찔하며 몸을 뒤로 뺐다.

"공주들이 휘파람을 불면 착한 동물들이 나타나서 도움을 주잖아! 난 착한 아이니까…… 난 100퍼센트 착한 아이니까 당연히……."

소피가 침묵에 휩싸인 교실 전체를 향해 소리를 지르듯 말을 이어 갔다.

"잘했다, 꼬마 악마!"

그때 그녀의 등 뒤에서 우렁찬 목소리가 들려왔다.

"생긴 것도, 하는 짓도 다 공주 같은데, 알고 보니 완벽한 마녀였어!"

식스 교수가 기쁨에 찬 탄성을 지르며 그녀를 향해 뒤뚱뒤뚱 걸어오고 있었다.

"내 말을 기억해라, 이 쓸모없는 것들! 이 아이는 탤런트 서커스에서 승리의 왕관을 쓰게 될 거다!"

황금 거위 과제에 이어 소피는 또 한 번 1등을 하고 말았다. 그녀의 머리 위에 빨간 연기가 피어오르더니 숫자 '1'이 둥실 나타났던 것이다.

다급해진 소피는 다른 학생들을 향해 구원의 눈빛을 보냈지만, 그들은 더 이상 그녀에게 경멸이나 조롱의 시선을 보내지 않았다. 그녀를 바라보는 그들의 표정에는 전혀 다른 것이 담겨 있었다.

존경심이었다.

최고의 악당이라는 그녀의 명성은 시간이 지날수록 점점 더 견고해져 갔다.

클라리사 더비 교수를 가까이에서 보니, 동그랗게 말아 올린 은발과 발그레한 얼굴이 더욱 친숙하고 포근하게 느껴졌다. 아가사는 그나마 따뜻한 사형집행인을 만난 것이 다행이라고 생각했다.

"이런 문제는 교장 선생님께서 직접 해결하시면 좋으련만."

더비 교수가 호박 모양의 크리스털 종이누르개 아래 깔린 서류 더미를 하나씩 넘기며 말했다.

"하긴 그분은 사생활을 워낙 중시하시니까."

마침내 그녀가 고개를 들고 아가사를 바라보았다. 그녀의 얼굴에서는 더 이상 포근함이나 따뜻함을 찾아볼 수 없었다.

"학생들은 모조리 겁에 질렸고, 수업은 이틀이나 밀렸다. 난 동

물 500마리의 기억을 삭제해야 하고, 헨젤의 안식처는 다 뜯어 먹
혔어. 우리 학교의 소중한 보물인 멀린의 정원은 재가 되어 버렸고,
그 아래 어딘가에 머리가 잘린 괴물이 묻혀 있지. 왜 이런 일이 일
어났는지 알고 있니?"

아가사는 아무 말도 할 수 없었다.

"네가 폴룩스 교수의 명령을 어겼기 때문이야. 자칫하면 학생들
이 죽을 수도 있었어."

더비 교수는 비난하는 눈빛으로 그녀를 쏘아보고는 다시 서류
더미를 향해 고개를 돌렸다.

아가사는 열린 창을 통해 호숫가를 내다보았다. 선인 학생들이
머스터드와 시금치, 그리고 그뤼에르 크레이프를 곁들인 구운 닭
고기와 길쭉한 잔에 담긴 사과 주스로 점심을 먹고 있었다. 테드로
스는 막 식사를 마친 친구들 앞에서 시커멓게 멍든 눈을 훈장처럼
자랑스럽게 내보이며 멀린의 정원 사건을 재현해 보이고 있었다.

"마지막으로 친구에게 작별 인사를 하면 안 될까요?"

아가사는 눈물이 가득 고인 두 눈으로 더비 교수를 바라보며 물
었다.

"죽기 전에 인사를 하고 싶은 친구가 있어요."

"그럴 필요는 없을 것 같구나."

"하지만 꼭 만나야 해요!"

더비 교수가 다시 고개를 들었다.

"아가사, 너는 〈동물과 대화하기〉 수업에서 1등을 했어. 당연한
결과지. 뛰어난 재능을 가진 자만이 자신의 소원을 이룰 수 있는 거
란다. 물론 지붕 위 정원에서 벌어진 일에 대해서는 이런저런 말들이
많다만, 괴물을 돕기 위해 기꺼이 위험을 감수한 학생이라면……."

교수가 두 눈을 반짝이며 잠시 말을 멈췄다. 그녀의 드레스에 수놓인 은색 백조도 그녀의 눈빛을 따라 함께 빛을 발했다.

"그런 학생이라면 분명 누구도 뛰어넘을 수 없는 선한 마음의 소유자일 거다."

아가사는 할 말을 잃고 교수를 물끄러미 바라보았다.

"하지만 앞으로는 교사의 명령을 무시하지 말도록! 또 한 번 그랬다가는 낙제하게 될 거다. 알았니?"

아가사는 말없이 고개를 끄덕였다.

창밖에서 아이들의 웃음소리가 들려왔다. 창밖을 내다보니, 테드로스의 친구들이 잔가지로 다리를 붙이고 까만 단추로 눈을 만들어 붙인 베개 인형을 차며 놀고 있었다. 머리 부분에는 검은 가시덩굴이 칭칭 감겨 있었다. 그때 갑자기 화살 하나가 날아와 베개의 머리를 뚫고 지나갔다. 베개 인형은 사방으로 깃털을 뱉어 냈다. 두 번째 화살은 베개의 심장을 꿰뚫었다.

소년들은 웃음을 멈추고 뒤를 돌았다. 잔디밭 건너편에서 테드로스가 활을 들고 걸어가는 모습이 보였다.

"친구 걱정은 하지 마라. 그 아이도 자기 학교에서 꽤 잘 적응하고 있단다."

더비 교수가 손가락으로 서류를 넘기며 말했다.

"정 궁금하면 직접 물어보렴. 두 학교의 합동 수업에서 만날 수 있을 테니 말이다."

하지만 아가사의 귀에는 교수의 말이 들어오지 않았다. 그녀의 시선은 여전히 깃털을 피처럼 흩날리며 죽어 버린 베개 인형에 고정되어 있었다.

그 인형은 누가 봐도 그녀와 꼭 닮아 있었다.

10

골칫덩이들

"또 누가 우리 그룹이지?"

아가사는 어색한 분위기를 누그러뜨려 보려고 소피에게 말을 걸었다.

하지만 소피는 대답하지 않았다. 그녀는 아예 아가사를 투명인간 취급하고 있었다.

그날의 마지막 수업인 〈동화에서 살아남는 방법〉 시간에는 선과 악의 학교 학생들이 함께 참여하도록 되어 있었다. 수업이 있기 전, 더비 교수는 선인 남학생들에게 개인 무기를 모두 무기고에 맡기라고 지시했다. 테드로스가 괴물 석상의 목을 잘라 버린 탓에 잔뜩 화가 난 레소 부인을 달래야 했기 때문이다. 시간이 되자 학생들이 하나둘 파란 숲으로 들어가는 문 앞에 모여들었다. 요정들은 이들을 소그룹으로 나누었는데, 한 그룹은 선인 학생 여덟 명과 악인 학생 여덟 명으로 이루어졌다. 인원이 모두 모인 그룹은 지도 교수를 정하기 시작했다. 2번 숲 그룹 담당 교수는 오거였고, 8번 숲 그룹은 켄타우로스, 그리고 12번 숲 그룹은 백합 님프의 지도를 받게 되었다. 하지만 시뻘건 색으로 '3'이라는 숫자가 적힌 깃발 아래에는 아가사와 소피 외에는 아무도 보이지 않았다.

아가사는 소피에게 할 말이 너무나 많았다. 공주 미소를 지으려다가 모두를 겁에 질리게 했던 일, 소원을 들어주는 물고기 때문에 결국 불까지 났던 어처구니없는 사건, 그리고 아서라는 그 재수 없는 인간이 얼마나 역겨운 짓을 했는지에 대해 소피에게 모두 이야기해 주고 싶었다. 하지만 소피는 아가사를 향해 고개조차 돌리지 않았다.

"우리 그냥 집으로 돌아가자."

아가사가 간절한 목소리로 말했다.

"너나 가. 넌 여기 있다가는 분명 낙제를 하거나 아니면 두더지가 될 테니까. 선의 학교에 있어야 할 사람은 나라고!"

소피는 화가 난 듯 씩씩거리며 대답했다.

"만약 그게 사실이라면, 왜 우리 자리를 바꾸지 못하게 하겠어?"

소피가 아가사를 향해 몸을 휙 돌렸다.

"그거야…… 왜냐하면……."

"우린 집에 돌아가야 해."

아가사가 두 눈에 잔뜩 힘을 주고 말했다.

하지만 소피는 여유 만만한 미소를 지어 보였다.

"조금만 있으면 다들 알게 될 거야. 누가 어느 학교에 가야 하는지 말이야!"

"조만간 그렇게 되겠지."

등 뒤에서 낯익은 목소리가 울려 퍼졌다.

두 사람은 뒤를 돌아보았다. 테드로스였다. 셔츠는 여전히 불에 그슬린 상태였고, 한쪽 눈은 울긋불긋하게 부풀어 있었다.

"또 누굴 죽이고 싶어서 몸이 근질근질하면, 이번에는 너 스스로를 죽여 보는 건 어때?"

아가사가 신경질적으로 쏘아붙였다.

"고맙다고 해야 하는 거 아닌가? 내가 목숨을 걸고 괴물을 해치워 줬는데."

테드로스도 지지 않고 대꾸했다.

"괴물이 아니라 그냥 어린아이였다고!"

아가사가 소리쳤다.

"난 위험한 상황인 걸 알면서도 네 목숨을 구하기 위해서 나선 것뿐이야!"

테드로스가 분하다는 듯 맞받아쳤다.

소피는 서로를 향해 으르렁대는 두 사람을 번갈아 쳐다보았다.

"둘이 서로 아는 사이야?"

아가사가 소피를 향해 고개를 돌렸다.

"넌 얘가 너의 왕자님이라고 생각하지? 하지만 이 자식은 그냥 콧대 높고 떠벌리기 좋아하는 인간일 뿐이야. 툭하면 반쯤 벌거벗은 몸으로 남들 보란 듯이 여기저기 돌아다니고, 아무 데나 칼을 쑤셔 대는 구제 불능이라고!"

"나한테 신세진 걸 인정하기 싫어서 괜히 저러는 거야."

테드로스는 개의치 않는다는 듯 가슴을 긁적이며 하품을 해 댔다. 그리고 소피를 향해 미소를 지으며 다시 입을 열었다.

"네가 나를 너의 왕자님으로 찍었단 말이지?"

소피는 수줍게 양 볼을 붉혔다. 수업에 들어오기 전 수도 없이 연습했던 표정이었다.

"안 그래도 환영식장에서 너를 보고 뭔가 착오가 있었구나 생각했어."

테드로스는 파란 눈으로 소피를 구석구석 뜯어보았다.

"너 같은 아이가 악의 학교에 있다는 건 말이 안 돼."

그는 다시 고개를 돌려 아가사를 날카롭게 쏘아보았다.

"너 같은 마녀가 이런 애 곁에 있다는 건 더욱 말이 안 되지."

아가사는 테드로스를 향해 한 걸음 다가섰다.

"네가 뭘 모르나 본데, 이 마녀가 바로 얘 친구야! 너도 저리 가서 네 친구들하고나 놀아. 아니면 멀쩡한 한쪽 눈도 시퍼렇게 만들어 줄 테니!"

테드로스는 배를 움켜쥐고 온몸을 흔들며 웃어 댔다. 한 손으로 문을 붙잡고 몸을 지탱해야 할 정도였다.

"공주랑 마녀가 친구라니! 진짜 동화 같은 소리네!"

아가사는 미간에 잔뜩 힘을 주고 소피를 바라보았다. 어서 한 마디 끼어들라는 신호였다. 소피는 마른침을 꿀꺽 삼키고 테드로스를 향해 고개를 돌렸다.

"네가 그런 말을 하는 것도 무리는 아니지. 공주가 어떻게 마녀랑 친구가 될 수 있겠어? 당연한 생각인데…… 하지만 마녀도 마녀 나름이잖아! 무슨 뜻이냐면…… 정확히 어떤 사람을 마녀라고 정의할 것인지는……."

어느새 웃음을 뚝 그친 테드로스가 심각한 표정으로 소피를 바라보았다.

"그러니까…… 내 말은……."

소피는 말을 잇지 못하고 테드로스와 아가사를 번갈아 바라보

선과 악의 학교

왔다.

잠시 어색한 침묵이 이어진 후, 그녀는 아가사와 테드로스 사이에 쏙 끼어들어 테드로스의 손을 붙잡았다.

"내 이름은 소피야. 넌 눈에 멍이 들어도 멋있어."

아가사는 기가 막힌다는 표정으로 팔짱을 끼었다.

"아, 하하! 너같이 착한 아이가 어떻게 악의 학교에서 버티고 있는지 정말 모르겠다."

테드로스는 소피의 초록색 눈동자에 빠져든 듯 시선을 떼지 못했다.

"네가 날 구해 줄 거라고 믿으니까 버티는 거야."

소피가 비밀 이야기를 하듯 나직한 목소리로 대답했다.

아가사는 자신의 존재를 아예 잊어버린 듯 둘만의 세계에 빠진 소피와 테드로스를 향해 거칠게 헛기침을 했다.

"내 이럴 줄 알았어!"

그때 뒤쪽에서 익숙한 목소리가 들려왔다.

베아트릭스가 숫자 '3'이 적힌 깃발을 향해 다가오고 있었다. 도트, 호트, 라반과 밀리센트, 그리고 다른 몇 명의 아이들도 함께였다. 극과 극을 달리는 희한한 외모들이 뒤섞인 그곳의 풍경은 마치 온갖 재료가 뒤섞인 스파게티 접시 같았다.

"흠……."

그때 땅바닥에서 낯선 목소리가 들려왔다.

아이들은 일제히 아래를 내려다보았다. 쭈글쭈글한 갈색 피부에 초록색 코트를 걸치고 허리띠를 두른 땅속 요정이 오렌지색 뾰족 모자를 쓴 얼굴을 땅굴 밖으로 쏙 내밀고 그들을 바라보고 있었다. 네 발 달린 이 요정은 못마땅한 듯 인상을 잔뜩 찌푸리고 입을 달싹거렸다.

"골칫덩이들만 모아 놓은 그룹이군!"

툴툴거리며 땅굴에서 기어 나온 땅속 요정 유바는 뭉툭한 하얀 지팡이로 파란 숲으로 들어가는 문을 열어젖혔다. 그리고 학생들을 이끌고 숲으로 들어갔다.

숲에 들어서자, 학생들은 이 경이로운 파란 나라에 단숨에 빠져들었다. 그들은 조금 전 벌어졌던 살벌했던 설전은 까맣게 잊은 채 휘둥그레진 눈으로 주변을 둘러보기 시작했다. 나무와 꽃, 그리고 풀까지 모든 것들이 각기 조금씩 다른 파란색으로 빛나고 있었다. 머리 위를 지붕처럼 뒤덮은 짙은 청색의 나뭇잎 사이로 가느다란 빛줄기가 새어 들었고, 그 빛을 받은 청록색 나무 기둥과 감청색 꽃들은 더욱 눈부시게 반짝거렸다. 사슴은 하늘색 라일락을 뜯어 먹고, 까마귀와 벌새들은 사파이어색 둥지에 앉아 노래를 불렀다. 다람쥐와 토끼 들은 코발트색 들장미 사이를 경쾌하게 뛰어다니고, 황새들은 군청색 못에서 홀짝홀짝 물을 마셨다. 희한하게도, 이들은 어리둥절한 표정으로 갑자기 숲에 쳐들어온 학생들을 보고도 전혀 놀라거나 경계하지 않았다. 소피와 아가사의 고향에서 숲은 늘 어둠과 위험의 공간이었지만, 이 파란 숲은 신선한 활력과 아름다움으로 그들의 마음을 사로잡았다. 하지만 파란 숲의 매력에 흠뻑 취해 있던 그들 앞에 스팀프가 나타났다. 뼈만 남은 이 기괴한 새들은 파란색 둥지에 앉아 깊은 잠에 빠져 있었다.

"학생들이 수업 받는 곳에 저런 게 있어도 되는 거야?"

소피가 움찔하며 물었다.

"낮에는 잠만 자니까 걱정할 거 없어. 악당들이 잠을 깨우지만 않으면 전혀 위험하지 않아."

도트가 낮은 목소리로 대답했다.

유바는 학생들을 이끌고 걸음을 옮기며, 술 취한 듯 나른하고 기운 빠진 목소리로 파란 숲의 역사에 대해 설명하기 시작했다. 옛날 옛날에는 선의 학교와 악의 학교 학생들이 공동으로 참여하는 수업이 존재하지 않았다. 그 당시 학생들은 각자의 학교에서 따로 훈련을 받고, 졸업 후 곧바로 영원의 숲에 투입되었다. 하지만 이들은 선과 악의 싸움을 시작하기도 전에, 굶주린 야생 돼지와 죽은 고기를 찾아다니는 작은 도깨비들, 혹은 성격이 까칠한 거미들의 먹이가 되는 일이 허다했다. 심지어 사람을 잡아먹는 튤립에게 희생이 되는 일도 있었다.

"당시 우리 교사들은 너무나 당연한 사실을 간과했다. 동화에서 살아남기 위해서는 먼저 숲에서 살아남는 법을 배워야 한다는 거지."

유바가 말했다.

그런 이유에서 학교는 파란 숲을 만들어 냈다. 이곳은 일종의 모의 훈련장이었다. 숲 안의 모든 것들이 파란색을 띠는 이유는 침입자들을 막아 내는 강력한 보호 마법에 걸려 있기 때문이었다. 이 파란색은 또한 이곳이 모의 훈련장일 뿐이며, 정말 위험한 숲은 따로 있다는 사실을 학생들에게 상기시켜 주는 역할을 하기도 했다.

이들에게는 진짜 영원의 숲이 얼마나 위험천만한 곳인지를 직접 체험할 수 있는 기회도 주어졌다. 유바가 학생들을 북쪽 문으로 데리고 갔던 것이다. 가을 저녁의 부드러운 햇빛이 어느 정도 남아 있었음에도 불구하고, 빽빽한 숲속은 마치 커다란 방패처럼 모든 빛을 차단하고 있었다. 그곳은 영원한 밤의 공간이었고, 모든 것이 검은 그림자에 뒤덮여 초록색은 찾아볼 수 없었다. 짙은 어둠에 눈이 익숙해지자, 나무들 사이로 가늘게 이어진 흙길이 보이기 시작했다. 그것은 노인의 손바닥에 희미하게 남아 있는 말라붙은 생명줄처럼 너무나 작고 보잘것없었다. 길 양쪽의 나무들은 덩굴식물에 꽁꽁 싸여 마치 갑옷으로 중무장을 한 군인들 같았다. 빈틈없이 나무를 감싼 덩굴들 때문에 작은 관목들은 거의 보이지 않았고, 그나마 힘겹게 자라난 생명체들은 촘촘한 가시와 뾰족한 가지, 그리고 어지럽게 뒤엉킨 거미줄에 파묻혀 고개를 내밀지 못했다. 하지만 이 모든 것보다 학생들을 더욱 두려움에 떨게 한 것은 바로 작은 길 너머 어둠 속에서 들려오는 정체 모를 소리였다. 어두운 숲 깊은 곳에서 온갖 신음과 으르렁거리는 소리들이 들려왔던 것이다. 그것들이 거친 숨소리와 낮은 쳇소리 등과 뒤섞이자, 숲은 거대한 귀신들의 소굴처럼 느껴졌다.

시간이 지나자, 이 소리의 근원들이 조금씩 정체를 드러내기 시작했다. 짙은 어둠 속에서 수많은 눈들이 학생들을 지켜보고 있었다. 악마의 눈처럼 빨갛고 노란 눈들이 어둠 속에서 깜빡거리며 빛을 발하다가 갑자기 사라지고, 잠시 후 조금 더 가까운 곳에서 다시 나타났다. 끔찍한 소리들은 점점 더 커졌고, 소름 끼치는 눈들은 점점 더 많아졌다. 이따금 바닥에 깔린 잔가지들이 부러지는 소리도 들려왔다. 학생들은 불안한 눈으로 사방을 두리번거렸다. 그때 어둠에 파묻혀 있던 한 형체가 희뿌연 안개 속으로 모습을 드러낼 듯 움찔거렸다.

"이쪽으로 가자."

때마침 유바의 목소리가 그들을 불렀다.

학생들은 잽싸게 문에서 멀어졌고, 유바를 따라 파란 숲의 공터

선과 악의 학교

를 향해 걸음을 옮겼다. 그 누구도 감히 뒤를 돌아보지 못했다.

유바는 청록색 나무 그루터기에 이르자 그 위에 폴짝 뛰어올라, 수업에 대해 설명하기 시작했다. 〈동화에서 살아남는 방법〉 수업도 다른 수업과 크게 다를 것이 없었다. 학생들은 과제를 수행해야 하고 그 결과에 따라 1등부터 16등까지 등수가 매겨진다. 하지만 이 수업에서 받는 등수는 특별한 의미가 있었다. 1년에 두 번씩, 열다섯 개의 그룹에서 각각 최고의 선인과 악인을 선정해 동화 경연 대회에 보내기 때문이었다. 유바는 이 비밀스러운 대회에 대해서는 더 이상 말할 수 없다고 하면서도, 학생들의 가슴을 설레게 할 한 가지 사실을 알려 주었다. 이 대회의 우승자는 1등 자리 다섯 개를 상으로 수여받는다는 것이었다. 학생들은 말없이 서로를 바라보았다. 하지만 머릿속으로는 모두 똑같은 생각을 하고 있었다. 대회 우승자가 곧 캡틴이 될 것이다!

"선과 악을 구분하는 다섯 가지 규칙이 있다!"

유바는 연기를 내뿜는 지팡이를 들어 공중에 글을 쓰기 시작했다.

1. 악은 **공격하고** 선은 **방어한다.**
2. 악은 **처벌하고** 선은 **용서한다.**
3. 악은 **해치고** 선은 **돕는다.**
4. 악은 **빼앗고** 선은 **베푼다.**
5. 악은 **증오하고** 선은 **사랑한다.**

"각자 자기 쪽에 해당하는 규칙을 잘 지키기만 해도, 동화에서 살아남을 수 있는 확률을 현저하게 높일 수 있다."

유바는 감청색 풀밭 위에 모여 앉은 학생들을 향해 설명했다.

"이 규칙들은 언뜻 보기에도 꽤 지키기 쉬워 보일 거다. 너희는 이미 이런 성향을 강하게 가지고 있기 때문에 선택된 것이니까 말이다!"

소피는 비명이라도 지르고 싶은 심정이었다. 돕고, 베풀고, 사랑하는 것이야말로 그녀의 삶이 아니던가! 그것들은 하나같이 그녀를 묘사하는 말들이었다.

"하지만 먼저 배워야 할 것이 있다. 바로 선과 악을 제대로 알아보는 법이다. 일단 숲에 들어가면, 겉모습을 믿어서는 안 된다. 백설공주는 노파의 겉모습만 보고 그녀가 친절하다고 생각했기 때문에 목숨을 잃을 뻔했다. 빨간 망토는 가족과 악마를 제대로 구분하지 못한 덕에 늑대 뱃속에 들어가야 했고, 미녀 역시 흉측한 야수와 고귀한 왕자를 알아보는 데 어려움을 겪었지. 너희는 이런 고생을 할 필요가 없다! 선과 악이 어떻게 겉모습을 바꾸든 간에, 그 둘은 언제나 구별 가능하기 때문이다. 물론 아주 주의 깊게 봐야 하겠지. 내가 말한 규칙들을 잘 기억하면서 말이다!"

유바는 목을 한 번 가다듬은 뒤, 과제에 대해 이야기하기 시작했다.

"이번 수업의 과제는 겉모습이 변해 버린 선인과 악인을 그들의 행동만 보고 구분해 내는 것이다. 착한 학생과 나쁜 학생을 가장 빨리 맞히는 사람이 1등을 차지하게 될 것이다."

"난 저 규칙들 중에서 악에 해당하는 것들은 평생 해 본 적이 없는데…… 지금까지 내가 한 착한 일들을 학교에 알릴 수만 있다면 얼마나 좋을까!"

소피가 테드로스에게 바싹 붙어 중얼거렸다.

그러자 베아트릭스가 홱 고개를 돌려 그녀를 바라보았다.

"악인은 선인한테 말 시키면 안 되는 거 몰라?"

"넌 선인을 악인이라고 부르면 안 되는 것도 모르니?"

소피가 지지 않고 쏘아붙였다.

베아트릭스는 어리둥절한 표정을 지었고, 테드로스는 삐져나오는 웃음을 참느라 입술을 꼭 깨물었다.

"너랑 저 마녀가 실수로 뒤바뀐 걸 증명하려면, 이번 과제에서 꼭 1등을 해야 해! 그러면 내가 더비 교수님을 만나서 직접 말씀드려 볼게. 괴물 석상 일은 그냥 넘어가셨지만, 이번에는 그러시지 않을 거야."

베아트릭스가 시선을 돌리자마자 테드로스가 소피를 향해 낮은 목소리로 속삭였다.

"정말? 날 위해서…… 그렇게 해 줄래?"

소피가 두 눈을 동그랗게 뜨고 말했다.

"이런 옷을 입은 애랑 친하게 지낼 수는 없잖아!"

테드로스가 소피의 검은 교복을 손끝으로 건드리며 말했다.

소피는 당장이라도 그 헐렁한 포대 자루를 벗어 불태워 버리고 싶었다.

첫 번째 도전자로 나선 사람은 호트였다. 그가 너덜너덜한 눈가리개를 쓰자, 유바는 즉시 지팡이로 밀리센트와 라반을 톡 건드렸다. 그러자 각각 핑크색 드레스와 헐렁한 검은 옷을 걸치고 있던 그들의 몸이 쪼글쪼글 줄어들기 시작하더니, 어느새 옷 밖으로 쏙 빠져나와 코브라로 변해 버렸다. 두 마리의 코브라는 겉모습이 똑같아 누구인지 도무지 분간할 수 없을 정도였다.

호트가 눈가리개를 풀었다.

"어떠냐?"

유바가 물었다.

"똑같은데요."

호트가 대답했다.

"시험을 해 봐야지! 내가 가르쳐 준 규칙들을 사용하란 말이다!"

유바가 꾸짖듯 대꾸했다.

"기억이 안 나요."

호트가 꾸물거리며 대답했다.

"다음!"

유바가 언짢은 표정으로 목청을 높였다.

다음 차례는 도트였다. 유바는 베아트릭스와 호트를 유니콘으로 변신시켰다. 그런데 한 놈이 다른 놈의 행동을 똑같이 따라 하자, 다른 놈도 그놈의 행동을 그대로 흉내 내기 시작했다. 결국 두 마리 유니콘은 마치 똑같은 마임 공연을 하는 연기자처럼, 발을 맞춰 풀밭을 뛰어다니며 도트를 혼란에 빠뜨렸다. 도트는 말없이 머리를 긁적였다.

"첫 번째 규칙! 악은 공격하고 선은 방어한다! 누가 먼저 행동했지?"

"다시 하면 안 될까요?"

"형편없다 못해 최악이야, 최악!"

유바가 폭발하듯 소리를 질렀다.

그는 두 눈을 가늘게 뜨고 학생 명단을 훑어보았다.

"다음은 테드로스로 하지. 누가 변신해 볼 텐가?"

선인 소녀들이 일제히 손을 번쩍 들어올렸다.

"너 아직 안 했지?"

유바가 소피를 가리키며 물었다.

"너도 마찬가지구나."

그가 아가사를 향해 고개를 돌리며 말했다.

"이건 너무 쉽잖아. 눈이 어두운 우리 할머니도 맞힐 수 있겠는걸!"

테드로스는 의기양양한 표정으로 중얼거리며 눈가리개를 썼다.

아가사는 내키지 않는 표정으로 터덜터덜 걸어 나갔다. 그리고 마치 새 신부처럼 발그레 볼을 붉히고 서 있는 소피 옆에 나란히 자리를 잡았다.

"아가사, 테드로스는 내가 어느 학교에 있든, 무슨 옷을 입었든 상관없대. 나를 있는 그대로 봐 준 거야."

소피가 참았던 말을 쏟아냈다.

"넌 걔가 어떤 놈인지도 모르면서 그렇게 좋아?"

아가사의 반응에 소피의 얼굴이 붉게 달아올랐다.

"난…… 너도 기뻐해 줄 줄 알았는데……."

"걔가 널 있는 그대로 봐 준다고? 걔는 그냥 네 외모만 보고 그러는 거야. 아무것도 모른다고."

아가사가 날카롭게 쏘아붙였다.

"내 평생 처음으로 날 이해해 주는 사람을 만났다고 생각했는데……."

소피는 이해할 수 없다는 표정으로 한숨을 내쉬었다.

순간 아가사는 가슴이 메어 오는 것을 느꼈다.

"하지만 네가 전에 나한테…… 넌 진심으로 이해하는 사람은……."

소피가 아가사의 두 눈을 똑바로 쳐다보며 다시 입을 열었다.

"물론 넌 좋은 친구야, 아가사. 하지만 우린 이제 다른 학교에 있잖아."

아가사는 말없이 고개를 돌렸다.

"준비 됐나, 테드로스? 시작하지!"

유바가 지팡이를 휘두르자, 두 소녀는 끈적끈적하고 냄새나는 초록색 도깨비의 모습으로 변했다.

테드로스는 눈가리개를 풀자마자 코를 쥐어 잡고 뒷걸음질을 쳤다. 소피는 초록색 발톱에 잔뜩 힘을 주고, 벌레로 만들어진 채찍을 이리저리 휘둘러 댔다. 하지만 소피의 마지막 말에 가슴이 무너져 내린 아가사는 모든 것을 포기한 듯 시무룩한 표정으로 바닥에 풀썩 주저앉아 버렸다.

"너무 쉽잖아요."

테드로스는 채찍을 휘두르며 장난을 걸어 오는 도깨비를 못마땅한 눈으로 바라보며 말했다.

소피는 어리둥절한 표정으로 채찍질을 멈췄다.

"저 마녀는 생각보다 훨씬 교활한 녀석이에요."

테드로스가 두 도깨비를 번갈아 바라보며 다시 말했다.

아가사 역시 당황한 듯 눈알을 이리저리 굴렸다. 저 녀석 머리에는 대체 뭐가 들었기에 저 모양이지?

"가슴으로 느껴라! 머리로 생각하려고 하지 말고!"

유바가 테드로스를 향해 소리쳤다.

테드로스는 언짢은 듯 인상을 쓰고 두 눈을 감았다. 잠시 머뭇거리던 그의 얼굴에 금세 다시 확신에 찬 표정이 돌아왔다. 그의 느낌은 분명하고도 강력한 힘으로 한 도깨비를 지목하고 있었다.

소피는 숨이 멎는 것 같았다. 테드로스가 선택한 것은 그녀가 아니었다.

소년은 손을 뻗어, 무사마귀로 뒤덮인 끈적끈적한 아가사의 뺨을 콕 찔렀다.

"얘가 소피예요. 이쪽이 공주가 확실합니다."

그가 두 눈을 떴다.

아가사는 얼빠진 표정으로 소피를 바라보았다. 아무 말도 할 수가 없었다.

"잠깐, 아닌가? 맞았나요?"

테드로스가 이상한 낌새를 느꼈는지 머뭇거렸다.

파란 숲의 공터에 어색한 정적이 흘렀다.

그리고 갑자기 소동이 시작되었다. 소피가 아가사를 덮쳤던 것이다.

"네가 다 망쳤어!"

소피는 분명 이렇게 말했지만 다른 학생들의 귀에는 **"고보 우미 후와!"**라는 도깨비 언어가 들릴 뿐이었다. 하지만 아가사만은 그녀의 말을 정확하게 이해했다.

"봤지? 쟤가 얼마나 멍청한지 이제 알겠어? 쟤는 너랑 나를 구분하지도 못한다고!"

"네가 속임수를 쓴 거지? 스팀프한테도 그랬고, 다리 위로 갑자기 들이친 물살도……."

그때 테드로스가 주먹으로 그녀의 눈을 쳤다.

"소피한테 그러지 마!"

그가 소리쳤다.

소피는 멍한 표정으로 그를 바라보았다. 그녀의 왕자님이 그녀를 때리다니! 아니, 그녀의 왕자님은 그녀를 때린 것이 아니다. 아가사와 그녀를 혼동했을 뿐이다. 그녀는 자신이 소피라는 것을 증명해야 했다.

"규칙을 활용해라!"

유바가 우렁찬 목소리로 외쳤다.

바로 그거였다! 소피는 자신을 증명할 방법을 생각해 냈다. 그녀는 울퉁불퉁한 점무늬 몸뚱이를 휘청거리며 테드로스에게 다가갔다. 그리고 끈적거리는 초록색 손으로 그의 가슴을 다정하게 쓰다듬었다.

"다정한 테드로스! 날 알아보지 못했지만 널 용서할게. 네가 날 때린다고 해도 방어하지 않을 거야. 나의 왕자님, 난 그냥 널 도와서, 우리가 영원히 사랑하며 행복하게 살 수 있는 동화를 만들어 가고 싶을 뿐이야."

하지만 이 달콤한 말도 테드로스의 귀에는 으르렁거리는 도깨비 울음소리로 들릴 뿐이었다. 테드로스는 역겹다는 듯 소피의 얼굴을 발로 짓밟고는, 양팔을 벌리고 아가사에게 달려갔다.

"저런 끔찍한 것과 네가 친구라니 난 도저히 이해할 수가……."

하지만 아가사는 그의 사타구니를 향해 힘껏 무릎을 들어 올렸다. 테드로스는 숨을 쌕쌕 몰아쉬며 바닥에 쓰러졌다.

"대체 일이 어떻게 돼 가는 거야?"

그는 고통에 찬 신음을 내뱉으며, 고개를 길게 빼고 두 도깨비를 올려다보았다. 소피가 블루베리 덤불을 향해 아가사를 밀어붙이자, 아가사는 옆에 있던 다람쥐를 집어 들어 소피를 후려쳤다. 불쌍한 다람쥐는 꽥 비명을 질러 대고 있었다. 하지만 초록색 도깨비들은 계속해서 서로를 때리고 밀치며 몸싸움을 이어 갔다. 그들은 단 것을 잔뜩 먹고 흥분한 아이들처럼 좀처럼 분을 삭이지 못했다.

"너랑 집에 가는 일은 절대 없을 거야!"

소피가 소리쳤다.

"어머, 테드로스, 나랑 결혼해 줘!"

아가사가 소피를 비꼬듯 놀려 댔다.

"그래, 난 결혼이라도 하지 넌 뭐야?"

싸움은 점점 더 격렬해지며 절정을 향해 치닫고 있었다. 소피는 파란색 호박을 들어 아가사를 내리쳤고, 아가사는 소피의 얼굴을 깔고 앉았다. 학생들은 이 모든 상황이 재미있어 죽겠다는 듯 연신 키득거리며 누가 이길지 내기를 걸고 있었다.

"그렇게 가고 싶으면 혼자 가라고! 난 가발돈에서 평생 썩고 싶은 생각 없으니까!"

소피가 다시 소리쳤다.

"겉만 번지르르한 깡통하고 같이 사느니 혼자가 낫지!"

아가사가 쏘아붙였다.

"내 인생에 참견하지 마!"

"친구하자고 귀찮게 쫓아다닌 건 너야!"

그때 테드로스가 절뚝거리며 두 도깨비 사이를 가로막았다.

"그만들 해!"

하지만 그것은 현명하지 못한 행동이었다. 도깨비들은 테드로스를 향해 끈적이는 점액을 튀기며, 귀청이 찢어질 것 같은 날카로운 소리로 울부짖었다. 그러고는 그를 발로 뻥 차 버렸다. 테드로스의 몸은 공중에 붕 떠서 2번 그룹과 6번 그룹, 그리고 10번 그룹 사이를 날아가더니, 야생 돼지 똥 더미 위에 툭 떨어지고 말았다.

그때 소녀들에게 변화가 일어나기 시작했다. 초록색 가죽이 쪼그라들고, 울퉁불퉁한 비늘은 부드러운 피부로 바뀌었다. 악취를 풍기던 끈적이는 몸뚱이는 다시 옷이 되었다. 소피와 아가사는 천천히 주변을 둘러보았다. 학생들이 모두 두 눈을 휘둥그레 뜨고 두 사람을 바라보고 있었다.

"잘했어!"

호트가 소피를 향해 소리쳤다.

"글쎄다, 이게 과연 잘한 걸까? 선이 악처럼 행동하고 악은 철저하게 무능력했지. 규칙도 전혀 지켜지지 않았어! 나조차도 누가 누구인지 알 수가 없었다! 이런 상황에 딱 어울리는 결말이 하나 있지."

두 소녀의 발에 갑자기 철 신발이 생겨났다.

"뭐야! 너무 못생겼잖아!"

소피가 인상을 찌푸렸다.

하지만 진짜 문제는 그다음이었다. 신발이 점점 뜨거워지기 시작했던 것이다.

"불이야! 발에 불이 붙었어!"

아가사가 펄쩍펄쩍 뛰며 소리쳤다.

"그만! 멈춰 주세요!"

소피도 고통을 참지 못해 온몸을 비틀며 말했다.

그때 저 멀리에서 늑대 울음소리가 들려왔다. 수업이 끝났다는 신호였다.

"오늘 수업은 여기까지다."

유바는 말을 마치자 곧장 뒤뚱거리며 걸음을 옮겼다.

"그냥 가면 어떡해요!"

아가사는 불타는 듯 뜨거워진 신발을 잡아당기며 유바를 향해 외쳤다.

"너희에게는 안된 일이지만, 동화 세계의 징벌은 스스로 판단을

선과 악의 학교

내린다! 충분히 벌을 내렸다고 판단되면 알아서 사라질 거야!"

유바가 뒤를 돌아보고 외쳤다.

학생들은 유바의 뒤를 따라 학교로 돌아갔고, 소피와 아가사는 그 저주받은 신발을 신고 파란 숲 한가운데를 춤추듯 뛰어다녔다. 돼지 똥과 온갖 오물을 뒤집어쓴 테드로스는 절뚝절뚝 두 소녀 곁을 지나치며, 역겨움이 가득 담긴 시선으로 그들을 바라보았다.

"너희 둘이 왜 친구인지 이제야 알겠어."

똥 범벅이 된 채 파란 잡목 숲을 향해 터덜터덜 걸어가는 왕자의 곁에 베아트릭스가 쭈뼛쭈뼛 다가섰다.

"쟤들 처음부터 알아봤어. 둘 다 악인이 분명해."

두 소녀는 테드로스와 베아트릭스가 오크나무 뒤로 사라질 때까지 시선을 떼지 못했다.

"이게 다…… 너…… 때문이야!"

소피가 고통에 헐떡이며 말했다.

"제발 누가…… 이것 좀 멈춰 줬으면!"

아가사 역시 말을 제대로 잇기 힘들었다.

하지만 강철 신발은 사정을 봐줄 생각이 없는 듯했다. 시간이 지날수록 신발은 점점 더 뜨거워졌고, 두 소녀는 마침내 소리조차 지를 수 없는 지경이 되었다. 동물들은 고통에 몸부림치는 가련한 두 소녀를 차마 쳐다보지 못하고, 고개를 돌렸다.

저녁이 되고 밤이 찾아왔지만, 두 사람은 여전히 절망과 고통에 파묻혀 땀을 뻘뻘 흘리며 미친 사람처럼 공터를 뛰어다니고 있었다. 화상은 뼛속까지 파고들었고, 열기는 고스란히 핏속에 녹아들었다. 이 고통을 멈출 수만 있다면 무엇이든 포기할 수 있었다. 죽음은 늘 자신이 필요한 장소와 시간을 정확하게 알고 있었다. 두 소녀가 자비로운 죽음의 손길에 자신들을 맡기려는 바로 그 순간, 날카로운 햇빛이 어둠을 가르며 내려와 소녀들의 신발을 꿰뚫었다. 온몸을 녹일 것 같이 끓어오르던 신발은 순식간에 차가워졌다.

고통에 지쳐 버린 두 사람의 몸이 파란 풀밭 위에 털썩 쓰러졌다.

"이래도 집에 안 갈 거야?"

아가사가 헐떡이며 물었다.

소피는 하얗게 질려 버린 얼굴을 들어 그녀를 바라보았다.

"안 가긴 누가 안 가! 네가 안 간다고 하면 나 혼자라도 갈 거야!"

11

교장의 수수께끼

모두 고요한 잠에 빠져든 시각, 두 개의 자그마한 머리가 검은 도랑못 위로 모습을 나타냈다. 소피와 아가사는 빛나는 호수와 오물로 가득 찬 도랑못 가운데 자리 잡은 길쭉한 은색 탑을 바라보고 있었다. 기어오르기에는 너무 높은 탑이었다. 뾰족한 첨탑 주변에는 요정들이 회오리바람처럼 윙윙거리며 보초를 서고 있었고, 탑 아래쪽 나무 널빤지 위에는 석궁을 든 늑대들이 진을 치고 있었다.

"교장 선생님이 저기 있단 말이지?"

소피가 물었다.

"응, 내가 봤어."

"우리 부탁을 들어줄까? 저 학교에 다시는 가고 싶지 않은데!"

"집에 보내 준다고 할 때까지

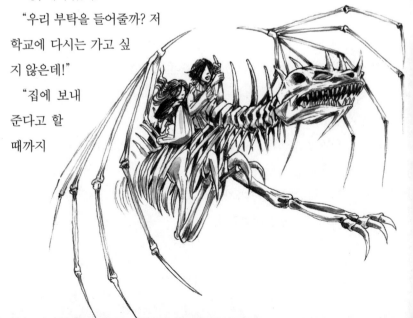

무작정 매달려 보자."

"그게 통할 것 같아? 그런 계획이라면 차라리 나한테 맡겨! 내가 얘기할 테니까."

소피가 코웃음을 치며 대답했다.

두 소녀는 이미 한 시간이 넘도록 학교를 탈출할 방법을 찾고 있었다. 아가사는 몰래 영원의 숲으로 들어가서 가발돈으로 가는 길을 찾아보자고 했지만 소피가 반대했다. 문을 지키는 거대한 뱀과 다른 마법의 덫들을 운 좋게 통과한다고 하더라도, 결국 숲에 들어가면 길을 잃어버릴 것이라는 주장이었다. '끝없는 숲'이라는 별명이 그냥 붙은 것은 아닐 것이라는 그녀의 말은 아가사를 설득하기에 충분했다. 소피의 계획은 학교 창고에 들어가서 마법 빗자루나 마법 양탄자 같은 것을 훔쳐 숲 위를 날아가는 것이었다.

"어느 방향으로 가야 할지는 알아?"

아가사가 물었다.

두 소녀는 그 후로도 여러 가지 방법을 제안했다. 하지만 빵 부스러기로 길을 표시하는 것은 이미 알다시피 절대 성공할 수 없는 방법이었고, 친절한 사냥꾼이나 난쟁이를 찾아 도움을 구하는 방법은 낯선 사람을 믿을 수 없다는 아가사의 거절로 폐기되었다. 아가사가 요정 할머니에게 소원을 빌어 보자고 했지만 소피는 뚱뚱한 사람은 신뢰할 수 없다는 이유로 퇴짜를 놓았다. 결국 긴 논의 끝에 살아남은 방법은 하나뿐이었다.

하지만 교장의 요새를 천천히 살펴보던 두 소녀의 마음속에서는 마지막 남은 희망마저 사라져 가고 있었다.

"저기까지 어떻게 가지?"

소피가 한숨을 내쉬었다.

선과 악의 학교

그때 멀리에서 '꽥' 하는 울음소리가 들려왔다.

"방법이 있어!"

잠시 후 두 사람은 온몸에 진흙을 두껍게 바르고, 다시 파란 숲에 들어섰다. 그들은 페리윙클 덤불 뒤에 숨어서 커다란 검은 알들이 담긴 새 둥지를 뚫어지게 바라보았다. 둥지 앞 남색 풀밭 위에는 다섯 마리의 스팀프가 잠들어 있었고, 그들 앞에는 먹다 남은 염소 다리와 피가 어지럽게 흩어져 있었다.

소피가 눈살을 찌푸리며 입을 열었다.

"이런 일을 다시 겪게 될 줄이야! 냄새나는 진흙을 온몸에 묻히게 되다니! 살 파먹는 구더기들이 몇 마리나 섞여 있을지…… 너 뭐 하는 거야?"

"새들이 공격하면 바로 뛰어올라야 해!"

"새들이 뭘 한다고?"

소피가 다급하게 물었지만 아가사는 이미 알을 향해 살금살금 걸음을 옮기고 있었다.

"뜨거운 신발 때문에 뇌가 다 녹아 버린 거 아니야?"

소피가 낮은 목소리로 씩씩거렸다.

둥지 가까이 다가간 아가사는 잠든 스팀프의 들쭉날쭉한 이빨과 울퉁불퉁 뒤틀린 발톱, 그리고 생살을 뼈에서 뜯어낼 것처럼 뾰족뾰족 못 박힌 꼬리를 하나하나 살펴보았다. 갑자기 계획에 자신이 없어진 그녀는 슬금슬금 뒷걸음질을 쳤지만, 그 순간 바닥에 떨어진 나뭇가지에 걸려 요란한 소리와 함께 염소 다리 위로 넘어지고 말았다. 다섯 마리의 스팀프들이 번쩍 눈을 떴다. 그녀는 심장이 멎는 것 같았다.

'악당들이 잠을 깨우지만 않으면 전혀 위험하지 않아.'

도트가 했던 말이 떠올랐지만, 그들이 핑크 드레스를 입은 그녀를 공주로 봐 줄 것 같지는 않았다.

아가사는 막 잠에서 깬 스팀프들을 노려보았다. 이제 와서 포기할 수는 없었다. 이제야 소피가 정신을 차리고 집에 가겠다고 나섰는데 여기에서 멈출 수는 없는 일이었다. 그녀는 벌떡 일어나 둥지를 향해 달렸다. 그리고 알 하나를 집어 들고는 새들을 향해 휙 돌아섰다.

"못 보겠어! 도저히 못 보겠다고!"

소피는 손가락 사이로 아가사를 바라보며 징징 울어 대기 시작했다. 곧 팔다리가 잘려 나가고 붉은 피가 땅을 물들이는 잔인한 장면이 펼쳐질 것이 분명했다.

하지만 이 무시무시한 새들은 알을 들고 있는 아가사를 향해 다가오더니, 마치 어린 강아지가 우유를 달라고 보채듯 다정하게 코를 비벼 대기 시작했다.

"아이, 간지러워!"

아가사가 가느다란 비명을 질렀다. 소피는 괜한 걱정을 했다는 듯 팔짱을 낀 채 그녀를 노려보았다.

아가사는 소피를 향해 터덜터덜 걸어오더니 그녀에게 알을 넘겼다.

"네가 해 봐!"

"그게 대체 무슨 말이야? 너한테도 저렇게 다정하게 구는데, 내가 나서면 아주 껴안고 뒹굴려고 할걸! 원래 동물들은 공주를 끔찍하게 좋아한다고!"

소피는 당당한 걸음으로 새들을 향해 다가갔다.

순간 스팀프들이 날카로운 비명을 지르며 그녀를 향해 돌격했다.

"사람 살려!"

소피는 아가사에게 알을 던졌지만, 스팀프들은 계속해서 소피의 뒤를 쫓았다. 소피는 미친 듯이 원을 그리며 달렸고, 다섯 마리의 스팀프들은 다리를 경중경중 들어 올리며 그녀의 뒤를 따라 뛰었다. 마치 탑돌이를 몇 배속으로 빠르게 돌린 것처럼 정신없이 원을 그리던 그들은 어느새 누가 누구를 쫓는 것인지 구분할 수 없을 정도로 뒤섞여 버렸고, 현기증이 난 스팀프들은 서로 몸을 부딪치며 하나둘 나가떨어지기 시작했다.

"봤지? 내 계획대로 됐어!"

소피가 밝게 웃으며 말했다.

그때 스팀프 한 마리가 그녀의 엉덩이를 깨물었다.

"아야!"

그녀는 재빨리 가까운 나무를 향해 뛰었지만, 안타깝게도 나무를 타고 오르는 법을 몰랐다. 그녀는 바닥에 떨어져 으깨진 구스베리 열매를 들어 새의 눈을 향해 던졌다. 하지만 뼈로만 이루어진 새에게 눈이 있을 리 없었다. 구스베리는 텅 빈 눈구멍을 그대로 통과해, 바닥에 툭 떨어지고 말았다.

"아가사, 나 어떻게 해!"

소피가 다급하게 소리쳤지만, 아가사는 깊은 생각에 빠진 듯 무표정한 얼굴이었다.

스팀프는 소피를 향해 달리기 시작했고, 소피는 두 눈을 질끈 감았다. 잠시 후, 소피가 다시 눈을 떴을 때 아가사는 이미 스팀프의 등 위에 올라타 그녀를 내려다보고 있었다.

"바보같이 그러고 있지 말고 어서 올라 타!"

아가사가 소피를 향해 소리쳤다.

"안장도 없이 타라고? 다리에 쓸린 자국이 남을 텐데……."

소피가 말도 안 된다는 듯 콧방귀를 뀌며 대답했다.

그때 스팀프가 갑자기 성큼성큼 속도를 내어 달리기 시작했다. 아가사 말을 채찍질하듯 새의 머리를 힘껏 내리쳤던 것이다. 그녀는 다른 한 손으로 재빨리 소피를 들어올려, 그녀의 허리띠를 새의 척추 뼈에 거는 데에 성공했다.

"안 떨어지게 뭐든 꼭 붙잡아!"

아가사의 말이 끝나기 무섭게, 스팀프는 양 날개를 허우적대며 공중으로 날아올랐다. 새는 두 아이를 등에서 떨어뜨리기 위해 몸을 흔들고 공중제비를 돌았고, 다른 네 마리의 스팀프들도 살벌한 울음소리와 함께 이들을 뒤쫓아 파란 숲에서 날아올랐다. 아가사는 속도를 내기 위해 새의 다리뼈를 발로 찼고, 소피는 죽을힘을 다해 아가사를 붙잡았다.

"네 계획 진짜 최악이야!"

요란한 비명과 울음소리가 고요한 밤하늘에 울려 퍼지자, 보초를 서던 요정들과 늑대들이 두 눈을 가늘게 뜨고 하늘을 올려다보았다. 하지만 날쌘 침입자들은 어느새 짙은 어둠 속으로 모습을 감추었다.

"거의 다 왔어!"

아가사가 옅은 안개 속에서 뾰족하게 솟아 있는 탑을 발견하고 소리쳤다. 그때 스팀프의 갈비뼈 사이로 화살 하나가 '윙' 소리를 내며 날아갔다. 늑대가 그들을 발견하고 석궁을 쏘았던 것이다. 새의 척추에 매달려 있던 소피의 몸이 하마터면 반 토막 날 뻔한 순간이었다. 요정들도 안개를 뚫고 한밤의 침입자들을 향해 몰려들었다. 그들이 입에서 황금 거미줄을 쏘아 대자 스팀프는 이를 피하기 위해 이리저리 거칠게 방향을 바꾸었고, 빗발치는 화살을 피하려 뱅그르르 몸을 돌리기도 했다. 결국 두 소녀는 더 이상 버티지 못하고 새의 등에서 떨어졌다.

"안 돼!"

아가사가 비명을 질렀다.

그때 소피가 스팀프의 마지막 꼬리뼈를 간신히 붙잡았다. 아가사는 소피의 유리 구두 끄트머리를 잡고 공중에 대롱대롱 매달리는 신세가 되었다.

"이러다가 죽겠어!"

소피가 겁에 질려 외쳤다.

"꼭 잡고 있기나 해!"

소피의 발 아래에서 아가사의 우렁찬 목소리가 울려 퍼졌다.

"손에서 땀이 나서 미끄러진단 말이야!"

"떨어지면 둘 다 죽어!"

스팀프는 높은 벽을 향해 돌진했다. 꼬리로 벽을 쳐서 이 거추장스러운 소녀들을 떼어 내려는 생각이었다. 하지만 아가사는 안개 속에서 희미하게 빛나는 창문을 발견했다.

"지금이야!"

아가사가 소리쳤다. 소피도 이번만큼은 정확하게 아가사의 지시를 따랐다.

황금 거미줄 공격은 끈질기게 계속되었고, 결국 스팀프는 마지막 비명과 함께 바닥에 추락하고 말았다. 순식간에 요정들이 몰려들어 죽어 가는 새를 둘러쌌지만, 그들은 어리둥절한 표정으로 서로를 바라볼 뿐 아무 말도 하지 않았다.

스팀프의 등 위에는 누구도 타고 있지 않았던 것이다.

두 소녀는 창문을 통해 탑에 침입하는 데에 성공했다. 하지만 소피는 오른쪽 몸에 온통 멍이 들었고, 아가사는 손목을 베였다. 고통은 심했지만, 그들은 결국 살아남았다. 아직 집에 돌아갈 가능성이 남아 있다는 뜻이었다. 두 소녀는 끙끙 신음을 토해 내며, 비틀비틀 자리에서 일어섰다. 순간 소피는 미처 파악하지 못했던 최악의 피해를 발견하고 비명을 질렀다.

"내 구두!"

유리 구두의 굽이 부러져 울퉁불퉁한 플랫슈즈가 되어 버린 것이다.

"정말 특별한 신발인데……."

소피가 속상한 듯 울상을 지었지만, 아가사는 고개 한 번 돌리지 않고 어두컴컴한 방 안으로 절뚝절뚝 걸음을 옮겼다. 창을 통해 들어오는 희미한 새벽빛이 방 안을 어두운 회색으로 밝히고 있었다.

"누구 있어요?"

아가사가 외쳤지만 낮은 메아리가 울릴 뿐 대답하는 이는 없었다.

두 소녀는 점점 더 깊은 어둠 속으로 걸어 들어갔다. 돌로 만들어진 책꽂이가 회색 벽돌 벽을 가득 채우고 있었고, 책꽂이에는 제일 아래 칸부터 위 칸까지 다양한 색깔의 책들이 빼곡하게 꽂혀 있었다. 소피는 책꽂이 선반에 쌓인 먼지를 털어 내고, 나무 책등에 쓰인 우아한 은색 글자들을 읽어 보았다. 《라푼젤》, 《노래하는 뼈》, 《엄지공주》, 《개구리 왕자》, 《세 공주》, 《여섯 마리 백조》…… 가발돈 아이들이 눈만 뜨면 들여다보던 동화들이었다. 소피는 아가사를 바라보았다. 그녀 역시 방 건너편에서 책꽂이에 꽂힌 책들을 살펴보고 있었다. 그곳은 세상에 존재하는 모든 동화를 한데 모아 놓은 도서관이었던 것이다.

아가사는《미녀와 야수》를 발견하고는 책을 꺼내 펼쳐보았다. 책등에는 다른 책과 마찬가지로 우아한 글씨로 제목이 쓰여 있었고, 책 안에는 양쪽 학교 로비에서 보았던 것과 비슷한 선명한 색깔의 그림들이 그려져 있었다. 아가사는《빨간 구두》,《당나귀 가죽》,《눈의 여왕》도 차례로 꺼내 펼쳐 보았다. 그 책들 역시 우아하고 귀족적인 손 글씨로 가득 채워져 있었다.

"아가사?"

소피가 무엇인가를 바라보면서 아가사를 불렀다. 아가사는 소피의 시선을 따라, 방의 가장 어두운 곳을 바라보았다. 하얀색 돌 테이블 하나가 회색 벽돌 벽에 딱 붙어 놓여 있었고, 그 위에서 무엇인가 길쭉한 것이 희미하게 빛을 발하고 있었다. 희한하게도 이 길쭉한 단검처럼 생긴 물체는 마법에 걸린 듯 공중에 붕 떠 있었다.

아가사는 차갑고 매끄러운 테이블 표면을 손끝으로 쓰다듬었다. 집 뒤에 있는 주인 없는 빈 무덤의 묘비들이 떠올랐다. 소피는 하얀색 테이블 몇 십 센티미터 위에 꼼짝 않고 떠 있는 뾰족한 물체에서 눈을 뗄 수가 없었다. 뭔가 으스스한 기분이 들었던 것이다.

자세히 보니, 그것은 단검이 아니었다.

"이거 펜이잖아."

소피가 속삭이듯 말했다.

과연 그것은 뜨개질바늘처럼 생긴 펜이었다. 전체가 강철로 만들어져 있었고, 양끝은 무엇이든 뚫을 수 있을 것처럼 날카로웠다. 펜의 한쪽 면에는 아름다운 글씨가 깊이 새겨져 있었는데, 글씨는 뾰족한 한쪽 끝에서 다른 쪽 끝까지 끊어짐 없이 길게 이어져 있었다.

네가 가장 두려워하는 적

그때 갑자기 펜이 햇빛처럼 밝게 빛나더니, 똑바로 쳐다볼 수 없을 정도로 밝은 금색 빛줄기를 사방으로 뿜어내기 시작했다. 아가사는 재빨리 몸을 돌렸다. 잠시 후, 다시 펜을 향해 돌아선 그녀는 테이블 위로 기어오르고 있는 소피를 발견했다.

"소피, 안 돼!"

소피는 무엇인가에 홀린 듯 뻣뻣해진 몸으로 두 눈을 커다랗게 뜨고 펜을 향해 다가가고 있었다. 그녀 주변의 공간은 모든 것이 사라진 채 온통 뿌연 회색으로 뒤덮였고, 그 회색 공간의 한가운데에서 물렛가락처럼 뾰족한 펜이 희미하게 일렁이고 있었다. 소피의 멍한 두 눈동자에는 펜에 쓰여 있는 이상한 글자들이 어른어른 비치고 있었다. 그녀는 마음속 어딘가에서 그 알 수 없는 글의 의미를 정확하게 느끼고 있었다. 그녀는 뾰족한 펜 끝을 향해 손을 뻗었다.

"하지 마!"

아가사가 소리쳤다.

소피의 피부가 얼음처럼 차가운 강철 펜에 가 닿았다. 핏방울이 그녀의 투명한 피부를 뚫고 나오려는 찰나였다.

아가사가 그녀를 덮쳤고, 두 소녀는 평평한 테이블 위를 뒹굴었다. 마침내 최면 상태에서 깨어난 소피가 어리둥절한 표정으로 아가사를 바라보았다.

"왜 내가 테이블 위에 있지? 넌 또 왜 여기 있어?"

"네가 저 펜을 만지려고 했잖아."

아가사가 대답했다.

"뭐? 대체 왜 내가 그런……."

소피는 멍한 표정으로 공중에 떠 있는 펜을 올려다보았다. 하지만 펜은 원래의 자리를 이미 벗어나, 두 소녀의 얼굴 몇 센티미터 앞까지 와 있었다. 강철 펜은 둘 중 누구를 먼저 죽일지 고민이라도 하듯, 그 뾰족한 끝으로 두 소녀의 얼굴 한가운데를 겨누고 있었다.

"움직이지 마."

아가사가 이를 악물고 낮은 목소리로 말했다.

펜은 불에 달궈진 듯 붉은색으로 변하기 시작했다.

"지금이야!"

아가사가 외쳤다.

두 소녀는 재빨리 몸을 굴려 테이블 아래로 떨어졌고, 강철 펜은 그녀들이 있던 테이블 위를 향해 돌진하듯 날아왔다. 하지만 칼처럼 날카로운 펜촉은 마치 눈이라도 달린 듯, 매끄러운 하얀 돌 바로 위에서 정확하게 멈춰 섰다. 그때 검은 연기가 퍽 피어오르더니 테이블 위에 책 한 권이 나타났다. 날카로운 펜촉 바로 아래 자리 잡은 이 책은 선홍색 나무로 제본되어 있었다. 강철 펜은 책 표지를 넘겨 텅 빈 첫 페이지를 펼치더니, 스스로 움직이며 글을 쓰기 시작했다.

"옛날 옛날에 두 소녀가 살았다."

다른 책에서 보았던 것과 똑같은 우아한 글씨체였다. 새로운 동화가 시작된 것이다.

소피와 아가사는 그대로 바닥에 쓰러진 채, 겁에 질린 표정으로 펜을 바라보았다.

"이상한 일이군."

그때 어디에선가 부드러운 목소리가 들려왔다.

소녀들은 홱 몸을 돌려 보았지만, 뒤에는 아무도 보이지 않았다.

"학생들은 보통 학교에 들어오면 4년 동안 온갖 고생을 하며 훈련을 받은 뒤에야 영원의 숲에 들어가지. 그곳에서 또 죽을 고비를 넘겨 가며 운명의 적을 찾고 그와 치열한 사투를 벌인단다. 어쩌면 이야기꾼이 그들의 이야기를 써 줄지도 모른다는 가느다란 희망 하나 때문에, 이 모든 일을 겪어 내는 것이지."

소녀들은 고개를 두리번거렸다. 방 안에는 분명 아무도 없었다. 그때 벽에 드리워진 그녀들의 그림자가 슬금슬금 하나로 합쳐지더니, 등이 굽은 길쭉한 그림자로 변했다. 그녀들을 납치했던 바로 그 그림자였다. 소피와 아가사는 천천히 그림자를 향해 몸을 돌렸다.

"그런데 말이야, 이 까다로운 이야기꾼이 이제 막 입학한 신입생 두 명의 이야기를 쓰기 시작했어. 아무런 기술도 없고, 훈련도 받지 못한 어설픈 침입자들의 이야기를 말이야."

마침내 모습을 드러낸 교장이 말했다.

그는 늘씬한 몸 위에 은색 가운을 걸치고 있었다. 가운은 굽은 등을 따라 불룩하게 솟았다가 손과 발을 덮으며 길게 바닥으로 떨어지고 있었다. 유령처럼 새하얗고 덥수룩한 그의 머리 위에는 녹슨 왕관이 한쪽으로 삐딱하게 씌워져 있었고, 희미하게 빛나는 은색 마스크가 그의 얼굴을 가리고 있었다. 소녀들이 볼 수 있는 부분이라고는 반짝이는 파란 눈과 짓궂은 미소를 짓듯 살짝 말려 올라간 도톰한 입술뿐이었다.

"재미있는 이야기가 될 거라고 확신한 모양이야."

그때 이야기꾼이 다시 책 위에서 움직이기 시작했다.

"한 명은 아름답고 사랑스러웠지만, 다른 한 명은 외로운 못난이였다."

"이야기가 꽤 마음에 드는데!"

소피가 낮은 목소리로 속삭였다.

"왕자님이 나타나서 네 눈에 주먹을 날리는 부분에서도 그런 말을 할 수 있을까?"

아가사가 소피를 노려보며 말했다.

"알았어, 알았다고! 집에 가면 될 거 아냐!"

소피가 입을 삐죽거리며 대답했다.

어느새 두 사람 가까이까지 다가온 교장은 소녀들을 물끄러미 내려다보았다.

"독자들은 사실 예측하기 힘든 존재들이야. 훌륭한 학생들도 몇몇 있었지만, 대부분은 형편없는 성적으로 낙제를 하고 말았지."

그는 창을 향해 몸을 돌리고 양쪽 학교 건물을 바라보았다.

"이해 못 할 일도 아니야. 독자들은 혼란스러웠을 테니까."

아가사는 가슴이 뛰기 시작했다. 드디어 기회가 찾아온 것이다! 그녀는 팔꿈치로 소피를 쿡쿡 찔렀다.

"어서 말해!"

"어떻게……."

소피가 속삭였다.

"너한테 맡기라며! 네가 직접 얘기하겠다고 했잖아."

"저런 늙은이일 줄은 몰랐지!"

아가사와 소피는 낮은 목소리로 속닥이며 서로의 옆구리를 팔꿈치로 밀쳐 댔다.

"교사들은 대부분 내가 너희를 납치한다고 말하지. 이곳에 오기를 원치 않는 아이들을 가족들에게서 강제로 빼앗아 온다고 생각한단다."

교장이 나지막한 목소리로 말을 이어 가는 동안, 아가사는 소피를 발로 뻥 차서 앞으로 밀어냈다.

"하지만 그건 납치가 아니야. 난 너희를 해방시켜 준 거란다."

소피는 마른 침을 삼키고, 굽이 부러진 유리 구두를 벗었다.

"너희는 특별한 삶을 누릴 자격이 있거든."

소피는 한쪽 발꿈치를 굽 높이만큼 들어 올린 채 교장을 향해 살금살금 걸어갔다.

"난 너희가 진정한 자신의 모습을 볼 수 있는 기회를 주고 싶었단다."

갑자기 교장이 소녀들을 향해 몸을 돌렸다. 소피는 부서진 구두를 가슴에 꼭 안은 채 그 자리에 얼어붙어 버렸다.

"집으로 다시 돌려보내 주세요!"

아가사가 소리쳤다.

침묵이 흘렀다.

그때 갑자기 소피가 바닥에 털썩 무릎을 꿇었다.

"교장 선생님! 제발 저희를 도와주세요."

아가사는 고개를 숙이며 낮은 신음을 내뱉었다.

"저를 선의 학교에 보내려고 데려오신 거잖아요. 그런데 어쩌다 보니 저는 악의 학교에 갇혀 버렸어요. 시커먼 드레스에 머리도 엉망진창이 되고, 심지어 제 왕자님은 저를 미워해요! 룸메이트들은 모조리 살인자들이고 악의 학교에는 꾸밈방도 없어요. 그러다 보니……"

훌쩍거리며 말을 이어 가던 소피는 설움이 북받치는 듯 껵껵 통곡하기 시작했다.

"이제 몸에서 더러운 냄새까지 난다고요!"

소피는 두 손으로 얼굴을 감싼 채 어깨를 들썩였다.

"학교를 바꾸고 싶다는 뜻이니?"

교장이 물었다.

"아니요, 집에 보내 주세요."

아가사가 대답했다.

하지만 소피는 언제 그랬냐는 듯 밝아진 얼굴로 교장을 올려다보았다.

"바꿔 주실 수 있나요?"

교장은 미소를 지었다.

"그럴 수는 없단다."

"그렇다면 집에 가겠어요."

소피가 뾰로통한 표정으로 말했다.

"낯선 곳에서 길을 잃은 두 소녀는 집으로 돌아가고 싶었다."

펜이 또다시 새로운 문장을 기록했다.

"학생들을 집으로 돌려보낸 적이 있기는 하지."

교장의 은색 마스크가 화르르 타오르듯 빛을 발했다.

"몸이 아프거나 정신적으로 더 이상 버틸 수 없는 상태가 되었거나, 혹은 영향력 있는 가문의 요청에 의해서……."

"그게 가능하단 말이죠? 저희도 집에 보내 주세요!"

아가사가 교장의 말을 끊고 다급하게 말했다.

"물론 가능하지. 너희의 이야기가 시작되기 전이라면 말이다."

교장의 시선이 테이블 위의 펜으로 향했다.

"보다시피 이야기꾼이 이미 너희의 동화를 쓰기 시작했단다. 이렇게 된 이상 우리는 그 이야기를 따라가는 수밖에 없어. '동화가 과연 너희를 집으로 데려다 줄 것인가?' 하는 질문만 가능한 상황이 된 거지."

그때 펜이 다시 책 위에서 춤을 추듯 움직이기 시작했다.

"멍청한 소녀들! 그들은 영원히 덫에 갇힌 신세가 되었다."

"역시 예상했던 대로구나."

교장이 말했다.

"방법이 없다는 뜻이에요?"

아가사는 눈물이 그렁해진 두 눈으로 교장을 바라보며 물었다.

"이야기가 그렇게 흘러가지 않는 한 다른 방법은 없단다. 솔직히 너희 둘이 같이 집으로 돌아간다는 결말은 힘들 것 같구나. 너희는 각각 다른 편에 속해서 서로 싸워야 하는 사이니 말이다."

교장이 대답했다.

"하지만 저희는 서로 싸우고 싶지 않은 걸요!"

소피가 말했다.

"저희는 같은 편이에요!"

아가사도 거들었다.

"친구거든요."

소피가 아가사의 손을 꼭 움켜쥐며 다시 말했다.

"친구라!"

교장이 놀란 표정을 지었다.

아가사 역시 놀라기는 마찬가지였다. 그녀는 두근거리는 가슴을 진정시키며, 부드러운 소피의 손을 꼭 마주 잡았다.

"그렇다면 얘기가 좀 달라지겠군."

선과 악의 학교

교장은 나이 많은 오리처럼 위태롭게 휘청거리며 방 안을 거닐기 시작했다.

"우리 세계에서 공주와 마녀는 절대 친구가 될 수 없단다. 그건 이상한 일이지. 생각할 수도 없는 일이야. 어떤 상황에서도 불가능해. 너희가 정말로 서로 친구라면…… 아가사는 공주가 아니고 소피는 마녀가 아니라는 뜻인데……."

"맞아요!"

소피가 밝아진 목소리로 말했다.

"제가 공주고, 얘가 마녀……."

아가사는 소피가 말을 끝내기 전에 재빨리 그녀의 다리를 걸어 찼다.

"아가사가 공주가 아니고, 소피가 마녀가 아니라면, 분명 내가 실수를 한 거야. 너희를 이 세계에 데려와선 안 되는 거였어. 다른 사람들이 나에 대해 했던 말이 맞았는지도 모르겠구나."

그의 걸음은 조금씩 느려지고 있었다.

"선생님이 좋은 분이라는 거요?"

소피가 애교 섞인 목소리로 물었다.

"내가 너무 늙었다는 말 말이다."

교장은 창밖을 내다보며 길게 한숨을 내뱉었다.

아가사는 흥분을 억누를 수 없었다.

"그럼 이제 집에 보내 주시는 거예요?"

"아직 문제가 남아 있단다. 이 모든 것을 증명해야 한다는 거지."

"저도 그러려고 했어요. 제가 악당이 아니라는 걸 보여 주려고 얼마나 애썼는지 몰라요!"

소피가 말했다.

"저도요. 저도 공주가 아니라는 걸 증명하려고 별짓을 다 했는 걸요."

아가사가 근심 섞인 목소리로 말했다.

"그래. 하지만 이 세계에서 자신이 진정 누구인지 증명하는 방법은 오직 하나뿐이란다."

분주하게 책 위를 움직이던 이야기꾼이 갑자기 그 자리에 멈춰섰다. 결정적인 순간이 닥쳤음을 직감하는 것 같았다. 교장이 천천히 몸을 돌렸다. 소녀들은 그의 눈에서 처음으로 위험한 기운이 번득이는 것을 느꼈다.

"악은 절대 가질 수 없고 선에게는 반드시 있어야 하는 단 한 가지…… 그것이 무엇이냐?"

소피와 아가사는 서로를 바라보았다.

"그 수수께끼를 풀면…… 그러면 집에 가는 건가요?"

아가사가 간절한 눈빛으로 물었다.

교장은 다시 창을 향해 몸을 돌렸다.

"그렇게 되면 다시는 너희를 볼 일이 없겠지. 물론 너희 스스로 우울한 결말을 선택한다면 상황이 달라지겠지만 말이다."

그때 갑자기 방이 사라지기 시작했다. 누군가 하얀 물감을 묻힌 붓으로 색칠을 하는 듯, 그들을 둘러싼 공간이 차례차례 하얗게 변해 갔던 것이다.

"잠깐만요! 어떻게 된 거예요?"

아가사가 소리쳤다.

책꽂이가 하얗게 변해 사라지고, 회색 벽돌 벽도 하얀색으로 바뀌기 시작했다.

"안 돼요! 저희는 집에 가야 한단 말이에요!"

아가사가 다시 외쳤다.

천장과 테이블, 그리고 바닥이 사라져 갔다. 두 소녀는 하얀색으로 변해 버린 공간을 피해, 방 한구석으로 달려가 몸을 웅크렸다.

"선생님을 어떻게 하면 다시 만날 수 있죠? 수수께끼를 풀고 나서……."

그때 아가사의 머리 위로 하얀 줄이 휙 지나가며 또다시 공간이 사라졌다.

"저희를 속이시는 거 아니에요?"

방 건너편에서는 이야기꾼이 미친 듯 빠른 속도로 그들의 이야기를 기록하고 있었다. 소피가 바라보자 펜은 그녀의 시선을 감지한 듯 잠시 움직임을 멈추었다. 강철 펜대에 깊이 새겨진 글자들이 갑자기 빨갛게 달아오르는 것이 보였다. 소피는 최면 상태에 빠져 펜에 손을 가져다 댔을 때처럼, 가슴이 타오르는 것을 느꼈다. 그녀는 그 글들이 무엇을 의미하는지 알고 있었다. 두려움에 질린 소피는 아가사를 꼭 끌어안았다.

"도둑놈! 사기꾼! 이 정신 나간 노친네야!"

아가사가 더욱 흥분한 목소리로 소리를 질렀다.

"당신 도움 따위 필요 없어! 독자들은 당신 없이도 잘만 산다고! 마스크 뒤집어쓰고 이 어두운 탑에서 저 미친 펜이나 가지고 놀아! 우리 인생에 간섭하지 말란 말이야! 내 말 들려? 애들이 그렇게 필요하면 다른 마을에서 훔쳐 가면 되잖아!"

새하얗게 변해 버린 공간 속에 둥둥 떠 있던 교장이 그들을 돌아보며 묘한 미소를 지었다.

"다른 마을이라니, 그런 게 과연 있을까?"

순간 두 소녀가 딛고 있던 바닥이 하얗게 변해 사라졌고, 소피와 아가사는 텅 빈 공간 속으로 떨어졌다. 수수께끼만큼이나 혼란스러운 교장의 마지막 말이 허공에 메아리치면서 조금씩 다른 소리들과 섞이더니 어느 순간 늑대들의 울음소리로 변해 버렸다. 아침 수업 시작을 알리는 신호였다.

두 사람은 눈부신 햇빛에 얼굴을 찡그리며 잠에서 깨어났다. 침대는 땀으로 흥건했다. 아가사와 소피는 두리번거리며 서로를 찾았지만, 보이는 것이라고는 익숙한 방과 침대뿐이었다. 두 사람은 이미 각자의 자리로 돌아와 있었다.

선과 악의 학교

~~⚜~~ 12 ~~⚜~~

막다른 길

그날 아침은 두 소녀 모두에게 유난히 가혹하고 비참했다. 잠 한숨 못 잔 데다, 뒤바뀐 학교에 다시 돌아와서 지긋지긋한 수업을 들어야 했기 때문이다. 더 심각한 것은 두 사람 모두 교장 의 수수께끼를 풀지 못했다는 점이었다. 점심시간이 되기 전까지 는 머리를 맞대고 상의를 할 수도 없었다. 불행은 이것으로 끝이 아니었다. 파란 숲에서 벌어졌던 '두 초록 도깨비 사건'은 이미 온 학교에 퍼져 학생들의 최대 관심사가 되어 있었다.

〈추한 외모 만들기〉 수업 에 들어간 소피는 다른 아 이들의 수군거림을 무시하 고, 망토 사용법에 대한 맨 리 교수의 강의에 집중하기 위해 노력했다. 하지만 그것 은 강한 의지와 엄청난 집중 력을 요하는 일이었다. 헤 스터는 복수심 가득한 눈 빛으로 계속 그녀를 노려보았고, 강의 내용은 지루할 정도로 길고 복잡했기 때문이다. 망토는 천의 종류와 직조 방식에 따라 자기 보호, 투명인간 되기, 변장, 혹은 비행 등 다양한 목적으로 사용될 수 있고, 이들을 제대로 활용하기 위해서는 각각의 천에 맞는 다양한 주문을 외워야 했다. 맨리가 학생들에게 제시한 과제는 눈을 가린 상태에서 망토를 만져 본 뒤 그 촉감만으로 천의 종류를 파악하고, 그에 어울리는 주문을 사용해 망토를 적절하게 사용하는 것이었다.

"마법이 이렇게 복잡한 줄은 몰랐네."

호트가 망토를 만지작거리며 중얼댔다. 그는 그것이 실크인지 새틴인지 여전히 망설이고 있었다.

"다 똑같아 보이는데. 주문을 외워 봐야 뭔지 알지."

도트가 망토에 코를 대고 킁킁거리며 말했다.

하지만 소피에게는 천의 종류를 맞히는 것 정도는 식은 죽 먹기였다. 그녀는 손끝으로 망토를 더듬었다. 분명 뱀가죽이었다. 그녀는 마음속으로 뱀가죽 망토에 필요한 주문을 외우고, 몸에 착 감기는 검은 망토를 뒤집어썼다. 그녀는 투명인간이 되었다. 과제에서 다시 한 번 1등을 차지한 소피는 헤스터의 불타는 눈빛 세례를 견뎌 내야만 했다. 헤스터의 시선은 시간이 갈수록 뜨거워져 금방이라도 폭발할 것 같았다.

맞은편 다른 학교에서 아침을 맞이한 아가사는 또 다른 종류의 시련을 겪고 있었다. 가는 곳마다 테드로스와 그의 친구들이 나타나 초록색 도깨비 흉내를 냈던 것이다. 그들은 뒤뚱뒤뚱 걸으며 알아들을 수 없는 말을 포효하듯 내뱉고 호박을 들어 서로 때리는 시늉을 했다. 아가사가 어디를 가든 그들은 그녀 뒤를 졸졸 쫓아다니며 끈질기게 그녀를 괴롭혔다. 결국 화가 폭발한 아가사는 호박을 뺏어 들어 테드로스의 가슴을 쿡쿡 찌르며 입을 열었다.

"그런 일이 벌어진 건 다 네가 선택을 잘못했기 때문이야! **네가 나를 소피라고 했기 때문이라고**, 이 상스럽고 멍청한 깡패 놈아!"

테드로스는 쿵쾅거리며 멀어져 가는 아가사의 뒷모습을 얼빠진 표정으로 바라보았다.

"진짜야? 네가 저 마녀를 선택했다고?"

채딕이 물었다.

다른 소년들 역시 대답을 기다리듯 테드로스를 뚫어지게 바라보고 있었다.

"아니, 난…… 쟤가 속임수를 썼는데 내가…….'"

우물거리던 테드로스는 갑자기 칼집에서 칼을 뽑아 들었다.

"지금 나한테 도전하는 거야?"

헨젤의 안식처가 아직 수리 중이었기 때문에 수업은 휴게실에서 진행되었다. 아가사는 다른 선인 학생들을 따라 브리즈웨이에 들어섰다. 브리즈웨이는 호수 위에 지그재그로 만들어진 다양한 색깔의 유리 옥외 통로로, 선의 학교에 있는 모든 탑들을 연결하고 있었다. 아이들은 자주색 통로를 통해 관용의 탑으로 향했다. 아가사는 수군거리는 소녀들의 목소리에 귀를 닫고, 교장이 낸 수수께끼를 생각하는 데에만 집중했다. 한참 골똘히 생각에 잠겼던 아가사는 어느 순간 텅 빈 통로에 혼자 남겨져 있다는 사실을 깨달았다. 그녀는 서둘러 다른 학생들을 찾아 나섰다. 그녀는 님프들이 드레스를 빨고 있는 거품 가득한 세탁실을 더듬거리며 통과했고, 점심 준비로 한창 바쁜 만찬실에서는 공중을 획획 날아다니는 뜨거운 냄비들을 잽싸게 피해야 했다. 교사 전용 화장실에 잘못 들어갔다가 한참을 허둥대기도 했지만, 아가사는 결국 관용의 탑 휴게실을 찾아냈다. 휴게실의 핑크색 긴 의자들은 이미 학생들로 가득 차 있었는데, 누구도 그녀에게 자리를 내주려고 하지 않았다. 아가사가 그냥 바닥에 철퍽 주저앉으려는 찰나, 누군가 그녀를 불렀다.

"여기 같이 앉자."

짧은 머리의 귀여운 소녀 키코가 옆으로 비켜 앉으며 빈자리를 만들어 주었다. 아가사는 다른 학생들이 키득거리는 소리를 들으며, 비좁은 자리에 엉덩이를 밀어 넣었다.

"나한테 잘해 주면 애들이 너까지 미워할 거야."

그녀가 중얼거리듯 속삭였다.

"쟤들이 이상한 거지. 다른 사람한테 이렇게 무례하게 굴면서 어떻게 스스로 착하다고 말할 수 있겠어?"

키코가 대답했다.

"내가 학교를 홀랑 태워 먹을 뻔했잖아."

"그것 때문이 아니야. 쟤들은 질투가 나서 저러는 거야. 네 소원이 현실로 이루어졌잖아! 지금 우리 학년에서 그런 걸 할 수 있는 사람은 너뿐이야."

"그건 순전히 운이었어. 나한테 정말 소원을 이루는 능력이 있다면, 난 벌써 친구랑 집에 돌아갔을 거야. 지금쯤 우리 고양이를 쓰다듬어 주고 있겠지."

리퍼 이야기를 하고 나니 아가사는 문득 마음이 아파 왔다. 뭔가 다른 이야기를 꺼내지 않으면 한순간 마음이 와르르 무너질 것 같았다.

"네가 소원으로 빌었던 그 남자아이 말이야……."

"아, 트리스탄?"

키코가 고개를 푹 숙였다.

"걔는 베아트릭스를 좋아해. 하긴 남자애들은 다 베아트릭스를 좋아하지."

"하지만 걔는 너한테 장미를 던졌잖아."

아가사는 그날 호숫가에서 키코가 했던 말을 기억하고 있었다.

"사실 걔가 나한테 장미를 던진 건 아니었어. 베아트릭스한테 날 아가는 장미를 내가 중간에 가로챘던 거야."

키코가 고개를 들어 베아트릭스를 슬쩍 흘겨보았다.

"트리스탄이 나한테 무도회에 같이 가자고 할까? 어차피 저 능글맞은 여우와 파트너가 될 수 있는 남자는 한 명뿐이잖아."

아가사는 '능글맞은 여우'라는 표현에 히죽히죽 웃다가, 갑자기 웃음을 뚝 멈추고 미간에 힘을 주었다.

"무도회라니?"

"선의 학교 겨울 무도회 말이야! 크리스마스 직전에 열리잖아. 우리는 무도회에 데려가 줄 남자 파트너를 찾아야 해. 그러지 않으면 낙제거든! 일단 무도회에 참석하면, 남녀 커플의 의상이나 몸가짐, 춤 실력 등에 따라서 등수가 매겨지지. 우리가 호수에서 각각 다른 남자아이를 떠올린 이유가 뭐겠어? 여자아이들은 현실적인 가능성을 최우선에 둔 거야. 남자애들이야 그저 예쁜 애 하나만 바라보고 있지만 말이야. 넌 누구한테 관심 있어?"

키코가 싱긋 웃으며 물었다.

아가사는 남자아이들을 생각하자 속이 울렁이며 구역질이 올라왔다. 바로 그 순간 문이 활짝 열렸고, 한 여자가 커다란 가슴을 앞으로 쭉 내밀고 휴게실 안으로 당당하게 걸어 들어왔다. 그녀는 보석으로 장식된 빨간색 터번 모자를 쓰고, 드레스와 같은 색깔의 스카프를 목에 두르고 있었다. 피부는 두꺼운 화장으로 뒤덮여 있었고, 눈가는 콜(중동 국가에서 여성들이 화장용으로 눈가에 바르는 검은 가루—옮긴이)을 검게 칠했으며, 집시들이 즐겨 하는 고리 모양 귀걸이와 움직일 때마다 땡그랑거리는 탬버린 팔찌가 빛을 받아 현란하게 반짝이고 있었다.

"어…… 아네모네 교수님?"

키코가 멍한 표정으로 중얼거렸다.

"난 세헤라자데다!"

아네모네 교수는 우스꽝스러운 말투로 온 휴게실이 쩌렁쩌렁 울리도록 소리쳤다.

"페르시아의 왕비이며 일곱 바다의 모후이니라! 너희에게 어두운 사막의 아름다움을 보여 주마!"

그녀는 스카프를 휙 당겨 벗어 던지더니 벨리 댄스를 추기 시작했다. 웃기도 민망할 정도로 끔찍한 실력이었다.

"엉덩이의 움직임을 봐라! 얼마나 유혹적인지 느껴 보아라!"

그녀는 손에 들고 있던 스카프로 얼굴을 가리고 두 눈을 올빼미처럼 깜빡거렸다.

"나의 두 눈이 얼마나 매혹적인지 잘 보아라!"

그녀는 다시 가슴을 양옆으로 흔들며 팔찌를 요란스럽게 부딪쳐댔다.

"내가 바로 한밤의 요부니라!"

"내가 보기엔 케밥용 훈제구이 같은데!"

아가사의 말에 키코가 키득키득 웃음을 터뜨렸다.

순간 아네모네 교수의 얼굴에서 웃음기가 싹 사라졌다. 그녀는 조금 전까지 사용하던 우스꽝스러운 말투를 버리고 진지하게 입을 열었다.

"난 너희에게 1001일 동안 이어지는 아라비아의 밤에서 살아남는 법을 가르칠 생각이었다. 모래바람에도 끄떡없는 화장법과, 사막의 패션, 그리고 유혹적인 벨리 댄스까지 말이다. 하지만 이제 보니, 너희에게는 이런 흥미로운 수업보다 지루한 수업이 어울릴 것 같구나."

그녀는 터번 모자를 조여 매며 말을 이었다.

"요정 순찰대에 따르면, 헨젤의 안식처에서 계속 과자와 사탕 들이 사라지고 있다. 수리 중인 지금까지도 말이다! 너희도 알겠지만, 이 교실을 과자와 사탕으로 만든 데에는 다 이유가 있다. 그것은 너희가 이 학교를 졸업해 밖으로 나갔을 때, 주변에 수없이 많은 유혹이 존재할 것이라는 사실을 늘 상기시켜 주는 장치이다."

교수는 두 눈을 가늘게 뜨고 학생들을 바라보았다.

"과자와 사탕을 즐겨 먹는 아이에게 어떤 일이 벌어지는지 모두 알고 있겠지? 일단 한 번 시작하면 멈출 수가 없다. 그 아이들은 자기가 가야 할 길을 벗어나서, 마녀에게 희생되고 마는 거야. 그들은 잠시 잠깐의 즐거움에 취해 결국 뚱보가 되고 말 것이고, 왕자님과의 결혼은커녕 우둘투둘한 피부로 평생을 혼자 살게 될 것이다!"

여기저기에서 공포에 질린 탄식이 새어 나왔다. 누군가 학교 기물을 파손하고 있다는 사실도 끔찍하지만, 사탕과 과자로 몸매를 망치는 학생이 있다는 것이야말로 진정으로 경악할 일이었던 것이다! 아가사는 다른 아이들을 따라 아연실색한 표정을 지었지만, 하필 바로 그 순간 주머니에서 마시멜로들이 쏟아져 나오고 말았다. 그 뒤를 이어 파란색 막대사탕과 생강쿠키 덩어리, 그리고 스카치 캔디 두 조각이 바닥에 떨어졌다. 사방에서 숨을 들이켜는 소리가 들려왔다.

"아침 먹을 시간이 없었어요. 밤새 아무것도 못 먹었단 말이에요."

아가사가 변명을 하듯 웅얼거렸다.

하지만 그녀를 동정하는 표정은 하나도 보이지 않았다. 키코 역시 그녀에게 자리를 내준 것을 후회한다는 표정으로 아가사를 바라보고 있었다. 아가사는 멋쩍은 듯 백조 문장을 긁적일 뿐, 더 이상 아무 말도 할 수 없었다.

"앞으로 2주 동안 저녁 식사 후 설거지를 해라, 아가사! 그러면 악당들에게는 없지만 공주에게는 반드시 있어야 하는 단 한 가지가 무엇인지 깨닫게 될 거다!"

아가사는 자기도 모르게 자리에서 벌떡 일어섰다. 그녀가 찾고 있던 답이 교수의 입에서 흘러나오려는 순간이었다.

"바로 엄격한 다이어트지!"

아네모네 교수는 잔뜩 화가 난 얼굴로 씩씩거리며 말했다.

아가사는 힘없이 자리에 털썩 주저앉았고, 터번을 둘러쓴 교수는 계속해서 아라비아 미의 비밀을 거침없이 쏟아 놓았다. 겨우 첫 수업을 했을 뿐이었지만, 아가사의 문제는 이미 몇 배로 불어나 있었다. 반드시 참석해야만 하는 겨울 무도회와 2주 동안의 설거지 벌칙, 그리고 무사마귀투성이 뚱보가 될 것이 분명한 그녀의 미래 등등 앞날은 그저 캄캄하기만 했다. 하지만 이 문제들이 의미하는 것은 오직 한 가지였다. 그녀는 한순간이라도 빨리 교장의 수수께끼를 풀고 이곳에서 탈출해야만 한다!

"음식에 독을 넣으면 어떨까?"

헤스터가 내뱉듯 말했다.

"걔 잘 안 먹잖아."

아나딜이 헤스터와 나란히 악의의 탑 복도를 터벅터벅 걸으며 대답했다.

"립스틱에 독을 넣는 건?"

"그랬다가는 파멸의 방에 몇 주 동안 갇히게 될걸!"

도트가 육중한 몸을 느릿느릿 움직이며 조심스럽게 말했다.

"어떤 방법을 쓰든, 어떤 벌을 받게 되든 상관없어! 뱀같이 교활한 그 녀석을 없앨 수만 있다면 뭐든 하겠다고!"

헤스터가 씩씩대며 말했다.

세 악당이 마침내 66호실 문 앞에 도착해 문을 활짝 열어젖혔다. 방 안에서는 소피가 침대에 엎드려 울고 있었다.

"어…… 교활한 녀석이 울고 있는데!"

아나딜이 속삭였다.

"괜찮아? 무슨 일 있어?"

도트는 조금 전까지 살해 계획의 대상이었던 이 어린 소녀가 갑자기 안쓰러워졌다.

침대에서 일어나 앉은 소피는 훌쩍이면서, 교장의 은색 탑에서 벌어졌던 일들을 쏟아 내기 시작했다.

"……그래서 수수께끼를 풀어야 하는데 답은 도무지 모르겠고, 테드로스는 내가 계속 과제에서 1등을 하니까 나를 아예 마녀라고 생각하잖아. 난 그냥 뭐든지 다 잘하는 아이라서 1등을 한 것뿐인데, 아무도 진짜 이유를 몰라주고……."

헤스터는 당장 그녀의 목을 비틀어 숨통을 끊어 놓을 기세로 한 걸음 다가섰지만, 이내 표정을 바꾸고 나긋한 목소리로 입을 열었다.

"그 수수께끼 말이야, 그거 풀면 너 집에 가는 거야?"

소피가 고개를 끄덕였다.

"그럼 우리랑은 다시 볼 일 없겠네?"

아나딜의 질문에 소피는 역시 고개만 끄덕거렸다.

"우리가 도와줄게!"

세 룸메이트가 한목소리로 외치며 소피를 향해 다가왔다.

"정말?"

소피가 두 눈을 깜빡거리며 물었다.

"너 집에 가고 싶어 죽겠지?"

헤스터가 말했다.

"그런데 사실 우리가 더 간절하거든!"

아나딜이 거들었다.

"뭐, 어쨌든 내 말을 믿어 준다는 거지?"

소피는 찜찜한 듯 미간을 찌푸린 채 눈물을 닦았다.

"그렇게 단정 짓지는 마. 악인의 세계에는 유죄 추정의 원칙이라는 게 있어! 무죄라는 게 입증되기 전까지는 무조건 유죄라는 뜻이지."

헤스터가 차갑게 대꾸했다.

"다른 애들한테는 이런 얘기 하지 마. 네가 완전히 미쳐 버렸다고 생각할 거야."

아나딜이 말했다.

"내 말이! 나도 처음엔 그렇게 생각했다니까. 그런데 다시 한 번 생각해 보니까, 이렇게 규칙을 여러 개 어겼다는 걸 굳이 거짓말로 꾸며서 얘기할 필요가 있겠나 싶더라고."

도트가 가슴께 달린 백조 문장을 초콜릿으로 바꾸려고 애를 쓰며 말했다.

"참, 이놈의 새는 도무지 말을 안 듣네."

"교장은 어떤 사람이든?"

헤스터가 소피에게 물었다.

"나이가 좀 많아 보였어. 꽤 늙었지."

"이야기꾼도 실제로 봤고?"

아나딜이 물었다.

"그 이상한 펜? 계속해서 우리 얘기를 책에 쓰던걸."

"뭘 했다고?"

세 악당이 합창을 하듯 소리쳤다.

"넌 아직 졸업도 안 했잖아."

헤스터가 의심 가득한 표정으로 말했다.

"학교 다니는 학생의 이야기를 동화에 쓴다고? 그럴 만한 이야 깃거리가 있기는 해?"

아나딜이 두 눈을 동그랗게 뜨고 말했다.

"그것도 분명 착오일 거야. 내가 악의 학교에 온 것부터 모두 다 그랬으니까."

소피가 훌쩍이며 말했다.

"난 그냥 빨리 수수께끼를 풀어서 교장한테 답을 말하고, 이 저주 받은 곳에서 '펑!' 사라져 버리고 싶을 뿐이야. 그게 다야."

세 악당들이 진지한 표정으로 서로 눈짓을 교환했다.

"힘들까……?"

소피가 아이들의 눈치를 살피며 물었다.

"풀어야 할 문제는 두 개야. 하나는 교장이 낸 수수께끼고……."

아나딜이 헤스터를 보며 말했다.

"또 하나는 교장이 너한테 이 수수께끼를 풀도록 한 이유지."

막다른 길

헤스터가 소피를 바라보며 말했다.

아가사에게 '무도회'보다 더 무시무시한 단어가 있었으니, 그것
은 바로 '춤'이었다!

"선의 학교 여학생들은 한 사람도 빠짐없이 모두 무도회에서 춤
을 춰야 한다."

이번에는 노새 다리에 머리를 얹고 나타난 폴룩스가 용맹의 탑
휴게실을 가득 채운 학생들을 향해 말했다.

아가사에게는 '춤' 외에 또 다른 문제가 있었다. 머스크 향이 잔
뜩 밴 갈색 소파, 곰 머리가 달린 카펫, 가죽으로 제본한 사냥 및
말 타기 관련 책들, 기이할 정도로 커다란 뿔을 보란 듯 매달고 있
는 무스 머리 등이 뿜어내는 진한 가죽 냄새와 학생들에게서 풍겨
져 오는 향수 향이 뒤섞여 숨을 제대로 쉴 수 없었던 것이다. 그녀
는 묘지에서 나던 악취와 악의 학교에서 맡았던 퀴퀴한 향이 그리
웠다.

곧 겨울 무도회를 대비한 춤 연습이 시작되었다. 하지만 아가사
는 한 동작도 따라 할 수 없었다. 폴룩스가 자꾸만 비틀대고 넘어져
춤 동작을 제대로 보여 주지 못했기 때문이다.

"내 몸만 있었으면 본때를 보여 줬을 텐데!"

폴룩스는 억울한 듯 계속 중얼거리며 수업을 이어 갔다. 하지만
그는 또다시 양탄자에 발이 걸려 비틀거리다가 무스 뿔에 엉덩이
를 찔리고 벽난로에 그대로 주저앉고 말았다.

"동작 연습은 이 정도면 충분하다!"

마침내 분노가 폭발한 폴룩스가 소리쳤다. 그는 버드나무 바이
올린을 들고 대기 중이던 요정들에게 고개를 돌렸다.

"볼타 춤곡으로 하나 연주하지!"

요정들은 즉시 연주를 시작했다. 번개처럼 빠른 곡조였다. 아가사는 파트너와 파트너 사이를 정신없이 이동했다. 수없이 많은 팔들이 그녀의 허리를 차례로 감싸고 또 다음 사람에게 밀어 넘겼다. 주변은 점점 더 빠르게 돌아갔고, 어느 순간 모든 것이 뿌옇게 변해 버렸다. 아가사는 두 발에서 불이 나는 것 같았고, 휴게실 안에 있는 모든 아이들이 소피처럼 보였다.

'불의 신발! 또 벌이 시작되는 건가?'

"소피! 내가 구해 줄게!"

정신이 혼미한 가운데 아가사가 소리쳤다.

하지만 잠시 후, 정신을 차린 그녀는 자신이 바닥에 쓰러져 있다는 사실을 깨달았다.

"기절이라는 것도 다 때가 있는 법이다. 필요할 때 유용하게 써먹어야지! 지금은 그럴 때가 아니야!"

폴룩스가 그녀를 매섭게 노려보고 있었다.

"발이 걸려서 넘어진 거예요."

아가사가 톡 쏘듯 대꾸했다.

"이게 진짜 무도회였으면 어떡할 뻔했냐! 그야말로 아수라장이 됐을 거다!"

"기절한 거 아니라고요."

"네가 기절하는 순간 무도회는 끝장이야! 한밤중의 대학살같이 끔찍한 사건이 돼 버리는 거지!"

아가사는 흥분한 듯 고래고래 소리를 질러 대는 폴룩스를 똑바로 바라보았다.

"다시 한 번 말씀드리는데요, 저는 기절하지 않았어요!"

다음 수업은 〈동물과 대화하기〉였다. 소녀들은 하프웨이 베이의 비탈면에 모여들었다. 하지만 그녀들을 기다리는 사람은 다름 아닌 더비 교수였다.

"우마 공주는 아파서 못 나왔다."

소녀들이 못마땅한 표정으로 일제히 아가사를 노려보았다. 지난 수업 때 벌어졌던 난리 법석이 진짜 이유라는 것은 누가 봐도 빤한 사실이었다. 더비 교수는 우마 교수가 갑자기 자리를 비워 이 수업을 대신할 교수를 구하지 못했기 때문에 이번 수업은 휴강하겠다고 말했다.

"상위권 학생들은 꾸밈방에서 시간을 보내도 좋다. 하위권 학생들은 자신의 평범한 외모에 대해서 각자 반성하는 시간을 가지도록!"

베아트릭스와 마치 그녀의 부하가 된 듯 그 뒤를 졸졸 따라다니는 일곱 소녀들은 자랑스럽게 고개를 바싹 치켜들고 꾸밈방으로 향했다. 나머지 학생들은 검술 수업장을 향해 종종걸음을 쳤다. 남자아이들이 윗옷을 벗은 채 대결 연습을 하고 있었기 때문이다. 아가사는 아이들이 뿔뿔이 흩어진 것을 확인한 뒤 곧바로 선의 학교 갤러리로 달려갔다. 그곳에서라면 수수께끼와 연결된 힌트를 찾을 수 있을지도 모른다!

아가사는 핑크빛 불꽃이 타오르는 횃불 아래에서 조각과 유리 상자, 그리고 박제 동물들을 천천히 바라보았다. 마녀와 공주는 절대 친구가 될 수 없다는 교장의 말이 계속해서 그녀의 귓가를 맴돌고 있었다. 대체 왜 안 된다는 것일까? 둘 사이를 명확하게 갈라놓는 무엇인가가 존재한다는 뜻인가? 그렇다면 공주에게는 반드시 있어야 하고 악당은 절대 가질 수 없는 것은 바로 그것이 분명하다.

아가사는 목이 벌겋게 달아오를 때까지 오직 그 한 가지 생각에만 집중했다. 하지만 도무지 감이 잡히지 않았다.

아가사는 알 수 없는 힘에 이끌려 또다시 갤러리의 한쪽 구석으로 향했다. 가발돈에 사는 독자들을 묘사한 투명한 그림들이 걸려 있는 곳이었다. 아가사는 더비 교수가 이를 앙다문 다른 여자 교수에게 했던 말을 기억하고 있었다.

"새더 교수⋯⋯."

두 사람은 이 그림들을 그린 화가를 분명 그렇게 불렀다. 〈영웅의 역사〉 수업을 담당하는 바로 그 교수를 말하는 것이겠지? 그렇다면 다음 시간에 그를 만날 수 있을 것이다.

아가사는 좀 더 꼼꼼하게 그림을 살펴보았다. 한 그림에서 다음 그림으로 넘어갈 때마다 가발돈의 풍경이 조금씩 바뀌고 있었다. 광장에는 가게가 들어서고, 교회 건물은 흰색에서 빨간색으로 바뀌었으며, 호수 뒤쪽에는 풍차 두 대가 새로 생겨났다. 그렇게 그림을 훑어보다 보니, 어느새 그림 속 풍경은 아가사가 살던 가발돈의 모습과 똑같아져 있었다. 혼란에 빠진 아가사는 얼굴을 더욱 바싹 가져다 대고 그림을 보기 시작했다. 그리고 문제의 한 작품 앞에서 걸음을 딱 멈추었다.

아이들이 교회 계단에 앉아 동화책을 읽고 있는데, 자주색 더플코트를 입고 해바라기 꽃을 단 노란색 모자를 쓴 한 소녀에게만 햇빛이 유독 밝게 비추고 있었다. 아가사는 그 소녀의 얼굴을 유심히 뜯어보았다. 앨리스였다! 아가사는 큰 꽃이 달린 우스꽝스러운 모자를 쓰고 온 동네를 누비던 제과점 집 딸을 분명하게 기억하고 있었다. 그녀는 8년 전 납치되어 사라질 때 모습 그대로였다. 그림의 다른 한쪽에서는 또 다른 한 줄기의 햇살이 비쩍 마른 소년을 비추고 있었다. 검은 옷을 입고서 막대기로 고양이를 때리고 있는 그 소년은 루네였다. 아가사는 루네가 리퍼의 눈을 파내려고 하다가 엄마에게 빗자루로 얻어맞고 도망가던 모습을 기억하고 있었다. 그 역시 같은 해에 납치를 당했다.

아가사는 재빨리 다음 그림으로 시선을 돌렸다. 아이들이 도빌 씨네 서점 앞에 길게 줄을 서 있었는데, 이번에도 강한 빛줄기의 선택을 받은 사람은 오직 두 명뿐이었다. 바로 앞에 있는 소녀를 깨물고 있는 심술궂은 베인과, 조용하고 잘생긴 개릭이었다. 두 소년은 4년 전 마을에서 사라졌다.

아가사는 식은땀이 흐르는 것을 느끼며 다음 그림을 향해 천천히 고개를 돌렸다. 아이들이 에메랄드빛 언덕에 앉아 책을 읽고 있었다. 하지만 햇살이 비추는 곳은 바로 언덕 아래 호숫가였다. 그곳에는 두 아이가 앉아 있었는데, 검은 옷을 입은 소녀는 성냥개비를 호수에 튕겨 넣고 있었고, 핑크색 옷을 입은 소녀는 오이를 담은 주머니를 정리하고 있었다.

아가사는 숨이 턱 막히는 것 같았다. 그녀는 재빨리 처음 그림으로 돌아가 다시 한 번 그림들을 훑어보기 시작했다. 모든 그림에는 예외 없이 빛줄기의 선택을 받은 두 아이가 있었다. 한 명은 잘생기고 착한 아이였고, 또 다른 하나는 음울하고 괴상한 아이였다. 아가사는 뒤로 물러나 박제된 소의 등에 올라탔다. 그림들을 한눈에 보기 위해서였다. 그녀는 이 그림들을 통해 새더 교수라는 사람에 대한 세 가지 사실을 알아냈다.

첫째, 그는 진짜 세상과 동화 속 세상을 자유롭게 오갈 수 있다. 둘째, 그는 왜 가발돈의 아이들이 이곳으로 납치되어 오는지 알고 있다. 셋째, 그렇다면 그는 아가사와 소피가 집으로 돌아가는 방법도 알고 있을 것이다!

그때 요정들이 수업 시작을 알리는 방울을 울려 댔다. 아가사는 재빨리 동화의 전당으로 뛰어가서 키코 옆에 자리를 잡았다. 테드로스와 다른 남자아이들은 돌 연단 앞면에 새겨진 피닉스 조각을 향해 공을 던지며 핸드볼을 즐기고 있었다.

"트리스탄이 인사도 안 하는 거 있지!"

키코가 뾰로통한 얼굴로 입을 열었다.

"내가 너랑 같이 다니는 거 보더니 내 몸에 종기라도 난 줄……."

"새더 어디 있어?"

아가사가 키코의 말을 끊고 다급하게 물었다.

"새더 교수겠지."

낯선 목소리에 아가사가 고개를 들었다. 잘생긴 은발의 남자 교수가 아리송한 미소를 지으며 그녀를 바라보고 있었다. 초록색 양복을 입은 그는 발길을 돌려 연단 위에 올라섰다. 학교 로비와 다리 위에서 그녀를 향해 알쏭달쏭한 미소를 보였던 그 사람이 분명했다.

'그때 그 괴짜 교수셨군!'

아가사는 안도의 한숨을 내쉬었다. 그동안 친절한 모습을 보여 주었으니, 이번에도 그녀를 도와줄 것이라고 믿었던 것이다.

"모두 알다시피, 나는 선의 학교와 악의 학교 두 곳에서 네 번째 수업을 맡고 있다. 하지만 불행히도 두 장소에 동시에 존재할 수는 없으니, 격주로 두 학교를 오갈 생각이다."

교수는 허리 높이의 연설대를 두 손으로 꼭 움켜잡고 말을 이었다.

"내가 악의 학교에서 강의를 하는 주에는 졸업생들이 내 역할을 대신할 것이다. 그들은 영원의 숲에서 직접 겪은 일들을 이야기하고, 너희에게 과제도 내 줄 것이다. 그러니 그들을 교수와 동일하게 대해 주기를 부탁한다. 마지막으로 한 가지 더 당부하겠다. 나는 양쪽 학교 모두에서 수업을 진행하기 때문에 담당 학생의 수가 매우 많다. 내가 다루는 이 역사라는 주제도 꽤 방대한 것이지. 따라서 나를 만나기 위해 따로 연구실을 찾는 일은 자제해 주기 바란다. 대부분의 경우 나는 그곳에 없을 것이다. 또한 수업 중, 혹은 수업 후에도 따로 질문을 받지 않는 것을 원칙으로 하겠다."

아가사는 목이 메어 헛기침을 했다. 질문을 안 받겠다고 하면, 수수께끼에 대한 답은 어떻게 알아낸다는 말인가?

"궁금한 점이 있는 학생은 이 수업의 교재인《학생을 위한 숲의 역사》나 선행의 도서관에 비치된 나의 다른 저서들을 참고하도록! 너희가 원하는 답은 모두 그 안에 있다."

새더 교수는 적갈색 눈을 단 한 번도 깜빡이지 않고 계속해서 말을 이어 갔다.

"이제 출석을 확인해 볼까? 베아트릭스!"

"네."

"다시 한 번, 베아트릭스."

"여기 있어요."

베아트릭스가 짜증 섞인 목소리로 다시 대답했다.

"좋아, 베아트릭스. 키코!"

"왔어요!"

"다시, 키코!"

"여기 있어요, 새더 교수님!"

"그래. 리나!"

"네."

"다시?"

아가사는 불편한 듯 신음을 내뱉었다. 대체 무슨 생각이지? 한 달 내내 출석만 부를 셈인가?

"테드로스!"

"여기 있습니다."

"좀 더 큰 소리로, 테드로스!"

"맙소사, 대체 왜 저러는 거야? 가는귀가 먹었나?"

아가사가 투덜거렸다.

"그런 게 아니야. 새더 교수님은 눈이 안 보이신단 말이야!"

키코의 말에 아가사는 코웃음을 쳤다.

"말도 안 되는……."

순간 새더 교수의 멀건 두 눈이 그녀의 시선을 잡아끌었다. 그는 지금 학생들의 이름과 목소리를 연결시키고 있는 것이다. 연설대를 꼭 부여잡은 두 손도 그가 어떤 상황인지 짐작하게 해 주는 단서였다.

"그러면 그 그림은 뭐야?"

아가사는 자신도 모르게 목청을 높였다.

"저 사람은 분명히 가발돈을 봤단 말이야! 우리 모습을 봤다고!"

그 순간 새더 교수의 적갈색 눈동자가 아가사를 향했다. 그는 자신이 단 한 번도 세상을 본 적 없는 장님이라는 사실을 역설하듯, 그녀를 향해 평화로운 미소를 지었다.

"그러니까 얘기를 정리해 보자면, 처음에는 교장이 두 명이었단 말이지? 두 사람은 형제였고?"

소피가 말했다.

"쌍둥이 형제였지."

헤스터가 덧붙였다.

"한 명은 선한 쪽이었고, 다른 한 명은 악한 쪽이었어."

아나딜도 거들었다.

소피는 악의 회관 벽화를 따라 조심스럽게 걸음을 옮겼다. 군데 군데 이가 빠진 대리석 벽에는 일련의 그림이 벽을 따라 길게 그려져 있었다. 바닷물처럼 푸른 불꽃 아래에서 에메랄드빛 조류와 파란색 녹으로 뒤덮인 회관을 보니, 마치 오랫동안 물속에 잠겨 있던 거대한 성당을 보는 것 같았다.

벽화를 바라보며 이동하던 소피가 걸음을 멈췄다. 두 젊은 남자가 성의 회의실 안에서 마법의 펜을 바라보는 장면이 그려져 있었다. 소피가 교장의 탑에서 보았던 바로 그 펜이었다. 벽에 금이 가 그림 곳곳이 갈라져 있었지만, 소피는 두 잘생긴 남자의 얼굴이 똑같이 닮아 있다는 사실을 분명히 확인할 수 있었다. 두 사람의 머리카락은 유령처럼 창백한 색을 띠고 있었고, 눈동자는 아주 깊은 파란색이었다. 하지만 하얀색 가운을 걸친 남자의 얼굴에는 따뜻하고 부드러운 기운이 스며 있는 반면, 검은 가운을 입은 남자에게서는 차갑고 냉정한 분위기가 풍겼다. 약간의 차이는 있었지만, 두 사람 모두 어디에선가 본 듯 익숙한 얼굴임에는 틀림없었다.

"이 쌍둥이 형제는 양쪽 학교를 다스리고, 이 마법의 펜을 보호했어."

소피가 말했다.

"이야기꾼이라니까."

헤스터가 끼어들었다.

"그럼 시간을 똑같이 반으로 나눠서 한 번은 선한 쪽이 다스리고 또 한 번은 악한 쪽이 다스리는 건가?"

"그런 셈이야."

아나딜이 주머니 속 쥐들에게 달팽이를 먹이며 대답했다.

"엄마가 얘기해 줬는데, 선한 쪽이 계속해서 우위를 차지하면 악한 쪽은 새로운 속임수나 기술을 찾아냈대. 선한 쪽이 악한 쪽을 물리치기 위해서는 자신의 방어술을 발전시킬 수밖에 없는 상황을 만들어 가는 거지."

"양쪽은 그렇게 균형을 유지했던 거야."

도트가 초콜릿으로 바뀌 버린 교과서를 야금야금 뜯어 먹으며 말했다.

소피는 천천히 걸음을 옮겨 다음 벽화 앞에 섰다. 두 형제 중 악한 쪽이 선한 쪽과 평화를 이루며 이 세계를 다스리다가, 어느 순간 마음을 바꿔 사악한 주문을 퍼붓고 선을 공격하는 장면이었다.

"그런데 악한 쪽은 자기 혼자서 펜을, 아니 이야기꾼을 다스리기로 마음먹었어. 그렇게 하면 악은 천하무적이 될 수 있을 거라고 믿었지. 그래서 군대를 모아 선한 쪽을 공격하고 전쟁을 시작했어."

"그게 바로 대전쟁이야."

헤스터가 설명했다.

"이 세계에 속한 모든 사람들이 선한 쪽과 악한 쪽으로 나뉘어서 서로 싸웠지."

"그리고 마지막 전투에서 드디어 승자가 결정되었어."

소피의 시선은 어느새 마지막 벽화를 향하고 있었다. 수많은 선인과 악인들이 은색 가운을 걸치고 마스크를 쓴 교장을 향해 고개를 숙이고 있었고, 이야기꾼은 번쩍이는 빛을 발하면서 교장의 손바닥 위에 둥둥 떠 있었다.

"그런데 그게 누구인지는 아무도 모르는 거구나."

"이해가 빠르네!"

아나딜이 이를 드러내며 웃어 보였다.

"하지만 이상하잖아. 착한 쪽이 이겼는지 나쁜 쪽이 이겼는지 어떻게 모를 수가 있어?"

소피가 물었다.

"다들 모른다고 말은 하지만, 상황을 보면 짐작은 가지. 대전쟁 이후로 악한 편은 단 한 번도 동화에서 승리한 적이 없거든."

"펜, 아니 이야기꾼은 그냥 숲에서 일어나는 일을 그대로 기록하잖아. 그렇다면 결국 동화의 결말을 결정하는 건 우리 아닌가?"

소피는 강철 펜대에 새겨진 기묘한 기호들을 들여다보며 다시 물었다.

"그럼 오랜 시간 동안 균형을 유지해 오던 선과 악이 어느 날 갑자기 아무 이유도 없이 악당들만 다 죽는 쪽으로 바뀌었다는 말이야? 분명히 펜이 우리의 운명을 조종하고 있는 거야. 그 펜이 우리 악당들을 모조리 죽이고 있는 거라고. 그리고 그 펜을 조종하는 건 당연히 선한 쪽이지!"

헤스터가 흥분한 듯 목청을 높였다.

"이야기꾼이라고, 펜이 아니라!"

도트가 초콜릿을 우적우적 씹으며 말했지만, 헤스터는 흥분이 가라앉지 않는 듯 그녀가 입에 문 책을 손으로 찰싹 내리쳤다.

"네 말이 사실이라면, 그러니까…… 악당들의 운명이 그렇게 정해져 있다면, 대체 뭐 때문에 악당들을 교육시키는 거야? 악의 학교가 존재하는 이유가 뭐지?"

소피가 헤스터를 바라보며 물었다.

"그런 건 교수한테 물어봐!"

더 큰 책을 찾기 위해 가방 속에 머리를 파묻은 도트가 소리쳤다.

"좋아, 그렇다고 치자. 악당들은 이야기꾼의 방해 때문에 더 이상 동화에서 이길 수가 없어. 그게 대체 나랑 무슨 관계지?"

소피는 그런 이야기에는 전혀 관심 없다는 듯 떨어져 나온 대리석 조각으로 손톱을 다듬으며 하품을 했다.

"이야기꾼이 네 이야기를 쓰기 시작했다며!"

헤스터가 인상을 찌푸리며 말했다.

"그게 뭐?"

"넌 지금 악의 학교 학생이니까, 이야기꾼은 너를 악당이라고 생각하고 동화를 쓸 거 아니야!"

"그딴 펜이 나를 어떻게 생각하든, 그게 나랑 무슨 상관이야?"

소피는 다른 쪽 손을 펼쳐 손톱을 다듬으며 말했다.

"머리가 좀 빠릿빠릿한 줄 알았더니, 영 아니네!"

아나딜이 답답한 표정을 지었다.

"동화에서 악당은 죽는다니까! 넌 죽는다고, 아 바보야!"

헤스터가 꽥 소리를 질렀고, 깜짝 놀란 소피는 손톱을 부러뜨리고 말았다.

"그게 무슨 말이야? 교장이 집에 돌아갈 수 있다고 했는데!"

"널 속인 건지도 모르지. 그 수수께끼라는 것도 결국 덫일 수 있단 말이야!"

"교장은 선한 쪽이라며! 네가 조금 전에 그렇게 말했잖아."

"그래, 교장은 선한 쪽이지. 넌 악당이고. 교장은 네 편이 아니야."

헤스터가 차분하지만 단호한 목소리로 말했다.

소피는 헤스터를 물끄러미 바라보았다. 아나딜과 도트 역시 진지한 표정을 짓고 있었다.

"내가 여기서 죽는단 말이야?"

소피가 갑자기 비명을 지르듯 말했다. 그녀의 눈에는 금세 눈물이 차올랐다.

"뭔가 막을 방법이 없을까?"

"수수께끼를 풀어야지."

헤스터가 어깨를 으쓱하며 말했다.

"교장이 무슨 계획을 꾸미고 있는 건지 알아내기 위해서는 그 방법밖에 없어. 하지만 서둘러야 할 거야. 시간이 많지 않으니까. 네가 과제에서 한 번만 더 1등을 하면, 내 손으로 널 죽여 버릴 거거든."

"그러니까 답을 좀 알려 줘!"

소피가 절박하게 호소했다.

"악당은 절대 가질 수 없고 공주에게는 반드시 있어야 하는 것이라, 그게 뭘까?"

헤스터가 문신을 긁적이며 생각에 잠겼다.

"동물인가?"

도트가 입을 열었다.

"악당들도 동물을 부하로 둘 수 있잖아. 나쁜 쪽으로 타락시켜서 말이야. 답은 명예 아닐까?"

아나딜이 말했다.

"악당에게도 명예는 있어. 그 표현 방식이 좀 다를 뿐이지. 선한 쪽은 명예니 용기니 하는 것들을 모두 자기들이 만들어 낸 줄 알지만, 악한 쪽에도 그런 가치는 존재해! 그걸 부르는 이름이 다를 뿐이야."

헤스터가 대꾸했다.

"알았다!"

세 아이의 시선이 일제히 소피를 향했다.

"생일 파티! 악당이 생일 파티를 한다 한들, 누가 거길 가겠어?"

소피가 해맑은 얼굴로 말했다.

아나딜과 헤스터는 기가 막힌다는 듯 소피를 물끄러미 바라보았다.

"얘가 너무 굶어서 그래. 생각을 하려면 뭘 좀 먹어야 하는데……."

도트가 침묵을 깨고 말했다.

"그런 식이라면 이 중에서 네가 제일 똑똑하게?"

소피가 샐쭉한 표정으로 쏘아붙였다.

"잔인한 악당일수록 그 최후가 비참하다는 점, 똑똑히 기억해!"

도트가 그녀를 쏘아보며 말했다.

소피는 기가 죽은 듯 슬쩍 헤스터를 향해 시선을 돌렸다.

"레소 부인이 답을 알려 줄 수 있을까?"

"그게 우리 쪽의 승리에 도움이 된다고 생각하면, 아마도!"

"대신 영리하게 질문해야 해!"

아나딜이 말했다.

"네 진짜 속셈을 들키지 않도록 교묘하게 말이야!"

헤스터가 덧붙였다.

"영리하고 교묘한 거라면 내 전공이지! 걱정들 하지 마. 이제 수수께끼를 푸는 건 시간문제야."

소피가 안심한 듯 자신 있게 웃으며 대답했다.

"과연 그럴까? 수업 시작한 지 벌써 15분이나 지났는데……."

도트의 걱정은 현실이 되었다. 네 명의 소녀들이 조용히 교실 안으로 들어와 각자 자리로 향하는 동안, 레소 부인은 얼어붙은 교실보다 훨씬 더 냉랭한 표정으로 그들을 지켜보았다.

"너희를 당장 파멸의 방에 보내고 싶지만, 바로 앞 수업에서 내려 보낸 학생들이 아직 자리를 차지하고 있어서 참겠다."

순간 그들의 발밑에서 남자아이들의 비명이 울려 퍼졌다. 학생들은 그곳에서 벌어지고 있을 끔찍한 일들을 상상하며 공포에 떨었다.

"지각생들이 잘못을 만회할 수 있을지 한 번 보자."

레소 부인은 또각또각 음산한 구두 굽 소리를 내며 걸음을 옮기기 시작했다.

"뭐 하는 거야?"

소피가 호트에게 낮은 목소리로 물었다.

"유명한 운명의 적을 맞히는 건데, 정답을 말하면 상으로 이런 걸 준다!"

호트는 뺨에 붙인 커다란 스티커식 무사마귀를 자랑스럽게 내보이며 히죽히죽 웃었다.

소피는 움찔하며 몸을 뒤로 젖혔다.

"그게 상이라고?"

"헤스터부터 시작하지. 악몽의 저주로 자신의 운명의 적을 파멸시킨 악당이 누구지?"

"요정 포식자 피놀라입니다! 마녀 피놀라는 매일 밤 요정의 꿈속에 찾아가 그들이 날개를 잘라 내야 한다고 설득시켰습니다. 결국 스스로 날개를 잘라 낸 요정들은 더 이상 날 수 없었고, 피놀라는 그들을 하나씩 잡아먹었습니다."

소피는 지금까지 별의별 희한한 말을 들어도 다 그러려니 하고 받아들였다. 하지만 요정을 잡아먹는 마녀 피놀라 같은 얼토당토 않은 이야기는 들어 본 적이 없었다. 그녀는 헤스터가 틀렸을 것이라고 확신했다.

"정답! 요정을 잡아먹는 피놀라의 이야기는 가장 유명한 동화 중 하나지."

레소 부인은 헤스터의 손에 커다란 스티커 무사마귀를 붙여 주었다.

유명하다고? 소피는 콧등을 찡긋거렸다. 대체 누가 이런 이야기를 안다는 말인가?

"아나딜, 변장술을 이용해서 운명의 적을 물리친 악당은 누구지?"

레소 부인이 물었다.

"미친 곰 렉스입니다. 렉스는 아나톨 공주가 곰을 좋아하는 것을 알고, 곰 가죽을 뒤집어썼습니다. 그리고 공주가 곰을 쓰다듬으려고 다가서자, 공주의 목을 그어 승리했습니다."

"맞다. 렉스는 우리 모두에게 귀감이 될 만한 악당이지!"

레소 부인은 이번에도 아나딜의 목에 커다란 사마귀를 붙여 주었다.

"렉스가 살아 있다면, 더비 교수가 그토록 자랑스럽게 여기는 거만한 선인 학생들의 얼굴에서 그 잘난 척하는 미소를 깨끗하게 지워 주었을 것이다."

소피는 입술을 깨물었다. 이게 다 뭐지? 지어낸 이야기들인가?

"다음은 도트! 변신술을 이용해서 운명의 적을 무찌른 악당은 누구지?"

"서리 여왕입니다! 여왕은 공주를 얼음으로 바꾼 뒤 아침 햇살에 녹여 버렸습니다."

"그렇지! 내가 제일 좋아하는 이야기 중 하나다."

레소 부인이 한껏 흥분된 목소리로 외쳤다.

"우리 모두의 가슴 속에 영원히……."

순간 소피의 콧방귀 소리가 교실에 울려 퍼졌다.

"뭐가 그렇게 웃기지?"

레소 부인이 소피를 바라보았다.

"그런 얘기들은 들어 본 적도 없어요."

소피가 대답했다.

헤스터와 아나딜은 불길한 표정을 지으며 책상 아래로 몸을 움츠렸다.

"못 들어봤다고?"

레소 부인이 비웃듯 말했다.

"이건 우리 악의 역사에 길이 남을 위대한 승리이며, 후대의 악당들에게는 영감을 줄 영광의 순간들이다. 〈우물에 빠진 네 소녀〉, 〈물에 빠져 죽은 공주들〉, 〈정복자 우르술라〉, 〈마녀……〉."

"다 처음 듣는 이야기들이에요."

소피는 머리를 쓸어 넘기며 한숨을 내쉬었다.

"제가 살던 곳에서는 악한 쪽이 승리하는 이야기는 아무도 읽지 않아요. 누구나 선이 승리하는 동화를 읽고 싶어 하죠. 왜냐하면 착한 사람이 더 잘생겼고, 옷도 더 잘 입고, 친구도 많으니까요!"

레소 부인은 할 말을 잃고 소피를 빤히 바라보았다.

소피는 고개를 돌려 다른 학생들을 향해 다시 입을 열었다.

"너희를 좋아하는 사람은 아무도 없어. 누구도 너희가 이기는 것을 바라지 않아. 악의 학교는 결국 아무 쓸모가 없는 거야. 너희 입장에서는 속상하겠지만, 모두 사실이야."

헤스터는 더 이상 못 봐주겠다는 듯, 헐렁한 교복을 끌어당겨 얼굴을 덮었다.

그때 도트가 소피를 향해 몸을 기울이고, 낮은 목소리로 속삭였다.

"수수께끼 물어봐야지."

"아, 참!"

소피는 사심 같은 것은 전혀 없다는 듯 사무적인 태도로 다시 말을 이어 갔다.

"모처럼 이렇게 오랫동안 말을 할 수 있는 기회가 생겼으니, 이참에 뭐 하나만 물어볼게. 꽤 어려운 문제인데 꼭 풀어야 하거든. 다들 합심해서 좀 도와주면 좋겠어! 악당은 절대 가질 수 없고 공주에게는 반드시 있어야 하는 것이 뭘까? 뭐 생각나는 것 없어? 뭐든 편하게 얘기해 줘."

"그 답은 내가 알지."

레소 부인이 차가운 목소리로 말했다.

"역시! 교수님이 말씀해 주실 줄 알았어요! 답이 뭐예요? 저한테는 있고 교수님한테는 없는 게 대체 뭔가요?"

소피가 미소를 지으며 물었다.

레소 부인은 소피의 코앞에 얼굴을 들이밀고 한층 더 싸늘한 목소리로 말했다.

"그런 건 없다. 지금 이 순간부터 수업이 끝날 때까지 넌 입도 뻥

굿 하지 마라!"

소피는 무엇인가 말하려고 했지만, 입이 움직이지 않았다. 두 입술이 딱 붙어 버렸던 것이다.

"한결 낫군!"

레소 부인이 미소를 지으며 소피의 두 눈 사이에 커다란 무사마귀를 붙여 주었다.

소피는 입술을 움직여 보려고 안간힘을 썼지만, 레소 부인은 차가운 눈빛으로 그런 그녀를 바라볼 뿐이었다. 교수는 자주색 드레스를 손으로 쓸어내려 옷매무새를 바로잡은 뒤 다시 또각또각 소리를 내며 교실을 걷기 시작했고, 학생들은 모두 공포에 질린 얼굴로 그녀의 움직임을 따라 고개를 움직였다.

"이번에는 호트! 까마귀를 이용한 죽음의 덫으로 운명의 적을 물리친 악당이 누구지?"

소피는 콧구멍으로 숨을 쌕쌕거리며 두 입술을 뜯어내느라 정신이 없었다. 펜과 머리핀, 고드름까지 다 써 보았지만, 입술에 구멍이 뚫렸을 뿐 여전히 말을 할 수는 없었다. 그녀는 비명도 질러 보고 울어도 보았다. 하지만 그 소리는 그녀의 머릿속에 머물 뿐 입술 밖으로 나가지는 못했다. 그녀의 입술 밖으로 새어 나온 것은 붉은 피와 공포에 질린 표정뿐이었다.

헤스터는 여유만만한 표정으로 그런 소피의 모습을 노려보았다.

"수수께끼 푸는 건 시간문제라더니, 쳇!"

13

파멸의 방

아가사는 왜 두 학교 학생들이 한 장소에서 점심을 먹는지 이해할 수가 없었다. 어차피 선인은 선인끼리 모이고, 악인은 악인끼리만 모이는 데다, 다른 학교 학생과는 눈도 마주치지 않던 것이다.

점심 식사 장소는 파란 숲 출입문 바깥쪽에 있는 아늑한 공터로, 소풍을 즐기기에는 꽤 괜찮은 곳이었다. 이 공터에 가기 위해서 학생들은 나무로 둘러싸인 구불구불한 터널을 지나가야 했다. 터널은 점점 좁아져 학생들은 한 줄로 서서 걸어야 했고, 그렇게 좀 걷다 보면 속이 텅 빈 나무줄기를 통과해 에메랄드빛 풀밭 위로 나올 수 있었다. 선의 학교 학생들과 함께 나무 터널을 지나 풀밭에 도착한 아가사는 빨간 망토를 덮어쓴 님프에게서 점심 바구니를 받았다. 악의 학교 학생들 역시 터널을 통과해 풀밭에 모여들었고, 빨간 군복을 입은 늑

대들이 학생들에게 녹슨 원통형 용기를 하나씩 나눠 주었다.

아가사는 그늘진 곳을 찾아 자리를 잡았다. 버드나무 가지로 만든 바구니 속에는 훈제 송어 샌드위치와 도라지 샐러드, 딸기 수플레, 그리고 탄산 레몬수 한 병이 들어 있었다. 아가사는 수수께끼에 대한 고민은 잠시 접어 두기로 하고, 샌드위치를 집어 들었다. 그리고 침이 잔뜩 고인 입을 커다랗게 벌려 샌드위치를 입에 넣으려는 순간, 누군가 그녀의 점심을 홱 낚아챘다.

소피였다.

"오늘 무슨 일이 있었는지 상상도 못할걸!"

소피는 훌쩍거리는 와중에도, 샌드위치를 게걸스럽게 한 입 베어 물었다.

"넌 이거 먹어."

그녀는 귀리죽이 출렁거리는 들통 하나를 아가사 앞에 턱 꺼내 놓았다.

아가사는 말없이 소피를 바라보았다.

"내가 물어봤거든!"

소피가 샌드위치를 삼키고 이야기를 쏟아 내기 시작했다.

"그런데 악의 학교에 다니려면, 질문이 있어도 입안에 꼭 담아 두는 법부터 배워야 되겠더라고. 너도 기억해 둬. 너희 쪽 얘기니까. 이거 꽤 맛있다!"

아가사는 여전히 소피를 똑바로 쳐다볼 뿐 아무 말도 하지 않았다.

"왜 그래? 혹시 이 사이에 피 묻었어? 잘 닦아 냈는데……."

아가사의 어깨 너머로, 테드로스와 그의 친구들이 두 사람을 향해 손가락질하며 키득대는 모습이 보였다.

"어머나, 너 또 무슨 짓을 한 거니?"

아가사는 여전히 얼빠진 표정으로 소피를 바라볼 뿐이었다.

"내가 이것 좀 먹었다고 그러는 거면, 수플레는 남겨 둘게."

소피가 입을 삐죽이며 말했다.

"저 난쟁이 같은 애는 왜 나한테 손을 흔드는 거야?"

소피의 말에 아가사는 고개를 돌렸다. 공터 맞은편에서 키코가 새로 한 빨간색 머리카락을 자랑스럽게 찰랑이며 그녀를 향해 손을 흔들고 있었다. 트리스탄의 머리와 똑같은 색깔이었다. 순간 아가사의 얼굴이 창백해졌다.

"너 아는 애니?"

소피는 키코가 잔뜩 들뜬 발걸음으로 트리스탄을 향해 다가가는 모습을 보며 물었다.

"친구야."

아가사는 키코에게 그러지 말라는 뜻으로 손을 휘저어 보이며 대답했다.

"너한테 친구가 있다고?"

아가사가 고개를 돌려 다시 소피를 바라보았다.

"대체 왜 그렇게 쳐다보는 건데!"

소피가 소리를 빽 질렀다.

"너 혹시 사탕 먹다가 걸렸니?"

"어?"

순간 소피의 머릿속에 지난 수업 시간이 떠올랐다. 그녀는 잽싸게 손을 올려 레소 부인이 붙여 준 무사마귀 스티커를 떼어 냈다.

"빨리 얘길 해 줬어야지!"

소피가 다시 한 번 소리를 질렀고, 테드로스와 그의 친구들은

'와' 하는 함성과 함께 웃음을 터뜨렸다.

"맙소사, 최악이야!"

소피가 어깨를 축 늘어뜨리고 한숨을 내뱉었다.

그때 어디에선가 호트가 나타나더니, 소피가 내던진 무사마귀 스티커를 주워 들고 그대로 달아나 버렸다.

소피는 어리둥절한 표정으로 아가사를 바라보았고, 순간 아가사는 피식 웃음을 터뜨렸다.

"웃지 마!"

소피는 어린아이처럼 투덜댔지만, 아가사는 결국 큰 소리로 박장대소하기 시작했고 소피도 그런 그녀를 마주 보며 깔깔 웃어 댔다.

"대체 저걸로 뭘 하려는 거지?"

아가사가 킬킬대며 물었다.

"우리 집으로 돌아가자! 지금 당장!"

순간 웃음을 뚝 그친 소피가 낮은 목소리로 말했다.

아가사는 차분한 목소리로 그날 있었던 일들을 털어놓기 시작했다. 그녀 역시 수수께끼를 풀기 위해 최선을 다했지만 실패했고, 새더 교수에게 마지막 희망을 걸어 보았지만 그것 역시 장애물에 부딪치고 말았다는 내용이었다. 새더 교수는 그림에 대해 묻기도 전에 이미 악의 학교 학생들을 만나러 교실을 떠나 버렸고, 아가사는 늙은 돼지 삼형제가 연단에 서서 집을 튼튼하게 짓는 것이 얼마나 중요한지에 대해 목청 높여 떠드는 것을 들어야 했다.

"우리를 도와줄 수 있는 사람은 새더 교수뿐이야."

아가사가 말했다.

"서둘러야 해. 시간이 얼마 없어."

소피가 침울한 표정을 지으며, 오전에 룸메이트들과 나누었던 얘기를 전해 주었다. 하이라이트는 물론 소피를 향한 헤스터의 무시무시한 경고였다.

"네가 죽을 거라고? 말도 안 돼. 우리 둘은 친구잖아. 그러니까 넌 동화 속에서도 악당이 될 수 없지."

"그래서 교장이 그랬잖아. 우린 친구가 될 수 없다고. 뭔가가 우리 둘 사이를 갈라놓고 있어. 그게 바로 수수께끼의 답일 거야."

소피가 대답했다.

"우리 사이를 갈라놓을 만한 게 뭐가 있겠어?"

아가사는 전혀 갈피를 잡을 수 없었다.

"어쩌면 모든 문제들이 다 연결되어 있는지도 몰라. 착한 사람에게는 반드시 있고, 나쁜 사람은 가질 수 없다는 그거 말이야. 혹시 그것 때문에 선한 쪽이 늘 이기는 걸까?"

"예전에는 악한 쪽도 많이 이겼대. 레소 부인이 그랬어. 그런데 지금은 선한 쪽만 이긴다는 거지. 뭔가 변화가 생긴 거야."

"교장이 다시는 그 탑에 오지 말라고 했으니까, 수수께끼의 답이 단어나 물건은 아닐 거야. 어떤 개념 같은 것도 아닐 테고……."

"그럼 뭔가 행동으로 해야 되는 거구나!"

"됐어! 드디어 단서들이 모이기 시작했어! 첫 번째 단서는 그것이 우리 사이를 갈라놓을 수 있다는 거야. 둘째는 바로 그것 때문에 선이 늘 악을 이길 수 있게 됐다는 거고. 셋째는 그건 단어나 물건이 아니라 행동으로 해야 되는 거……."

두 소녀는 동시에 서로를 바라보았다.

"뭔지 알 것 같아!"

아가사가 말했다.

"나도!"

"너무 쉽잖아!"

"그래, 그니까……."

"그래, 그게 뭐냐면……."

"아, 모르겠어!"

아가사가 머리를 감싸 쥐었다.

"나도……."

소피도 한숨을 푹 내쉬었다.

풀밭 건너편에서는 남자아이들이 슬금슬금 여자아이들이 모인 곳으로 걸음을 옮기고 있었다. 여자아이들은 자신을 꺾어 줄 사람을 기다리는 꽃들처럼, 미소 띤 얼굴로 그 자리에 가만히 앉아 있었다. 하지만 남자아이들이 몰려든 곳은 베아트릭스의 옆자리였다. 베아트릭스가 추종자들에 둘러싸여 기분 좋게 깔깔대는 동안, 테드로스는 왜인지 나무 그루터기에 앉아 몸을 꼼지락대며 안절부절못했다. 마침내 결심한 듯 자리에서 벌떡 일어선 테드로스는 다른 아이들을 밀치고 베아트릭스에게 다가갔다. 그리고 둘만의 산책을 제안했다.

"쟤가 날 구해 줬어야 하는데!"

소피는 두 사람이 나란히 걷는 모습을 바라보며 금방이라도 눈물을 쏟을 것 같은 표정을 지었다.

"소피! 우리는 지금 200년 동안이나 가발돈을 괴롭혀 온 끔찍한 저주를 풀 참이란 말이야! 그동안 영문도 모르고 이곳에 잡혀 와 매 맞고 낙제한 수많은 아이들을 생각해 봐. 조금만 더 노력하면 우리는 저 매정한 늑대들과 아무 때나 몰아치는 물살, 괴물 석상 등등이 학교에 존재하는 모든 끔찍한 것들로부터 벗어날 수 있어. 널 죽일지도 모르는 그 동화를 끝내 버릴 수 있단 말이야. 이런 중요한 순간에 쟤 생각을 하니?"

"난 해피엔딩이 되길 바랐을 뿐이야……."

소피의 눈에 눈물이 가득 고였다.

"소피, 무사히 집에 돌아가는 게 우리한테는 해피엔딩이야."

소피는 고개를 끄덕였지만, 그녀의 시선은 여전히 테드로스에게 고정되어 있었다.

"선행 수업을 시작하겠다."

더비 교수가 순수의 탑 휴게실에 모여 앉은 학생들을 향해 말했다.

"보충해야 할 수업이 많은 관계로, 인사는 생략하고 바로 시작하자꾸나. 이 수업에 대한 학생들의 관심이 점점 사그라지고 있다는 것을 나도 잘 알고 있단다. 충격적인 일이지."

"점심 먹은 직후인데, 당연한 거 아닌가?"

테드로스가 아가사의 귀에 대고 속삭였다.

"무슨 꿍꿍이야? 갑자기 왜 말을 걸고 그래?"

"궁금한 게 있는데, 대체 나한테 무슨 주문을 건 거야? 주문을 쓰지 않았다면 내가 널 선택했을 리 없잖아!"

아가사는 꿈쩍도 하지 않았다.

"무슨 짓을 한 거냐고? 솔직히 말해!"

테드로스가 씩씩거리기 시작했다.

"그건 마녀들 사이의 비밀이야. 말할 수 없어."

아가사가 똑바로 앞을 바라보며 대답했다.

"내 그럴 줄 알았어! 뭔가 있었던 거야."

더비 교수가 날카로운 눈빛으로 테드로스를 쏘아보았지만, 테드로스는 전혀 당황하지 않고 자신만만한 미소를 지어 보였다. 교수는 기가 막힌다는 듯 눈알을 크게 굴리고, 설명을 계속 이어 나갔다. 교수의 시선에서 벗어나자, 테드로스는 다시 아가사를 향해 몸을 기울였다.

"어떻게 한 건지 말해 줘. 그러면 내 친구들도 더 이상 널 괴롭히지 않을 거야."

"너도 귀찮게 하지 않을 거고?"

"어서 말해 보라니까!"

아가사는 한숨을 내쉬었다.

"홉소코틀 주문을 썼어. 고양이 리퍼라는 가발돈 마녀 집회에서 만들어 낸 강력한 흑마법이야. 이 마녀들은 캘리스 강변에 모여 사는데 마법의 주문을 쓰는 데에는 도가 텄지. 그들이 만든 주문을 사용하면, 그 결과물은……."

"그들이 차지하겠군."

"뭐, 그렇다고 할 수 있어."

아가사가 마침내 테드로스를 향해 고개를 돌렸다.

"홉소코틀 주문은 거머리 떼처럼 네 머릿속을 파고 들어가서 구석구석에 자리를 잡고는 순식간에 새끼를 쳐서 몇 배로 그 수를 늘리지. 그리고 적당한 때를 기다리며 서서히 곪아 가는 거야. 이들이 네 머릿속 모든 틈과 구멍을 다 차지하고 나면, 스읍! 네 머릿속에 있는 모든 이성과 지성을 빨아들이지. 그러면 넌 바보가 되는 거야."

테드로스의 얼굴이 벌겋게 달아올랐다.

"아, 한 가지 더 말해 줄게. 이 주문의 효과는 영구적이야."

말을 마친 아가사는 다시 앞을 향해 고개를 돌렸다.

선과 악의 학교

테드로스는 아가사를 향해 교수형, 돌팔매 처형 등 아버지가 사악한 여자들을 벌주는 데 사용했던 갖가지 끔찍한 방법들을 쏟아냈지만, 아가사는 선행 수업의 중요성에 대해 설명하는 더비 교수의 말에 집중할 뿐 고개 한 번 돌리지 않았다.

"진실한 의도를 가지고 선행을 할 때마다 너희의 영혼은 점점 더 순수해진단다. 하지만 최근 우리 선의 학교 학생들은 선행을 마치 부담스러운 의무쯤으로 생각하고, 대신 자신의 오만함이나 자존심, 그리고 허리 사이즈에 더 신경을 쓰고 있더구나! 너희에게 분명히 말하지만, 우리가 늘 이기고 있다고 해서 앞으로도 그럴 것이라는 보장은 없다!"

"교장 선생님이 이야기꾼을 조종하고 있다면 상황이 달라지죠!"

아가사가 말했다.

"아가사, 교장 선생님은 이야기 전개에 전혀 개입하지 않아. 이야기꾼을 조종한다니 터무니없는 소리를 하는구나!"

더비 교수는 기분이 상한 듯 다급하게 반박했다.

"제가 보기에는 마법에 상당히 능하신 것 같던데요."

하지만 아가사도 지지 않고 대꾸했다.

"뭐라고?"

"그림자로 변하시기도 하고, 방 하나를 통째로 사라지게도 하시던 걸요. 그러고는 그 모든 게 꿈이었던 것처럼 꾸미시더라고요. 그러니 그깟 펜 하나 조종하는 건……."

"그걸 네가 어떻게 알지?"

더비 교수가 한숨을 내쉬며 물었다.

아가사는 능글맞게 히죽거리는 테드로스를 흘끗 보고 다시 입을 열었다.

"제 눈으로 직접 봤으니까요."

그녀가 대답했다.

테드로스는 갑자기 웃음을 멈췄고, 더비 교수는 수증기를 내뿜기 직전의 주전자처럼 벌겋게 달아올랐다. 학생들은 긴장한 표정으로 교수와 아가사를 번갈아 바라보고 있었다.

더비 교수는 마음을 가라앉히고 어색한 미소를 지어 보였다.

"저런, 아가사, 상상력이 참 풍부하구나. 굶주린 용에게 붙잡혀 너를 구해 줄 왕자를 기다릴 때 그 상상력을 발휘하면 도움이 될 게다. 너의 왕자님이 제시간에 도착하기를 바라야겠구나. 자, 그럼 수업을 계속하자. 선행의 세 가지 핵심은 창의력과 실행 가능성, 그리고 자발성……."

아가사가 다시 말을 꺼내려고 입을 달싹거리는 순간, 더비 교수가 매서운 눈빛으로 그녀를 바라보았다. 아가사는 자신이 불리한 상황이라는 사실을 깨닫고, 조용히 입을 닫은 채 수업 내용을 필기하기 시작했다.

〈동화에서 살아남는 방법〉 수업이 시작되기 전, 양쪽 학교 학생들에게 파란 숲 공터에 모이라는 지시가 전달되었다.

아가사가 텅 빈 나무줄기를 통과해 밖으로 나오자마자, 키코가 그녀의 팔을 덥석 붙잡았다.

"트리스탄이 머리 색깔을 바꿨어!"

아가사는 트리스탄을 향해 고개를 돌렸다. 나무에 비스듬히 기대 선 그의 머리카락은 밝은 금색으로 바뀌어 있었고, 앞머리는 눈께까지 물 흐르듯 흘러내리고 있었다. 분명 어디에선가 본 적이 있는 스타일이었다.

"베아트릭스 때문에 바꾼 거래!"

키코는 빨간 머리를 흔들며 울먹거렸다.

두 사람이 대화를 나누는 와중에도, 트리스탄은 베아트릭스를 바라보고 있었다. 하지만 불행히도 베아트릭스는 테드로스와 이야기를 나누는 데에 정신이 팔려 있었다. 테드로스는 그 어느 때보다 열정적이고 자신감이 넘쳤다. 밝게 빛나는 그의 금발은 이마를 덮고 눈까지 자연스럽게 흘러내려…….

아가사가 갑자기 기침을 했다. 그녀는 다시 트리스탄을 향해 고개를 돌렸다. 그는 흘러내린 금색 앞머리를 매만지고 있었다. 아가사의 시선이 다시 테드로스를 향했다. 셔츠 단추 두 개가 풀려 있고, 황금색 T자가 수놓인 넥타이는 헐겁게 풀어져 있었다. 아가사는 다시 트리스탄을 바라보았다. 앞 단추 두 개를 풀고, 황금색 T자가 수놓인 넥타이를 헐겁게 풀어헤친 상태였다.

"나도 베아트릭스처럼 금발로 바꿔 볼까? 그러면 트리스탄이 날 봐 줄까?"

키코가 아가사에게 바짝 다가서며 물었다.

"다른 사람을 찾는 게 좋겠어. 당장!"

아가사가 진지한 표정으로 키코를 바라보며 대답했다.

"주목!"

쩌렁쩌렁 울려 퍼진 목소리에 학생들이 일제히 고개를 돌렸다. 교수진 전체가 각 학교에서 공터로 연결되는 터널 앞에 쭉 늘어서 있었다. 개의 몸뚱이에 함께 머리를 얹은 카스토르와 폴룩스의 모습도 보였다.

더비 교수가 한 발 앞으로 나서며 입을 열었다.

"이곳에 모이라고 한 이유는……."

"빨리빨리 움직여라, 이 게으른 놈들아!"

카스토르가 우렁찬 목소리로 외쳤다.

몇몇 악인 학생들이 허둥지둥 터널을 빠져나왔고, 제일 마지막으로 소피가 휘청대며 공터에 들어섰다. 그녀는 대체 무슨 일이냐는 듯 동그란 눈으로 공터 맞은편에 있는 아가사를 바라보았고, 아가사는 어깨를 으쓱해 보였다.

더비 교수가 다시 이야기를 시작하려는 찰나, 쩌렁쩌렁한 카스토르의 목소리가 또 한 번 공터에 울려 퍼졌다.

"이분은 클라리사 더비 교수로, 선의 학교 학장과 선행 담당 명예교수직을 맡고 계신다!"

"고맙습니다, 카스토르 교수님."

더비 교수가 말했다.

"교수님 말씀하시는 동안 끼어들거나 버릇없는 행동을 하는 놈은 즉시 벌을……."

"카스토르 교수님! 그만하면 됐어요."

더비 교수가 날카로운 목소리로 그의 말을 잘랐다. 카스토르는 즉시 입을 다물고 고개를 숙였다.

더비 교수는 헛기침을 한 번 한 뒤 마침내 학생들을 소집한 이유를 설명하기 시작했다.

"다들 이곳에 모이라고 한 이유는 최근 학교에서 부적절한 소문이 돌고 있다는……."

"소문이 아니라 '거짓말'이지요."

레소 부인이 말했다. 아가사는 한눈에 그녀를 알아보았다. 선의 학교 갤러리에서 새더 교수의 그림을 벽에서 뜯어냈던 바로 그 교수였다.

"어쨌든 그 부분에 대해 밝혀 두어야 할 것이 있다. 첫째, 악의 학교에 저주가 내려져 있다는 말은 사실이 아니다. 악은 늘 그랬듯 지금도 선을 이길 수 있는 힘을 가지고 있다."

"훈련을 열심히 받는다는 전제하에 가능한 일이지!"

맨리 교수가 사나운 목소리로 소리쳤다.

악의 학교 학생들은 이들의 말을 전혀 믿지 못하겠다는 듯, 불만 가득한 목소리로 수군거리기 시작했다.

"둘째, 교장 선생님은 누구의 편도 아니다."

더비 교수는 개의치 않고 설명을 이어 갔다.

"어떻게 확신하시죠?"

라반이 소리쳤다.

"맞아요. 우리가 그 말을 믿을 이유가 없잖아요!"

헤스터의 외침에 악인들이 야유를 쏟아 내기 시작했다.

"증거가 있다!"

새더 교수가 한 걸음 앞으로 나섰다.

악인 학생들은 한순간 조용해졌고, 아가사는 휘둥그레진 눈으로 새더 교수를 바라보았다. 증거라고? 대체 어떤 증거가 있다는 말인가?

레소 부인이 유난히 못마땅한 표정을 짓고 있는 것으로 봐서는, 새더 교수가 말한 '증거'라는 것이 분명 존재하는 것 같았다. 그렇다면 그 증거가 수수께끼에 대한 답일까?

"마지막으로, 교장 선생님의 가장 중요한 책무는 바로 이야기꾼을 보호하는 것이고, 그런 이유에서 교장 선생님은 누구도 침입할 수 없는 높은 탑에 기거하고 있다. 따라서 너희 사이에 돌고 있는 그 이상한 소문은 절대 사실이 아니다. 지금까지 교장 선생님을 직접 본 학생은 아무도 없고, 앞으로도 그럴 것이다!"

모든 학생들이 일제히 아가사를 보았다.

"아, 저 아이가 바로 그 거짓말쟁이로군!"

레소 부인이 음흉한 미소를 지었다.

"거짓말 아니에요!"

아가사가 발끈하며 쏘아붙였다. 소피는 아가사에게 간절한 눈빛을 보내며 연신 고개를 젓고 있었다. 어느 모로 보나 불리한 싸움이었다.

"네 잘못을 만회할 기회를 주지. 정말로 교장 선생님을 만났니?"

레소 부인이 미소를 머금은 얼굴로 물었다.

아가사는 자주색 두 눈이 마치 구슬처럼 툭 튀어나온 이 음흉한 여자 교수를 똑바로 바라보았다. 그리고 다시 새더 교수 쪽으로 시선을 옮겼다. 그는 이번에도 알쏭달쏭한 미소를 짓고 있을 뿐이었다. 아가사는 공터 건너편 소피에게 고개를 돌렸다. 그녀는 사마귀를 붙이는 시늉을 하며 입을 다물라고 다급히 손짓하고 있었다.

"네."

"교수 앞에서도 거짓말을 하는구나!"

레소 부인이 날카로운 목소리로 외쳤다.

"거짓말 아니에요!"

그때 새로운 목소리가 공터를 가로질러 울려 퍼졌다.

모두의 시선이 소피에게로 향했다.

"우리 둘 다 그 자리에 있었어요. 은색 탑에서 그분을 만났다고요!"

"그럼 이야기꾼도 봤겠네!"

베아트릭스가 비웃으며 말했다.

"그럼, 당연하지!"

소피는 그녀의 조롱을 맞받아치듯 당당하게 대답했다.

"그래서 이야기꾼이 너희의 이야기를 쓰기 시작했고?"

"그래, 맞아! 우리 이야기를 동화로 쓰기 시작했지!"

"맙소사, 바보 여왕 납셨네!"

베아트릭스의 말에 학생들은 폭소를 터뜨렸다.

"얘가 여왕이면 넌 황제겠구나!"

베아트릭스가 양손을 허리에 얹으며 뒤를 돌았다. 이번 공격의 대상은 아가사였다.

"윽, 우리 학교 최악의 실수! 선이 이런 수치스러운 실수를 저지른 건 역사상 처음일 거야."

베아트릭스가 괴로운 신음을 내뱉으며 말했다.

"네가 선에 대해서 뭘 알아? 넌 바로 코앞에 두고도 알아보지도 못할걸!"

아가사가 소리쳤다.

베아트릭스가 너무 큰 소리로 '헉' 하며 놀라자, 테드로스가 피식 웃음을 터뜨렸다.

"베아트릭스한테 그런 식으로 말하지 마!"

또 다른 목소리가 등장했다.

아가사는 고개를 돌렸다. 금발로 변신한 트리스탄이었다.

"베아트릭스! 너 테드로스 좋아하지? 그런데 어쩌나! 걔는 자기 자신 외에는 아무도 사랑하지 않아!"

아가사가 폭발하듯 독설을 쏟아 냈다.

히죽거리며 웃고 있던 테드로스의 얼굴이 돌처럼 굳어졌다. 그는 당황한 표정으로 아가사와 트리스탄, 그리고 베아트릭스의 얼굴을 차례로 바라보았다. 마침내 이성을 잃은 그는 트리스탄의 입을 향해 주먹을 날렸다. 트리스탄은 날이 무딘 연습용 칼을 꺼내 들었고, 테드로스 역시 자신의 검을 손에 쥐었다. 곧 두 사람의 결투가 시작되었다. 하지만 검술 수업이 있을 때마다 테드로스의 동작을 열심히 연구했던 트리스탄은 이미 테드로스의 움직임을 그대로 몸에 익히고 있었다. 결국 두 사람은 누가 누구인지 분간하기 힘들 정도로 똑같은 공격과 반격을 서로 주고받으며, 마치 잘 짜인 연극과 같은 결투를 이어 갔다.

검술 담당 교수 에스파다는 두 사람의 결투를 말릴 생각이 전혀 없었다. 그는 기다란 콧수염을 손가락으로 뱅뱅 돌리며 그들의 움직임을 유심히 바라보고 있었다.

"내일 수업에서 이 결투에 대해 자세히 분석해 봐야겠군!"

악의 학교 학생들은 즉시 흥분의 도가니에 빠져들었다.

"싸워어어라!"

라반이 포효하듯 소리치자, 악인들이 선인들을 향해 돌진하기 시작했다. 그들은 어찌할 바를 모르고 허둥대는 늑대들을 힘으로 밀어붙이고, 결투를 벌이는 두 학생을 향해 달려들었다. 그러자 선인 소년들도 함성을 지르며 전투에 참여했다. 그들은 사방으로 진흙을 튀겨 대며, 서사시에나 등장할 법한 대평원 전투를 연출했다. 아가사는 진흙으로 뒤덮인 드레스를 보며 괴성을 지르는 선의 학교 소녀들의 모습에 웃음을 참을 수 없었다. 순간 흙투성이가 된 베아트릭스가 아가사를 손가락으로 가리켰다.

"다 쟤 때문이야!"

그녀의 말에 선의 학교 소녀들은 소리를 지르며 아가사를 향해 달려들었고, 아가사는 재빨리 나무 위로 기어올랐다. 한편 소년들 아래 깔려 겨우 고개를 내밀고 있던 테드로스는 자신을 향해 달려오는 소피를 발견하고 간절한 목소리로 외쳤다.

"살려 줘! 나 좀 도와줘!"

하지만 소피는 테드로스의 머리를 밟고 그대로 지나쳐 버렸다. 그녀가 도우려고 했던 사람은 그가 아니라 바로 아가사였다. 베아트릭스가 나무 아래에서 아가사를 향해 돌멩이를 던져 대고 있었던 것이다. 그때 소피의 시야 한쪽 구석에서 호트가 등장했다.

"너! 내 무사마귀 스티커 내놔!"

걸음을 멈춘 소피가 호트에게 소리쳤다. 호트는 패싸움을 벌이고 있는 남자아이들을 돌아 달아나기 시작했고, 소피는 즉시 방향을 바꿔 그 뒤를 쫓았다. 거리가 점점 좁혀지자, 소피는 바닥에 떨어진 나뭇가지를 주워 호트의 머리를 향해 힘껏 던졌다. 하지만 호트는 재빨리 허리를 숙였고, 나뭇가지는 레소 부인의 얼굴을 스치고 말았다.

순간 모든 학생들이 돌처럼 굳어 버렸고, 공터에는 무거운 정적이 흘렀다.

레소 부인은 상처 난 뺨을 한 번 쓱 문지르더니, 피가 묻은 손바닥을 물끄러미 내려다보았다. 그녀는 소름이 끼칠 정도로 차분한 표정을 유지하고 있었다.

잠시 후, 그녀는 시뻘건 손톱을 들어 올려 아가사를 지목했다.

"탑에 가둬라!"

요정 무리가 순식간에 아가사를 둘러싸고 그녀를 끌고 가기 시작했다. 그들이 능글맞게 웃고 있는 테드로스를 지나 선의 학교로 통하는 터널 입구에 들어서려는 순간, 소피가 나섰다.

"저 때문이에요. 다 제 잘못이에요!"

레소 부인은 피로 물든 손가락으로 이번에는 소피를 가리켰다.

"이 아이는 파멸의 방으로 데려가!"

소피가 비명을 지를 틈도 없이 커다란 손이 그녀의 입을 막고, 그녀를 끌고 가기 시작했다. 그들은 겁에 질린 학생들을 뒤로한 채 곧 어두컴컴한 숲속으로 사라졌다.

소피는 고문을 견디지 못할 거야! 진짜 악이 뭔지도 모르는 아이인데…….

요정들에게 붙들려 계단을 올라가는 아가사의 두 눈에 눈물이 고였다. 걱정과 공포의 눈물이었다. 아래를 내려다보니, 교수들이 우르르 건물 로비로 들어오고 있었다.

"새더 교수님!"

아가사가 난간을 붙잡고 소리쳤다.

"저희 말을 믿어 주세요! 이야기꾼은 소피가 악당인 줄 알아요! 곧 걔를 죽일 거라고요!"

새더와 다른 스무 명의 교수들이 깜짝 놀란 표정으로 계단 위를 올려다보았다.

"우리 마을을 어떻게 보신 거죠?"

요정들이 아가사를 떼어 내려 안간힘을 썼지만, 아가사는 있는 힘껏 난간을 움켜쥐고 계속 소리쳤다.

"집에 가려면 어떻게 해야 하나요? 공주에게는 있지만 악당은 가질 수 없는 게 대체 뭐예요?"

새더 교수가 미소를 지었다.

"학생들은 꼭 질문을 세 개씩 몰아서 하더군요."

교수들은 킁킁 웃으며 다시 걸음을 옮기기 시작했다.

"이야기꾼을 봤다니, 그것참!"

에스파다가 재미있다는 듯 혼잣말을 했다.

"헨젤의 안식처를 뜯어 먹은 게 바로 저 아이예요."

아네모네 교수가 에스파다에게 말했다.

"교수님! 제발 소피를 살려 주세요!"

아가사는 끌려가면서도 목이 터져라 소리쳤지만, 요정들은 결국 그녀를 방에 밀어 넣고 문을 잠가 버렸다.

혼자 남은 아가사는 미친 듯이 침대 캐노피를 타고 올랐다. 그녀는 키스를 하는 두 영웅의 그림을 지나 순식간에 천장에 다다랐지만, 부서진 타일 조각이 보이지 않았다. 누군가 입구를 막아 버린 것이 분명했다.

아가사는 온몸의 피가 빠져나가는 것 같았다. 새더 교수가 유일한 희망이었건만, 그는 아무런 대답도 해 주지 않았고, 그녀의 유일한 친구는 지하 감옥에서 죽음을 맞이할 위기에 처해 있다. 이게 다 그 마법의 펜이라는 것이 공주를 마녀로 착각했기 때문에 벌어진 일이었다.

순간 그녀의 머릿속에 수업 중 새더 교수가 했던 말이 번뜩 떠올랐다.

"궁금한 점이 있는 학생은……."

아가사는 가쁜 숨을 몰아쉬며, 교재가 가득 담긴 바구니를 뒤지기 시작했다.

자신의 즐거움에는 전혀 관심도 없고 그저 맡은 일을 효과적으로 처리하는 것만을 지상 최대 과업으로 삼을 것 같은 무표정한 회색 늑대 한 마리가 다가왔다. 그는 소피의 목에 걸린 강철 고리의 긴 쇠사슬을 잡고, 그녀를 어디론가 끌고 가기 시작했다. 눅눅한 하수도 벽에 바싹 붙어 좁은 길을 걸어가야 했기에, 소피는 저항을 할 수도 없었다. 몸을 비틀어 대다가 한 발자국이라도 잘못 디디는 날에는 그대로 출렁이는 오물투성이 물속에 빠질 것이 분명했던 것이다. 썩은 물 건너편 통로에서 두 마리 늑대가 끙끙대는 벡스를 질질 끌고 가는 모습이 보였다. 그들은 그녀와 반대 방향으로 걸어 나가고 있었다. 소피는 증오로 가득 차 벌겋게 충혈된 벡스의 두 눈을 바라보았다. 파멸의 방에서 무슨 일이 벌어졌는지 모르겠지만, 그는 분명 이전보다 훨씬 사악한 악당으로 변해 있었다.

'아가사! 아가사가 집으로 돌아가게 해 줄 거야.'

소피는 마음을 달래듯 속삭였다.

'살아만 있자! 아가사를 생각해서라도!'

그녀는 눈물을 삼키며 다짐했다.

하수도 중간 지점쯤에 이르자, 오물로 가득한 검은 물은 깨끗한 호수로 바뀌었고 딱딱한 돌로 만들어진 벽에 녹슨 쇠창살이 나타났다. 늑대는 쇠창살문을 발로 차 활짝 열어젖힌 뒤 소피를 그 안에 밀어 넣었다.

소피는 고개를 들고 어두컴컴한 지하 감옥을 둘러보았다. 횃불 하나로 희미하게 밝혀진 감옥 안에는 온갖 고문 도구들이 즐비했다. 사람을 매달 수 있는 바퀴 모양 형차, 팔다리를 묶어 비트는 고문대, 차꼬와 올가미, 갈고리와 교수형틀, 안쪽에 빼곡하게 못이 박힌 고문 상자, 엄지손가락을 죄는 기구, 그리고 다양한 종류의 창과 곤봉, 막대, 채찍, 칼 등이 보였다. 소피는 심장이 멎을 것만 같아 그 끔찍한 장면으로부터 황급히 눈을 돌렸다.

순간, 그녀는 깊은 어둠에 잠긴 파멸의 방 한쪽 구석에서 두 개의 눈이 벌겋게 타오르고 있는 것을 발견했다.

그리고 잠시 후 짙은 어둠 속에서 커다란 검은 늑대 한 마리가 서서히 몸을 일으켰다. 파멸의 방을 지키는 고문 담당자 비스트였다. 그는 몸집이 다른 늑대들의 두 배는 돼 보였다. 하지만 희미한 불빛 아래 드러난 그의 몸은 분명 사람의 몸이었다. 가슴은 두꺼운 털로 뒤덮여 있었고, 팔은 탄탄한 근육질이었으며, 커다란 발 위로는 두꺼운 종아리가 툭 불거져 있었다. 늑대인지 사람인지 알 수 없는 이 거대한 짐승은 두루마리 종이를 펼치고는, 낮게 으르렁대는 목소리로 그 내용을 읽어 내려갔다.

　　"숲 너머 마을에서 온 소피는 다음 죄목으로 이 파멸의 방에 소환되었다. 거짓 사실 유포 모의, 단체 분열, 교사에 대한 살인 기도……."

　　"살인이라고요?"

　　소피가 숨을 들이마시며 소리쳤다.

　　"군중 폭동 조장, 단체 모임 중 경계선 무단 횡단, 학교 기물 파손, 동료 학생들에 대한 폭행, 기타 인도주의를 파괴하는 범죄들."

　　"전 무죄예요! 그런 죄목들은 절대 인정할 수 없어요. 마지막 건 특히나 더 말도 안 돼요!"

　　소피가 두 눈에 힘을 주고 소리쳤다.

　　비스트는 두꺼운 손으로 그녀의 얼굴을 감싸 잡았다.

　　"무죄가 입증되지 않는 한 유죄다!"

　　"이거 놔요!"

　　소피가 소리쳤지만, 비스트는 그녀의 목에 코를 바짝 들이댔다.

　　"멋 부리는 데 신경깨나 쓰는 아이로구나."

　　"이러다 손톱자국 나겠어요!"

　　순간 비스트가 정말로 그녀의 얼굴에서 손을 뗐다.

"대부분은 두들겨 맞으면 자신의 약점을 드러내지. 하지만 넌 달라."

소피는 혼란스러운 표정으로 비스트를 바라보았다. 그는 혀를 날름하며 입술을 핥고는 이를 드러내 웃음을 지어 보였다.

소피는 비명을 지르며 문으로 달려갔지만, 비스트는 그녀를 벽으로 밀치고, 머리 위에 달린 갈고리에 그녀의 팔을 고정시켰다.

"이거 놓으라고요!"

비스트는 벽을 따라 스르륵 이동하더니 형벌 도구를 고르기 시작했다.

"제발요! 뭔지 모르겠지만 다 잘못했어요!"

소피가 울음을 터뜨렸다.

"악당이 사죄를 통해 배울 것은 없다."

비스트는 곤봉을 들어 잠시 쳐다보다가 내려놓고, 다시 다른 물건들로 시선을 옮겼다.

"악당은 고통을 통해서만 배울 수 있지."

"사람 살려! 누구 없어요!"

"고통은 너를 더욱 강하게 만든다."

비스트는 녹슨 창끝을 손가락으로 만지작거리다가, 다시 벽에 걸었다.

"살려 주세요!"

소피가 날카롭게 비명을 질렀다.

"고통을 통해 너는 성장하게 되지."

비스트가 도끼를 집어 들었다. 소피의 얼굴은 백지장처럼 하얗게 질려 버렸다. 비스트는 두툼한 손에 도끼를 들고 그녀를 향해 한 걸음 한 걸음 다가왔다.

"고통을 겪어야만 참된 악인이 될 수 있다!"

그는 그녀의 머리카락을 거칠게 움켜쥐었다.

"안 돼요!"

소피가 목멘 소리로 간청했지만, 비스트는 도끼를 높이 치켜들었다.

"제발……."

번뜩이는 날이 눈 깜짝할 사이 그녀의 머리카락을 잘라 냈다.

소피는 시커먼 바닥에 툭 떨어진 길고 아름다운 금빛 머리채를 바라보았다. 입이 굳어 버려 아무 말도 할 수 없었다. 그녀는 천천히 고개를 들고, 공포에 질린 두 눈으로 거대한 검은 짐승을 바라보았다. 그녀의 두 입술이 파르르 떨리기 시작했다. 그녀의 몸은 갈고리에 묶인 채 축 늘어졌고, 두 눈에서는 눈물이 쏟아져 나왔다. 그녀는 들쑥날쑥하게 잘려 버린 짧은 머리를 가슴에 파묻고 울부짖었다. 콧물이 흘러 숨이 막히고, 헐렁한 검은 교복은 침으로 뒤덮였으며, 갈고리에 묶인 손목에서는 피가 흘렀다.

'딸깍' 하는 소리와 함께 그녀를 벽에 붙들어 맸던 잠금장치가 풀렸다. 소피는 붉어진 두 눈에 자신의 감정을 고스란히 담아 비스트를 바라보았다.

"이제 가라!"

그는 낮은 목소리로 으르렁대고, 도끼를 제자리에 걸었다.

그가 다시 뒤를 돌았을 때, 소피는 이미 사라지고 없었다.

비스트는 느릿느릿 파멸의 방을 나와, 소용돌이치는 오물과 맑은 호수 물이 만나는 지점에 무릎을 꿇고 앉았다. 그가 피로 물든 쇠사슬을 물에 담그자, 양쪽에서 밀려온 거센 물살이 사슬을 깨끗하게 씻어 주었다. 마지막 남은 핏자국을 손으로 비벼 닦아 내던 그는 검은 물에 뭔가 비치는 것을 깨닫고 동작을 멈추었다.

물에 비친 것은 그의 모습이 아니었다.

그가 홱 뒤를 돌아보는 순간, 소피는 있는 힘껏 비스트를 떠밀었다.

그는 맑은 물과 오물이 뒤섞인 소용돌이 속에서 허우적거리기 시작했다. 벽을 찾아 붙잡기 위해 신음하며 필사적으로 팔다리를 휘저었지만, 강한 물살은 그를 순식간에 삼켜 버리고 말았다. 소피는 마지막까지 숨을 쉬기 위해 긴 주둥이를 내밀며 발버둥 치던 비스트가 결국은 무거운 돌처럼 물속으로 가라앉는 모습을 끝까지 지켜보았다.

그녀는 짧아진 머리를 두 손으로 쓸어 매만지고는, 빛을 향해 걷기 시작했다. 뱃속 깊은 곳에서 욕지기가 치밀었지만, 그녀는 두 눈에 힘을 주고 그것을 꿀꺽 삼켰다.

'선은 용서한다.'

유바가 말한 규칙이었다.

하지만 규칙은 틀렸다. 그래야만 했다.

그녀는 용서할 수 없었기 때문이다.

그녀는 조금도 용서할 마음이 없었다.

묘지기의 해결책

Ⅱ지는 은색 실크로 만들어져 있었고, 그 위에는 검은 백조와 흰색 백조 사이에서 번쩍이며 빛을 발하는 이야기꾼의 모습이 그려져 있었다.

학생을 위한 숲의 역사

어거스트 A. 새더

아가사는 첫 페이지를 펼쳐 보았다.

"이 책은 작가 개인의 시각에 의해 쓰인 것이다. 역사에 대한 작가의 해석은 **전적으로** 개인의 것으로서, 교사 전체의 의견과는 관계가 없음을 밝힌다. 선의 학교 학장 클라리사 더비 교수와 악의 학교 학장 레소 부인에게 진심으로 감사의 말씀을 전한다."

아가사는 교수진들이 이 책의 내용을 탐탁잖

아한다는 사실에 묘한 안도감을 느꼈다. 이 책 어딘가에서 수수께 끼에 대한 답을 발견할 가능성이 높다는 뜻으로 해석되었기 때문 이다. 공주와 마녀의 차이, 그리고 선과 악이 균형을 이루고 있다는 증거······ 이 두 질문의 답이 과연 같은 것일까?

그녀는 다음 장을 펼쳤지만, 책에는 아무것도 쓰여 있지 않았다. 빈 페이지 위에 핀 끄트머리 크기 정도의 작은 점들이 다양한 색깔 로 볼록볼록 솟아 있을 뿐이었다. 다시 책장을 넘겨 보아도, 보이는 것은 페이지 전체를 골고루 뒤덮은 점들뿐이었다. 그녀는 책장을 한 움큼 쥐고 넘겼지만, 단어는 하나도 찾을 수 없었다. 절망에 빠 진 아가사는 책에 머리를 푹 파묻었다. 순간 어디에선가 새더 교수 의 목소리가 울려 퍼졌다.

"제14장 : 대전쟁."

아가사는 깜짝 놀라 고개를 들었다. 그녀의 눈앞에 투명한 3차원 장면들이 생겨나더니, 책 위에서 일련의 영상을 만들어 내고 있었 다. 선의 학교 갤러리에서 보았던 새더 교수의 그림처럼 투명한 색 깔로 이루어진, 살아 움직이는 입체 모형이었다. 그녀는 책 앞에 쭈 그리고 앉아, 3차원 영상이 펼쳐 내는 장면들을 숨죽이고 바라보았 다. 제일 먼저 등장한 것은 쭈글쭈글한 세 명의 노인이었다. 그들은 바닥까지 내려오는 긴 수염을 끌고 서로 손을 잡은 채 교장의 탑에 서 있었다. 그들이 손을 펼치자 그 안에서 번쩍이는 이야기꾼이 나 타나더니, 하얀 돌 테이블 위로 붕 날아갔다. 그때 다시 새더 교수 의 목소리가 들려왔다.

"1장에서 언급했듯, 이야기꾼은 영원의 숲에 사는 세 예언자에 의해 선과 악의 학교에 오게 되었다. 이 예언자들은 선과 악의 학교 가 이야기꾼을 타락으로부터 보호할 수 있는 유일한 장소라고 믿었던 것이다……."

아가사는 자신의 눈을 믿을 수 없었다. 앞이 보이지 않는 새더 교수는 역사를 글로 기록할 수는 없었지만 자기만의 방식으로 세상을 볼 수 있었고, 학생들에게도 같은 것을 보여 주려 한 것이다. 페이지를 넘기고 점들을 만질 때마다, 살아 있는 역사의 장면들과 새더 교수의 설명이 재생되었다. 14장의 내용은 점심시간에 소피에게 들었던 이야기들과 관련되어 있었다. 원래 학교를 다스렸던 사람은 마법사 형제였는데, 그중 한 명은 선하고 다른 한 명은 악했다. 하지만 이 두 형제는 각각 자기편에 대한 애착보다 서로에 대한 사랑이 더 컸기에 오랫동안 평화로운 관계를 유지할 수 있었다. 하지만 어느 순간, 악한 쪽이 유혹에 굴복하고 말았다. 펜의 무한한 힘을 온전히 혼자 소유하는 데에 방해가 되는 유일한 장애물이 바로 자신의 형제라는 사실을 깨달았기 때문이다.

아가사는 계속해서 점들 위로 손가락을 움직이며 대전쟁의 수많은 전투와 동맹, 배신의 장면을 목격했다. 마침내 전쟁의 마지막 순간에 이른 그녀는 익숙한 인물을 발견하고 잠시 손가락의 움직임을 멈추었다. 불길에 휩싸인 대학살의 전장에서 은색 가운을 입고 마스크를 쓴 늘씬한 형체가 한 손에 이야기꾼을 쥐고 나타났다.

"선과 악 사이의 마지막 결투에서, 어느 쪽에도 속하지 않는 승리자가 그 모습을 드러냈다. 대전쟁의 휴전을 선언하는 자리에서, 이 승리자는 자신의 목숨이 다할 때까지, 선과 악을 초월하여 양쪽의 균형을 보호할 것을 맹세했다. 물론 어느 쪽도 승리자의 말을 믿지 않았다. 하지만 그들은 굳이 그를 신뢰할 필요가 없었다."

갑자기 장면이 바뀌며, 쌍둥이 형제 중 한 명이 재가 되어 죽어가는 장면이 펼쳐졌다. 그는 필사적으로 하늘을 향해 한 손을 뻗어 은색 빛줄기를 폭발시키듯 뿜어냈다.

"왜냐하면, 전쟁에 패해 죽어 가던 자가 마지막 마법의 불꽃을 이용해 자신의 쌍둥이 형제에 대항할 최후의 주문을 남겼기 때문이다. 그것은 선과 악이 여전히 동등한 위치에 있음을 보여 주는 증거였다. 이 증거가 훼손되지 않는 한, 이야기꾼은 타락하지 않을 것이고, 영원의 숲은 완벽한 균형을 유지할 것이다. 이 증거가 무엇인지에 대해서는……."

아가사는 자기도 모르게 자리에서 벌떡 일어섰다.

"오늘날까지도 선과 악의 학교에 잘 보존되고 있다는 것만 밝혀두기로 한다."

새더 교수의 목소리가 끝나자, 3차원 영상도 사라졌다.

아가사는 다급하게 다음 페이지를 넘기고 손끝으로 점들을 더듬었다. 다시 새더 교수의 우렁우렁한 목소리가 들려오기 시작했다.

"제15장 : 숲 전체에 퍼진 바퀴벌레 전염병."

아가사는 벽을 향해 책을 집어 던졌다. 바구니에 담겨 있던 다른 교재들도 손에 잡히는 대로 던져 버렸다. 열정적인 사랑의 키스를 나누는 벽화 속 주인공들의 얼굴에는 군데군데 상처 자국이 생겼다. 주변에 있던 책을 모조리 집어 던져 버린 아가사는 침대에 몸을 던지고 얼굴을 파묻었다.

'제발 도와주세요!'

절망감 가득한 침묵 가운데, 기도와 눈물이 수차례 교차하는 동안, 그녀의 마음속에 무엇인가 나타나기 시작했다. 생각이라고 하기에는 너무나 미묘한 움직임이었다. 작은 충격과도 같은 한 줄기 빛이 그녀 앞에 나타났다.

아가사는 천천히 고개를 들었다.

선과 악의 학교

수수께끼의 답이 바로 그녀의 눈앞에 있었다.

'겨우 머리카락 자른 건데, 뭐!'

소피는 자신을 타이르며, 수레국화 덤불을 헤치고 비탈길을 올라갔다.

'아무도 못 알아볼 거야.'

그녀는 페리윙클 나무 사이를 통과해 서쪽 공터에 도착했다. 그리고 살금살금 학생들을 향해 다가가기 시작했다.

'일단 아가사를 찾자. 그러면…….'

순간 학생들의 눈이 모두 그녀를 향했다. 웃는 사람은 아무도 없었다. 도트, 테드로스, 심지어 베아트릭스마저 돌처럼 굳은 표정으로 그녀를 바라볼 뿐이었다. 수많은 눈에 어린 짙은 공포를 마주하자, 소피는 숨이 막히는 것 같았다.

"저기…… 눈에 뭐가 좀 들어가서……."

그녀는 파란 장미 덤불 뒤로 몸을 숙이고, 헐떡거리며 숨을 들이마셨다. 이런 굴욕은 더 이상 견딜 수가 없었다.

"이제야 악의 학교 사람 같네."

테드로스가 덤불 너머에서 고개를 쏙 내밀며 말했다.

"이제 나처럼 헷갈릴 사람은 없겠어."

소피의 얼굴이 홍당무처럼 빨갛게 달아올랐다.

"거봐! 마녀랑 친구하니까 이런 일이 생기는 거야."

거만한 왕자가 눈살을 찌푸리며 훈계조로 말했다.

소피의 얼굴은 새빨간 석류색으로 바뀌었다.

"그다지 나쁘진 않네. 적어도 네 친구라는 그 마녀처럼 끔찍하지는 않아."

"좀 비켜 줄래? 눈에 뭐가 들어가서…….."

소피는 붉다 못해 가지처럼 보라색을 띠기 시작한 얼굴로 중얼거리고는 쏜살같이 그 자리를 피했다. 그녀는 도트를 발견하자마자 마치 구명보트를 발견한 사람처럼 그녀를 덥석 붙잡았다.

"아가사 어디 있어?"

하지만 도트는 여전히 얼빠진 표정으로 그녀의 머리카락을 바라보고 있었다. 소피는 크게 헛기침을 했다.

"아, 그러니까…… 걔는 방에 갇혀 있지."

마침내 도트가 입을 열었다.

"꽃동산 수업을 못 듣게 되다니, 안됐어. 하긴 유바 교수님이 안내원을 불러 내지 못하고 있으니, 우리 상황도 어찌 될지 모르지."

도트가 파란색 호박 조각을 신경질적으로 찔러 대고 있는 유바를 향해 까딱 고갯짓을 했다. 하지만 잠시 후 그녀의 시선은 다시 소피의 머리카락으로 되돌아왔다.

"머리 모양이…… 예쁘네."

"됐어. 억지로 그런 말 할 필요 없어."

소피가 풀 죽은 목소리로 대답했다.

도트의 눈이 순식간에 뿌옇게 흐려졌다.

"긴 머리였을 때 참 예뻤는데…….."

"다시 자랄 거야."

소피가 눈물을 꼭 참으며 말했다.

"너무 속상해 하지 마! 언젠가 진짜 사악한 놈이 나타나서 그 비스트란 놈을 죽여 버릴 테니까!"

도트가 훌쩍거리며 말했다.

소피는 순간 얼음이 된 것처럼 온몸이 굳어 버렸다.

"자, 타라!"

유바의 목소리가 공터에 울려 퍼졌다.

제일 먼저 움직인 것은 테드로스였다. 그는 평범하게 생긴 호박 꼭지를 잡더니 마치 주전자 뚜껑을 열듯 톡 따고서, 호박 속으로 순식간에 사라져 버렸다.

소피는 자신의 두 눈을 의심하지 않을 수 없었다.

"이게 대체 어떻게……."

그때 누군가 그녀의 엉덩이를 쿡쿡 찔러 댔다. 소피가 아래를 내려다보자, 유바 교수는 꽃동산 출입증을 쑥 내밀고 조금 전 테드로스처럼 호박의 꼭지를 따서 열어 주었다. 소피는 허리를 숙여 안을 들여다보았다. 보라색 벨벳 턱시도를 입고 같은 색깔의 모자까지 갖춰 쓴 늘씬한 애벌레 한 마리가 파스텔 색깔들이 뱅글뱅글 소용돌이치는 가운데 둥둥 떠 있는 것이 보였다.

"침 뱉기, 재채기, 노래 부르기, 훌쩍거리기, 흔들기, 욕하기, 때리기, 졸기, 소변보기, 모두 금지다!"

애벌레의 목소리는 상상 이상으로 괴팍했다.

"규칙을 어기면 옷을 홀딱 벗길 테니 그런 줄 알아! 어서 타라!"

호박 안을 들여다보던 소피가 다급하게 유바를 향해 몸을 돌렸다.

"잠깐만요! 저는 친구를 찾아야……."

그때 덩굴 한 줄기가 쑥 자라나더니 그녀를 호박 안으로 홱 잡아당겼다.

소피는 너무 놀라 소리 지를 틈도 없이 호박 속으로 빨려 들어갔다. 어지럽게 휘몰아치는 핑크색과 파란색, 노란색 사이를 허우적거리는 사이, 또 다른 덩굴손들이 그녀에게 달려들어 마치 안전벨트처럼 그녀의 몸을 꼭 죄었다. 그때 등 뒤에서 사납게 헐떡이는 소리가 들렸고, 소피는 뒤를 돌아보았다. 거대한 파리지옥이 입을 쩍 벌리고 그녀를 삼키려고 하고 있었다. 소피는 비명을 지르며 끈적거리는 입속으로 사라졌다. 하지만 덩굴손들은 그녀를 홱 낚아채 파리지옥 속에서 꺼낸 뒤, 곧장 뜨거운 김이 가득 찬 터널 속으로 던져 넣어 버렸다. 덩굴손에 칭칭 감긴 그녀의 몸은 무엇인가에 대롱대롱 걸렸고, 곧 움직이기 시작했다. 소피는 덩굴손 안전벨트에 휘감긴 채, 팔다리를 공중에 덜렁거리며 조금씩 앞으로 나아갔다. 잠시 후 안개가 깨끗하게 걷혔고, 소피의 눈앞에는 그동안 한 번도 보지 못했던 마법과도 같은 광경이 펼쳐졌다.

그것은 한마디로 스스로 빛을 발하는 식물들로만 만들어진, 거대한 마을 규모의 지하 교통 시스템이었다. 각기 다른 색깔로 반짝이는 나무줄기들은 같은 색깔의 꽃으로 뒤덮여 있었고, 덩굴로 연결되어 있었으며, 그 덩굴 줄에는 사람들이 매달려 있었다. 다양한 색깔로 빛나는 나무들은 서로 얽히고설켜 거대한 미로와도 같은 도로망을 만들어 냈다. 나란히 줄지어 선 나무들이 있는가 하면, 서로 수직으로 교차하는 나무들도 있었고, 다른 방향으로 갈라지는 나무들도 있었다. 하지만 어떤 방향이 되었든, 이 빛나는 식물 교통망은 모두 영원의 숲으로 이어졌고, 탑승자들을 각각 특정 목적지로 정확하게 실어 나르고 있었다. 소피는 넋을 잃고 이 새로운 세상을 관찰했다. '장미 수풀 라인'이라는 이름이 붙은 빨간색 나무에 연결된 덩굴 줄에는 벨트에 곡괭이를 찔러 넣은 무표정한 난쟁이들이 매달려 있었고, '나무 구역 라인'이라는 초록 나무에 연결된 콩 줄기는 이와 반대 방향으로 움직이며 탑승자들을 이동시키고 있었는데 그중에는 빳빳한 양복을 차려입은 곰들도 보였다. 어리둥절한 눈으로 주변을 둘러보던 소피는 자신이 타고 있는 것이 '**히비스커스 라인**'이라는 사실을 발견했다. 그녀를 비롯한 다른 학생들은 밝은 청색으로 빛나는 나무에 연결된 덩굴을 따라 흔들거리며 이동하고 있었다. 하지만 이상하게도 악의 학교 학생들에게만 덩굴손 벨트가 채워져 있었다.

"꽃동산은 원래 선인들만 들어올 수 있거든."

도트가 소피의 마음을 읽기라도 한 듯 큰 소리로 설명하기 시작했다.

"학교에서 요청하니까 어쩔 수 없이 우리도 들여보내 준 건데, 그래도 안심이 안 되니까 안전벨트를 채우는 거야."

벨트를 차야 한다 해도 상관없었다. 소피는 할 수만 있다면 평생 이곳을 떠나고 싶지 않았다. 그녀의 마음을 빼앗은 것은 견고하면서도 안정적인 속도로 움직이는 덩굴 줄기들과 아름다운 풍경뿐만이 아니었다. 도마뱀 오케스트라가 각 라인에 어울리는 음악을 연주하고 있었던 것이다. '**탄제린 라인**'의 도마뱀들은 활기 넘치는 벤조를 연주했고, '**바이올렛 라인**' 도마뱀들은 관능적인 시타르 연주를 선보였다. 소피가 타고 있는 '**히비스커스 라인**'에서는 빠른 속도의 경쾌한 피콜로 연주와 함께 파란 개구리들의 합창 소리가 울려 퍼지고 있었다. 탑승객들이 배가 고플 때를 대비해 군것질거리도 준비되어 있었다. 파랑새들이 이동하는 사람들 주변을 날아다니며, 청색 옥수수 머핀과 블루베리 펀치를 제공해 주었던 것이다. 소피가 바라던 모든 것이 그곳에 있었다. 그녀는 마침내 자신에게 어울리는 완벽한 장소를 발견한 것이다. 소피는 온몸의 긴장을 풀고 남자아이들과 비스트에 대한 기억도 깨끗이 지운 채, 점점 높이 올라가는 덩굴 줄기에 매달려 푸른 불꽃과 뱅글뱅글 돌아가는 바람개비를 바라보았다. 시원한 바람이 불어왔다. 어디에선가 감미로운 흙냄새도 풍겨 왔다. 소피는 파란 하늘을 향해 양팔을 활짝 펼쳤다. 그녀는 이제 막 세상에 태어난 싱그러운 천상의 히아신스가 된 것 같았다.

하지만 그녀가 도착한 곳은 묘지였다.

잔뜩 구름 낀 하늘처럼 음울한 색깔의 묘비들이 황량한 언덕을 뒤덮고 있었다. 그녀는 바로 옆 땅바닥에 난 구멍을 통해 이곳에 도착했던 것이다. 다른 학생들 역시 구멍을 통해 속속 목적지에 도착하고 있었다. 그들은 하나같이 몸을 움츠리고 오들오들 떨고 있었다.

"여기이가…… 어어디이……야아?"

소피가 이를 딱딱 부딪치며 물었다.

"선과 악의 정원이란 곳이야."

도트는 추위에 온몸을 부들부들 떨면서도, 도마뱀 모양의 초콜릿을 베어 물고 있었다.

"이이게…… 무슨 저엉원이이야……."

그때 소피의 피부에 온기가 느껴졌다. 유바가 마법의 지팡이로 학생들 주변에 작은 불꽃을 만들어 주었던 것이다. 소피와 다른 학생들은 한숨을 내쉬며 몸을 녹였다.

"몇 주 후면 너희도 직접 주문을 걸 수 있게 될 거다."

유바가 덜덜 떨고 있는 아이들을 향해 말했다.

"하지만 주문을 아무리 잘 외운다 한들, 생존 기술이 없이는 살아남을 수 없지! 무덤 주변에는 미어벌레들이 살고 있다. 음식이 부족할 때 이것들은 중요한 식량이 될 수 있다. 오늘 너희가 할 일은 바로 이 벌레들을 찾아서 잡아먹는 것이다!"

소피가 두 손으로 배를 움켜잡았다.

"두 사람씩 짝을 지어서 활동하도록! 그럼, 출발! 벌레를 가장 많이 잡아먹는 팀이 우승이다!"

유바가 멍한 표정을 짓고 있는 소피를 향해 홱 고개를 돌렸다.

"우리 학교 말썽꾼이 그동안의 실수를 만회할 수 있을지 한번 지켜보지!"

"이 말썽꾼은 마녀 친구 없이는 아무것도 못할 걸요."

테드로스가 중얼거렸다.

소피는 테드로스와 베아트릭스가 나란히 멀어져 가는 모습을 망연자실한 표정으로 지켜보았다.

"어서 시작하자!"

도트가 소피를 바닥으로 끌어내리며 말했다.

"우리가 쟤들 이기면 되잖아."

소피는 도트의 말에 갑자기 힘이 솟는 것을 느꼈다. 그녀는 불에서 멀어지지 않도록 조심하면서, 도트와 함께 엎드려 바닥을 더듬기 시작했다.

"미어벌레가 대체 뭐야? 어떻게 생겼지?"

"벌레처럼 생겼겠지."

도트가 대답했다.

소피는 어이없는 대답에 뭔가 날카롭게 쏘아붙일 말을 생각하다가, 저 멀리 언덕 위에서 낯선 실루엣이 꿈틀거리는 것을 발견했다. 검은 턱수염을 길게 기르고 굵직한 레게 머리를 땋아 내린 거인이 몸을 움직이고 있었다. 피부는 짙은 밤처럼 우울한 암청색이었다. 거인은 갈색의 직사각형 천 조각 하나만 허리춤에 걸친 채 열심히 무덤을 파고 있었다.

"여기 있는 무덤 전부 다 저 놈 작품이야. 저 묘지기 말이야."

도트가 말했다.

"그래서 일이 좀 많이 밀리지."

과연 묘지기 뒤로 시체와 관들이 3킬로미터 가까이 늘어서 있었다. 모두 매장을 기다리는 손님들이었다. 소피는 선인과 악인이 서로 다른 관을 사용하고 있다는 사실을 발견했다. 악인의 관은 짙은 색 돌로 만들어졌지만, 선인은 유리와 금으로 만들어진 관에 담겨 있었다. 하지만 아예 아무런 관도 없이 비탈진 언덕에 널브러진 시체들도 있었다. 그 위에서는 독수리들이 날카로운 시선을 이 맨몸의 시체들에 고정한 채 뱅글뱅글 맴을 돌고 있었다.

"일이 저렇게 많은데 왜 혼자 해?"

소피는 속이 울렁거리는 것을 가까스로 참으며 물었다.

"자기만의 체계가 있거든. 다른 사람은 절대 끼어들 수가 없어."

호트가 낮은 목소리로 속삭였다.

"우리 아빠는 2년째 순서를 기다리고 있어. 피터팬에게 직접 맞서다가 목숨을 잃었는데, 겨우 이런 대접을 받아야 하다니!"

그는 목이 메는 듯 서둘러 입을 다물었다.

어느새 학생들 모두가 이 묘지기를 쳐다보고 있었다. 무덤 하나를 다 파낸 묘지기는 허리를 펴고 굵직한 레게머리 더미 속에 손을 쑥 집어넣더니 커다란 책을 꺼내 펼쳤다. 그는 책을 유심히 들여다보다가, 잘생긴 왕자님이 누워 있는 황금 관을 들어 빈 무덤 속에 밀어넣었다. 그런 다음 줄지어 기다리는 대기자들 중 크리스털 관에 누워 있는 아름다운 공주를 찾아 왕자의 옆에 뉘어 주었다.

"아나스타샤와 제이콥이다. 신혼여행 중에 굶어 죽었지. 수업만 제대로 들었어도 그런 비극적인 결말은 피할 수 있었을 거다!"

유바가 신경질적인 목소리로 설명했다.

학생들은 수군거리며 다시 땅바닥으로 시선을 돌리고 벌레를 찾아 헤매기 시작했다. 하지만 소피는 묘지기에게서 시선을 뗄 수 없었다. 그는 다시 책을 들여다보더니, 이번에는 관도 없이 차가운 바닥에 누워 있던 오거를 집어 들어 빈 무덤 속에 툭 던져 넣었다. 그러고는 다시 책을 한 번 확인한 뒤, 번쩍거리는 왕비의 관을 왕 옆에 조심히 내려놓았다.

소피는 천천히 시선을 돌려 넓게 펼쳐진 묘지를 쭉 훑어보았다. 어디를 보든 상황은 똑같았다. 선인의 무덤에는 어김없이 두 개의 묘비가 세워져 있었다. 소년과 소녀, 왕자와 공주, 남편과 아내가 살아 있을 때와 마찬가지로 한자리에 나란히 잠들어 있었다. 하지만 악인들은 혼자였다.

'영원한 행복이란 죽음도 함께하는 것! 불행이란 죽어서도 혼자인 것!'

순간 소피는 얼어붙은 듯 꼼짝할 수 없었다. 교장이 낸 수수께끼의 답을 마침내 찾아냈던 것이다.

"여긴 틀렸군! '죽음의 비탈길'로 가보자! 자, 다 이동!"

유바가 한숨을 내쉬며 말했다.

"혼자 좀 하고 있어!"

소피가 도트에게 속삭이며 벌떡 몸을 일으켰다.

도트는 휘둥그레진 두 눈으로 소피를 바라보았다.

"어딜 가려고? 잠깐! 우린 팀인데……."

하지만 소피는 이미 묘비들 사이를 재빨리 통과해 꽃동산 입구를 향해 달리고 있었다.

"나 혼자 하라고?"

도트는 부루퉁한 얼굴로 소피의 뒷모습을 바라보았다.

잠시 후, 파란 숲에서는 긴장감 넘치는 대치 상황이 벌어졌다. 숯 염소로 식사를 즐기고 있던 스팀프 다섯 마리가 알을 손에 쥔 소피를 매서운 눈초리로 노려보고 있었다.

"전에 했던 거 기억나지? 다시 한 번 해 볼까?"

'답을 바로 코앞에 두고도 몰라봤구나!'

아가사는 책에 찍혀 군데군데 상처가 난 벽을 물끄러미 바라보고 있었다. 선에게 악을 물리칠 수 있는 힘을 안겨 준 무적의 무기, 악당은 가질 수 없지만 공주에게는 반드시 있어야 하는 바로 그것, 그녀와 소피를 집으로 돌려보내 줄 수 있는 열쇠가 바로 그녀의 눈앞에 펼쳐져 있었다.

'제발 소피가 살아 있기를!'

두려움의 파도가 다시 한 번 아가사의 가슴에 밀려들었다. 그녀는 더 이상 가만히 앉아 기다리고 있을 수 없었다. 소피는 지금쯤 지하 감옥에서 끔찍한 고문을 당하고 있을 텐데…….

그때 창밖에서 날카로운 비명이 울려 퍼졌다. 아가사는 깜짝 놀라 고개를 돌렸다. 미친 듯 날뛰는 스팀프 한 마리가 소피를 창 안으로 던져 넣고 있었다.

"사랑이야!"

소피가 숨을 헐떡이며 말했다.

"살아 있었구나! 그런데 네 머리…….”

아가사가 숨을 헉 들이마셨다.

"악당은 절대 가질 수 없지만 공주에게는 반드시 있어야 하는 거 말이야. 사랑이라고!"

"대체 무슨 일이 있었던…… 너 괜찮아?"

"사랑 맞아, 틀려?"

그녀는 파멸에 방에서 벌어진 일에 대해서는 단 한 마디도 할 생각이 없어 보였다.

"그래, 거의 맞았어."

아가사는 정답을 말하는 대신, 손가락으로 벽을 가리켰다. 벽화 속 왕자와 공주는 서로를 꼭 끌어안고 입을 맞추고 있었다.

"진정한 사랑의 키스!"

소피가 중얼거렸다.

"진정한 사랑이 너에게 키스를 하게 되면, 그건 네가 악당이 아니라는 뜻이야."

아가사가 설명했다.

"반대로 진정한 사랑을 찾지 못하면, 넌 절대 공주가 될 수 없지."

소피가 말했다.

"그렇게만 되면 우린 집에 돌아갈 수 있어. 내 역할은 쉬워. 이미 해결된 거나 다름없지. 문제는 네 쪽이야."

아가사가 마른침을 삼키며 말했다.

"별걱정을 다 하네! 그 흉측하게 생긴 악인 남자애들 정도는 마음만 먹으면 누구든지 나랑 사랑에 빠지게 할 수 있다고. 5분이면 충분해. 빈 벽장에 단둘이……."

"진정한 사랑은 단 한 명뿐이야, 소피."

아가사가 날카로워진 목소리로 그녀의 말을 끊었다.

"영원히 행복한 삶을 함께할 진정한 사랑은 오직 한 명이라고."

소피는 물끄러미 아가사의 두 눈을 바라보더니, 침대에 털썩 주저앉았다.

"테드로스……."

아가사가 역겹다는 표정을 지으며 고개를 끄덕였다. 이제야 겨우 집으로 돌아가는 길을 찾았는데, 하필이면 이 모든 것을 망쳐 버릴 수 있는 인간이 그 열쇠라니!

"테드로스가…… 나한테 키스를 해야 한다고?"

소피가 멍하니 허공을 바라보며 말했다.

"속이거나 강요해선 안 돼. 진정한 사랑을 담은 키스를 해야 해."

"하지만 어떻게? 걔는 내가 악당인 줄 알고 있는데! 나를 미워한단 말이야! 걔는 진짜 왕의 아들이야. 잘생긴 데다 뭐 하나 흠 잡을 데 없이 다 잘하고, 그리고……."

소피는 들쭉날쭉한 머리카락을 움켜쥐었다. 그리고 축 늘어진 볼품없는 검은 교복을 손바닥으로 쓸어내렸다.

"나는…… 내 꼴은……."

"넌 여전히 공주야."

소피가 아가사를 바라보았다.

"넌 우리가 집에 돌아갈 수 있는 유일한 열쇠야. 우린 꼭 그 키스를 받아 내야 해."

아가사가 힘겹게 미소를 지어 보이며 말을 이었다.

"우리?"

소피가 말했다.

"그래, 우리 같이하는 거야."

아가사가 목멘 소리로 대답했다.

소피는 벌떡 일어나 아가사를 꼭 껴안았다.

"그래, 우리 같이 집에 돌아가자!"

하지만 아가사는 자신의 두 팔에 안긴 소피의 몸에서 무엇인가

선과 악의 학교

낯선 존재를 느꼈다. 파멸의 방에서 그녀의 친구가 빼앗긴 것은 아름다운 금발만이 아닌 것 같았다. 아가사는 스멀스멀 피어오르는 의심을 억누르고, 더욱 꼭 소피를 껴안았다.

"키스 한 번이면 다 해결될 거야!"

그녀가 소피의 귀에 나지막이 속삭였다.

두 소녀가 서로를 두 팔로 감싸 안고 다짐을 나누는 동안, 또 다른 탑에서는 교장이 부지런하게 움직이는 이야기꾼의 움직임을 주시하고 있었다. 이야기꾼은 서로를 꼭 끌어안은 두 소녀의 모습을 아름답게 그려 내고는, 그 아래에 수려한 글씨로 한 문장을 덧붙였다.

"하지만 세상에 공짜는 없는 법! 키스에도 대가가 따른다는 사실을 그들은 미처 깨닫지 못했다."

15
관 고르기

테드로스는 스트레스를 받을 때면, 땀을 흘리며 운동을 했다. 새벽 6시, 그가 남학생 전용 꾸밈방에서 땀에 흠뻑 젖은 채, 노르웨이 망치를 집어 던지고 덤벨을 들어 올리고 수영 레인을 몇 바퀴씩 돌고 있다는 것은 그가 그 어느 때보다 심한 스트레스를 받고 있다는 뜻이었다. 당연한 일이었다. 지난밤 사이 방문 밑으로 겨울 무도회 초대장이 배달되었던 것이다.

테드로스는 천장에 매달린 긴 로프를 향해 다가갔다. 탐스러운 금발을 꼬아 만든 로프였다. 그는 로프를 타고 오르며, 크리스마스를 무도회장에서 맞이해야 한다는 사실에 분노했다. 선인들은 대체 왜 무슨 일만 있으면 이 숨 막히는 공식 무도회를 여는 것일까? 무도회의 가장 큰 문제는 남자들이 모든 짐을 짊어져야 한다는 점이었다. 여자아이들은 그저 예쁜 미소를 지으며 이 사람 저 사람을 저울질해 보고, 자신이 원하는 일이 이루어지기를 바라며 가만히 기다리기만 하면 된다. 결국 고심 끝에

Dear Agatha,
you are kindially
invited to the
EVERS' SNOW
BALL

결정을 내리고, 파트너로 지목한 사람에게 승낙을 얻어 내야 하는 사람은 남자인 것이다. 테드로스는 자신이 원하는 파트너에게 거절당할까 두려워하는 것이 아니었다. 무도회에 함께 가고 싶은 여자가 없다는 점이 그의 고민이었다.

그는 누군가를 진심으로 좋아해 본 것이 언제인지 기억도 나지 않았다. 그럼에도 불구하고, 그의 주변은 늘 그를 쫓아다니며 여자 친구가 되고 싶어 하는 아이들로 붐볐다. 예외는 없었다. 그는 여자에 대한 관심을 끊으리라 다짐했지만, 어느 날 갑자기 그의 시선을 잡아끄는 사람이 있었다. 그는 자신이 그녀의 마음을 얻을 수 있다는 사실을 증명해 내고자 했고, 결국 성공도 했지만, 알고 보니 그녀는 그를 먹잇감을 생각하고 이미 오래전부터 기회를 노리고 있던 사악한 사냥꾼이었다. 베아트릭스의 저주일까? 아니다. 그보다 더 정확한 이름이 있었다.

그것은 귀네비어의 저주였다.

테드로스가 겨우 아홉 살이었을 때, 그의 어머니인 귀네비어 왕비는 기사 랜슬롯과 사랑에 빠져 그와 아버지를 버리고 떠났다. 그 후 사람들은 "왕비께서 진정한 사랑을 찾아 떠나셨다"고 말했지만, 테드로스는 전혀 동의할 수 없었다. 그동안 아버지를 향해 수없이 "사랑한다"고 말했던 것은 무엇이란 말인가? 어머니는 늘 아버지를 향해 그렇게 말씀하셨다. 그 사랑은 진정한 사랑이 아니었단 말인가?

시간이 지날수록 아버지는 점점 더 절망과 실의에 빠져 술에 의지하셨다. 그리고 결국 일 년도 안 되어 세상을 떠나셨다. 아버지께서는 마지막 숨을 거두는 순간, 그의 손을 잡고 이런 말씀을 남기셨다.

"테드로스, 백성들에게는 왕비가 필요하단다. 나와 같은 실수를 되풀이하지 말아라. 진정으로 선한 여자를 찾아야 한다."

'나와 같은 실수를 되풀이하지 말아라.'

양손에 힘이 풀린 테드로스는 바닥에 깔린 폭신한 매트 위에 떨어졌다. 넘실대는 금발 로프가 나약한 그를 비웃듯 좌우로 흔들거렸다. 양 볼이 빨갛게 달아오른 테드로스는 매서운 눈빛으로 로프를 쏘아보았다.

이곳의 여자아이들은 모조리 그가 피해야 할 '실수'들이었다. 키스와 진정한 사랑도 구분하지 못하는 귀네비어 왕비 같은 존재들인 것이다.

아침 햇살이 아가사의 베개를 얼룩덜룩 물들이기 시작했다. 아가사는 몸을 뒤척이며 두 눈을 뜨고는 그대로 자리에서 벌떡 일어났다. 주인을 잃어버린 리나의 침대 위에 소피가 웅크리고 누워 있었던 것이다.

"왜 아직도 여기 있는 거야? 늑대들한테 잡히면 또 파멸의 방에 잡혀갈 거라고! 게다가 우리 계획대로라면, 넌 테드로스한테 익명의 연애편지를……."

"무도회 얘기 왜 안 했어?"

소피가 반짝이는 눈송이가 붙어 있는 초대장을 들어 올렸다. 그 위에는 뽀얀 진주로 아가사의 이름이 적혀 있었다.

"무도회를 하든 말든, 그게 뭐가 중요해?"

아가사가 신음을 내뱉으며 대답했다.

"우린 어차피 여길 떠날 거잖아. 연애편지나 잘 써 보자. 어제도 얘기했지만, 걔가 어떤 사람인지에 대해 써야 해. 명예나 용기, 그리고……."

하지만 소피는 초대장을 코에 들이대고 향기를 맡고 있었다.

"소피! 집중해! 무도회가 가까워 올수록, 테드로스는 파트너를 찾는 데 집중할 거야. 걔 마음이 간절해질수록 누군가와 사랑에 빠질 확률이 높아지는 거라고. 걔가 다른 사람이랑 눈이 맞으면 우린 어떻게 되는 거지? 그래! 꼼짝없이 여기 갇혀 죽는 거야! 알겠어?"

"하지만…… 난 걔랑 무도회에 가고 싶은데! 내가 파트너가 되면 되잖아."

"넌 초대도 못 받았잖아!"

소피가 입을 앙다물었다.

"소피, 넌 테드로스한테 진정한 사랑의 키스를 받아야 해. 그게 없으면 집에 돌아갈 수 없어."

"무도회 들어갈 때 초대장을 검사할까?"

아가사는 소피의 손에서 초대장을 확 낚아채 버렸다.

"널 믿은 내가 바보지! 죽지 않으려면 여길 탈출해야 된다고 그렇게 설명했건만 결국 제자리야!"

"하지만 무도회를 그냥 놓쳐 버릴 순 없잖아!"

아가사는 문을 향해 소피의 등을 떠밀었다.

"파란 숲으로 가는 터널 알지? 그쪽으로 가서 다시 너희 학교로 가는 터널을 이용하면……."

"대리석으로 만들어진 무도회장, 반짝이는 드레스, 화려한 불빛 아래에서 왈츠를 추고……."

"혹시 늑대한테 들키면, 길을 잃었다고 하고……."

"무도회란 말이야, 아가사! 진짜 무도회라고!"

아가사는 그녀를 방 밖으로 밀어냈다. 소피는 몸을 홱 돌리고 아가사를 노려보았다.

"내 룸메이트들이 도와줄 거야! 걔들은 진짜 친구니까!"

소피는 충격에 빠진 아가사의 얼굴을 노려보며 힘껏 문을 밀어 닫아 버렸다.

10분 뒤, 다른 탑 안에서는 또 한 번의 고성이 울려 퍼졌다.

"도와달라고? 악인이랑 선인이 키스를 하게 도와달라는 말이야? 그런 짓을 하느니 차라리 말 엉덩이에 머리를 박고……."

헤스터는 너무 흥분한 나머지 정신없이 발을 굴러 댔고, 아나딜은 쥐들이 그녀의 발에 밟힐까 봐 안절부절못했다.

"소피, 악당은 사랑에 빠지지 않아."

아나딜이 쥐들을 위협하는 이 험악한 분위기를 가라앉혀 보고자 차분하게 설명했다.

"그런 생각을 하는 것만으로도 영혼을 더럽히는……."

"내가 여기에서 사라지기를 바란다며? 그렇다면 테드로스에게 마법을 걸어 줘. 나랑 무도회에 갈 수 있도록 말이야!"

소피가 터널에서 붙여 온 나뭇잎들을 떼어 내며 말했다.

"무도회라고?"

헤스터가 한층 더 날카로워진 목소리로 입을 열었다.

"무도회가 있다는 건 또 어떻게 알았어?"

"악당이 무도회에 간다고?"

도트가 어이없다는 듯 말했다.

"악당이 왈츠를 춰?"

아나딜도 분위기를 전환시켜 보려는 노력을 포기했는지 얼빠진 표정을 지었다.

"악당이 왕자와 마주 보고 예의 바르게 인사를 하겠다는 거야?"

선과 악의 학교

헤스터의 말이 끝나기 무섭게, 세 명의 룸메이트들이 제각기 비난을 쏟아 내며 법석을 떨기 시작했다.

"난 무도회에 가고 말 거야!"

소피가 씩씩거리며 세 사람의 말을 잘라 냈다.

"숲 너머 마을에서 온 마녀를 소개합니다!"

헤스터가 배를 움켜쥐고 깔깔대며 말했다.

하지만 얼마 지나지 않아, 그녀의 웃음은 분노로 바뀌었다.

소피는 삐죽삐죽한 머리를 어떻게 해야 할지 몰라 고민하다가 수업에 20분이나 늦었다. 베레모를 써 보기도 하고 리본 매듭으로 감추어 보기도 하고 이리저리 빗질도 해 보았지만, 결과는 만족스럽지 않았다. 결국 그녀는 데이지 화관을 머리에 얹은 채 교실로 향했다.

"끔찍할 정도는 아니야."

소피는 〈추한 외모 만들기〉 수업에 들어가기 전 한숨을 쉬며 자신을 위로했다. 교실에 들어서자 박쥐 날개 물약을 마시고 머리가 모두 회색으로 변해 버린 학생들이 그녀를 바라보았다. 순간 '펑' 소리와 함께 그녀의 머리 위에 숫자 1이 둥실 떠올랐다.

"끔찍하군!"

맨리 교수가 그녀의 머리를 보며 만족스러운 웃음을 지었다.

"아름다운 금발이 완전히 사라졌어!"

수업이 끝난 후, 소피는 참았던 눈물을 쏟아 내며 교실을 빠져나갔고 헤스터는 분을 참지 못하고 괴성을 질러 댔다. 복도에 들어서자 앨버마를이 나무를 쪼아 대는 소리가 들렸다. 안경 쓴 이 딱따구리는 성실하고 진지한 표정으로, 헤스터의 이름 바로 아래에 소피의 이름을 새겨넣고 있었다.

"사랑에 빠지게 하는 주문 하나면, 날 영원히 보내 버릴 수 있다니까."

소피가 유혹하듯 달콤한 목소리로 말했지만, 헤스터는 쿵쿵거리며 그 곁을 지나쳐 버렸다. 어떤 극단적인 상황이 닥치더라도, 악인과 선인이 키스를 하는 것은 절대 용납할 수 없는 일이라는 것이 그녀의 일관된 주장이었다.

다음은 첫 저주 수업이었다. 레소 부인은 평소보다 더 경직된 표정으로 차가운 얼음 방에 들어섰다.

"제대로 된 고문 기술자 찾는 게 이렇게 어려워서야, 원!"

그녀가 혼잣말을 중얼거렸다.

"무슨 소리야?"

소피가 도트에게 속삭였다.

"파멸의 방에 있는 비스트 말이야. 그놈이 사라졌대."

도트가 대답했다.

소피는 속이 울렁거렸다.

레소 부인은 학생들 한 명 한 명에게 운명의 적에 대한 질문을 던지기 시작했다. 그리고 틀린 답을 들을 때마다 부글부글 속이 끓어오르는 듯 날카로운 혹평을 쏟아냈다.

"하지만 운명의 적을 꿈에서 본다는 건 최고의 악당이 될 거라는 뜻 아닌가요?"

교수의 비난 세례를 참다못한 헤스터가 질문했다.

"그런 게 아니다, 이 멍청한 것! 증상이 함께 나타나야 해! 아무리 꿈을 꾼다 한들 증상이 동반되지 않았다면, 그건 아무 의미가 없는 거다!"

레소 부인은 더욱 날카로워진 목소리로 헤스터를 몰아붙였다.

"도트, 운명의 적을 꿈에서 볼 때 입안에서는 어떤 맛이 나지?"

"그건 자기 전에 뭘 먹었느냐에 따라 다르겠죠."

"피다, 이 멍청아!"

레소 부인은 긴 손톱으로 얼음벽을 긁으며 걸음을 옮기기 시작했다.

"온통 바보들뿐이군! 대체 언제쯤 이 학교에서 제대로 된 악당을 볼 수 있을지……. 이런 똥파리들 대신 우리 적의 눈에 피눈물이 나게 할 수 있는 진짜 악당이 필요한데 말이야!"

다시 질문이 시작되었고, 소피의 차례가 되었다. 소피는 심기가 불편한 교수로부터 최악의 질책을 받을 것을 예상하고 있었지만, 교수는 분명 틀린 답을 말한 소피에게 무사마귀를 붙여 주었다. 심지어 그녀의 들쭉날쭉한 머리를 사랑스럽다는 듯 부드럽게 쓰다듬기까지 했다.

"왜 갑자기 잘해 주는 거야?"

소피의 뒤에 앉아 있던 헤스터가 씩씩거리며 물었다.

소피 역시 이유를 알 수 없었지만, 어리둥절한 표정 대신 자신만만한 미소를 머금고 뒤를 돌아보았다.

"내가 캡틴감이라고 생각하시니까 그런 거지. 내가 여기 계속 있으면 결국 그렇게 되지 않겠어?"

헤스터는 당장이라도 소피의 목을 부러뜨릴 듯 그녀를 노려보았다.

"사랑에 빠지게 하는 주문은 쓰레기야. 아무 효과도 없다고!"

"효과가 있는 걸 찾아봐."

소피가 대답했다.

"분명히 경고하는데, 절대로 끝이 좋지 못할 거야."

"흠…… 교실마다 피튜니아 화분을 놓으면 어떨까? 캡틴이 되면 제일 먼저 그것부터 해 봐야겠어."

소피는 생각에 잠긴 듯 딴청을 부렸다.

그날 밤 헤스터는 사랑에 빠지게 하는 주문을 알아내기 위해 친척들에게 여러 통의 편지를 썼다.

"완전히 전염병이네!"

아가사가 불편한 듯 투덜거렸다. 선의 학교 소녀들은 각기 다른 모양의 눈송이로 장식된 무도회 초대장을 서로에게 보여 주며 공터 구석구석을 껑충거리며 돌아다니고 있었다. 테드로스는 근처에 앉아 구슬을 튕길 뿐, 호들갑을 떠는 여자아이들에게는 눈길조차 주지 않았다.

"온통 무도회 얘기뿐이잖아. 심지어 수업도 무도회 예절, 무도회 입장, 무도회의 역사……."

하지만 소피의 귀에 그런 말이 들어올 리 없었다. 그녀는 돼지발 요리가 든 들통을 손에 쥔 채, 부러운 눈빛으로 선인 소녀들을 바라보고 있었다.

"안 돼!"

아가사가 그녀의 마음을 읽었는지 단호하게 한마디 했다.

"걔가 같이 가자고 하면 어떡해?"

"소피, 지금 필요한 건 키스란 말이야! 무도회에 가는 그런 쓸데없는 짓을 뭐 하러 해?"

"아가사, 너 동화 안 읽어 봤니? 무도회에 가면, 키스를 하게 돼 있단 말이야! 신데렐라도 그랬잖아. 키스를 받으려면 무도회에 가야 하는 거야! 무도회가 열릴 때쯤이면 내 머리도 많이 자라 있을 테고, 신발도 다 수리할 수 있을 거야. 그리고…… 참, 드레스! 너희 학교 애들한테서 샤르무즈 천 좀 슬쩍해 줄래? 실크 크레이프도 있으면 좋겠는데. 그리고 튤! 튤은 엄청 많이 필요해! 핑크색이면 좋겠지만, 아니어도 상관없어. 색깔은 물들이면 되니까. 그런데 튤은 염색이 잘 안 되는데…… 시폰이 더 좋을까? 작업하기도 편하고……"

아가사는 폭풍처럼 쏟아지는 소피의 아이디어에 압도당한 듯 두 눈을 껌뻑거릴 뿐 아무 말도 하지 않았다.

"그래! 파트너를 찾는 게 우선이겠지. 직접 가서 물어봐야겠다."

소피는 신이 난 듯 제자리에서 깡충 뛰어올랐다.

"그렇게 인상 쓰지 마. 누워서 떡 먹기야. 넌 그냥 가만히 구경이나 해. 곧 화려한 드레스를 입고 무도회장에 들어서는 내 모습을 보게 될 테니까!"

"뭘 하려고…… 안 돼! **계획이 다 틀어질……**"

하지만 소피는 이미 경쾌한 걸음으로 선의 학교 학생들을 지나쳐 테드로스에게 향하고 있었다. 구슬치기에 몰두한 테드로스 곁에 당도한 소피는 풀밭에 폴싹 앉으며 점심이 든 들통을 쓱 내밀었다.

"안녕, 잘생긴 테드로스! 이거 발 요리인데…… 먹을래?"

순간 테드로스의 손끝이 당황한 듯 움찔거리며, 채딕의 눈을 향해 구슬을 날리고 말았다. 공터는 순식간에 침묵에 휩싸였다.

테드로스는 얼빠진 표정으로 소피를 향해 고개를 돌렸다.

"네 친구가 너 부르는 것 같은데."

소피는 그의 시선을 따라 고개를 돌렸다. 아가사가 그녀에게 당장 그만두라는 듯 손을 휘젓고 있었다.

"신경 쓰지 마. 질투하는 거야."

소피가 태연한 표정으로 한숨을 쉬며 말했다.

"네 말이 맞아, 테드로스. 쟤랑 나는 꽤 가까운 사이야. 사실 어제 수업 시간에 갑자기 사라진 것도 그것 때문이었어. 나도 이제는 나랑 비슷한 착한 아이들과 사귀어야 할 것 같다고 아가사에게 말해 줘야 했거든."

"도트는 네가 아파서 먼저 갔다고 하던데."

소피가 갑자기 기침을 했다.

"아, 그런 이유도 있었지. 감기 기운이 조금……."

"도트는 설사라고 했어."

"설사……."

소피는 당황한 듯 잠시 말을 잇지 못했다.

"너도 알다시피, 걔가 거짓말을 잘해."

"그래 보이지 않던데."

"무슨 소리야. 걔는 입만 열면 거짓말인데. 사람들 관심을 끌고 싶어서 그런 거지. 걔가 좀……."

테드로스가 눈썹을 치켜 올렸다.

"걔가 좀 어떤데?"

"뚱뚱하잖아."

"그렇구나."

테드로스는 소피에게서 시선을 떼고, 구슬들을 일렬로 세우기 시작했다.

"재밌네. 네가 갑자기 사라지는 바람에 도트는 빈 묘지까지 찾아다니며 벌레를 잡았거든. 행여 너 낙제라도 할까 봐 엄청 열심히 하더라고. 네가 자기 제일 친한 친구라고 하던데."

"그랬어?"

마침 저 멀리에서 도트가 소피를 향해 손을 흔들었다.

"걔가 그렇게 생각한다니, 속상하다."

소피는 재빨리 테드로스에게 시선을 돌렸다. 하지만 그는 여전히 구슬을 바라보고 있었다.

"우리 처음 만났을 때 기억나니, 테드로스? 파란 숲에서였지? 그후에 일어난 일들은 다 중요하지 않아. 네가 내 눈을 때린 일이나, 나를 악인이라고 했던 일, 그리고 나 때문에 똥 무더기에 빠졌던 일도 말이야. 중요한 건 우리가 처음 만났을 때 네가 느꼈던 그 감정이야. 넌 나를 구해 주려고 했잖아. 이제 기회가 왔어!"

소피가 두 손을 얌전하게 모았다.

"난 마음의 준비가 다 됐어!"

테드로스가 고개를 들어 소피를 바라보았다.

"무슨 소리야?"

"무도회에 같이 가자고 말해도 된다고."

소피가 미소를 지으며 대답했다. 하지만 테드로스의 무표정한 얼굴에는 아무런 변화도 일어나지 않았다.

"좀 이르긴 하지만, 여자들은 워낙 준비할 게 많거든."

소피가 조바심을 내비치며 다시 한 번 말했다.

그때 베아트릭스가 두 사람 사이에 끼어들었다.

"여긴 악인 자리는 없어!"

"무슨 소리야? 자리가 이렇게 넓은데……."

소피가 씩씩거리며 쏘아붙였다.

하지만 그 순간 리나가 그녀를 거칠게 밀쳤고, 다른 여섯 명의 소녀들이 그녀의 뒤를 따라 테드로스의 주변을 잽싸게 둘러쌌다. 원밖으로 완전히 밀려난 소피는 처량한 눈빛으로 테드로스를 바라보왔다.

"좀 비켜 줄래? 거기 있으면 구슬에 맞는다!"

테드로스는 오로지 구슬에만 집중한 채 퉁명스러운 목소리로 말했다.

아가사는 쿵쿵거리며 돌아오는 소피를 바라보며 능글맞은 웃음을 지었다.

"누워서 떡 먹기라더니!"

소피는 씩씩거리며 아가사를 그대로 지나쳐 걸어갔다.

"떡이 너무 질어서 안 넘어갔나?"

아가사가 소피의 등에 대고 키득거리며 소리쳤다.

"이게 다 머리 때문이야."

소피가 훌쩍이며 말했다.

"아니라니까."

아가사는 소피와 나란히 파란 숲 출입문을 향해 느릿느릿 걸으며 대답했다.

"먼저 걔가 널 좋아하도록 만들어야 해. 그렇지 않으면 우린 집에 돌아갈 수가 없어."

"첫눈에 반해서 사랑에 빠져야 하는데! 동화에서는 다 그런단 말이야."

"다른 방법을 써 보자."

"아니야, 걔 입으로 '싫다'고 하지는 않았어."

소피의 얼굴에 다시 희망의 빛이 어른거리기 시작했다.

"아직 포기할 단계는 아닐지도 몰라."

그때 도트가 그들을 향해 부리나케 달려왔다.

"너 테드로스한테 거짓말쟁이라고 했다며? 걔 얼굴에 똥을 던지고, 걔 발을 핥았다고 그러던데! 정말이야?"

소피가 아가사를 향해 홱 돌아섰다.

"다른 방법을 찾는 게 좋겠어!"

두 사람은 3번 숲 그룹 학생들과 함께 수업 장소에 도착했다. 청록색 잔디 위에 여덟 개의 유리관이 줄줄이 놓여 있는 것이 보였다.

"선과 악을 구분하는 연습은 매주 한 번씩 반복해서 실시하겠다. 영원의 숲에서 살아남는 데 가장 결정적인 기술이기 때문이다."

유바의 설명이 시작되었다.

"오늘은 선인들을 테스트해 보겠다. 어제 묘지에서 시체를 묻는 모습을 넋 놓고 지켜보고 있던데, 오늘은 너희가 직접 한번 체험해 봐라."

유바는 선인과 악인 여학생들을 유리관에 들어가게 한 뒤, 그 위로 지팡이를 휙 휘둘렀다. 관에 누워 있던 여자아이들은 모두 검은 머리에 엉덩이는 펑퍼짐하고 입술은 송어처럼 너부데데한 모습으로 바뀌었다.

"이럴 수가! 뚱뚱해졌어!"

소피가 숨이 넘어갈 것 같은 소리로 속삭였다.

"이건 기회야!"

아가사는 우마 공주의 말을 떠올리며 말했다.

"네가 정말 테드로스를 간절하게 원한다면, 걔도 분명 너한테 이끌릴 거야. 네가 자신의 진정한 사랑이라는 걸 깨닫게 될 거야!"

"하지만 베아트릭스도 나만큼이나 간절하게 테드로스를 원하고 있잖아."

"네가 더 간절하게 원하면 되지! 쟤 좋은 점에 집중해 봐. 네가 쟤를 네 짝으로 선택한 이유에 정신을 집중해 보라고!"

유바는 유리관의 뚜껑을 덮은 뒤, 여덟 개의 관을 뒤섞었다.

"자, 이제 이 아이들을 유심히 보고, 선한 아이를 가려내 봐라. 선인 학생을 발견하면 손등에 키스를 하면 된다. 그러면 본래 모습으로 되돌아올 거다."

유바가 선의 학교 남학생들을 향해 소리쳤다.

남자아이들은 걱정스러운 표정으로 서서히 관을 향해 다가갔다.

"저희한테도 기회를 주세요!"

유바가 소리 나는 쪽을 향해 고개를 돌렸다. 호트를 비롯한 악의 학교 남학생들이 안달하는 표정으로 그를 바라보고 있었다.

"흠, 나쁠 것 없지. 여학생들도 더 긴장해서 처신해야 할 테니!"

유바가 대답했다.

선의 학교 남학생과 악의 학교 남학생들은 곧장 두 눈을 커다랗게 뜨고 관 주위를 서성거리기 시작했고, 유리관 안에 누운 투실투실한 여덟 명의 공주들은 뻣뻣한 시체처럼 온몸이 굳은 채 눈알만 이리저리 굴렸다. 호트는 다른 남학생들과 떨어져 파란색 민트 덤불 속으로 기어들어 갔다가, 그 속에서 입을 오물거리며 뭔가를 갉아먹던 스컹크를 발견했다. 그는 개의치 않고 민트 잎을 뜯어내던 중, 물끄러미 자신을 바라보던 라반과 두 눈이 마주쳤다.

"왜? 입 냄새 날까 봐 그런 건데!"

호트가 민트 잎을 우물거리며 대답했다.

"서둘러! 어서 결정을 해라!"

유바가 소리쳤다.

아가사는 관 속에 누운 채, 테드로스가 제발 소피의 마음 깊숙한 곳을 들여다보고 그녀의 참모습을 알아보기를 간절히 바라고 있었다.

한편 소피는 두 눈을 꼭 감고, 자신을 사랑에 빠지게 한 왕자님의 좋은 점을 떠올리려 노력했다.

하지만 정작 문제 해결의 열쇠를 쥔 테드로스는 누구에게도 관심이 없었다. 그는 어떤 공주에게도 마음이 끌리지 않았던 것이다. 결국 그가 과제 자체를 포기하려는 순간, 세 번째 관이 그의 시선을 붙잡았다. 유리관 안에 누운 통통한 공주는 다른 공주들과 하나도 다를 바 없었지만, 이상하게도 그의 마음은 그녀에게 향하고 있었다. 둘 사이에 어떤 온기, 빛, 혹은 기운이 고동치는 것이 느껴졌다. 그랬다! 그녀에게는 뭔가 특별한 것이 있었다. 그가 지금껏 감지하지 못했던 무엇인가가 그의 마음을 움직이고 있었다. 이 소녀들 중 한 명은 똑같이 보이는 겉모습과는 다른, 어떤 특별한 마음을 가지고 있는 것일까…….

"시간 다 됐다!"

유바의 목소리가 울려 퍼졌다.

아가사는 간담이 서늘해질 정도로 날카로운 비명 소리에 고개를 홱 돌렸다. 호트가 소피의 입술에 자신의 입술을 꾹 눌러 붙이고 있었다.

"아, 입술이 아니라 손등이었지!"

호트는 벌떡 몸을 일으키더니, 민트 잎사귀 하나를 입속에 집어넣고 우물거렸다.

"다시 할까?"

"이 원숭이 같은 자식이!"

소피는 다리를 들어 호트를 힘껏 걷어찼다. 호트는 뒷걸음질을 치다가 민트 덤불 속에서 간식을 즐기던 스컹크를 밟고 말았다. 스컹크는 꼬리를 치켜들더니, 호트의 눈을 향해 방귀를 뿜어냈다. 호트는 눈을 감고 두 손을 허우적거리며 관 사이를 비틀비틀 헤매기 시작했다.

"앞이 안 보여! 눈을 못 뜨겠어!"

한참을 뒤뚱거리던 그는 소피가 누워 있던 관에 부딪치며 그 안으로 풀썩 쓰러졌고, 순간 유리관 뚜껑이 툭 떨어지며 닫혀 버렸다. 지독한 스컹크 냄새를 풍기는 소년과 뚱뚱한 공주가 된 소피는 작은 관 안에 함께 갇히는 신세가 되고 말았다. 기겁을 한 소피가 비명을 지르며 몸부림을 쳤지만, 유리관 뚜껑은 꼼짝도 하지 않았다.

"다섯 번째 규칙을 기억해라! 악인들은 사랑이라는 감정을 우습게 여겨선 안 돼!"

유바가 불쾌한 표정을 지으며 소리쳤다.

"악인들한테 딱 어울리는 벌이 되겠군! 자, 이제 선택의 결과를 확인해 볼까?"

순간 아가사는 관 뚜껑이 열리는 소리에 고개를 돌렸다. 테드로스가 그녀의 두툼한 손을 잡고 입술을 가져다 대려고 하고 있었다. 깜짝 놀란 아가사는 무릎으로 그의 가슴을 찍어 밀어냈다. 테드로스는 벌렁 뒤로 나가떨어져 관 모서리에 머리를 부딪치더니 그대로 바닥에 풀썩 쓰러지고 말았다. 선의 학교 소년들이 순식간에 그를 둘러쌌고, 관 안에 누워 있던 공주들도 재빨리 일어나 그의 곁에 모여들었다. 유바는 마법으로 얼음 조각을 만들어 왕자의 머리에 대 주었다. 다들 테드로스에게 정신이 팔려 있는 사이, 아가사는 슬그머니 관에서 빠져나와 바로 옆 관에 들어갔다.

잠시 후 눈을 뜬 테드로스는 비틀거리는 걸음으로 다시 관을 향해 다가섰다. 그는 자신의 마음을 끌어당긴 공주를 절대 놓치고 싶지 않았다.

유바가 인상을 찡그렸다.

"좀 더 앉아서 쉬는 것이……."

"아니요, 전 결과를 꼭 봐야겠습니다!"

유바가 한숨을 내쉬며 고개를 끄덕이자, 똑같이 생긴 일곱 명의 공주들은 각자 자신의 관으로 돌아가 몸을 뉘이고 두 눈을 감았다.

테드로스는 주저하지 않고 세 번째 관으로 향했다. 그는 보석이 박힌 유리관 뚜껑을 들어올리고, 자신 있게 공주의 손등에 입을 맞추었다. 순간 투실투실한 그녀의 몸이 녹아내리며 베아트릭스의 모습이 나타났다. 그녀는 도도한 표정으로 미소를 지어 보였고, 테드로스는 그녀의 손이 뜨거운 돌이라도 된 듯 화들짝 놀라 손을 놓았다. 바로 옆 관에서 이 모습을 지켜보던 아가사는 안도의 한숨을 내쉬었다.

그때 멀리에서 늑대들의 울음소리가 들려왔다. 학생들은 유바의 뒤를 따라 학교로 돌아가기 시작했지만, 아가사는 자리를 뜰 수 없었다.

"가자, 아가사! 이건 소피가 감당해야 할 몫이다. 뭔가 깨닫는 것이 있을 거야."

유바가 소리쳤다.

아가사는 호트와 함께 관에 갇혀 버린 소피를 바라보았다. 소피는 한 손으로 코를 쥔 채 비명을 지르며 관을 발로 차고 있었다. 어쩌면 유바의 말이 옳을지도 모른다. 내일이 되면 소피도 아가사의 말에 더 귀를 기울일 것이다.

"그래, 목숨이 걸린 문제도 아닌데, 뭐! 호트랑 같이 있다고 무슨 큰일 나겠어?"

아가사는 마음을 다잡듯 중얼거리고, 다른 아이들을 따라 걸음을 옮기기 시작했다.

하지만 소피를 괴롭히는 가장 큰 문제는 호트가 아니었다.

소피는 아가사가 아무도 모르게 관을 바꿔치기하는 모습을 모두 지켜보았던 것이다.

16

불한당 큐피드

아가사는 아침부터 줄기차게 휘몰아치는 폭우를 피하며, 점심을 받기 위해 줄을 서 있는 헤스터에게 다가갔다.

"소피 어디 있어?"

"방에 처박혀서 꼼짝을 안 해. 수업도 안 들어갔어."

늑대가 헤스터의 들통에 정체를 알 수 없는 고깃덩어리를 툭 던져 넣었다.

"호트랑 관에 갇혀 있더니만 살고 싶은 생각이 싹 없어졌나 봐!"

아가사는 곧장 하프웨이 다리를 향해 달려갔다. 물이 흥건하게 고인 다리 중간 지점에 이르자, 투명한 유리벽에 비친 그녀의 모습이 아가사를 가로막았다. 유리벽에 어른거리는 그녀의 모습은 지난번보다 더 시무룩하고 수척해 보였다.

"소피한테 가야 해!"

아가사는 자신의 두
눈을 똑바로 마주
보지 않으려 고
개를 숙인 채 말
했다.

"걔가 널 그렇게 쳐
다본 게 벌써 두 번째지?"

"어? 뭐가 두 번째라는 거야?"

"테드로스 말이야."

"그건…… 소피가 계획대로 움직이질 않아서……."

"소피가 테드로스의 진정한 사랑이 아니기 때문일 수도 있지."

"아니야, 그럴 리가 없어."

대답은 그렇게 했지만, 아가사의 마음 한구석에서도 걱정이 자라나고 있었다.

"테드로스의 사랑은 소피가 되어야만 해! 그래야 우리가 집에 갈 수 있단 말이야. 다른 사람 또 누가 있겠어? 베아트릭스? 리나? 밀리……."

"너!"

아가사가 고개를 번쩍 들었다. 투명한 벽에 비친 아가사가 소름 끼치는 미소를 지으며 그녀를 바라보고 있었다.

아가사는 재빨리 고개를 숙이고 다시 발끝을 내려다보았다.

"그런 멍청한 소리는 듣다듣다 처음이네! 첫째, 사랑이라는 건 여자애들 마음을 뒤흔들어 놓기 위해서 동화책이 만들어 낸 허상일 뿐이야. 둘째, 난 테드로스가 싫어! 셋째, 걔는 내가 사악한 마녀라 생각하고 있고, 최근 내가 한 짓을 생각해 보면 걔 생각이 틀렸다고 할 수도 없을 것 같아. 됐지? 이제 비켜!"

투명 벽에 비친 아가사의 얼굴에서 미소가 싹 사라졌다.

"너도 우리가 사악한 마녀라고 생각해?"

아가사는 분노에 찬 표정으로 투명한 벽에 비친 자신을 노려보았다.

"결국 여기를 떠날 계획이면서, 친구한테 진정한 사랑을 쟁취하라고 부추기고 있잖아! 아주 못 돼먹은 짓이지!"

선과 악의 학교

투명한 벽 속 아가사가 얼굴을 잔뜩 찌푸렸다.

"그래, 정말 고약하다!"

마지막 말과 함께 투명한 벽은 사라졌다.

66호실 앞에 도착한 아가사는 손잡이를 돌렸다. 문은 잠겨 있지 않았다. 소피는 너덜너덜하고 그을음이 잔뜩 묻은 더러운 이불을 덮어 쓰고 누워 있었다.

"다 봤어!"

소피는 아가사의 얼굴을 보자마자 씩씩대며 소리를 질렀다.

"너를 선택하는 거 다 봤다고! 베아트릭스한테만 잔뜩 신경 쓰고 있었는데, 정작 내 뒤통수를 친 건 바로 너였어! 이 더러운 배신자!"

"소피, 테드로스가 왜 자꾸 날 선택하는지는 나도 정말 모르겠어."

아가사가 빗물에 흠뻑 젖어 버린 머리카락을 비틀어 짜며 말했다.

소피는 아가사의 얼굴에 구멍이라도 뚫을 것 같은 날카로운 눈으로 그녀를 노려보았다.

"난 테드로스가 널 선택하기를 바라고 있단 말이야! 그래야 우리가 집에 갈 수 있으니까!"

아가사가 버럭 소리를 질렀다.

소피는 한참 동안 아무 말 없이 그녀의 얼굴 구석구석을 살피더니, 마침내 한숨을 푹 내쉬며 창을 향해 고개를 돌렸다.

"넌 내가 얼마나 끔찍한 일을 겪었는지 상상도 못할 거야. 아직도 개 냄새가 나는 것 같아. 내 콧속에 개가 들어 있는 것 같다니까! 개는 냄새가 완전히 몸에 배서 방도 따로 줬대. 냄새 빠질 때까지 혼자 있으라고 말이야. 하지만 그게 과연 다 스컹크 때문일까? 원래 개 몸에서 나는 냄새랑 누가 어떻게 구분하겠어?"

부르르 몸서리를 치던 소피가 아가사를 향해 고개를 돌렸다.

"아가사, 난 네가 시키는 대로 했어. 테드로스의 좋은 점만 생각하면서 집중했단 말이야. 그 아이의 피부와 눈동자, 잘생긴 광대뼈, 그리고……."

"소피, 그건 외모잖아! 걔가 잘생겼다는 이유 하나만으로 그 아일 좋아한다면, 걔는 너한테 절대 끌리지 않을 거야. 다른 여자 애들과 하나도 다를 게 없잖아!"

소피가 얼굴을 찌푸렸다.

"하지만 왕관이나 재산을 생각할 수는 없잖아. 그건 너무 천박해!"

"그 아이의 진짜 모습에 대해서 생각해야지! 성격이나 가치관 같은 거 말이야! 눈에 보이지 않는 마음속 깊은 곳을 보라고!"

"됐어, 그만해! 남자아이 마음을 뺏는 방법은 내가 더 잘 안다고!"

소피는 벌떡 일어나 아가사를 방 밖으로 밀어냈다.

"넌 그냥 방해나 하지 말고 가만히 있어! 내 방식대로 해결할 테니!"

소피가 말한 자신만의 방식이 사람들 앞에서 최대한 망신을 당하는 것은 아니었을 것이다. 하지만 어쨌든 결과는 그렇게 되고 말았다.

다음 날 점심시간, 소피는 선의 학교 학생들 사이에 줄을 서 있는 테드로스를 발견하고 쭈뼛쭈뼛 다가갔다. 하지만 그의 친구들이 파란색 민트 이파리를 질겅질겅 씹으며 그녀를 둘러싸는 통에 아무것도 하지 못하고 서둘러 자리를 피해야 했다. 〈동화에서 살아남는 방법〉 수업 시간에도 소피는 왕자에게 말을 붙일 기회를 노렸지만, 이번에는 베아트릭스가 그의 곁에 딱 달라붙어 떨어질 생각을 하지 않았다. 그녀는 테드로스가 '자신'의 관을 선택했다는 사실을 끊임없이 그의 귀에 속삭이고 있었다.

"테드로스, 잠깐 얘기 좀 할 수 있을까?"

인내심의 한계에 이른 소피가 마침내 말문을 열었다.

"얘가 너 같은 애랑 무슨 얘길 하니?"

베아트릭스가 끼어들었다.

"친구끼리 얘기도 못 해? 너야말로 성가시게 굴지 말고 좀 꺼져줄래?"

"친구라고?"

테드로스가 버럭 소리를 질렀다.

"너한테 친구라는 건 필요할 때 이용해 먹고 필요 없을 땐 배신해 버리는 소모품 아니던가? 뚱뚱하다든가 거짓말쟁이라든가 하는 온갖 핑계를 대면서 말이야. 네가 날 친구로 생각한다니 고맙지만, 사양할게!"

"공격하고 배신하고 거짓말을 한다! 우리 악인 학생이 자신에게 어울리는 규칙들을 제대로 활용하고 있군!"

유바가 함박웃음을 지으며 말했다.

소피는 절망에 빠졌다. 도트의 초콜릿에 손을 댈 정도로 그녀의 상태는 심각했다.

"너무 실망하지 마. 우리가 그 주문 꼭 찾아 줄게."

도트가 그녀를 위로했다.

"고마워, 도트."

소피가 초콜릿으로 가득 찬 입을 우물거리며 훌쩍였다.

"그런데 이거 진짜 맛있다!"

"쥐똥으로 만든 거야. 퍼지 초콜릿 만드는 데는 그게 최고지!"

소피는 먹은 것을 다 토해 낼 듯 캑캑거렸다.

"근데 말이야, 대체 누구한테 뚱뚱하다고 한 거야?"

도트가 순진한 표정으로 소피를 바라보며 물었다.

상황은 점점 더 악화되었다. 〈부하 길들이기〉 수업과 〈동물과 대화하기〉 수업에서 각 학생들에게 부하가 될 동물을 하나씩 배정한 뒤, 일주일 내내 그 동물을 데리고 다니도록 했던 것이다. 과제가 시작되는 즉시, 두 학교는 엄청난 혼란에 빠져들었다. 트롤은 악의 학교 학생들을 창밖으로 던져 버렸고, 사티로스는 무시무시한 발굽소리와 함께 몰려다니며 학생들의 점심 바구니를 훔쳤다. 아기 용들은 책상에 불을 붙였고, 선의 학교 로비는 온갖 동물들의 똥으로 가득 찼다.

"일종의 전통이란다. 두 학교의 통합을 위한 시도라고 할 수 있지."

코에 빨래집게를 꽂은 더비 교수가 선의 학교 학생들에게 말했다.

"물론 좀 지저분하고, 예상과 달라진 부분도 있지만 말이다."

카스토르는 자신의 부하가 되어야 할 동물들에게 쫓겨 종탑 이곳저곳을 허둥대며 뛰어다니는 악의 학교 학생들을 못마땅한 표정으로 노려보았다.

"정신 똑바로 차려라! 누가 주인이고 누가 부하인지 확실히 해야 해!"

과연 혼동의 사흘이 지난 후, 학생들은 점차 주인다운 모습을 찾아가기 시작했다. 헤스터의 아기 오거는 화장실을 사용하기 시작했고 점심시간에 선인들에게 종이를 씹어 내뱉는 행동도 더 이상 하지 않았다. 테드로스의 늑대 사냥개는 마침내 얌전히 주인을 뒤따라 걷게 되었고, 아나딜의 비단뱀은 쥐들과 더 이상 싸우지 않았다. 베아트릭스는 솜털이 보송보송한 하얀 토끼가 너무 사랑스러워 '테드로스'라는 이름을 붙여 주기도 했다. 하지만 인간 테드로스는 그 녀석이 눈에 띌 때마다 발길질을 했다. 아가사도 용맹한 타조를 부하로 길들여서, 교사들의 눈을 피해 사탕을 훔쳐 오도록 만드는 데에 성공했다.

하지만 소피의 부하는 좀 특별했다. 숱 많은 검은 머리에 코가 살짝 들린 이 토실토실한 큐피드의 이름은 '그림'이었다. 그는 등에 작은 핑크색 날개를 달고 있었고, 눈동자 색깔은 기분에 따라 그때그때 달라졌다. 그림은 소피와 만난 첫날, 그녀가 가장 아끼는 립스틱으로 방 안 곳곳에 자기 이름을 적어 놓았고, 둘째 날에는 점심시간에 아가사를 보자마자 두 눈에서 붉은 빛을 뿜어냈다. 셋째 날, 유바가 '우물 사용법'을 가르치는 동안 그림은 아가사를 향해 작은 화살을 날리기 시작했고, 아가사는 마침 숲 우물을 발견해 그 뒤로 몸을 숨겨야 했다.

"이 자식 좀 말려 봐!"

테드로스는 우물을 향해 날아가는 그림의 화살을 연습용 검으로 쳐 내며 소리쳤다.

"그림! 쟤는 내 친구야!"

소피가 꽥 소리를 지르자, 그림은 잔뜩 주눅 든 표정으로 활을 내려놓았다.

넷째 날이 되자 그림은 소피가 수업을 받는 내내, 한쪽 구석에서 이를 갈거나 벽을 타고 오르며 시간을 보냈다.

레소 부인은 신기하다는 듯 그림을 뚫어지게 바라보았다.

"저 아이를 보고 있자니 누군가 떠오르는……."

그녀의 시선이 자연스레 소피에게 향했지만, 그녀는 생각을 털어 버리려는 듯 고개를 절레절레 저었다.

"아니다! 우유를 먹여 봐라. 말을 좀 들을 거다."

다섯째 날은 우유 덕분에 조용히 넘어갔다. 하지만 여섯째 날이 되자, 그림은 다시 아가사에게 화살을 쏘기 시작했다. 소피는 이 말썽쟁이를 진정시키기 위해 온갖 방법을 동원했다. 자장가를 불러 주기도 하고, 도트가 만들어 준 최고의 퍼지 초콜릿을 먹이기도 했다. 밤에는 침대를 그림에게 내주고 자신은 바닥에서 잠을 잤지만, 이번에는 어떤 방법도 효과가 없었다.

"어떡하죠?"

수업을 마친 소피가 레소 부인에게 달려가 울먹였다.

"부하들 중에는 종종 이런 불한당들이 나타나기도 하지. 우리 악당들에게는 늘 존재하는 위험 요소야. 하지만 이런 일은 보통……."

레소 부인이 한숨을 내쉬었다.

"보통 뭐요?"

"아니다. 곧 온순해질 거다. 다들 그러니까."

하지만 일곱째 날에도 바라던 변화는 나타나지 않았다. 그림은 점심시간이 되자 아가사 뒤를 졸졸 따라 날아다녔다. 학생들과 늑대들이 손을 뻗어 잡아 보려 했지만 그림은 그 사이를 잽싸게 피해 끈질기게 목표물을 추적했다. 결국 헤스터의 악마가 이 날개 달린 악동을 제압하는 데 성공했다. 아가사는 나무 뒤에 숨어 원망 섞인 시선으로 소피를 바라보았다.

"대체 왜 이러지? 널 보면 누군가 생각나서 그러는 걸까?"

소피가 어쩔 줄 몰라 징징거리며 말했다.

하지만 헤스터의 악마도 그림을 오래 붙잡아 둘 수는 없었다. 다음 날, 그림은 화살 끝에 불꽃을 달고 다시 등장했다. 불화살 하나가 아가사의 귓바퀴를 스치고 지나가자, 아가사는 더 이상 참지 못하고 반격을 결심했다. 지난 수업 시간에 유바에게 배운 내용을 활용해 보기로 한 것이다. 점심시간이 되자 그녀는 이 불한당 같은 큐피드를 파란 숲으로 유인한 뒤 깊은 돌우물 속에 몸을 숨겼다. 그림이 그녀를 찾기 위해 어둠 속으로 날아든 순간, 그녀는 단단한 신발로 그림을 때려 기절시켰다.

"쟤 때문에 네가 죽을까 봐 너무 무서웠어!"

소피는 커다란 바위로 우물 입구를 막은 뒤, 훌쩍이며 말했다.

"걱정 마. 내 몸 하나쯤 돌볼 능력은 있으니까. 그건 그렇고, 무도회가 두 달밖에 안 남았는데 테드로스하고 점점 사이가 나빠져서 어떡하지? 새로운 방법을……."

아가사가 말했다.

"걔는 내 왕자님이니까, 내 방식대로 할 거야!"

소피가 빳빳하게 고개를 들고 아가사를 바라보았다.

아가사는 더 이상 아무 말도 하지 않았다. 더 이상 실랑이를 해봤자 소피의 고집을 꺾을 수는 없을 것이다. 그녀는 소피가 스스로 깨달을 때까지 조금 더 기다리기로 했다.

드디어 동물 부하들과 작별하는 날이 되었다. 두 학교 학생들은 모두 카스토르와 우마의 뒤를 따라 파란 숲으로 들어갔지만, 소피는 무리를 몰래 빠져나와 타락의 도서관으로 향했다.

도서관에 들어서자마자 그녀는 그곳을 당장 뛰쳐나가고 싶은 충동을 느꼈다. 타락의 탑 꼭대기에 위치한 도서관은 홍수와 화재와 회오리바람이 동시에 휩쓸고 지나가 폐허가 되어 버린 곳 같았다. 벌겋게 녹슨 책 선반들은 죄다 비스듬히 기울어져 있었고, 바닥에는 수천 권의 책들이 떨어져 나뒹굴고 있었다. 벽은 털처럼 길게 자라난 초록 곰팡이로 뒤덮여 있었고, 바닥에 깔린 갈색 카펫은 축축하고 끈적끈적했다. 도서관은 매캐한 탄내와 시큼한 우유 냄새로 가득 차 있었다.

한쪽 구석에 놓여 있는 책상 뒤에는 젤리같이 투명한 두꺼비 한 마리가 앉아 있었다. 그는 시가를 입에 문 채, 책을 한 권씩 펼쳐 도장을 찍고 바닥에 내동댕이치고 있었다.

"무슨 책을 찾으러 왔지?"

두꺼비가 트림하듯 꾸르륵거리며 물었다.

"사랑에 빠지게 하는 주문에 대한 책이요."

소피가 냄새를 들이마시지 않으려 숨을 멈추고 대답했다.

두꺼비는 어두운 구석의 눅눅한 선반을 향해 고갯짓을 했다. 그가 가리킨 선반에는 겨우 세 권의 책이 꽂혀 있었다.

《장미가 아닌 가시 : 사랑은 저주일 뿐》바론 드래컬 지음

《진정한 사랑을 파괴하기 위한 악인 입문서》월터 바르톨리 박사 지음

《초보자를 위한 사랑 주문과 물약》글린다 구치 지음

소피는 세 번째 책을 꺼내어 펼치고, 목차를 훑어보았다.

"주문 53 : 진정한 사랑에 빠지게 하는 마법."

소피는 해당 페이지를 뜯어낸 뒤, 재빨리 도서관을 빠져나왔다. 잠시라도 더 머물렀다가는 악취 때문에 기절할 것 같았기 때문이다.

그날 점심 식사 시간, 도트와 헤스터, 그리고 아나딜이 뜯어 온 페이지 위에 머리를 맞대고 모였다.

"남자에게 이 주문을 걸면, 그는 즉시 사랑에 빠져 당신이 시키는 것은 무엇이든 하게 된다. 청혼이나 무도회 초정 등을 받아 내는 데에 특히 적합한 주문이다."

선과 악의 학교

아나딜이 책의 내용을 읽어 내려갔다.

"방법은 간단하다. 정해진 물약들을 총알에 섞어 넣은 뒤 목표물이 된 남자의 가슴에 그 총알을 쏘면 된다!"

소피가 들뜬 목소리로 다음 문장을 읽었다.

"이딴 게 될 리가 없어!"

헤스터가 투덜거렸다.

"네가 못 찾은 걸 내가 찾아내서 심술부리는 거지?"

헤스터는 이를 악물더니 가방에서 편지 무더기를 끄집어냈다.

"'헤스터에게 – 효과를 발휘할 만한 사랑의 주문은 찾을 수가 없구나', '헤스터에게 – 사랑의 주문이란 게 워낙 위태롭기로 악명 높지 않니!', '헤스터에게 – 사랑의 주문은 너무 위험하단다. 잘못 사용했다가는 상대가 영원히 자신의 본래 모습으로 돌아가지 못할 수도 있어'."

"하지만 이건 '초보자를 위한' 책이라잖아!"

도트가 순진한 표정으로 말했다.

"그걸 누가 보장하는데? 글린다 구치가 뭐 대단한 사람이라고 그걸 믿어?"

"무도회나 키스 얘기를 더 이상 듣지 않을 수만 있다면, 이까짓 거 한번 해 보지, 뭐!"

아나딜이 벌건 눈으로 물약 제조법을 열심히 들여다보며 중얼거렸다.

"박쥐 심장, 자철석, 고양이 뼈……. 다 평범한 것들이네. 아! 테드로스의 '체취' 한 방울이 필요하겠는데."

"그걸 어떻게 구하지? 악인이 선인 가까이만 가도 늑대들이 우르르 달려들 텐데. 우리 대신 이걸 구해 줄 사람이 있을까?"

도트가 말했다.

그때 핑크 드레스를 입은 아가사가 다가와 자리에 풀썩 주저앉았다.

"무슨 얘기하고 있어?"

소피는 계획을 설명하려 했지만, 다섯 마디도 끝나기 전에 아가사의 호통이 시작되었다.

"안 된다고 했잖아! 주문, 마법, 속임수 같은 건 안 된다니까! 진정한 사랑이어야 한다고!"

아가사가 답답하다는 듯 소리쳤다.

"하지만 이것 좀 봐!"

소피는 왕자와 공주가 무도회장에서 키스하는 그림이 그려진 책 페이지를 펼쳐 아가사에게 내밀었다. 그림 아래에는 **'진정한 사랑의 진정한 대체물'**이라는 글귀가 쓰여 있었다.

아가사는 페이지를 양손으로 구깃구깃 구긴 후, 소피의 점심 들통에 던져 버렸다.

"이 얘기 다시는 꺼내지 마!"

소피는 들통을 포기하고, 치즈 한 조각을 깨지락거리는 것으로 점심을 마쳤다.

이틀 후, 헤스터는 한밤중에 누군가 옆구리를 쿡쿡 찌르는 것을 느끼고 잠에서 깨어났다. 소피가 그녀의 침대 옆에 서서, 금색 T자가 새겨진 파란 타이에 코를 묻고 킁킁대고 있었다.

"예상했던 대로 달콤한 향이 나. 이거면 충분할 것 같아."

헤스터는 잠시 어리둥절한 표정으로 그녀를 바라보았다. 하지만 상황을 파악하는 순간, 그녀의 양쪽 볼이 터지기 직전의 풍선처럼 부풀어 올랐다.

"악당 합창단 어때?"

소피가 재빨리 입을 열어, 막 터져 나오려는 헤스터의 분노를 가로막았다.

"내가 캡틴이 되면 두 번째로 할 일이 바로 합창단 만드는 거야."

그날 밤, 헤스터는 밤새 재료들을 섞어 물약을 만들었다. 그녀는 엄마에게 물려받은 오븐용 그릇에 준비된 재료들을 모두 집어넣어 거품이 보글보글 떠 있는 핑크빛 물약을 만들었다. 그런 다음 이 물약을 벽난로 위에서 끓여 반짝이는 가스로 만든 뒤, 하트 모양의 총알 안에 집어넣었다.

"걔가 죽어도 난 몰라."

헤스터가 소피에게 총알을 건네며 못마땅한 표정으로 투덜댔다.

그 후 소피는 오직 목표물을 조준하는 연습에만 몰두했고, 마침내 이틀 뒤 준비가 끝났다. 그녀는 〈동화에서 살아남는 방법〉 수업 시간이 되기만을 기다렸다. 유바와 학생들이 나무 위에 올라 '숲속 식물군'에 대해 공부하는 날이었다. 테드로스가 파란 서어나무 가지를 향해 손을 뻗었고, 바로 그 순간 기회가 왔다. 소피는 새총에 총알을 끼워 줄을 당겼다.

"넌 이제 내 거야."

소피가 중얼거렸다.

새총을 떠난 핑크색 하트 모양 총알은 테드로스의 심장에 새겨진 은색 백조 문장을 향해 정확하게 날아갔다. 하지만 총알은 문장에 닿는 순간 진홍색으로 바뀌며 마치 고무처럼 튕겨져 나왔고, 난생처음 듣는 괴상하고 난폭한 비명을 지르며 그녀에게 되돌아왔다. 학생들은 모두 깜짝 놀라 그녀를 향해 고개를 돌렸다.

소피의 검은 교복에 핏빛의 'F'글자가 커다랗게 그려져 있었다.

"규칙을 지키지 않은 대가다!"

나무 위에 올라가 있던 유바가 얼굴을 찌푸리며 말했다.

"주문 금지 기간이 해제되기 전까지는 주문을 사용해서는 안 된다고 했지!"

그때 베아트릭스가 바닥에 떨어진 하트 모양 총알을 발견하고 집어 들었다.

"이게 뭐야? 테드로스한테 사랑의 주문을 걸려고 했던 거야?"

학생들이 큰 소리로 야유를 퍼붓기 시작했다. 소피는 테드로스를 향해 고개를 돌렸다. 그 어느 때보다 격분한 표정이었다. 테드로스 옆에 서 있는 아가사의 표정 역시 마찬가지였다. 소피는 양손으로 얼굴을 가리고 달리기 시작했다. 그녀의 흐느낌 소리가 숲속에 메아리쳤다.

"매년 말썽쟁이 학생이 꼭 뭔가 일을 저지르지. 하지만 아무리 못난 학생이라도 사랑에는 지름길이 없다는 사실을 알고 있건만……."

유바가 혀를 차며 말끝을 흐렸다.

"다음 주가 되면 제대로 주문을 연습할 수 있는 기회를 주겠다. 하지만 지금은 식물에 집중해라! 양치식물을 발견했을 때, 그것이 악인이 변장한 것인지 아닌지 알 수 있는 방법은……."

하지만 아가사는 더 이상 수업에 집중할 수 없었다. 다른 학생들은 유바를 따라 양치식물 구역으로 걸음을 옮겼지만, 그녀는 오크나무에 힘없이 기대선 채 풀밭에 떨어진 하트 모양 총알을 내려다보았다. 산산조각 나 버린 총알처럼 집을 그리는 그녀의 꿈도 무너져 내리고 있었다.

저녁을 먹고 방으로 돌아온 헤스터는 눈물범벅이 된 채 침대 위에 쓰러져 누운 소피를 발견했다.

인기척을 느낀 소피는 고개를 들고 헤스터를 바라보았다. 옷에 그려진 'F'자가 더욱 밝게 빛나고 있었다.

"아무리 해도 안 지워져. 별걸 다 해 봤는데 소용이 없어."

헤스터는 책가방을 바닥에 털썩 내려놓았다.

"휴게실에서 탤런트 연습할 건데, 너도 오고 싶으면 와."

그녀는 그대로 뒤를 돌아 문으로 향했다.

"내가 경고했잖아."

문을 연 채 잠시 걸음을 멈춘 헤스터가 낮은 목소리로 말했다.

소피는 침대에서 벌떡 일어나 헤스터를 밀쳐 내고 문을 쾅 닫아 버렸다.

소피는 밤새 잠을 이루지 못하고 뒤척였다. 다음 날 커다란 'F'자가 그려진 끔찍한 옷을 입고 점심시간을 맞이할 수는 없는 일이었다. 겨우 졸듯이 깜빡 잠들었던 소피는 쏟아져 들어오는 아침 햇살에 눈을 떴다. 룸메이트들은 모두 아침 식사를 하러 떠난 뒤였다.

대신 아가사가 그녀의 침대 귀퉁이에 걸터앉아 핑크 드레스에 붙은 나뭇잎을 떼어 내고 있었다.

"늑대한테 들켜 버렸어. 다행히 터널에서 따돌렸지."

아가사가 고개를 들고, 벽에 걸린 금박 장식 거울을 바라보았다.

"여기 두는 게 더 보기 좋을 것 같더라고."

"고마워."

소피가 거칠게 쉬어 버린 목소리로 말했다.

"내 방은 저런 거 없는 게 더 나아."

무거운 침묵이 흘렀다.

"미안해, 아가사."

"소피, 무슨 일이 있든 난 네 편이야. 살아서 이곳을 빠져나가기 위해서는 우리 둘이 힘을 합쳐야 해."

"주문이 유일한 희망이었는데……."

소피가 나직하게 중얼거렸다.

"소피, 포기하면 안 돼. 우린 집에 돌아가야 한다고!"

소피는 말없이 벽에 걸린 거울을 바라보았다. 그녀의 눈가에 금세 눈물이 차올랐다.

"내가 어쩌다가 이 지경이 됐지?"

"넌 왕자님 마음을 얻지도 못한 채 무도회에 가려고 했고, 노력도 안 하고서 키스를 받아 내려고 했어. 내가 이번 주 내내 저녁 설거지하잖아. 그래서 일하는 동안 책을 좀 읽어 봤거든."

아가사가 드레스에서 책 한 권을 끄집어냈다. 에마 아네모네 교수가 쓴《나만의 왕자님 쟁취법》이라는 책이었다. 아가사는 군데군데 모서리가 접힌 책장을 빠르게 넘기기 시작했다.

"들어 봐! 결국 진정한 사랑을 만나는 것이 궁극의 목표이다. 모든 동화에서 사랑은 첫눈에 이루어지는 것처럼 보이지만, 그 뒤에는 언제나 감춰진 기술이 존재한다."

"하지만 이미 다 시도해 봤는……."

"일단 들어 보라니까! 그 기술이란 세 가지로 요약할 수 있다. 동화 속 왕자님을 쟁취하고자 한다면 반드시 다음 세 가지를 수행해야 한다. 첫째, 자신이 가진 장점을 과감하게 드러내 보여야 한다. 둘째, 말이 아닌 행동으로 보여 줘야 한다. 셋째, 경쟁자가 있다는 사실을 왕자에게 주지시켜야 한다. 이 세 가지를 기억하고 훌륭하게 수행해 낸다면, 당신은……."

소피가 한 손을 번쩍 들어올렸다.

"왜?"

"이런 감자 포대 같은 옷을 입은 상태로는 내 장점을 과감하게 드러낼 수 없어. 약아빠진 애들이 테드로스 앞에서 얼쩡거리는데 내가 무슨 행동을 한들 그 아이 눈에는 보이지 않을 테고, 마지막으로 경쟁자라고 할 만한 인간은 온몸에서 스컹크 냄새를 풍기는, 쥐 새끼처럼 생긴 남자애뿐이야. 날 좀 보라고, 아가사! 가슴에는 'F' 자가 이렇게 커다랗게 그려져 있지, 머리는 남자아이 같지, 눈 밑은 시커멓게 쳐지고, 입술은 바싹 말라 버렸어. 어제는 콧등에 블랙헤드가 보이더라니까!"

"그래서? 포기할 거야? 상황을 바꿀 생각을 해야지!"

아가사가 불꽃을 내뿜을 것 같은 눈으로 소피를 바라보았다.

소피는 고개를 숙였다. 끔찍하게 커다란 'F' 자가 그녀의 손에 음산한 그림자를 드리우고 있었다.

"어떻게 해야 할지 가르쳐 줘. 네 말대로 할게."

"걔한테 진짜 네 모습을 보여 줘."

아가사가 부드러운 목소리로 말했다.

소피는 친구의 두 눈을 말없이 바라보았다.

"소피라는 사람의 진정한 모습을 보여 주는 거야."

소피는 아가사의 미소 속에서 믿음이 불타오르는 것을 발견했다. 그녀는 천천히 거울을 향해 고개를 돌렸다. 그리고 미소를 지어 보았다. 그것은 어둠 속에 갇혀 빠져나갈 날만을 기다리고 있는 사악한 큐피드의 미소와 꼭 닮은 교활하고 음흉한 미소였다.

2권에서 계속됩니다.

불한당 큐피드

옮긴이 신윤경

서강대학교에서 영어영문학과 불어불문학을 복수 전공하고, 같은 학교 대학원에서 석사학위를 받았다. 영국 리버풀 종합단과대학과 프랑스 브장송 CLA에서 수학했으며, 현재 프리랜서 번역가로 활동하고 있다. 주요 역서로《청소부 밥》,《소문난 하루》,《마담 보베리》,《포드 카운티》외 다수가 있다.

선과 악의 학교 제1부—소피와 아가사 1

초판 1쇄 발행 2018년 11월 30일
초판 3쇄 발행 2021년 7월 12일

지은이 | 소만 차이나니
옮긴이 | 신윤경
발행인 | 강봉자, 김은경

펴낸곳 | (주)문학수첩
주소 | 경기도 파주시 회동길 503-1(문발동 633-4) 출판문화단지
전화 | 031-955-9088(마케팅부), 9530(편집부)
팩스 | 031-955-9066
등록 | 1991년 11월 27일 제16-482호

홈페이지 | www.moonhak.co.kr
블로그 | blog.naver.com/moonhak91
이메일 | moonhak@moonhak.co.kr

ISBN 978-89-8392-726-2 04840
        978-89-8392-728-6 (세트)

「이 도서의 국립중앙도서관 출판예정도서목록(CIP)은 서지정보유통지원시스템 홈페이지(http://seoji.nl.go.kr)와 국가자료공동목록시스템(http://www.nl.go.kr/kolisnet)에서 이용하실 수 있습니다.(CIP제어번호: CIP2018033751)」

* 파본은 구매처에서 바꾸어 드립니다.